I0674779

ANCHIEN TROSKIE

Nooit is 'n lang, lang tyd

Kwela Boeke

Sandfontein, en die karakters en gebeure in hierdie roman,
bestaan slegs in die skrywer se verbeelding.

Kwela Boeke,
'n druknaam van NB-Uitgewers,
Heerengracht 40, Kaapstad 8001
Posbus 6525, Roggebaai 8012

Kopiereg © A Troskie 2008

Alle regte voorbehou.
Geen gedeelte van hierdie boek mag sonder die skriftelike verlof van die
uitgewer gereproduseer of in enige vorm of deur enige elektroniese of
meganiese middel weergegee word nie, hetsy deur fotokopiëring, skyf- of
bandopname, of deur enige ander stelsel vir inligtingsbewaring of
-ontsluiting.

Omslagfoto: Nina Fisch
Omslagontwerp: Michiel Botha
Geset in Bookman deur Nazli Jacobs
Gedruk en gebind deur Interpak Books, Pietermaritzburg

Eerste uitgawe, eerste druk 2008
Tweede druk 2008
Derde druk 2008
Vierde druk 2009
Vyfde druk 2009
Sesde druk 2012

ISBN : 978-0-7957-0277-8

Ek dra hierdie boek op aan:

Nèlleke de Jager – vir haar waardevolle
rigtingwysing en geduld.

My familie en vriende – vir al die kere wat
julle oproepe en e-posse gedurende die skryf van
hierdie roman onbeantwoord gebly het.

Aan Chris en Joice – omdat ek julle liefhet
en so trots op julle is.

Aan Lafras – wat geduldig bekers koffie en plakke
sjokolade aangedra het. Dis vir jou, Fras, met liefde.

En aan my Hemelse Vader, wat my
hand heelpad vasgehou het.

Don't walk in front of me, I may not follow.

Don't walk behind me, I may not lead.

Just walk beside me and be my friend.

– ALBERT CAMUS

The only way to have a friend is to be one.

– RALPH WALDO EMERSON

'n Plan

Daleen glimlag breed vir Yvonne, haar ontvangsdame. "Ek is weg! Geniet die res van die middag. Met die klomp snotneuse in die dorp twyfel ek of jy sal kan, maar nietemin."

Dan kyk Daleen verskonend na die paar "snotneuse", wat met ontevrede blikke in haar rigting hul beurt in die wagkamer afwag. "Ja, Daleen, voet in die mond soos gewoonlik," sê sy binnensmonds. "Wanneer gaan ek onthou dat hierdie 'snotneuse' sorg vir die botter en jam op my brood?"

Yvonne sug, rol haar oë dramaties. "Dokter is reg, dit gaan dol." Sy beduie met haar kop na agter. "Dokter Malan sal sy storie vanmiddag moet ken om deur al die afsprake te kom."

"Die vreugdes van die mediese praktyk," sê Daleen sagter. "I'm out of here!"

Sy wuif en stap deur die groot glasdeure na buite. "Verdomp," prewel sy toe die koue haar tref, "moes ek nou juis vandág kies om spreekkamer toe te stap?"

Sy slaan haar denimbaadjie se kraag hoog op en stap met 'n verbete pas, lyf vooroor en kop afgewend, na die koffiewinkel op die hoek. As sy durf opkyk, weet sy uit ondervinding, word sy voorgekeer deur almal op straat, en daarvoor sien sy nie nou kans nie.

Daar is eienaardige mense op hierdie dorp, seker maar op elke dorpie op aarde, mymer sy. Daar is die soort wat haar gereeld, selfs wanneer sy draf, in die straat voorkeer om gratis mediese advies te kry. Hulle glo sy kan selfs sonder 'n ondersoek presies vir hulle sê wat met hulle – of hul kind, man, vrou, ouma of oupa – fout is.

Én sy word gereeld betrek by huismoles; dis 'n veralgemening dat net predikante huismoleste moet oplos. 'n Dokter is vir sommige mense meer aanvaarbaar omdat hulle as "mensliker" beskou word. In teenstelling met predikante wat as "heilig" beskou word en liefs nie moet weet van Pappa se drankprobleem en dat Mamma se lus vir seks al jare lank geblus is nie.

Daleen skud haar kop. Toe sy medies gaan swot het, het niemand vir haar gesê dat sy ook biegmoeder, sielkundige en berader as beroep gekies het nie. Tog, daar is nie 'n ander beroep wat sy eerder sou wou hê nie. Dalk net op 'n ander dorp, in 'n ander gemeenskap. Nie hier op Sandfontein waar almal alles van jou weet nie. Sy sug ietwat oordrewe en verras haarself daarmee – sy is nie gewoonlik iemand wat emosie wys nie.

Sy kyk skrams op, steeds bang dat iemand haar sal voorkeer. In haar grootwordjare was hierdie dorpie nog kleiner. Stofstrate, een bank, een dokter, een prokureur, darem twee supermarkte. Toe tref vooruitgang Sandfontein, in die vorm van teerpaaie, prokureurs, tandartse, dokters, hospitaal, ensovoorts ensovoorts. Nou nie wat jy 'n metropool sal noem nie, maar darem. Al wat die dorp nog kort, is 'n verkeerslig. Daardie dag sal die Sandfonteiners seker na hulleself as stedelinge begin verwys.

Sy is op die buurdorp gebore, omdat Sandfontein toe nog nie 'n hospitaal gehad het nie. Hier is sy skool toe – koshuis toe. Sy het haar onstuimige tienerjare hier beleef. Hier gematrikuleer. Sy kon nie wag om met skool klaar te maak sodat sy die dorp se spreekwoordelike stof van haar voete kon afskud nie. Die jare op Kovsies was bevrydend, in meer as een opsig.

En toe kom sy terug. Na Karien en Amelia. Maar veral na Darius, haar broer. Omdat hy haar nodig het, het sy in 'n waas van eiewaan geglo. Al het sy nie by hom op die plaas ingetrek nie, maar eerder in die lelike woonstel bokant die supermark waar sy nou nog woon, kon sy darem middae na werk en naweke uitry plaas toe. Jare later het sy agtergekom dat Darius haar nie nodig het nie, eintlik nooit nodig gehad het nie. Dat hy sy eie bed kan maak en daarop kan slaap.

En hier sit sy steeds, met 'n vennoot in 'n winsgewende praktyk, twee beste vriendinne en 'n lover. 'n Lover, dink sy geamuseerd, praat 'n mens nog op veertigjarige ouderdom van 'n lover?

Sandfontein, dwing sy haar gedagtes terug na die dorp. Sy dreig gedurig om hier pad te gee, maar sy twyfel of sy sal kan. Dis haar tuiste, haar ménse. Hier is sy gelukkig. Want Sandfontein is verdraagsaam. In tye van nood slaan Sandfontein se inwoners hulle arms om jou, omdat jy een van hulle is.

Só val jy met die deur in die huis, dink sy met 'n laggie toe die wind haar deur die koffiewinkel se ingang druk.

"Middag, dokter!" groet Magrieta waar sy agter die toonbank met die indrukwekkende koekuitstalling staan. "Jy lyk asof jy 'n defrosting nodig het, die wind verwaai ons weer behoorlik vandag. Die gewone?"

Dis nog taamlik stil; die gewone klomp kom eers later vir hul daaglikse koppie boeretroos, dink Daleen. Dit kan ook wees dat die koue weer baie van die kliënte verjaag. Of dat almal in die spreekkamer se wagkamer sit, spekuleer sy wrang.

"Asseblief, Magrieta, maak dit sommer 'n dubbel."

'n Ou, simpel grappie tussen haar en Magrieta, en een van die dinge wat Sandfontein en sy inwoners so spesiaal maak. Sy sak dankbaar op 'n stoel neer. Karien en Amelia is nog nie hier nie, maar wat is nuut? Sy is gewoond daaraan om vir hulle te wag.

Dis nou al tien jaar dat hulle elke week hier bymekaarkom. Hulle drie alleen hou hierdie koffiewinkel solvent, dink sy. Aan die begin was hul ontmoetings nie noodwendig op dieselfde dag van die week nie, daarvoor was hul beroepe te uiteenlopend. Maar Karien werk nou al vir jare nie meer nie, so ook Amelia. Hulle het op 'n Maandag besluit, omdat dit die dag is waarop Amelia haar kinders by die koshuis kom aflaai vir die week. Dis haar dorp-toe-gaan-dag, die enigste dag dat sy ander mense sien.

Daarom vat Daleen elke Maandagmiddag twaalfuur af. Nie die gebruiklike Woensdagmiddag soos Muller, haar vennoot, nie – sy speel nie gholf nie, sy drink koffie saam met haar vriendinne. Sy is seker al drie van hulle sou wyn verkies, maar hulle sien nie kans vir 'n kroeg nie. Veral nie op Sandfontein nie.

Dis warm in die koffiewinkel, sodat sy haar baadjie uittrek en oor die stoel se rugleuning hang. Sy strengel haar vingers inmekaar, elmboë op die tafelblad soos een wat bid, haar kortgeknipte naels

12

styf in haar hande gedruk. Haar lover . . . Sy vind dit nog steeds moeilik om te glo dat sy voor só 'n ultimatum gestel is. Dat sy 'n keuse moet maak.

As sy na haar hart luister, sal dit 'n maklike keuse wees. Probleem is net dat sy nog nooit iemand was wat na haar hart geluister het nie. Sy is 'n analis. Alles word tot in die fynste besonderhede ondersoek. Die voor- en nadele word tot satwordens toe herhaal. Dan, wanneer sy haar hart sover gekry het om na haar verstand te luister, dán neem sy haar besluit. En haar hart weet dat die besluit lankal in haar kop geneem is.

Dis hartseer dat sy nie meer gereeld na haar hart luister nie. Dit maak haar hart seer. As die lewe net eenvoudig kon wees, sonder keuses. Darius sê dat God mense juis die grootste gawe gegee het: die gawe om te kan kies. Die gawe om te kan onderskei tussen reg en verkeerd, met jou hárt. Maar sy is nie Darius nie.

"Dankie, Magrieta," sê sy toe die ouer vrou die stomende koppie koffie voor haar neersit.

"Jy's diep ingedagte."

Magrieta sê dit nie nuuskierig nie, besef Daleen, dis bloot 'n opmerking terwyl sy ondersoekend na haar kyk.

"Ja, ek is," sug Daleen en kyk verskonend na haar.

"Nou toe, drink jou koffie. Dit word nie verniet boeretroos genoem nie." Sy gee Daleen se skouer 'n drukkie voor sy omdraai.

Daleen roer twee teelepels suiker by haar koffie, stoot die melk eenkant toe. As haar lewe eenvoudiger was, sou sy Muller as lewensmaat gekies het. Maar sy het nie. Sy het haar keuse tóg met haar hart gemaak, en kyk in watter gemors het dit haar nou laat beland: 'n ultimatum.

Haar kop het klaar 'n besluit geneem, maar dié keer weier haar hart om te luister. Daarom het sy inderhaas verlof geneem. Daarom wil sy wegkom vir 'n paar weke. Sodat sy haar hart kan oortuig om na haar goeie, gesonde verstand te luister.

"Middag, Karien!" ruk Magrieta se uitroep haar terug na die werklikheid.

Karien kom windverwaaid en dramaties die koffiewinkel binne.

"Haai!" groet sy en neem 'n vinnige sluk van Daleen se koffie. "Selfde vir my, ou Grieta, maar sonder suiker. Ek is op 'n wrede dieet."

"A," sê Daleen met 'n glimlag, "en nou gaan jy maar so bitter deur die lewe."

"Dit werk, hoor! Ek het al twee kilogram verloor."

Daleen staar openlik na Karien, Nana Mouskouri se ewebeeld. 'n Ietwat oorgewig Nana Mouskouri, moet sy toegee, maar nietemin. Karien se donker hare hang tot in haar middel, so reguit asof dit met behulp van 'n liniaal gesny is. Donker, gevoelvolle oë en 'n ligteraambril – die bril darem meer in die John Lennon-styl.

Toe hulle jonger was, het Karien die koppe behoorlik laat draai. Sy is steeds mooi, op 'n misterieuse manier, nog steeds sexy, al dra sy 'n paar ekstra kilogramme. Dis jammer dat sy dit nie besef nie, dink Daleen. En Karien is dramaties. Haar klere, en die kleure daarvan, weerspieël dit. Vandag het sy 'n wye donkerpers romp aan wat tot op haar enkels swaai. Dis versier met klokkies wat vrolik klingel wanneer sy beweeg. 'n Swart kantbloes en 'n fluweelbaadjie in dieselfde pers as die romp rond haar uitrusting af.

"Hou jy van my romp?" Karien tel die soom daarvan op sodat Daleen dit kan bewonder. "Amelia het die klokkies vir my aangewerk. Haar idee."

Magrieta bring Karien se koffie, en Karien verskuif haar bril na haar kop. "Anders wasem dit toe. Dankie, Grieta!"

Sy neem 'n vinnige slukkie en trek haar gesig, kyk verskonend na Daleen. "Die eerste sluk is altyd die ergste. Daarna raak jy gewoond aan die bitter."

Daleen hou haar besig met haar eie koffie, maar hou Karien tog onderlangs dop. Sy het die kuns vervolmaak om haar vriendinne se buie te lees. Soos 'n boek met prentjies, mymer sy terwyl sy met deernis na Karien kyk. Haar vriendin met die kunstenaarsiel, gefrustreerde huisvrou wat graag sou wou skryf. Met te min vertroue in haarself.

Karien is nie vandag haarself nie, besef Daleen. Sy kan dit sien aan die manier waarop haar vriendin haar hande beweeg, te véél beweeg, die senuagtige terugdruk van haar hare agter haar ore. Die vinnige knip van haar oë.

"Wat is fout?" vra sy sag en plaas haar hand op Karien se regterhand.

Karien kyk op, haar oë wasig agter die bril wat sy weer oor haar oë laat sak het, haar mooi mond wanhopig vertrek.

"Middag, Magrieta!" roep Amelia van die deur af.

Sy kom gee beide haar vriendinne 'n skuins soen op die wang. Karien skud haar kop byna ongemerk, en Daleen besef dat die oomblik verby is.

"Dis so koud soos die hel daar buite." Amelia gaan sit en haal terselfdertyd haar sigarette en aansteker uit haar handsak.

"So koud soos die hél?" sê Karien verstom. "Die hel is warm!"

Die wasigheid in haar oë is weg, merk Daleen, daar het niks oorgebly nie. 'n Niks.

15

"Hélwarm," voeg sy lakoniek by.

"Julle weet wat ek bedoel," sê Amelia rustig en steek 'n sigaret aan.

Ongelukkig het die verbod op rook in openbare plekke nog nie op Sandfontein posgevat nie, dink Daleen gelate.

"So, wat is nuus?" vra Amelia terwyl sy die spyskaart bestudeer.

Daleen moet haarself keer om nie na Amelia te staar nie – haar ontwerpersklere is soms so kleurvol dat dit aan perversie grens. Jy kan Amelia enige tyd deur 'n ring trek, selfs wanneer jy onverwags op die plaas opdaag. Dis een van haar krukke, weet Daleen, saam met die alewige sigaret. Altyd perfek gegrimeer, en haar hare kort-kort 'n ander kleur, asof sy nie kan besluit wie sy is nie. Dié week spog Amelia met donkerrooi hare en 'n outfit in swart, oranje en pienk.

As Daleen dit moes dra, sou sy heel moontlik soos 'n hanswors lyk. Sy kyk af na haar denimbroek en T-hemp, haar denimbaadjie oor die rugleuning. Ten spyte van die designer labels voel sy skielik selfbewus oor haar ietwat verkreukelde voorkoms, in teenstelling met Karien se sigeunerklere en Amelia se openlike elegansie. Ten minste het sy vanoggend haar ou, smerige draftekkies vir designer loafers verruil!

Daleen en Amelia bestel albei die lamsbredie en Karien 'n slaai.

"Ek weet dis te koud vir slaai, maar dis wat my dieet voorskryf," sê Karien skouerophalend en draai na Daleen. "Hoe gaan dit met die praktyk?"

"Ek is so gatvol vir snotneuse dat ek kan gil. Die hoeveelheid griepgevalle neem elke winter toe, so voel dit vir my."

"Ek het self 'n effense keelseer." Amelia vryf oor haar keel.

"Dis van al die rook, nie griep nie," sê Karien sonder simpatie.

"Ek rook nie só baie nie," sê Amelia terwyl sy nog 'n sigaret uit die pakkie skud.

Karien rol haar oë dramaties, sodat Daleen moet lag.

"Ek kan nie wag vir my verlof nie," sê sy vinnig voor hulle in 'n debat oor rook betrokke kan raak.

"Gaan jy met verlof? Wanneer? Hoekom weet ek van niks?" vra Amelia. "Ek is skoon jaloers. As jy boer, is vakansie 'n luukse. Jy kan eenvoudig nie weggaan nie, dan kom die hele boerdery tot stilstand – of so glo Gert."

"Ek kan self nie onthou wanneer óns laas weg was nie," sê Karien.

"My verlof begin vandag oor 'n week. Ek is nogal tempted om so kuslangs te ry tot in Jeffreysbaai. Maar dis nie lekker om alleen weg te gaan nie."

"As jy 'n boyfriend gehad het, was dit nie nodig om alleen te gaan nie," merk Amelia op, haar oë versluier agter die wolkie rook voor haar.

Daleen verkies om die opmerking te ignoreer. "Dalk moet ek maar op die plaas my batterye gaan herlaai, tyd saam met Darius en sy gesin deurbring."

Magrieta plaas hulle bestellings voor hulle neer. "Lekker eet!"

Die probleem, dink Daleen, is dat sy op die plaas nog steeds bereikbaar is. Deur haar pasiënte, die hospitaal, haar lover. Verál haar lover . . . Nee, as sy 'n deurdagte keuse moet maak, moet sy wegkom.

Maar twee weke op haar eie is lank, té lank. Sy sal van haar verstand af gaan. Miskien . . . Sy kyk vinnig na Karien en Amelia. Miskien is dit net wat ons almal nodig het: 'n wegkomkans van die alledaagse roetine. Karien het duidelik 'n vakansie nodig, daarvan getuig haar senuagtigheid. En Amelia kan doen met 'n bietjie weg-kom van die plaas.

As hulle saam met haar gaan, sal sy dalk nie tyd hê om té veel, té lank te tob nie. Dalk word haar besluit hierdie een keer deur haar hart geneem en nie deur haar verstand nie. Maar wat as hulle saamgaan en sy juis as gevolg daarvan nie 'n keuse kan maak nie? Besluit met jou hart, Daleen, berispe sy haarself, en nooi hulle.

"Ek het 'n plan," sê sy dus voor sy van besluit kan verander en sit haar mes en vurk op haar bord neer. "Kom saam met my op vakansie. Wanneer laas was ons drie saam weg? Noudat ek daar-aan dink: wás ons al saam weg? Toe, dit kan pret wees. Ons ry rus-tig, slaap op klein plekkies langs die pad oor, tot in Jeffreysbaai, waar ons 'n paar dae bly. Nie een van julle was al in Jeffreysbaai nie, wat, terloops, 'n skande is. Ek wil julle gaan wys hoe dit daar lyk."

Sy sien die twyfel in albei se oë. "Toe, kom saam, dit sal lekker wees! Karien, jy het so pas gesê jy kan nie eens meer onthou wan-neer julle laas weg was nie, en jý, Amelia, gaan nóóit weg nie! Ek wil tog nie op my eie vakansie hou nie."

"Ek dog jy wil na Darius toe gaan?" vra Karien.

"Ag, by Darius is ek steeds bereikbaar," sê Daleen vinnig. "Ek het pas besluit dat ek Jeffreysbaai toe wíl gaan. Ons drie. Toe nou, kom saam!" Sy het haar vriendinne nodig terwyl sy hierdie groot be-sluit moet neem. Al is hulle nie eens bewus daarvan nie.

Karien kou nadenkend aan 'n hap blaarslaai. "Die kinders kán bietjie by my ma kuier, hulle sal dit geniet. My ma ook." Sy bly 'n oomblik stil, laai haar vurk weer vol. "Dawid sal dit ook geniet om 'n paar weke se vryheid van vrou en kinders te hê," sê sy sinies. "Count me in!"

"Hoe lank is jou verlof?" vra Amelia.

"Twee weke. Toe, man, Gert sal nie omgee nie," sê Daleen.

"Sjoe, dis lank. Gert sal dalk nie omgee nie, maar ek weet nie of ek hom so lank alleen kan los nie."

"Hoekom nie? Is hy siek?" Karien se wenkbroue is 'n reguit lyn van verontwaardiging.

"Nee, man! Dis net . . . jy weet . . ." Amelia gooi haar hande hulpeloos in die lug.

"Amelia," sug Karien terwyl sy vertroostend oor Amelia se arm vryf, "jy mag maar asemhaal sonder Gert. Hy weet dit, óns weet dit. Dis tyd dat jy dit ook besef. Kom saam. 'n Vakansie in Jeffreysbaai is net wat die dokter voorskryf." Sy kyk laggend na Daleen. "No pun intended!"

" 'n Vakansie ís dalk net wat ek nodig het," sê Amelia. "Goed, julle het my oortuig, ek sal dit met Gert bespreek."

"Nie 'n vakansie nie, 'n rusreis," korrigeer Daleen. " 'n Reis met die doel om te rus."

En om keuses te maak, voeg sy in haar gedagtes by toe sy opstaan en hul rekening by Magrieta gaan betaal.

Karien

"Ek gaan julle ongelooflik baie mis," sê Karien gesmoord in Dawie se nek toe sy hulle voor die skoolhek groet. Hy ruik nog na bába, dink sy verstom, nie na die sewejarige wat hy is nie.

Marli druk tussen hulle in, slaan haar skraal armpies om Karien se middel. "Ek gaan vreeslik baie verlang," sug sy, "maar Mamma moet gaan om Mamma se kop oop te kry, nè?"

Haar oë is vol wysheid op Karien gerig. Karien dink soms dat dié kind van haar oud en wys gebore is; sy's baie meer volwasse as haar tweelingbroer.

Karien hurk voor die twee. "Is dit wat Ronel sê?"

Hulle knik ernstig.

"Ronel is reg, almal moet soms hulle koppe skoonkry."

"Selfs mammas?" vra Dawie, sy blou oë stip op haar gerig.

"Ja, selfs mammas."

"Kom nou, Ma, netnou is ek laat!" roep Ronel uit die motor.

Karien gee die kleintjies 'n laaste druk. "Nou toe, julle beter draf. Onthou, Ouma sal julle ná skool kry. Wag by die hek, sy sal saam met julle oor die pad stap."

Sy kyk hulle agterna toe hulle wegstap na waar die ander graad-eentjies staan en wag.

Toe hulle 'n rukkie later voor die hoërskool stilhou, bly Ronel in die motor sit.

"Ek sê nog steeds Ma moet skei. As dit mý man was, sou ek." Sy kyk uit oor die speelgrond. "Baie van my klasmaats se ouers is geskei en hulle cope, so Ma hoef nie te worrie oor ons nie." Sy draai skielik na Karien, wat haar verstom aankyk. "Ek wens ek kon hom haat, maar ek kan nie, hy's my pa."

Karien trek haar dogter styf teen haar vas. Soos bykans elke dag is sy verbaas oor die vroulike rondings wat die veertienjarige lyf reeds kry. Sy weet sy moet sê dis reg dat Ronel haar pa nie haat nie, maar sy is onmagtig om die woorde oor haar lippe te kry. Daarom laat sak sy net haar ken op haar dogter se blonde hare. "Ek is lief vir jou," sê sy gesmoord.

"En ek vir Mamma." Dan onthou Ronel skielik waar hulle is en maak haar vinnig uit die omhelsing los. "Ek sal hom nooit kan haat nie, maar ek mag mos vir hom kwaad wees, of hoe?"

Karien knik. "Ja, ek dink jy het die volste reg om vir hom kwaad te wees."

Hulle kyk op toe daar aan die ruit geklop word. Ronel se vriendin waai glimlaggend vir hulle. Ronel gee Karien 'n vinnige soen op die wang en klim uit. 'n Paar treë weg steek sy egter vas, kom dan teruggehardloop.

"Ek's lief vir jou, Ma, geniet jou vakansie en moenie oor ons bekommerd wees nie!" sê sy deur die venster.

Karien wag dat die wasigheid voor haar oë heeltemal weg is voor sy die motor aanskakel en na haar ma se huis ry. Daar maak sy eers seker dat alle tekens van weemoed uit haar oë is voor sy uitklim. Sy sleep die kinders se tasse teen die stoeptrappies op.

Irma staan in die voordeur vir haar en wag, haar indrukwekkende grys bolla onberispelik soos altyd. "En?" vra sy toe sy een van die tasse by Karien vat.

"En wat?" verweer Karien, terwyl sy sorg dat haar blik afgewend bly.

Sy sal versigtig moet wees. Haar ma is baie dinge, maar sy is nie dom nie. Onderskat enigiets, het Irma haar geleer, maar nooit iemand se intelligensie nie. Haar ma mag nie nou al weet nie.

"Gaan ons koffie drink?" vra Irma toe hulle die tasse in die gastekamer neergesit het.

Karien oorweeg dit sterk om haar ma se aanbod te aanvaar toe

21

sy agter haar aan kombuis toe stap. Die hart van hierdie huis, het sy nog altyd geglo. Elke keer as sy by haar grootwordhuis instap, spoel 'n kalmte oor haar. Hier is meer rykdom en karakter in hierdie deurmekaar huis as wat daar ooit in haar eie huis sal wees.

"Ek kan nie, Ma, ek moet nog gaan pak." Sy druk Irma teen haar vas, voel die trane opnuut in haar oë brand en draai vinnig om.

Sy het nog nooit so baie gehuil soos die laaste paar dae nie, dink Karien toe sy in die veiligheid van haar motor die trane van haar wange vee. Hoe is dit moontlik dat twee sulke teenpole soos Irma en Willem van Tonder so lief vir mekaar kon wees? So gelukkig kon wees? Karien het geglo dat sy en Dawid ook só sal wees, omdat hulle ook so baie verskil.

Haar pa was jare lank onderwyser by die plaaslike laerskool, en daarna skoolhoof tot met sy vroeë dood. Haar ma was nog altyd anders. Toe Irma aftree-ouderdom bereik, het sy geweier om soos al haar vriende by die boekklub of die rolbalklub aan te sluit, omdat dit haar kwansuis oud sou laat voel. In plaas daarvan het sy by die veel jonger klomp se aërobiese oefenklas aangesluit.

Haar kleresmaak kon nog nooit as ordinêr beskryf word nie. Sy was die eerste vrou op Sandfontein wat in die vroeë 1960's met 'n bitter kort mini en 'n beehive gespog het – baie trots daarop dat dit haar eie lang hare was wat sy so gestileer het. Nie almal op die dorp wou haar aanvaar nie, maar dit het Willem nie gehinder nie, hy het haar laat begaan. Hy het haar ruimte gegee om te wees wie sy is, binne en buite die huis.

Aanvaarding, dís die verskil tussen haar huwelik en haar ouers s'n, dink Karien toe sy wegtrek.

Karien maak haar tas hardhandig toe, kyk dan verward na die deurmekaarspul in hul altyd netjiese slaapkamer. Die klere waarteen sy besluit het, lê die bed vol. Skoene op die vloer. Sy begin halfhartig kledingstukke optel om terug te pak. As Dawid vanmiddag terugkom en hierdie gemors aantref . . .

Haar hande verstil bokant die bloes wat sy aan die opvou is. As Dawid vanmiddag terugkom, is sy reeds ver weg. En gee sy nog hoegenaamd om wát Dawid dink? Sy draai om na haar yslike klerekas, begin gooi alles op die vloer. Ruk dan Dawid se kas oop, staar vir 'n oomblik verstom na die netjies gevoude klere. Volgens kleur gepak. Volgens kléúr! Hoe het sy dit veertien jaar met hom uitgehou? Sy weifel 'n oomblik en dan beland Dawid se klere ook in wanorde op die vloer.

Sy voel die snik in haar keel te laat, sak op haar hurke tussen die klere op die vloer neer. Véértien jaar, snik sy. Sy het hom haar beste jare gegee. Veertien jaar lank. Dag en nag. Hy was haar alles. Hoe moet sy sonder hom klaarkom? Kán sy?

Sy skrik toe sy voetstappe op die trap hoor. Dink eers dis Sofia, onthou dan dat die huishulp vandag af is. Dawid! Sy kyk angsbevange om haar rond. Hy gaan haar dóódmaak. Wat het haar besiel om so aan te gaan? Sy begin vervaard bondels bymekaarmaak net toe hy die deur oopstoot.

"Wat de . . .!" Dawid kyk geskok na haar traanbesmeerde gesig, haar arms vol klere.

Sy ignoreer hom. Laat die bondel vloer toe val. "Ek's nie meer bang vir jou nie," sê sy hard terwyl sy hom uitdagend aankyk.

"Asseblief, spaar my die melodrama! Wat gaan hier aan?"

Sy tree bo-oor die klere, ignoreer sy blik op haar.

"Ek kan nie glo dat jy nou van alle tye wil gaan rondflerrie nie," sê hy bars.

Sy draai na hom, ineens so kwaad dat sy hom kan vermoor. "Hoe de fok kan jy praat van rondflerrie? Jý van alle mense! Ek gaan weg sodat jy jou gemors van 'n lewe kan uitsorteer, ek gaan nie vakansie hou nie!"

"Karien, jy weet ek hou nie daarvan dat jy kru taal gebruik nie. Dis onvroulik en dit pas nie by jou nie." Sy oë is vasgenael op die deurmekaarspul in die kamer.

"Fokkof, Dawid!" gil sy, vat haar tas en stap verby hom.

"Gee my die tas dat ek jou help dra." Hy vat die tas summier uit haar hand.

"Het jy my nie gehoor nie? Gee pad! Los my uit! Ek kan my eie tas dra."

Sy ruk die tas uit sy hand, storm daarmee die trappe af. "Ek sal buite gaan wag, ek kan nie langer na jou kýk nie!" skree sy oor haar skouer.

Sy sit haar tas op die stoep neer, sak sommer op haar hurke daarnaas neer. Sy's besig om beheer te verloor; dalk het sy lankal beheer oor haar lewe verloor. Sy haal haar bril af, vryf oor haar oë. Sy's moeg. Tot satwordens toe móég.

Sy het gedink hierdie rusreis van Daleen is 'n goeie idee, maar nou wonder sy. Twee weke waarin sy sal moet toneelspeel. Sal moet maak of dit goed gaan met haar huwelik. Want hoe kan sy aan haar vriendinne erken dat haar man haar gefaal het? Dat sy as vrou gefaal het. Sy wat altyd so kon spog oor haar wonderlike man?

Sal dit nie beter wees om eerder alleen weg te gaan nie? Iewers waar sy haar kop in 'n gat kan indruk en verdwyn. Weg van Dawid, weg van haar ma se vraende blik, weg van haar kinders se verwarde oë. Kinders mág nie sulke oë hê nie.

Toe sy opkyk, staan hy in die voordeur na haar en kyk.

"Ek kan nie glo jy los die kinders sommer so nie. Wat vir 'n ma is jy?" vra hy sag.

Dís wanneer hy op sy gevaarlikste is, het ondervinding haar geleer. Sy druk haar rug stywer teen die growwe muur vas.

"Los die kinders sommer by jou ma. 'n Goeie ma sal haar kinders saam met haar vat." Hy lag lelik. "Jammer, dit het my 'n oomblik ontgaan dat jy nie in daardie kategorie val nie. Jy's net 'n ma, 'n vrou. Jy was nog nooit góéd daarmee nie."

Ignoreer hom, besluit Karien. Ignoreer hom net. Moenie dat hy in jou kop klim nie. Die kinders hou daarvan om by hulle ouma te kuier, hulle het nodig om 'n bietjie weg te kom van hulle huilende, histeriese ma. Haar kinders wéét sy het 'n blaaskans nodig. Hulle wéét sy's nie 'n slegte ma nie, hulle wéét sy's net moeg.

"Karien," probeer hy 'n ander taktiek, sy stem effens harder, "ek is jammer, dit was net daardie een keer, ek sweer. Dit sal nooit weer gebeur nie!"

Karien voel die lag in haar opborrel. Is sy besig om histeries te word, om onder hierdie omstandighede te wil lag? Sy kyk op na Dawid, haar aantreklike, nee, móói man. Die suksesvolle tandarts dokter Dawid du Plessis.

"Ek kan nie glo jy staan daar asof botter nie in jou mond kan smelt nie, en dan sweer jy ook nog daarby." Sy sê dit baie sag, sodat hy moet buk om haar beter te hoor. "Dink jy regtig ek is so dom? Is dít waarvoor jy my nog altyd aansien – die dom huisvroutjie wat van niks weet nie?"

25

Sy kom stadig orent, haar kuite en bobene protesteer dadelik. "Ek was dalk dom, stókblind, maar nie meer nie, Dawid. Ek het slim geword."

"Pasop, soms vang slim sy baas," is sy siniese antwoord.

"Ek het gedink dis vir ewig," vervolg sy sag, asof sy hom nie gehoor het nie. "Ek het gedink dat ons saam gaan oud word."

Hy kom nader, sit sy hand op haar skouer. "Ons kan nog, Karien. Ek sweer, nooit weer nie."

Sy klap sy hand weg. "Jy kom elke aand bedonderd by die huis aan, ontstig my en die kinders. Ek dog dis al weer ék, ek dog jou werkslading is te veel. Min het ek geweet dat jy nie by ons wíl wees nie. Ek was dóm."

"Karien . . ."

"Los my uit, ek is moeg. Ek is glad nie lus vir hierdie onsinnige gesprek of vir jou nie."

Hy kom nog nader, sy regterhand in 'n vuis gebal langs sy sy. Sy maak haar reg vir die hou wat gaan kom, maar tot haar verbasing draai hy om en gaan die huis binne.

"Onthou die ding van karma? Dit kom terug na jou, onthou! Ek sal nóú al begin hardloop as ek jy is!" skree sy agter hom aan.

Die trane wat oor haar wange rol, is van verlies en frustrasie. En van moegheid.

Amelia

"Maria, onthou nou asseblief om genoeg kos te maak." Amelia kyk op van waar sy besig is om Gert se klere in netjiese hopies opmekaar te stapel: hemp, broek, onderbroek en kouse, genoeg vir twee weke. "Jy weet mos hy is lief vir eet. Maak seker dat jy elke middag sy slaapklere en 'n skoon handdoek vir hom op die bed neersit." Sy onderbreek haar werk om na Maria te kyk, seker te maak dat sy luister. "Kyk tog mooi na hom."

"Mevrou kan my vertrou," sê Maria terwyl sy Amelia help om die hopies klere in die kas te pak.

"Genade! Dis juis omdat ek jou vertrou dat ek kan weggaan," verseker sy Maria.

Hulle kyk albei op toe hulle 'n toeter hoor skel.

"Meneer wag," knik Maria in die rigting van die geluid.

"Ai, Maria, ek wou nog vir jou gewys het hoe om koffie in die flask af te meet." Amelia stap vinnig kombuis toe, Maria kort op haar hakke.

"Mevrou beter gaan," sê Maria toe die toeter weer skel. "Ek het mos darem baie vir meneer koffie in die flask moes maak voor julle getroud is."

Amelia twyfel nog, toe die derde skel getoeter haar aan die beweeg kry. "Dan is dit goed, ek moet gaan."

Sy kyk vir oulaas om haar rond. Alles is reg en op sy plek, Gert behoort nie probleme te hê wanneer Maria smiddae huis toe gaan nie. "Dink jy ek het nou alles?" Sy kyk hulpsoekend na Maria.

"Ek het alles self in die bakkie gesit, mevrou kan maar loop."

Maria neem Amelia se een hand in hare. "Ek sal mooi agter meneer kyk."

"Het jy onthou om die goedjies in die vrieskas ook uit te haal?"

Amelia het die vorige twee dae aanmekaar kos gemaak, wat sy gevries het, sodat hulle waar hulle ook al oorslaap iets sal hê om te eet.

"Dis in die groot cooler-boks. Meneer wou gehad het ek moet die boks ook voor sit, maar daar wassie plek nie, toe sit ek hom maar agterop."

"Dankie, Maria," glimlag Amelia en gee die ouer vrou se hand 'n drukkie.

"Magtig, jy kan draai!" sê Gert toe sy langs hom in die bakkie klim. "Het jy seker gemaak jy het alles? Ek draai nie halfpad dorp toe om nie."

'n Ydele dreigement, weet sy uit ondervinding; vir haar sal hy omdraai. Maar sy sê nietemin: "Dit wat ek vergeet het, moet maar bly."

Sy kyk om toe hulle deur die hek ry, na haar huis wat sy nog nooit vir so lank verlaat het nie.

"Toe nou, jy kan nie nou begin huil nie. Kyk vorentoe, na 'n luilekker wegbreek." Gert glimlag vir haar. "Wanneer was julle drie musketiers laas iewers heen?"

"Ek kan nie onthou nie," sug Amelia. "Maar ons was definitief nog nooit saam op vakansie nie."

"Dit sal julle goed doen," sê Gert toe hy links op die grondpad dorp toe draai.

"Is jy seker jy weet waar alles is?" vra Amelia terwyl sy met haar elmboog die tas wat tussen hulle staan 'n bietjie uit die pad probeer skuif.

"Ek sal regkom."

"Ek het 'n spyskaart vir Maria uitgewerk, anders gee sy jou elke dag dieselfde kos. Ek wou nog vir haar wys hoeveel koffie en suiker in die warmfles kom, maar daar was nie tyd nie. Sy sê sy het baie al gemaak, so ek's seker dit sal reg wees. Sy sal dit soggens vir jou volmaak, dan kan jy net skink as jy koffietyd inkom. Die koekies is in die kas bókant die ketel. Die biltong en soutbeskuitjies is in die kas lángs die ketel. Moenie nou al die biltong opeet nie, dis vir Saterdag se rugby. Die sjokolade wat in dieselfde kas is, is vir die kinders. Joune het ek in jou bedkassie gesit. Maria sal ongelukkig nie jou badwater kan intap nie, sy loop te vroeg, dit sal net koud word. Maar sy sal jou nagklere en 'n skoon handdoek op die bed uitsit."

Amelia draai haar na Gert, bewonder, soos amper elke dag, sy sterk profiel, sy enorme hande wat gemaklik op die stuurwiel rus. Hoe kan sy hom so los? Hy sal nooit alleen regkom nie. "Gert, ek kan bly. Ek hoef nie te gaan nie."

"Ná al die reëlings met Maria? Sy sal jou nooit vergewe nie!" lag hy en vou haar hand in syne toe. "Dis die eerste keer in sewentien jaar dat ek my eie badwater gaan tap! Ek kan mos nie so 'n kans laat verbygaan nie." Hy vervolg ernstiger: "Dalk is dit goed dat ek leer om dinge op my eie te doen. Jy doen te veel."

"Genade, Gert, ek hóú daarvan om dinge vir jou te doen."

"Ek weet." Hy probeer haar nadertrek, maar die tas is in die pad.

Dis nou van op 'n plaas bly, dink sy. Wanneer daar ingery word dorp toe, moet daar noodwendig ook by die koöperasie aangedoen word, dié dat hulle nie met die motor kon ry nie. Sy wonder soms waarvoor hulle wel 'n motor het; hulle gebruik dit slegs Sondae om kerk toe te gaan.

Die peperbome aan die regterkant van die pad hou vir 'n oomblik haar aandag. Gewoonlik sien sy uile hier, selfs in die dag, hoe ongelooflik dit ook mag klink. Vandag sien sy niks.

Die tas druk haar nog steeds teen die arm, sodat sy al hoe meer na die deur moet skuif. "Gert, stop asseblief en laai die tas agterop, my arm kan dit nie meer hou só nie."

"Die tas gaan toe wees onder die stof! Wat sal Daleen sê as jy jou stowwerige tas in haar grênd kar laai?"

"Dis net stof. Die naaste aan stof wat haar 4x4 ooit sal kom, as jy my vra."

Hy hou tog stil, tel die tas agterop. Toe hy terugklim, nestel sy met haar kop styf teen sy skouer aan. "Ek is lief vir jou."

"En ek vir jou."

"Is jy seker jy sal regkom?"

"Hou op om jou so te bekommer, ek sal regkom."

Hulle ry in stilte verby die buurplase, waar troppe skape langs die pad wei. Dis, soos gewoonlik in die Vrystaat, 'n droë winter. "Ek sien van die boere het al begin voer," merk sy later op.

Gert staar egter woordeloos voor hom in die pad.

"Dink jy al daaraan om te begin voer? Jy sal dit seker nie veel langer kan uitstel nie."

Hy bly haar 'n antwoord skuldig.

"Gert, ek praat met jou."

Stilte.

"Genade, Gert, antwoord my!" roep sy moedeloos uit.

"Ek dink."

Soms, meer gereeld as wat sy sou wou erken, wil sy hom met iets gooi. Enigiets. Sy loer sydelings na hom, kry skaam vir haar gedagtes. Hy is 'n goeie man. Sy weet hy ignoreer haar nie doelbewus nie, hoekom laat sy dan toe dat dit haar so ontstel?

Sy sug verlig toe die dorp in sig kom. Sy stiltes krap haar om, maak haar bang. Gert was nog nooit 'n man van vele woorde nie. Sy verstaan hom nie altyd nie.

"Wil jy gou die kinders gaan groet?" vra hy.

"Ek dink dis eers heelwat later pouse, ry maar by die skool om sodat ons kan sien. As dit pouse is, sal ek 'n sms stuur dat hulle hek toe moet kom."

Dit is tog pouse toe hulle voor die skool stilhou. Amelia stuur die sms en hulle twee kinders kom gou saam om die hoek gestap. Riana, haar vyftienjarige meisiekind, lank en lenig met die mooiste bos donker hare, en Werner, haar blok van 'n seun, sestien jaar oud en baie bewus van sy aantreklikheid. Sy kom dit agter aan die manier waarop hy loop en kort-kort rondkyk om seker te maak dat die meisies hom sien.

"Is Ma nou seker dat Ma wil weggaan?" vra Riana met 'n temerige aansitstemmetjie.

"Los vir Ma, sy het dit ook nodig om alleen te wees." Werner se stem is growwer as 'n paar dae gelede, dink Amelia verbaas.

"Ek weet, ek sê maar net," antwoord Riana. "Dit gaan vreeslik boring die naweek by die huis wees. Ma weet dit hopelik?"

"Hoekom sal dit boring wees?" wil Amelia weet.

"Met Pa en Werner? Al waaroor hulle gaan gesels, is boerdery en rugby." Sy sug oordrewe. "Arme ek."

"Sê eerder arme ons, alleen met jou daar," kap Werner terug.

"Bly stil, ek het nie met jou gepraat nie."

"Moet dan nie ván my praat nie."

31

Riana rol haar oë dramaties en kyk na Amelia vir hulp.

"Nou toe," maak sy 'n einde aan hul gestry. "Groet my, ek moet ry."

Albei die kinders hou haar lank vas, en Amelia besef dis vir hulle ook 'n nuutjie, sy was nog altyd naweke en vakansies op haar pos by die huis. Sy sluk hard aan die knop in haar keel. As sy nou moet huil, voor haar kinders se maats wat belangstellend van die hek af toekyk, vergewe hulle haar nooit.

'n Rukkie later hou hulle voor Karien se imposante huis stil. Gert haal haar tas af, sit dit langs die tuinhekkie neer.

Karien staan tas in die hand by die stoeptrappies en lig haar hand in 'n groet. Gert wuif terug en trek dan vir Amelia styf teen hom aan, haal 'n bondel note uit sy sak. "Vir jou."

"Gert! Ek het tog die kredietkaart, ek het nie nog geld nodig nie!"

" 'n Mens het altyd kontant nodig. Bederf jouself met iets moois."

"Dankie."

Sy druk hom styf teen haar vas, staan dan langs haar tas terwyl hy in die bakkie klim. Sy kyk die bakkie agterna tot dit oor die heuwel verdwyn. Eers dan tel sy haar tas op en stap na Karien, wat steeds met haar tas in die hand staan.

Asof sy wil vlug, dink Amelia, asof sy nie kan wag om pad te gee nie.

Daleen

Dís hoekom ek draf, dink Daleen toe sy om haar kyk. Die winterson steek sy kop lui bokant die koppies uit, sy hoor voëltjies om haar roep, dis net sy en haar ritmiese voetval op die teerpad. Sy het jare terug begin draf om haar kop skoon te kry, nou vermoed sy dat sy verslaaf is daaraan. Die lekkerte van die stilte, die pad en sy.

Selfs die honde agter die toe hekke groet haar stertswaaiend wanneer sy verbykom. Sy weet altyd wanneer daar nuwe intrekkers is: dis die honde wat nog vir haar blaf. Maar eendag, nie te ver in die toekoms nie, gaan hy haar ook stertswaaiend kom groet, glimlag sy toe sy verby 'n blaffende hond draf.

Miskien moet ek nou omdraai, besluit sy. Sy het al klaar verder as gewoonlik gedraf, en sy moet nog pak en vir tannie Hester die woonstel se sleutel gaan gee.

Toe sy die trappies na haar woonstel twee-twee uitgedraf het, leun sy teen die deur om haar asemhaling weer normaal te kry. Jy wóú mos verder draf, berispe sy haarself. En dit het nie eens gehelp nie. Die spoke wat knaend om haar draai, vir húlle kon sy nie weghardloop nie.

"Dokter is nie gewoonlik so uitasem nie, is alles reg?" klink tannie Hester se bekommerde stem agter haar op.

Sy maak haar oë vir 'n oomblik toe, haal eers weer diep asem voor sy omdraai om na haar buurvrou te kyk. "Doodreg, dankie, tannie, ek het so 'n bietjie verder gedraf as my gewone roete."

Dis die een vraag wat sy nog nooit kon beantwoord nie, dink sy terwyl sy na tannie Hester kyk: hoekom staan bejaarde mense altyd vroeg op? Dis winter, dis koud – die ideale verskoning om laat te lê, snoesig onder jou duvet. En hier staan tannie Hester, aangetrek, smeersel lipstif op die plooimondjie. As ek nie verdomp verslaaf was aan hardloop nie, sou ék nog gelê het, dink Daleen.

"Nou ja, wys my gou wat ek alles vir jou moet doen terwyl jy weg is. Help nie mens los dit tot laaste nie, of hoe, dokter?"

Daleen gee 'n suggie. "Tannie is reg. Kom sommer in. Daar is nie veel wat gedoen moet word nie, ek gaan net vir twee weke weg." Sy stoot haar voordeur oop en laat tannie Hester eerste inloop.

"Jy moet jou deur sluit voor jy uitgaan, hartjie. Hier is so baie misdaad in hierdie land van ons. 'n Mens moenie dink dat net om-dat ons op 'n klein plekkie bly, dit ons gespaar word nie."

Agter haar rug trek Daleen 'n baie onvroulike gesig. "Natuurlik, tannie," beaam sy.

Sy het 'n baie sagte plekkie vir tannie Hester, het haar hoeka byge-staan toe oom Frik twee jaar gelede oorlede is, maar sowat van be-moeisiek het sy nog nooit gesien nie. En dit word elke jaar net erger.

Sy weet sommer geen hoekie van haar woonplek sal veilig wees met tannie Hester wat vrye toegang daartoe het nie. Daarom het sy by voorbaat haar mees persoonlike goedjies in haar kas toegesluit. As dit nie was dat Dennis elke dag gevoer moet word nie, sou sy nooit gedroom het om haar spaarsleutel aan tannie Hester te oor-handig nie. Maar haar kat moet eet, en daar is geen ander keuse as tannie Hester nie.

Sy wys haar gou waar die katkos gebêre word, verduidelik weer dat Dennis slegs dié spesifieke katkos eet, en dat tannie Hester nie vir hom kos van die tafel moet bring nie. Dit akkordeer nie met sy spysverteringstelsel nie.

"Tannie moet my nou verskoon, ek wil nog in die stort spring. Ek het net 'n uur voor ek vir Amelia en Karien moet oplaai."

"Natuurlik, dokter. Maar is hier dan nie potplante wat ek moet water gee nie?"

"Tannie weet tog ek het nie tyd om nog na plante ook om te sien nie," lag Daleen. "Dis net Dennis."

Sy weet tannie Hester is eensaam ná oom Frik se afsterwe, daarom maak sy graag tyd om met haar te gesels, maar nie vandag nie, besluit sy beslis. Sy neem tannie Hester stewig aan die elmboog en help haar by die voordeur uit.

"Dokter is vandag regtig deurmekaar," lag die tannie. "Waar is die sleutel dan?"

"Natuurlik! Hier, ek het dit op die kassie by die deur gesit."

"Dokter moet die stukkie vakansie geniet, mens moet soms 'n bietjie wegkom."

"Dankie, tannie."

Daleen maak die voordeur dankbaar agter haar toe en gaan pak vinnig haar laaste paar goedjies in haar tas. Sy rits die tas toe en Dennis stap stert in die lug die kamer binne. Sy gryp hom, druk hom styf teen haar vas terwyl hy sagte spingeluidjies maak.

"Jy moet mooi bly, skattebol. Ek gaan vreeslik na jou verlang. Gaan jy ook na my verlang?"

Dennis kyk haar verontwaardig aan, maar bly haar 'n antwoord skuldig.

"Werk tog maar mooi met tannie Hester. Jy weet sy hou nie baie van katte nie, daarom is dit ekstra lief van haar om na jou te kyk." Sy sit die kat op die bed neer en gryp haar handdoek om te gaan stort.

Sy het net uit die stort gestap, die handdoek om haar lyf gedraai, toe sy die bekende deuntjie van haar selfoon hoor. Vinnig draf sy na haar bed, lig vir Dennis af en op haar skoot. Sy kyk na die selfoon, voel haar hart teen haar ribbes skop toe sy die bekende, beminde naam sien. Sukkel wragtig om haar asemhaling normaal te hou.

"Haai . . ." Haar stem het daardie hees klank van verlange, van totale oorgawe, besef sy te laat.

"Ek is bly ek kry jou, ek het vroeër ook gebel."

"Ek was in die stort."

"Nog nie op pad nie?"

"Ek trek net gou aan, dan ry ek."

"Ek wens jy wil nie gaan nie."

"Ek moet. Op hierdie stadium wil ek weg wees van jou. Net vir 'n rukkie, sodat ek vir myself kan dink. Kan besluit of ek kans sien vir wat jy voorgestel het. Jy wil tog seker ook hê dat ons albei sekerheid moet hê? Dis 'n groot stap, ons kan nie later omdraai en sê dit was ons hormone nie. Alhoewel ek seker is dat ons hormone wel 'n groot rol speel!"

"Jy is reg, natuurlik. As dit net nie vir so lank was nie."

"Dis net twee weke!" lag Daleen.

"Ek moet gaan, my eerste pasiënt is hier. Bel my asseblief vanaand."

Daleen druk die telefoon met 'n glimlag dood. Sy was seker dat die liefde haar nie beskore is nie. Het al, om die waarheid te sê, begin regmaak vir 'n altyd-op-haar-eie-bestaan, vandaar Dennis. Tot sy in Jan se oë gekyk het. Liefde met die eerste oogopslag.

Sy lag, tel Dennis op en druk hom weer teen haar vas. "Ek het altyd gedink sulke liefde bestaan net in goedkoop romantiese boeke," sê sy vir die kat, wat haar onbegrypend aanstaar. "Hoe verkeerd was ek nie!"

Dennis knip sy oë tydsaam, maar het geen opinie nie.

Gariepdam

Skaars twintig kilometer buite Sandfontein kry hulle padwerke. Hulle word voorgekeer by die stop/ry-bordjie.

"Dis genoeg om my na drank te laat gryp," sê Daleen ongeduldig terwyl sy die bedrywighede dophou. "Dis net my geluk – wanneer ek op dié pad is, kom ek alewig padwerke teë." Sy trommel ongeduldig met haar vingers op die stuurwiel.

"Die ergste is, dit lyk soms asof hulle nooit hier was nie, nooit aan die pad gewerk het nie," antwoord Karien langs haar.

"Ten minste probeer hulle," sê Amelia. "Ek haal my hoed vir hulle af – om in dié koue weer buite te werk."

Hulle staan 'n goeie tien minute voor hulle mag ry.

"Dit bly darem maar 'n aaklige pad om te ry," merk Amelia later op. "Hier is niks om na te kyk nie, niks wat die aandag 'n bietjie aflei nie. Net die lang, reguit stuk teer."

"As boervrou behoort jy na die veld en diere te kyk," meen Karien, kouend aan haar duimnael.

"In die winter? Eerder nie. Die vaalte maak my depressief. Ek hou van die Vrystaat in die somer, ná goeie reën, wanneer die veld groen is en van blydskap blink."

"Ek's honger. Dis ook geen wonder nie, ek het gistermiddag laas geëet, en ook nou nie wat ek 'n gebalanseerde maaltyd sal noem nie," sug Karien.

Daleen kyk op haar horlosie. Hulle is skaars twee ure uit Sandfontein weg, maar nou ja, dit was háár idee om rus-rus te ry. "Ons kan altyd by die Gariepdam stop en iets kry om te eet," stel sy voor.

"Ons kan daar oornag ook," sê Amelia. Toe sy die onderlangse blik tussen Daleen en Karien sien, voeg sy vinnig by: "Ons hét mos besluit om ons reis rus-rus aan te pak."

"Wel, dit pas my," sê Karien. "Ek het nog nooit daar oornag nie. Sien mos maar net die dam verbyflits as ons die pad suide toe vat."

"Moet ek hulle bel, hoor of hulle vir ons plek het?" Amelia haal terstond haar selfoon uit.

"Hulle sal plek hê," sê Daleen. "Ons is in elk geval klaar hier." Sy ry eers verby die oord, hou langs die indrukwekkende damwal stil.

"Dis lekker om buite seisoen rond te ry," verklaar Amelia. "Ek dink dit het iets te doen met die feit dat ek in afsondering op 'n plaas bly, maar die gewoel vakansietye mergel my uit. Kyk nou net, dis so heerlik rustig. Ons is die enigste mense hier."

Hulle staan sy aan sy op die wal na die massa water en staar.

"Dis jammer die sluise is nie oop nie," sê Karien. "Dit moet 'n fantastiese gesig wees, die bruisende water."

"Dit is," knik Daleen. "Ek en Darius het dit eenkeer gesien toe ons Jeffreysbaai toe was."

Sy kyk na die enorme damwal. Die pad wat daaroor loop, is 'n swart vlek op die amper wit oppervlak. Langs die wal is hope parkeerplek, en 'n entjie verder nooi groen gras met tafels en bankies moeë reisigers om te rus. Ons moes dít gedoen het, dink Daleen, padkos gepak het en net hier op die groen gras langs die massa water geëet het, soos toe ek en Darius nog klein was.

"Ek's honger," ruk Karien se stem haar uit haar dagdroom.

Hulle ry terug na die vakansieoord.

Daar is wel plek, deel die nors ontvangsdame hulle mee, en ná Daleen die vorms ingevul het, oorhandig sy die sleutel vir rondawel nommer 14 met 'n sug.

"Oeps!" lag Daleen toe hulle in die viertrek klim. "Ek dink ons kan met sekerheid sê dat ons beslis nie haar dag gemaak het nie."

"Ek dink sy's vies omdat ons nie langer bly nie," sê Amelia. "Sy het tog vriendelik gelyk toe ons verblyf gevra het."

"Kom ons gaan eet eers," soebat Karien toe Daleen die sleutel in die aansitter draai. "Ons kan later rondawel toe gaan."

Die restaurant is net langs ontvangs, met 'n mooi uitsig op die swembad wat skitterend koud en rimpelloos lê.

Hulle bestel elkeen 'n hamburger. So, dink Daleen geamuseerd, Karien se dieet van 'n paar dae gelede is iets van die verlede.

Hulle wag nie lank op hulle bestelling nie, tot Karien se blydskap.

"Wat het julle gister hierdie tyd gedoen?" vra Daleen terwyl sy die sous van haar hamburger wat oor haar ken drup met haar vingers afvee.

"Ek weet nie meer nie," sug Karien.

"Ek ook nie, dit voel soos eeue gelede." Amelia strek haar hand om die tamatiesousbottel by te kom.

"Kom nou! Almal kan altyd sê waar hulle eenuur die vorige middag was! Dis etenstyd, mense," herinner Daleen hulle. "Ons assosieer mos almal eenuur met kos. Ek weet ek het gister eenuur 'n bier vir middagete gehad. Kan julle dit glo, 'n bier! Daar was soos gewoonlik niks in die yskas nie, behalwe nou die bier en katkos. Ek was nie honger genoeg om winkels toe te ry of katkos te eet nie. Toe drink ek maar die bier. Ek was nogal bang my pasiënte ruik dit."

"As ek dan nou moet sê," sê Karien, "het ek eenuur gister voor die skool gewag vir die kinders om uit te kom, hulle het nie gister sport gehad nie. Ek dink ek het 'n meat pie geëet."

"En ék was soos gewoonlik besig om getrou kos op te skep. Ons eet mos elke ete aan 'n gedekte tafel," sê Amelia.

"Wat Maria dek, ja," sê Daleen, steeds kouend aan haar hamburger.

"Dit is so. Ek weet ek is vreeslik bederf met die twee huishulpe, maar dis nou maar soos Gert grootgeword het. Hy glo nie daaraan dat sy vrou haar hande in skottelgoedwater moet steek nie."

Dit raak stil aan die tafel, elkeen konsentreer op die laai van die vurk, die kou van die kos.

Daleen kyk om haar rond. Dit is rustig buite seisoen, soos Amelia opgemerk het. Buiten hulle drie is die enigste ander klante 'n ouerige egpaar, en 'n pa en ma met hul seuntjie. Terrible twos, dink Daleen geamuseerd terwyl sy toekyk hoe eers die ma en dan die pa sukkel om hul spruit sover te kry om te eet. Hy is meer geïnteresseerd in wat om hom aangaan as wat voor hom is, lag sy in haar enigheid.

Lag met 'n traan, soos 'n donnerse nar, dink sy 'n bietjie jammer vir haarself. Sal daar ooit 'n tyd kom dat sy haar eie kinders teen haar bors sal vashou? Seker nie. Wat haar antwoord aan Jan ook al gaan wees, daardie voorreg is haar, Daleen Joubert, nie beskore nie. Sy verlang, besef sy. Sy verlang wragtig al klaar. Hoe is dit moontlik? Sy was nog altyd so goed daarmee om haar emosies te beheer. En nou, skaars tweehonderd kilometer weg van die huis, verláng sy.

Sy kyk op na haar vriendinne, albei skynbaar diep ingedagte. "Is dit moontlik om nou al, skaars twee uur op die pad, te verlang?"

"Dit is," sê Amelia nadenkend. "Ek verlang klaar na Gert."

Sy's eerder rasend van bekommernis oor Gert, vermoed Daleen.

"Ek verlang nog nie na my kinders nie," sê Karien kouend. "Seker omdat hulle in elk geval hierdie tyd van die dag nog by die skool is, besig met sport. Die verlange sal my wel tref wanneer dit drie-uur word en ek hulle moes gaan oplaai."

"Verlange na my kinders is al so deel van my dat ek dit skaars meer registreer," sug Amelia. "Ek háát koshuise."

Karien kyk opsommend na Daleen. "Hoekom vra jy? Na wie verlang jý dan?"

Daleen reik na haar servet, vee haar mond onnodig lank af voor sy sê: "Jy weet daar's niemand om na te verlang nie. Ek het slegs gewonder of dit moontlik is."

Sy staan oorhaastig op om te gaan betaal. Karien kry dit altyd reg om tot in haar siel te kyk, dink sy effens verbouereerd.

Sy teken die kredietkaartstrokie en kry die ander twee by die vier-trek.

Hulle vind hul rondawel sonder moeite. Sit 'n rukkie onkant gevang deur niksdoen op die stoep, voor hulle besluit om winkel toe te stap om slaai en peuselhappies vir die volgende paar dae te koop.

"Daar is dalk iets te sê vir mans wat van bestemming tot bestemming jaag," sê Amelia toe hulle die kruideniersware 'n rukkie later op die kombuistoonbank neersit. "Dis nog so vroeg en ons het niks om te doen nie."

"Jy's reg, ek is klaar verveeld. Kom ons gaan verken die plek. Te vóét," beklemtoon Daleen en reik na die rondawel se sleutel.

Hulle stap op die stil paadjies wat tussen die rondawels deur kronkel. Daleen neem stewig die voortou, die ander twee blasend agterna. Dis nogal 'n groterige oord. Hier en daar staan 'n voertuig voor 'n rondawel, andersins is die plek verlate.

Dis lekker dat die paaie nie net gelyk is nie, dink Daleen toe hulle 'n stewige opdraand begin uitstap. Sy draf genoeg gelyktes elke oggend.

'n Uur later laat sak hulle hul moeë voete in die yskoue swembadwater, broekspype hoog opgerol.

"Nee, magtig, Daleen," sug Karien en vryf oor haar seer, ongeoefende kuite. "Toe jy sê ons moet gaan stap, het ek gedink dís wat ons gaan doen. Nie op 'n drafstap voortstorm nie!"

"Dit het darem die tyd 'n bietjie omgekry," sê Amelia.

Karien lê terug op haar rug, haar voete morsdood in die koue water. 'n Grys kat kom om die hoek gesluip. "Hier's vreeslik baie katte," merk sy op terwyl sy probeer om hom nader te lok.

"Ek wonder wie sorg vir hulle," sê Amelia.

"Ek dink die restaurant sit vir hulle kos uit, anders kyk die gaste maar." Daleen skud haar kop. "Dis eintlik 'n treurigheid om te sien hoe hulle saans om die braaivure bedel."

"Ek wil ten minste twee katte en twee honde hê." Karien kom regop toe die kat haar ignoreer en gaan sit om hom te was.

"Hoekom het julle nie diere nie?" vra Daleen, verbaas dat sy nou eers daaroor wonder.

"Dawid is allergies," sug Karien. "Ek kry altyd die kinders so jam-

mer, dat hulle so troeteldierloos deur die lewe moet gaan. Geluk-
kig het hulle ouma 'n kat, anders was troeteldiere seker vir hulle
'n rariteit."

"Kom," sê Daleen terwyl sy haar yskoue voete uit die water lig en
energiek met haar hande begin vryf om weer die bloed te laat vloei.
"Daar is 'n bottel wyn in die yskas wat nou baie hard na my roep."

Lesse in erotika

Die winderige winterkoue het hulle eindelik teen skemer binnetoe
gejaag, waar hulle nou tevrede moet wees om die mooi uitsig oor die
oord deur die venster te bewonder.

Karien neem 'n diep sluk van haar wyn, staar dan na haar voete.
Op hierdie oomblik, weet sy, wil sy nêrens anders wees nie. Hier tus-
sen haar jare lange vriendinne voel sy veilig.

As sy net nie soveel na haar kinders verlang het nie. Die verlange
na Dawid kan sy hanteer, maar nie die verlange na haar kinders
nie. En dit pla haar dat Ronel vandag só gereageer het. Sy het ge-
weet Dawid se ontrouheid sou 'n merk op hul dogter laat, maar sy
was nie voorbereid op die verslaentheid nie.

"Ek gaan gou die kinders bel, hoor hoe dit gaan," verskoon sy haar
en stap na die badkamer, waar dit meer privaat is.

Ronel antwoord haar selfoon na skaars twee luie, haar stem hees
van opwinding. "Ma sal nooit raai wat gebeur het nie!"

Karien glimlag. "Ek is seker ek sal nie kan nie, vertel eerder."

"Jaco het uiteindelik wakker geskrik en my na die lentebal gevra!"

Jaco is die seun oor wie haar dogter nou al amper 'n maand lank swymel, onthou Karien. "Ek hoop nie jy het dadelik ja gesê nie. Het jy hom darem eers so 'n bietjie laat sweet?"

"Nou klink Ma nes Ouma," sê Ronel verwytend.

Inderdaad, dink Karien. "Jammer, my skat, ek is bly hy het jou gevra. Dis net nog lank, amper vier maande voor die bal."

"Maaa . . ."

"Jammer. Sodra ek terug is, moet ons na patrone gaan kyk vir jou rok. Tannie Amelia sal maar alte bly wees om vir jou iets te maak."

"En dit moet stunning wees! Die klomp kan juis so uithang!"

"Ons sal sorg dat dit stunning is," verseker Karien haar.

"En ons moet solank plek bespreek vir my hare en naels en grimering."

"Dis nog vier maande," kreun Karien. Waar kom sy aan hierdie dogter? Sý het nooit omgegee waarmee sy na 'n dans gaan nie – seker omdat sy nie juis baie gevra is nie.

"Die ander meisies het al plek bespreek!"

"Goed," gee Karien bes. "Sodra ek terug is, sal ons vir jou bespreek. Hoe gaan dit met die tweeling?" probeer sy die gesprek in 'n ander rigting stuur.

"Dit gaan goed met hulle, hulle wil ook met Mamma praat. Maar vertel eers hoe dit met Mamma gaan."

Karien hoor die bekommernis in haar dogter se stem en is ineens dankbaar dat Ronel nog kan uitsien na 'n bal saam met Jaco, dat haar pa se streke haar nie in 'n hoek laat wegkruip nie. "Dit gaan goed; ons slaap vanaand by die Gariepdam oor. Dis so mooi hier, ek dink ons klompie moet vir 'n naweek kom."

"Dit sal lekker wees."

Sy hou die gesprek opsetlik lig, ook met Marli en Dawie. Hulle vind dit veral vermaaklik dat hulle ma vandag gaan stap het. Sy vertel hulle van die katte, hoe sy die aand se orige pasta vir hulle uitgekrap het.

Toe sy die versugting in Marli se stem hoor, belowe sy haarself dat sy vir haar en die kinders troeteldiere gaan kry. Elke huis het ten minste 'n hond en 'n kat nodig.

Sy probeer die gesprek met haar ma ook lig hou, maar in die middel van haar vertelling oor die mooi landskap val Irma haar in die rede: "Ek weet dinge tussen jou en Dawid is nie lekker nie. Jy kan my maar vertel, die kinders het verkas televisie toe."

"Niks is fout nie, Ma," sê sy ongeduldig. "Moenie altyd moeilikheid sien nie."

"Ek is nie onder 'n kalkoen uitgebroei nie, ek kan mos sien iets is fout, by jou én by die kinders. Nie dat hulle iets sê nie, en ek het probeer."

Dit glo Karien goed. Min mense is bestand teen Irma, maar sy het haar kinders goed voorberei. Voor sy nie sekerheid het nie, wil sy haar ma nie onnodig ontstel nie.

"Alle huwelike het probleme, Karien. Dink jy ek en jou pa was net gelukkig? Ons het ook ons probleme gehad, maar ons het daaraan gewerk. 'n Huwelik verg werk, dag en nag. Jy weet dat ek nie glo in huwelike wat opbreek nie. Wat God saamgevoeg het, mag ons nie skei nie."

"Soms neem ons besluite sonder om God in ag te neem, Ma, daarom noem ons dit foute. God het ons nie saamgevoeg nie, seks het."

"Is dit nie dalk die probleem nie, Kariena? Is julle sekslewe nog opwindend genoeg? Onthou, dis nou eenmaal die vrou se plig om haar man gelukkig te hou."

"Ma," sy sukkel om die ysigheid uit haar stem te hou, "ek wil nie my sekslewe met jou bespreek nie. Ek wil seks glád nie bespreek nie. Seks is die wortel van alle mense se kwaad, van Eva se dae af."

"Met ander woorde, seks ís die probleem in julle huwelik," sê Irma. "Daar is deesdae goeie, opgeleide seksuoloë. Sodra jy terug is, maak ons vir jou 'n afspraak."

Haar ma bly 'n oomblik stil, waarskynlik om asem te skep, dink Karien.

"Jy kan ook lesse in erotika neem. Jy weet, iets soos lapdancing of paaldanse, dit behoort vonk in julle sekslewe te blaas!"

"Ma, los dit nou." Sy sukkel om, ten spyte van haar irritasie, die lag uit haar stem te hou. In die hele wêreld is daar seker net een ma soos hare. "Ek wil nie baklei nie. As daar probleme tussen my en Dawid is, is dit in die eerste plek ons besigheid. Ek sal Ma vertel as ek moet – as daar iets is om te vertel."

"Sal jy regtig, Kariena?"

Sy lui met 'n swaar hart af. Sy weet haar ma glo haar nie dat sy haar van haar probleme sal vertel nie. En met reg – haar pa se skouer was altyd die een waarop Karien gaan huil het. Nie dat Irma haar ooit rede gegee het om nie met haar te praat nie, of om haar nie te vertrou nie, sy was maar net altyd eerder haar pa se kind.

Wat sou hy van hierdie verwikkelinge dink? Oor haar ma se sekspraatjies sou hy waarskynlik net sy kop skud. Vir háár sou hy styf teen sy bors aantrek, vir haar sou hy huil. Sy mis hom so verskriklik baie.

Haar ma is waarskynlik reg, dink sy swaarmoedig. Seks is dalk tog die rede waarom Dawid haar verneuk. Wie wil nou seks hê met 'n oorgewig vrou wat haar gereeld aan kos vergryp? Soos gister. Sy het vir Daleen gelieg: sy het 'n meat pie én slaptjips geëet, afgesluk met Coke Light om haar minder skuldig te laat voel.

Maar sy kon dit nie vir haar vriendinne vertel nie; haar eetgewoontes hou sy nog altyd streng geheim. Soos haar bedlaaitjie vol lekkernye vir laataand se eet, wanneer Dawid slaap. Nee, sug sy, seks kan nie die probleem wees nie. Dawid se seksdrang is steeds so hoog soos vroeër, en sy het hom nog nooit geweier nie.

Sy staan van die rand van die bad op om haar by haar vriendinne te gaan aansluit.

Haar pa het nooit baie van Dawid gehou nie, maar ter wille van Karien het hy voorgegee. Sy het altyd gedink hy is maar net jaloers, besitlik oor sy enigste kind, sy dogter. Nou wonder sy of hy nie dieper gesien het as die mooi uiterlike nie.

Haar ma, daarenteen, was . . . is steeds . . . gek oor Dawid. Voor Dawid se intrede het sy Karien gereeld gewaarsku teen mans wat rooi onderbroeke dra en nie van diere hou nie. Sy was te skaam om haar ma te vra wat die rooi onderbroeke beteken. Dawid dra nie onderbroeke nie. Ook nie boksers nie. Sy sou graag haar ma wou vra wat dít beteken, maar was, weer eens, te skaam. Dis die dae toe sy nog skaam was. Deesdae maak niks haar meer skaam nie; sy het te veel van die lewe gesien.

Sy het wel vir haar ma vertel dat Dawid nie van troeteldiere hou nie, maar Irma het hom klaar as toekomstige skoonseun geoormerk en haar eie raad verontagsaam. "Hy kan nie help dat hy allergies vir diere is nie," het sy haar toekomstige skoonseun verdedig.

47

"Ek is seker dat hy, as hy kon, van honde sou hou. Hy lyk soos 'n hondeman."

"Vir my lyk hy soos 'n gigolo," het haar pa gesê, "te glad van haar en vel."

Wys jou net, dink Karien, die eerste keer dat sy haar ma se raad volg en nie haar pa s'n nie, sit sy jare later met die gemors.

Jy laat my aan Gert dink

Amelia is besig om die paar skottelgoedjies te was – die vorige aand se oorskietvleis het sy reeds kunstig tussen toebroodjies op 'n skinkbord gepak – toe Daleen by die kombuis inbars.

"Jy's papnat gesweet!" Amelia tap 'n glas water vir die blasende Daleen.

"Ek sweer, hoe ouer ek word, hoe moeiliker is dit om fiks te bly," sê Daleen tussen dorstige slukke deur. Sy sit die leë glas op die wasbak neer, neem 'n toebroodjie. "Dit lyk lekker." Sy neem 'n groot hap. "Korreksie: dit ís lekker," sê sy bewonderend, haar mond vol brood.

Amelia bekyk haar goedkeurend van waar sy voor die wasbak staan terwyl Daleen 'n tweede broodjie neem. "Jy laat my aan Gert dink," lag sy.

"Bedoel jy ek eet soos 'n man?" wil Daleen gekrenk weet.

"Natuurlik nie! Ek bedoel dat jy kos so ooglopend geniet. Hoe kan jy in elk geval soos 'n man eet met daardie lyf van jou?"

Daleen is mooi, besluit sy. Haar blonde hare kort, soos 'n seun s'n. Sy dra amper nooit grimering nie, maar soos sy daar staan, natgesweet, hare plat teen die kop en toebroodjie in die hand, is sy steeds mooi.

Anders as ek, sug Amelia innerlik, wat elke oggend grimering aansit, hare kleur, sodat Gert die verval nie so rááksien nie. Nie dat Gert kýk nie, hy het haar jare laas gesién. Net jammer sy kan niks aan haar lyf doen nie, sug sy weer terwyl sy onwillekeurig oor haar effense bolmagie streel. Is dít dalk die rede vir Gert se afsydigheid?

"Al iets van Gert gehoor?" vra Daleen terwyl sy na 'n stukkie vleis reik.

"Ek het vroeg gebel. Dit gaan goed met hom," sê Amelia. "Hy stuur groete."

"Dankie, vir die groete én die broodjies." Daleen haal 'n koffiebeker van die rak af. "Wil jy ook hê?"

"Ek sal maak," sê Amelia en neem die beker by Daleen.

"Daleen," begin sy versigtig terwyl sy die ketel aanskakel, "ek hou nie daarvan om stories aan te dra nie – dis maar net 'n ander woord vir skinder, en jy weet hoe ek dáároor voel. Maar as ek stilbly, voel ek daaroor óók skuldig."

Daleen knik net en wag dat sy verder praat.

"Ek is bekommerd oor Karien," sê Amelia sag. "Dalk is ek net laf, almal het tog hulle af dae, maar . . . Ek wou vroeër vir haar koffie kamer toe neem, toe hoor ek haar huil."

"Is jy seker sy het gehuil?" vra Daleen verbaas.

"Ja, en dit was nie die eerste keer nie. Gister toe ons vir jou gewag het, kon ek sweer sy het óók gehuil. Ek wou vanoggend by haar ingaan . . . Ek bedoel, as dit iemand anders was, as dit jý was, het ek ingegaan, maar . . . ek kon nie. Dit was so 'n verlore huil. So 'n seerkryhuil."

"Dink jy ons moet met haar praat?"

"Ek weet nie." Amelia trek haar skouers moedeloos op. "Ons praat van Karién."

Daleen knik. Karien du Plessis huil nie. Sy swets, baklei, krop op, maar sy húil nie.

Amelia gee haar koffie aan, neem 'n versigtige sluk van haar eie. "Ek het so 'n nare gevoel oor Karien."

Hulle drink in stilte, tot Karien hulle begroet met 'n vrolike: "Môre, môre!" Dit word amper onmiddellik gevolg met: "Kos! Lekker!" terwyl sy terstond na 'n broodjie reik.

Sy lyk nie soos een wat gehuil het nie, dink Amelia. Karien lyk dramaties, soos altyd. Vandag in pers, gekleurde vere ingeryg aan 'n toutjie om haar nek. Swart hare liniaalreguit. As Amelia haar nie self hoor huil het nie, sou sy dit nie geglo het nie. Karien speel dalk beter toneel as wat selfs sý besef.

"So," wil Karien kouend weet, "wat is ons planne? Ry ons, bly ons?" Haar hande gesels saam, sodat sy broodkrummels oral mors.

Sy skreeu om hulp, soos Hansie en Grietjie, dink Amelia terwyl sy haar vriendin stip dophou. Maar wie is die heks in Karien se verhaal?

"Ons ry," sê Daleen beslis. "Ek wil nie meer as een dag op dieselfde plek oorstaan nie."

"Veral omdat ons 'n reis wat normaalweg minder as 'n dag duur so uitrek," beaam Amelia.

Die ry-stop is vir haar lekker; sy neem soveel foto's dat sy gaan sukkel om die mooistes vir haar scrapbooking uit te soek. Van-

oggend vroeg het sy die binne- en buitekant van die rondawel afge-
neem, selfs 'n entjie gaan stap om meer van die oord op film vas te
lê. Voor hulle ry, moet sy Daleen en Karien oortuig om vir haar te
poseer. Sy weet hulle sal weer hulle monde vol hê daaroor, nie een
van hulle is lief vir foto's nie, maar sy het 'n projek in gedagte en
dit kan net werk as sy foto's van hulle almal het.

"Nou goed," besluit Daleen, "dan is dit logies dat ons Burgersdorp
toe ry. Slaap ons daar, of ry ons 'n bietjie verder?"

"Kom ons kyk hoe dit daar lyk voor ons definitief besluit," stel
Amelia voor.

"Kom ons kyk hoe ons vóél voor ons besluit," is Karien se reaksie.

"Maar eers gaan ons stap, vir oulaas," sê Daleen beslis.

"Jy het dan nou net gedraf!" roep Karien verontwaardig uit.

"Juis. Ek het tot onder by die dam gedraf. Julle moet dit sien:
bruin water wat in hierdie wind branders maak."

As dit so aanhou, sal sy vir haar tekkies moet koop, dink Amelia.
Stáptekkies. Haar peperduur stewels sal dit beslis nie lank hou nie.

"Nou toe, almal klaar geëet?" vra Daleen. "Kom ons gaan stap
hierdie broodjies af."

"Jy's laf," sê Amelia. "Daar's nie 'n manier hoe jy my in hierdie
wind buite gaan kry nie. Ek het in elk geval klaar gebad. Ek is skoon
en lekker warm aangetrek."

"Kom nou, Amelia, jy gaan spyt wees jy het nie saamgekom nie.
Die uitsig is absoluut fantasties. En die kans dat jy dit weer só gaan
sien, is skraal."

Amelia staan besluiteloos, dan kry sy 'n idee. "Goed," sê sy slinks,
"op een voorwaarde: ek vat my kamera saam en ek gaan foto's
neem. Van júlle."

Daleen en Karien rol hulle oë dramaties, maar Amelia weet hierdie rondte is hare.

Die wind waai so erg dat sy aan haar baadjie moet vasklou, haar kamera stewig in haar een hand. Hulle stap kop onderstebo teen 'n bult af agter Daleen aan.

Die wind maak enige gesprek onmoontlik; jou woorde word uit jou gedagtes gewaai nog voor dit in jou mond gaan lê het, dink sy terwyl sy haarself toenemend jammer kry. Sy is nie 'n sportiewe mens nie. Die meeste wat sy doen, is om naweke saam met haar kinders en Gert perd te ry, teen 'n gemaklike pas, al beteken dit ook sy is heelwat later as hulle terug by die huis.

Nou loop sy saam met haar vriendinne in 'n wind van bykans orkaansterkte teen 'n bult op, na 'n dam wat sy ewe goed vanuit die rondawel se venster kon sien. Wat haar die meeste pla, is dat hulle téén hierdie wind moet terug. Dit is sulke tye dat sy Daleen verwens. Al genot wat sy hieruit put, is dat sy nie die enigste een is wat so oor Daleen voel nie. Karien se gesig spreek boekdele.

Toe Amelia egter uiteindelik al blasend langs die waterkant staan, is sy bly dat sy vir 'n slag nie daarop aangedring het om te bly nie. Dit ís mooi, Daleen het nie oordryf nie. Nie eens die feit dat haar stewels in die modder vassuig en definitief nou geruïneer is, kan haar ontstel nie – nie met hierdie uitsig nie. Die bruin water strek so ver as wat sy kan sien, met eilandjies hier en daar bo die oppervlak. En ja, Daleen was reg: die water maak nie net golfies nie, dis branders.

Sy haal dadelik haar kamera uit sy sakkie en begin foto's neem. Sy maak of sy nie die onderlangse blikke tussen Daleen en Karien sien nie. Hulle gaan só verras wees deur haar projek dat sý die een sal wees wat op die ou end meerderwaardig glimlag.

"Kom, ek wil 'n foto van elkeen van julle hê."

"Ek hou nie van foto's nie," keer Daleen.

"Ek ook nie!" roep Karien uit.

"Tough! Ék hou daarvan. En julle het in elk geval belowe." Sy beduie vir Daleen presies waar om te staan en neem 'n paar foto's, voor sy na Karien draai.

"Kom, ek neem jou nou af," sê Karien toe haar beurt verby is.

"Nee," besluit Amelia, "ek neem ons almal saam af."

Dankie tog vir tegnologie en 'n slim seun wat die werking van die self-timer op haar nuwe digitale kamera vir haar verduidelik het, dink Amelia toe sy die kamera op 'n omgevalle boomstomp staanmaak en die knoppie druk.

Sy gaan tussen Daleen en Karien staan, hand om die lyf, elk met 'n groot glimlag.

Jare later sou dit nog haar gunstelingfoto bly. Hulle drie saam, onbewus van wat in die ander se gemoed aangaan. Die wind duidelik te sien in die branders op die dam, in die takke wat om hulle wieg, in hul windverwaaide hare. Vriende met geheime, maar vriende vir altyd.

Apartheid in reverse

Die terugtog teen die wind laat hulle skreeuend van die lag aan mekaar vasklou, hul monde wyd oop, die klank weggewaai deur die wind. Dit neem hulle baie langer om weer by die rondawel te kom.

Daleen en Karien staan, elk met 'n koppie stomende koffie, bibberend van die koue hulle beurt en afwag om onder die warm stort in te spring.

Dis ná twee toe hulle warm genoeg voel om die pad aan te durf. Middagete het bestaan uit een van Amelia se voorafbereide etes wat hulle in die mikrogolf ontvries en opgewarm het.

"Ek sal bestuur," bied Karien aan terwyl hulle die bagasie in die viertrek laai.

"Ek moet erken, ek is nou lekker lui," gaap Amelia terwyl sy die agterdeur oopmaak en inklim. "Julle weet mos ons boervrouens is gewoond daaraan om so 'n ou snoozie ná middagete te vang."

"Geen wonder nie, ná daardie groot ete van jou trek selfs mý oë toe," gaap Daleen saam en oorhandig die sleutels aan Karien.

"So, ek mik vir Burgersdorp?" vra Karien toe sy die viertrek aanskakel.

"Burgersdorp is die logiese keuse," knik Daleen, "ons kan vanaand daar oorslaap."

Sy lê terug teen die sitplek en laat toe dat die gerusstellende gedreun van die kragtige enjin haar sus. Wat gaan sy doen? Wat is die regte ding om te doen? Daar is 'n fyn lyn tussen reg en verkeerd, het haar pa gereeld gewaarsku. Wat vir die een persoon reg is, is nie noodwendig vir iemand anders reg nie. En die lewe het haar geleer dat die grys gebied tussen wit en swart soms baie breed is.

Wat gaan haar twee dierbare vriendinne, wat sy al 'n ewigheid ken, van haar dink as die waarheid eendag uitkom? Want die waarheid kom altyd uit. Eendag, iewers wanneer jy dit die minste verwag, bars die bom, en dan sit jy met die gebakte pere.

Daleen kry lag vir haarself. As haar Afrikaans-onderwyser haar nou kon hoor!

Sy loer onderlangs na Karien. Sou sy regtig vanoggend gehuil het? Soos Karien nou daar sit, meerkatregop agter die stuurwiel, oë stip op die pad, lyk sy só weerloos dat Daleen die impuls moet onderdruk om haar styf teen haar aan te trek en alles wat verkeerd is in haar lewe reg te maak.

As sy maar net kon, sug sy innerlik, as sy die vermoë gehad het om wonders te laat gebeur. Maar hoe kan sy Karien help as sy self nie eens 'n eenvoudige besluit kan neem nie? Nee, sy gaan nie nou daaraan dink nie. Ondervinding het haar geleer: hoe minder jy aan 'n probleem dink, hoe makliker kom die oplossing.

Sy loer weer na Karien. Sy is bereid om 'n jaar se inkomste te verwed dat wat ook al met Karien fout is, met Dawid te doen het. Wat het Karien met Dawid laat trou? Was dit bloot haar ontydige swangerskap? Tog, Karien was nooit konvensioneel nie. Sy het nog nooit toegelaat dat haar Calvinistiese wortels haar lewensloop bepaal nie. Dalk is sy regtig lief vir Dawid.

Karien is die een mens wat Daleen geglo het haar drome sou najaag ná skool. 'n Dromer, 'n gebore skrywer. Sy het op skool nie juis oorgeloop van selfvertroue nie, maar sy was ook nie skaam nie. Sy sou 'n skrywer word, het almal voorspel, 'n beroemde skrywer. Daardie droom het nooit waar geword nie. Karien se verweer is dat sy nie goed genoeg is nie, terwyl Daleen vermoed dat die teendeel eerder waar is.

Karien se enigste swakheid is dat sy haar nog altyd te maklik laat ompraat het. Dat sy moeilik "nee" sê. Kan dít die rede vir haar huwelik wees? Is Dawid só glad van mond dat hy Karien in die huwelik kon inpráát? Dawid . . . daar is nou 'n goeie voorbeeld van die wortel van alle kwaad. Die Sandfonteiners kan tot vandag nie uitgepraat raak oor die pragtige Du Plessis-paartjie nie, want ja, Dawid ís 'n mooi man.

En hy het sy duim stewig op Karien se kroontjie. Hoekom sién sy dit nie? Karien maak soos hý maak, drink wat hý drink, eet wat hý eet. Dis nie hoe liefde moet wees nie, dink Daleen. Is liefde nie juis vryheid om jouself in 'n verhouding te wees nie? Is liefde nie juis om jou maat se donkerste geheim te ken en hom of haar nogtans te aanvaar nie? Vir haar, weliswaar 'n buitestander, kom dit voor asof Dawid Karien slegs aanvaar omdat sy haar aan sy wil onderwerp het.

Dalk is sy onregverdig, bespiegel Daleen, juis omdat sy nog nooit van Dawid gehou het nie. Sy vind hom te arrogant, te veel van 'n skoupou, beslis nie goed genoeg vir Karien nie. Karien verdien soveel beter. Sy sug onwillekeurig.

"En as jy so sug?" vra Karien.

"Ag, ek dink sommer . . . Is dit nie vir jou ook eienaardig dat 'n mens se gedagtes altyd so op loop gaan wanneer jy in 'n motor is nie?"

"Weet ek dit nie! Dis wanneer ek die volgende vyf jaar van my lewe beplan." Karien kyk oor haar skouer na waar Amelia oopmond lê en slaap. "Siestog, sy kan regtig nie sonder 'n snoozie nie. Ook maar lekker bederf!"

"Gelukkig snork sy nie. En ek wonder of sy met jou sal saamstem oor die bederf."

"Hoe bedoel jy?"

"Soms dink ek Amelia kan haar hare uit haar kop trek van frus-

56

trasie. 'n Mens kan ook net sóveel teepartytjies vir buurvrouens hou."

"Of stokperdjies hê," stem Karien saam.

Dis vir 'n oomblik stil; net Amelia se diep asemhaling is hoorbaar.

"Is jy gelukkig?" vra Daleen, haar blik voor haar op die pad.

"Natuurlik! Hoekom sou ek nie wees nie?"

Daleen sug innerlik. Karien se antwoord was té vinnig, té passievol. Dit was net so goed soos 'n erkentenis dat alles nie pluis is nie. Sy plaas haar hand op haar vriendin se skouer en is, ten spyte van haar vermoedens, verbaas toe sy Karien hoor snuif.

"Ek's fine, regtig," sê sy sag. "Hoekom probeer jy nie ook slaap nie?"

"Slaap is net vir die onskuldiges," sug Daleen. Karien sal haar wel vertel, op haar eie tyd, weet sy.

"Onskuld is soms net 'n verskoning vir onnoselheid."

"En ek was nog nooit onnosel nie."

"Presies," sê Karien.

Daleen draai haar só dat haar rug na Karien wys en maak haar oë toe. Slaap sal sy tog nie kan nie, sy dink sy het laas as tiener in die dag geslaap. Maar niks keer haar om te dínk nie.

Sy het Karien leer ken as vyfjarige, toe hulle albei bedremmeld by die kleuterskool opgedaag het. Haar eerste indruk van Karien was dat sy die mooiste dogtertjie in die hele wêreld moet wees. Pragtige lang, donker hare en die donkerste oë. En haar klere! Sy het nie, soos die ander vyfjariges, in rokkies of sweetpakkies kleuterskool toe gekom nie. Sy was die een dag 'n feëprinses, kompleet met vlerkies, ander dae 'n seerower, oogklap en al. Ál die kinders was jaloers op haar klere.

Daleen se tweede indruk was dat sy te ernstig was, selfs toe. En baie impulsief – sy het nooit gedink voor sy doen nie. Karien het baie fasette, het sy toe al besef. Maar sy was die beste vriendin waarvoor 'n mens kon vra, selfs op daardie ouderdom.

Amelia het eers heelwat later in die skool gekom, in die middel van standerd drie. Self 'n mooi kind, met 'n lyf wat baie ander haar beny het. Sy het dit ongelukkig nie meer nie, moet Daleen toegee, dalk het die gemaklike lewe op die plaas haar tóg te veel bederf.

Sy en Karien het Amelia jammer gekry omdat niemand met die nuwe kind wou praat nie en het toe maar skaam-skaam die eerste skuif gemaak. Gou het hulle drie 'n gedugte span geword: die drie musketiers. Alles saam gedoen: sport, huiswerk, take, álles. Selfs, toe hulle op hoërskool was, saam op dates gegaan. Lekker dae gewees.

Ná skool is hulle saam Kovsies toe. Hulle harte wou breek omdat hulle nie in hul eerste jaar saam in 'n kamer kon wees nie. Maar laatnag se koffiedrinkery het tog daarvoor opgemaak. Baie oggende het Daleen met die opstaanslag amper op Karien getrap. Dié het laatnag, wanneer die verlange na haar ouerhuis en alles wat bekend was te veel geword het, na Daleen se kamer gesluip en op die matjie voor haar bed kom lê en slaap.

Daleen het medies gestudeer, Karien B.A. met tale – sy wou joernalis word en later natuurlik skrywer – en Amelia huishoudkunde. Daleen was vanselfsprekend die langste op universiteit; die ander twee het klaargemaak en is terug na Sandfontein. Nadat sy haar graad gekry het, het sy by oudokter Cronjé gaan soebat om haar in te neem in sy praktyk. Sy wou naby haar vriendinne wees.

En naby Darius, haar enigste familielid. Hy het die plaas oorgeneem, maar was op daardie stadium nog ongetroud. Baie kere gesê dat hy by die diep kant ingegooi is. Die voortydige afsterwe van hul ouers het hom gedwing om sy studie op te skop en te gaan boer. Gelukkig was hy nog altyd 'n boer in murg en been; hy wou nooit iets anders wees nie.

Toe Daleen terug is Sandfontein toe, was Amelia reeds getroud met Gert, ryk en gesiene boer van die distrik, en reeds swanger met hul eersteling, Werner. Dawid, pas gekwalifiseer as tandarts, het 'n praktyk op die dorp oopgemaak en sterk by Karien begin vlerk-sleep. Daleen het gevoel die beste dae van hulle vriendskap is verby. Dat haar twee beste vriendinne aanbeweeg het, móés aanbeweeg, het sy hulle gegun. Dit was net swaar om nie meer so 'n belangrike deel van hul lewe te wees nie.

Sy self kon natuurlik 'n belangrike deel van iemand anders se lewe geword het, want aan vlerkslepende jong manne was daar aan die begin nooit 'n tekort nie. Later, toe sy dit duidelik gemaak het dat sy nie belangstel nie, dat sy op haar beroep wil konsentreer, het die ewige gekuier afgeneem.

Sy het altyd gewonder of daar iets met haar skort. Hoekom kon sy nooit verlief raak nie? Nie eens op skool was daar outjies wat haar hart vinniger kon laat klop nie. Sy het wel op skool met 'n paar ouens uitgegaan, nie omdat sy noodwendig wou nie, eerder omdat sy genoeg druk van haar ouers en vriendinne ervaar het om te voel sy móés. Sy het haarself gereeld getroos dat dit in haar gene is. Hulle Jouberts trou laat, soos haar ouers gedoen het.

Darius was toe ook nog ongetroud, en sy was gerus in die wete dat hulle twee tog nog iemand sal ontmoet. Darius het uiteindelik. Hy is getroud met Veronica, tot die ontsteltenis van die hele dorp.

Daleen het selfs as gevolg van hul huwelik pasiënte verloor. Want Veronica is bruin . . . En 'n klein dorpie bly 'n klein dorpie.

Vandag, vyf jaar later, skinder die mense nie meer so erg nie. Die meerderheid het Veronica al aanvaar as deel van hul gemeenskap. Veral ná die geboorte van Rikus, wat hierdie jaar drie word. Hy lyk op 'n druppel water na sy oorlede oupa, en hy's wit, tot groot vreugde van die Sandfonteiners.

"Gelukkig vir Darius kuier sy darem nie so tussen die hotnots nie," het Daleen eendag 'n gesprek tussen twee gesiene vrouens gehoor, ook maar lekker jaloers omdat hy nie een van húlle gekies het nie. Op daardie oomblik het Daleen se gevoel jeens Veronica begin verander. Want ja, tot haar skaamte moet sy erken dat sy ook vir Darius bitter kwalik geneem het oor sy keuse, veral aangesien daar nooit 'n gebrek aan vrouens was wat in hom belanggestel het nie. Sý wat kastig so verlig is!

Sy het ná hulle troue nie meer so gereeld op die plaas gekom nie, vir Darius gesê dis omdat sy hom en sy bruid tyd alleen saam gun. Sy het geweet hy weet sy lieg. Dit was net vir haar so moeilik om te sien hoe Veronica in haar pa en ma, groot Verwoerd-ondersteuners, se huis leef. Asof dit haar reg is. Asof sy daar hóórt.

Nadat sy toevallig die gesprek tussen die twee snobistiese vrouens gehoor het, het sy besluit om vir 'n naweek te gaan kuier sodat sy self kon besluit wie en wat Veronica is. En sy is ontnugter. Veronica is 'n stil vrou wat die grond aanbid waarop Darius loop, en hy voel kennelik dieselfde oor haar. Daleen het daardie naweek 'n diep gesprek met Veronica gehad – en uitgevind die rede hoekom Veronica nie meer saam met haar eie mense kuier nie, is nie omdat sy haarself nou as blank beskou nie, maar eerder omdat haar eie mense haar nie meer wil ken nie. Omdat húlle haar as blank beskou. Apartheid in reverse.

Daleen se hart het oopgegaan vir die pragtige, petite vrou. Sy kon vir die eerste keer vandat sy 'n skoonsuster het haar arms om haar slaan en haar opreg in die familie verwelkom. Nie omdat sy vir haar jammer is nie, eerder omdat sy haar so bewonder. Vir Darius het sy gesê dat hul ouers trots sou gewees het om Veronica as skoondogter te hê – haar manier om vir hom jammer te sê.

En klein Rikus het behoorlik in haar hart gekruip. Bloed is dikker as water, weet sy nou. Darius het daardie aand, nie meer heeltemal nugter nie, bely hy hoop sy volgende kind is nie so wít nie. "Ons is so 'n bleek nasie," het hy vir Daleen gesê terwyl hy oor die rand van sy brandewynglas na haar loer, "en ek het nog altyd van donker sjokolade gehou."

Daarna het niemand dit meer gewaag om voor Daleen iets neerhalends oor haar familie te sê nie. Sy het nie meer stilgebly nie, sy het hulle verdedig. Al het die meeste dorpenaars Veronica en Rikus in die gemeenskap begin aanvaar, sou daar altyd diegene wees wat hulle nie kon of wou aanvaar nie. Wat altyd 'n rede gesoek het om smalend van hulle te praat.

Met die terugry dorp toe ná daardie naweek het Daleen gewonder hoekom ware liefde – hel, énige liefde – haar nie beskore is nie. Asof sy Cupido op een of ander wyse te na gekom het . . . Tot sy vir Jan ontmoet het. Skielik het sy geweet hoekom die liefde haar so lank ontwyk het: sy moes rég wees daarvoor. Vir alles op aarde is daar tog 'n tyd. En met die ouderdom kom selfvertroue, ook vertroue in jou vermoëns – as mens, as vrou, as lover. Sy was eindelik rég vir die liefde.

61

Die laaste paar weke het sy egter weer begin twyfel. Die huwelik is 'n heilige instelling. Wie is sy om die derde party in 'n huwelik te wil wees? Hoekom doen sy dit aan haarself? Aan hulle? Is dit nou die tyd om die verhouding te beëindig . . . en die risiko te loop om vir ewig alleen te wees? Nou, vóór die waarheid uitkom en die dorp nog 'n sappige skinderstorie beetkry?

Of moet sy Jan se voorstel ernstig oorweeg? Wat is in elk geval fout met haar en Darius dat hulle liefdeslewe so kontroversieel moet wees? En wat van Bennie, Jan se seuntjie? Hoe gaan hý haar aanvaar?

Die nuwe tandarts

Karien kyk met deernis na Daleen, wat wel aan die slaap geraak het en nou met haar kop ongemaklik teen die ruit lê. Hoekom het sy nie vir Daleen vertel nie? 'n Gedeelde las . . . Maar as sy vertel, maak sy dit wáár. En sy is nog nie gereed vir die waarheid nie.

Wat het haar in die eerste plek na Dawid aangetrek? Sy onthou hulle eerste ontmoeting goed, maar wat was nou eintlik die aantrekkingskrag? Tog sekerlik nie net dat hy so 'n mooi man is nie?

Sy het ná universiteit by die plaaslike koerantjie op Sandfontein begin werk. Sy was amptelik 'n joernalis, maar was te skaam om dit aan haar studentemaats te erken. Die meerderheid van hulle het by vooraanstaande koerante en tydskrifte begin werk. Sy, wat een van die topstudente in hul jaar was, het boerebegrafnisse en

-troues gedek. Meer begrafnisse as huwelike, dink sy wrang. Nie omdat sy nie beter werk kon kry nie, maar omdat sy graag na haar tuisdorp wou terugkeer.

Haar pa was toe al afgetree, maar besiger as ooit. Hy het in bykans elke komitee gedien, en was nog tot sy dood baie aktief by die skool betrokke. Hy is al amper drie jaar dood, dink sy verras, soms voel dit nog soos gister. Sy het nooit, soos so baie ander skoolhoofde se kinders, hand uitgeruk net om haar pa te wys nie. As sy reg onthou, het hulle nie eintlik probleemkinders in die skool gehad nie. Want haar pa was regverdig . . . goed.

As enigste kind was sy nog baie afhanklik van haar ouers – dis hoekom sy Sandfontein se koerantjie bo 'n glanstydskrif verkies het. Seker ook omdat sy gedink het dat sy die koerant tot groter hoogtes kon neem. Die vermetelheid van die jeug, darem . . . Tog was sy nooit spyt oor haar keuse nie, want sy was gelukkig met haar beskeie werksomstandighede.

Sy het een oggend opgestaan met die allerverskriklikste tandpyn, en 'n week lank met die pyn probeer saamleef omdat sy 'n fobie oor tandartse het. Dit bly eienaardig dat sy met haar tandartsfobie toe halsoorkop vir een geval het. Tot die oggend toe sy weer, ná die eerste mond vol van haar ma se saggekookte eier, inmekaargekrimp het van die pyn.

"Ek het gister vir jou 'n afspraak by die nuwe tandarts gemaak," het haar ma doodluiters gesê. "Jy loop nou al 'n week met 'n dik bek rond. Gaan vanoggend spreekkamer toe en kry dit agter die rug. Pyn verdwyn nie omdat jy dit ignoreer nie."

Met haar hand nog steeds beskermend om haar mond gevou, het sy grootoog omgedraai. "Wat het van dokter Maritz geword?"

"Hy is mos pas op pensioen. Twee jong tandartse het sy praktyk gekoop; hulle het laas week begin. Ek het vir jou 'n afspraak by dokter Du Plessis gemaak, die mooier een van die twee. Ek moes ou Elisa se arm behoorlik draai om vir jou plek te kry by hom. Die ander tandarts het plek gehad, maar hy is nou regtig nie iets om na te kyk nie."

"Ma het vir my 'n afspraak by hom gemaak omdat hy aantreklik is?" het sy verstom gevra. "Ma, as jou tand seer is, gee jy nie om of 'n trol dit stop nie!"

"Jy het nog nie vir Dawid du Plessis gesien nie! Selfs ek moet erken dat hy my knieë lam maak, en jy weet mos dis net jou pa wat dit nog ooit kon regkry."

Haar ma was reg. Een kyk in Dawid se blouer-as-blou oë, en sy was verlore. Soos in 'n goedkoop liefdesverhaal, dink sy wrang. Sy het hom ge-"dokter" toe sy daar in is, 'n uur later was hy Dawid, 'n paar maande later was hy haar verloofde, na nog 'n paar maande was sy swanger met Ronel en kort daarna was sy mevrou dokter Du Plessis.

Wie weet of sy met hom sou getrou het as sy nie saam met hom in die bed gespring en swanger geword het nie . . .

Dalk was dit die enigste keer dat sy haar pa teleurgestel het, mymer sy. Hy het nooit van Dawid gehou nie, het ook nie regtig probeer om dit weg te steek nie. Hy was vriendelik genoeg met hom, maar altyd op 'n afstand.

Avontuurliker

Amelia kyk glimlaggend na Daleen toe sy haar oë lui oopmaak en haar arms bo haar kop strek.

"Rise and shine, sleeping beauty! En hier dog ek ek's die enigste een wat in die dag slaap."

"Ja, toe, moet dit nie invryf nie," gaap Daleen. "Waar is ons?"

"Welkom, skone dame, by Aliwal-Noord," sê Karien droog.

Amelia volg Daleen se blik na die brug waaroor hulle ry, die skeiding tussen die Vrystaat en die Oos-Kaap. Die Oranjerivier vloei in 'n kolkende massa onder die brug deur. Vir 'n oomblik staar sy verstom daarna. Dis 'n vreemde gesig in die winter, aangesien die gebied in 'n somerreënstreek val.

"Wat maak ons in Aliwal-Noord? Moes ons nie in Burgersdorp wees nie?" vra Daleen.

"Ons het besluit Burgersdorp lyk darem te veel na Sandfontein, te depressing," sê Karien. "Die ry deur die dorp was genoeg, nou kan ons ook sê ons was al daar."

"En ek wou by die kuns-en-stokperdjiewinkel in Aliwal-Noord uitkom," sê Amelia. "Hulle het blykbaar die mooiste goed. Julle kan my daar aflaai terwyl julle supermark toe gaan. Onthou net om vir my sigarette te koop."

"Het ek nog nie genoeg vir jou gepreek oor daardie slegte gewoonte nie?" raas Daleen.

"Askies, dokter, maar dié kankerstokkies is al wat my nog so te sê normaal hou. So, los my en my vieslike gewoonte uit. Ek moet ook dringend tekkies kry, so ons moet asseblief by 'n sportwinkel stop."

"Dis nie 'n slegte plan nie," beaam Karien. "Soos Daleen ons laat stap, sal ek ook 'n paar gemaklike skoene moet kry." Sy kyk vinnig op haar polshorlosie. "Dis amper vieruur, jy het 'n uur voor die winkels sluit," waarsku sy Amelia toe hulle voor die kunswinkel stilhou.

Toe hulle haar later daar kom oplaai, staan 'n glimlaggende Amelia en wag met pakkies boepens gelaai met inkopies.

"Soos 'n kind op Kersdag," mompel Karien terwyl Amelia haar pakkies in die kattebak laai. "Haar kinderlike opgewondenheid maak my soms naar!"

Daleen knik instemmend. Soms is Amelia se entoesiasme vir haar stokperdjies net te oorweldigend.

"Genade, ek het die mooiste goed gekry!" sê Amelia toe sy inklim. Toe sy geen reaksie kry nie, vervolg sy: "Ek het die oord buite die dorp gebel en sommer vir ons plek bespreek. Daleen, vat so, dalk kan jy my kriptiese aanwysings beter verstaan as ek. Iets ruik lekker!"

"Ons het pizzas vir middagete gekry," sê Daleen terwyl sy die stukkie papier aanvat.

"Gesónde pizzas," skerm Karien, "met baie groente en min vleis."

"Bestaan daar iets soos gesonde pizzas?" wil Amelia weet. "Onthou om gou by 'n sportwinkel te stop."

"Kom ons gaan swem," sê Karien terwyl sy deur haar tas krap op soek na haar swembroek. Danksy Amelia se kriptiese aanwysings het hulle die oord maklik gekry. "Ons het oefening nodig ná daardie pizza."

"Is jy heeltemal gek?" roep Amelia uit. "Dis te koud!"

"Hélkoud," lag Daleen, en kry 'n verwytende kyk.

Karien rol haar oë dramaties. "Warmwaterbron, Amelia, die klem val op wárm."

"Dit gaan nog steeds te koud wees. Julle kan swem, ek sal kyk."

"Tipies Amelia," sê Daleen, haar blik tergend. "Altyd die toeskouer, nooit 'n deelnemer nie."

Amelia gluur haar verontwaardig aan, maar weier om op die aanmerking te reageer.

Hulle stap af na waar die bordjies aandui die bron moet wees.

"Dit ruik na méns hier binne," sê Amelia en trek haar neus fyntjies op toe hulle die deur oopstoot en binnestap. Daar hang inderdaad 'n aardige reuk in die lug. Hulle is verstom om 'n jong paartjie in 'n vurige omhelsing in die water aan te tref. Karien kug hard, sodat hulle vervaard uitmekaarspat en verleë na die drie stuks staar.

"Oeps!" roep Karien gemaak verskonend uit, haar hand voor haar mond.

Amelia gaan onbedaarlik aan die giggel, en Daleen voel ook die lag in haar opborrel. Karien kyk die twee jonges só verontwaardig en uit die hoogte aan dat hulle summier die hasepad kies.

"Goed so," knik sy, "mens vry wragtig nie waar ander wil swem nie!" Sy trek haar sweetpak uit, toets die water met haar toon.

"Jy gaan tog nie regtig swém nie?" vra Amelia. "Sê nou hulle het ge- . . . jy weet . . ."

"Gewat? Gekafoefel? Toemaar, hulle het nie skuldig genoeg gelyk dáárvoor nie." Karien laat haar lyf stadig in die water sak.

Amelia ril merkbaar en oordrewe, sodat Karien sê: "Ek ril ook, al kan julle dit nie onder die water sien nie, maar van lekkerte. Kom voel," nooi sy Daleen, wat besluiteloos op die rand staan.

"Te hel daarmee," sê Daleen vir niemand in die besonder nie. Sy laat val haar sweetpak op 'n hopie en duik met 'n sierlike boog in. "Dis heerlik warm!" roep sy na Amelia. "Maar die reuk is erger as jy in die water is."

"Jy is nie veronderstel om te duik nie." Amelia wys na 'n bordjie teen die muur.

"Kinders, moenie in die water mors nie, die grootmense wil dit drink," lag Daleen.

Dís haar probleem, erken Amelia teenoor haarself waar sy op die bankie sit, haar knieë hoog teen haar bors opgetrek: sy speel altyd ma. Selfs teenoor haar vriendinne, selfs teenoor haar man. Dalk is dít die rede waarom Gert haar nie meer as vrou sien nie – sy het vir hom 'n ma geword.

Sy sug, kyk afgunstig na Daleen en Karien wat in die water baljaar. Sy wil ook swem, uitgelate soos 'n kind, maar sy het nie haar swemklere aan nie en sy's te bang om alleen terug te stap chalet toe. Dis tyd dat sy avontuurliker raak, besluit sy, haar blik steeds op Daleen en Karien, wat nou verbete resies swem. Hierdie vakansie is net die regte medisyne vir 'n bangbroek soos sy. Sy sál – sonder om aan die gevolge te dink, sonder om die bobbejaan agter elke bult te gaan haal – meer pret saam haar vriendinne hê.

Sy maak haar oë lui toe. Die hitte maak haar lomerig, die uitbundige gelag van haar vriendinne skielik verder weg, maar tog, soos altyd, gerusstellend naby.

Sy skrik regop toe Daleen en Karien langs haar kom sit.

"Ek kan nie glo jy het gesit en slaap nie," lag Karien.

"Ek het nie! Ek het net my oë laat rus," keer Amelia verontwaardig. "Kom ons gaan eet vanaand in die restaurant. Ek betaal, so julle mag nie weier nie!"

'n Ete in 'n restaurant is nou nie so avontuurlik as om saam met witdoodshaaie te swem nie, sug sy innerlik, maar alle avonturiers moet iewers begin.

'n Bietjie jaloers

Ná aandete in die restaurant stel Karien voor dat hulle deur die oord gaan stap.

"Dis te koud en te donker om te stap." Amelia trek haar baadjie stywer om haar lyf. Dan skud sy haar kop beslis. "Nee, dit is nie," sê sy met soveel drif dat haar vriendinne haar verbaas aankyk. "Kom ons gaan stap. Ons ry môre en ons het nog nie veel van die oord gesien nie."

Sy kyk skepties na die ligte wat nie veel meer as die voetpaadjies verlig nie. "Nie dat ons veel kán sien nie. Maar nou ja, ten minste sal ons kan sê ons hét hier gestap. Ons moet in elk geval ons nuwe tekkies toets."

Hulle stap in stilte, elkeen besig met haar eie gedagtes, tot Karien die stilte verbreek. "Ek was nog altyd so 'n bietjie jaloers op julle twee, het ek julle al gesê?"

"Op ons? Hoekom op aarde sou jy wees?" vra Amelia.

"Wel, jy is pragtig, Amelia, maar dis jou warmte, jou goedheid, wat mens eerste raaksien. Ek het nooit verstaan wat dit beteken nie, tot ek dit op 'n dag in jou gesien het. Dís waarop ek jaloers is. Ek het selfs op 'n stadium meer soos jy begin optree. Sagter begin praat. My hande minder gebruik om saam te gesels. My oë sag probeer hou . . . tot Dawid my gevra het of ek siek voel. Ek bedoel, kan julle mý so sien?"

"Dis die probleem," sê Amelia terwyl sy gedwonge saam met Daleen lag. "Almal sien altyd net die goed in my raak, dalk omdat ek so goed kan voorgee ek is goed."

Daleen kyk skeef na haar, maar Karien sê: "Nee wat, jy is goed gebore. Ons weet dit almal."

"En op my? Wat aan my kan jou jaloers maak?" wil Daleen weet.

"Jou lyf. Jy eet wat jy wil en tog sukkel jy nie soos ons ander gewone siele met jou gewig nie. En jy's mooi. Regtig mooi. Vra maar al die mans op die dorp. Ek wens ek was so klein en fyn soos jy." Karien vee oor haar maag en heupe.

"Jy kan nie jou liggaamsbou verander nie. Ek is kleiner as jy gebou. En ek het nog nie kinders gehad nie, onthou. En ek eet wat ek wil omdat ek elke dag so hard oefen."

"En die feit dat jy so beskeie daaroor is, daarop is ek éérs jaloers," sê Karien. "En op julle huise." Sy kyk vinnig op toe die ander weer lag. "Ek weet dit klink simpel, maar ek is. Daar is seker nie 'n mooier huis as joune nie," sê sy amper beskuldigend vir Amelia, "en Daleen, jou woonstel is –"

"Gehúúrde woonstel," onderbreek Daleen haar.

"Is so individueel en casual soos jy," hervat Karien.

"Jou huis is self stunning!" roep Amelia uit.

"Nie vir my nie. Ek hou van kleur," sy kyk af na haar swart uit-

70

rusting, "in my huis. Nie die vervelige neutrale kleure wat Dawid verkies nie. Dis so boring."

As sy kon kies, dink sy, sou sy 'n huis soos Amelia s'n wou hê. 'n Kasarm van 'n kliphuis, klip vir klip gebou deur Gert se oupagrootjie. Dis so 'n warm, gesellige huis. Ruim vertrekke, en die meubels van denne-, geel- en stinkhout dateer ook uit die oupagrootjie se dae. Die geelhoutvloere is blink gepoets en nuwe bruin kleiteëls is in die kombuis en badkamers gelê. Persiese tapyte lê knus in al die vertrekke en in hul leefarea is groot, vet kussings oral te sien. Afrika-kuns teen die mure laat die huis nog vriendeliker vertoon.

In die winter word die gordyne dig getrek teen die Vrystaatse koue en die kaggelvuur brand gesellig hoog. Maar in die somer word die gordyne weggetrek; die groot skuifdeure wat Gert aangebring het, word wyd oopgemaak sodat die koelte van die druiweprieel op die stoep, wat reg rondom die huis loop, jou laaf. Dis die een huis, naas haar ma s'n, waar sy nog altyd welkom gevoel het. Sy en die kinders gaan kuier gewoonlik op die plaas wanneer Dawid op een van sy jagtogte is.

As sy kón kies, dink sy grimmig, sou sy nie net Amelia se huis wou hê nie, maar ook vir Gert. Nie dat sy verlief is op hom nie, sy bewonder hom, en slegs op 'n afstand. Groot van postuur, klein van hart. Hy gesels met haar kinders asof hulle familie is, nie die kinders van sy vrou se effens neurotiese, bedonnerde vriendin wat gereeld naweke 'n oorlas van haarself maak nie. Speel met hulle, laat hulle lag – dingetjies wat hul eie pa selde doen. Deesdae minder as ooit.

Sy hou so daarvan om by Amelia en Gert te kuier. Die gesels tot laataand, die klere wat Amelia vir haar wat Karien is, ontwerp en maak. Vrolike, effens uitheemse kleure en klere, sodat Gert meestal sy kop in ongeloof skud. Dis juis dié ontwerpe van Amelia wat Karien soms laat wonder wat regtig onder daardie preutse uiterlike van haar vriendin skuil.

Daleen se plekkie, daarenteen, alhoewel klein en minimalisties gemeubileer, laat met die inkomslag geen twyfel oor wie daarin woon nie. Dis 'n blyplek waarin daar gelééf word. Elke meubelstuk, elke mat en skildery ís Daleen.

Hoe anders is haar eie huis nie! Dawid hou van sy omgewing kalm, byna steriel. Die mure en die matte alles in boring beige en wit. Gordyne in pastelle. Slegs haar kombuis het kleur – liggeel mure. Dis die meeste wat hy haar toegelaat het.

As sy besluit om te skei, is dit die tweede ding wat sy sal doen: haar huis in al die kleure van die reënboog verf. Sy, Daleen en Amelia. Daarvan gaan hulle drie 'n partytjie maak, neem sy haar voor. 'n Regte reënboogpartytjie.

'n Donnerse graad

"Kom ons draai om," sê Daleen. "Ek raak nou lekker lui na die ete, ons sal gesonder moet eet. En daardie bottel wyn in die yskas roep na my. Al weer."

"Dis dan juis die lekkerste van die vakansie, die etes," sê Amelia, 'n effens gefrustreerde klankie in haar stem. Sy kan dit maar erken, aan haarself en haar vriendinne, dat kos haar troos geword het. Dat sy saans saggies kombuis toe stap en die kaste oopmaak op soek na iets waarmee sy haar frustrasie, haar woede en haar honger na seks kan wegvréét.

Dis geen wonder dat haar lyf deesdae so lyk nie. Sy het haarself verwaarloos. Omdat sy by die huis moet sit, haar graad onder 'n maatemmer moet wegsteek, haar kinders selde sien, laataand langs 'n snorkende man met 'n slap penis in die bed moet klim, of koud en alleen haar eie kamer moet opsoek. Ander vrouens sal dood vir die kans om 'n huisvrou soos sy te wees. Het nog nooit aan huiswerk geraak nie – daarvoor het sy mos twee huishulpe. Selfs naweke het sy hulp; hulle maak beurte om in te kom.

Daarom doen sy handwerk, enigiets om haar besig te hou. 'n Ruk terug toe die lapverf-craze die land tref, het sy dit gedoen. Alles van kussings tot tafeldoeke met verf besmeer. Nou is dit weer scrapbooking. Haar werkskamer lyk op enige gegewe tyd of sy 'n kleuterskoolklas aanbied – vol snippers papier, karton en gom.

Geniet sy dit? As sy eerlik moet wees, ja. Baie. Sy het nog altyd daarvan gehou om kreatief besig te wees. Maar dit bly so léég. En dit bring nie vir haar iets in die sak nie. Sy sal daarvan hou om haar eie salaris te verdien, nie 'n toelaag van haar man nie.

Sy is gátvol, besluit Amelia. Sy moet met Gert praat. Of dalk vir hom 'n brief skryf? Ja, 'n brief sal beter wees. Dalk sal hy dán na haar luister, as hy die woorde op papier sien. Sy sal net moet sorg dat sy dit vir hom gee . . . wanneer? Wanneer sal dit vir Gert 'n goeie tyd wees? Nie wanneer hy in die veld is nie – dan trek die boerdery sy aandag af. Nie wanneer hy tuis is nie, dan trek die televisie sy aandag af. Sy haat televisie, omdat dit vir Gert belangriker as sy geword het. Sy kompeteer elke dag teen óf die boerdery óf die televisie. 'n

Brief sal beter wees, sug sy, dan sal sy ook nie die teleurstelling in sy oë sien wanneer sy hom meedeel dat sy vir haar 'n werk wil kry nie.

Sy luister hoe Daleen in die kombuis werskaf, voel skuldig omdat sy al in die bed lê terwyl Daleen moet opruim. Sy het te veel gedrink, Daleen se bottel wyn het ook na háár geroep, môre gaan sy met 'n hoofpyn opstaan. Niemand het vir haar gesê dit gaan 'n drinkvakansie wees nie! Sy is nie gewoond aan drank nie. Sy en Gert drink net by geleentheid.

Sy trek die duvet hoër op, sodat net haar oë uitsteek. Nee, nou lieg sy weer vir haarself. Sy ís drank gewoond. Herinneringe aan haar kinderdae is gevul met drogbeelde van drank. Suipende ma, arme pa . . . Sy kon nooit vriende huis toe nooi nie. Nee, dis ook 'n lieg, sy wóú nie. Omdat sy skaam was vir haar slingerende, vloekende, drónk ma. Omdat sy skaam was vir haar patetiese pa. Haar ma het bedags gewerk en snags gedrink. As haar pa, 'n verkoopsman, op die pad was, het sy gereeld ander mans onthaal. Van die mees gesiene mans is by hulle huis in en uit.

Sy is bewus daarvan dat haar vriendinne van haar miserabele kinderdae weet – op 'n klein dorpie kan dit tog nie anders nie – maar hulle het nog nooit met haar daaroor gepraat nie. Dáárvoor is sy dankbaar. Sy deel daardie herinneringe nie eens met Gert of God nie.

Wanneer haar pa daar was, het hy hul daaglikse bestaan normaal probeer hou, dit gee sy hom ter ere na, maar hy kon nooit opstaan teen haar ma nie. Hy kon háár nooit beskerm teen die sielkundige oorlog wat haar ma teen haar gevoer het nie. Daarom wou sy alles wees wat haar ma nie was nie. 'n Goeie vrou, 'n goeie ma, voorbeeldig. Iemand wat haar gesin eerste stel. En noudat sy dit alles vermag het, wil sy gaan werk . . .

Hoekom kan sy nie tevrede wees nie? Daar is so 'n mooi Engelse woord: contentment. Dis wat sy wil wees: content. Dis wat sy behoort te voel. Sy sug hard, draai op haar sy, haar knieë teen haar bors opgetrek in die fetusposisie. Dalk as sy sou werk, haar eie geld sou verdien, dalk sal sy dan content voel.

Sy wonder of Daleen besef hoe gelukkig sy is. In 'n gevestigde praktyk, met meer pasiënte as wat sy seker regtig kan hanteer, en vry. Vrý. Nie dat sy, Amelia, nie vry is nie. Sy wil ook nie noodwendig van Gert en die kinders vry wees nie, sy het hulle te lief. Maar vryheid beteken vir haar net een ding: om te kan doen wát jy wil wánneer jy wil. Om dorp toe te kan ry wanneer dit jou pas. Jou eie salaris te verdien. Jou kinders elke dag om jou te hê.

Die afstand tussen haar en Riana word al groter, sy weet nie meer hoe om dit te oorbrug nie. Te veel al haar mond gehou wanneer sy moes gepraat het. Te veel gepraat wanneer sy moes stilgebly het. En Werner, haar groot boerseun, amper te groot vir drukkies, maar hy laat dit soms darem nog toe. Ook hy gaan eerder na Gert vir raad, laat haar soos 'n buitestander voel.

Hoekom práát sy en Gert nie meer nie? Goed, hulle praat oor alledaagse dinge – as hy sy blik van die kassie kan wegskeur – maar óm hulle emosies, óm hulle begeertes en ideale. Wanneer sy wel die moed het om daaroor te praat, lyk hy bloot verveeld. Het sy so vervelig geword? Amelia, die vervelige huisvrou. Ten minste was haar ma se lewe opwindend.

"Ek het 'n donnerse graad in huishoudkunde, ek het duur afbetaal aan my lening, nou sít ek net," sê sy saggies die donker in. Sy móét met Gert praat. Of dalk moet sy tog eerder 'n brief skryf.

Die probleem is dat sy met so 'n goeie man getrou het. Sy weet hy wil net die beste vir haar hê. Maar hulle idee van die beste verskil. Durf sy kla omdat sy 'n goeie man het? Hy is die een mens wat sy nooit wil seermaak nie, nooit wil teleurstel nie. Omdat hy nog altyd haar rots was. Dis snaaks, maar sy het hom onmiddellik as haar sielsgenoot geëien.

Sy was skaars terug van Kovsies, graad stewig in die hand, en het by die laerskoolkoshuis gekook, 'n pos wat sy nie sonder die hulp van haar ma sou kon kry nie – dat haar ma haar gehelp het om werk te kry, was 'n groter skok as die lang ure wat die werk geverg het. Sy het dit vreeslik geniet: haar eerste werk, haar eerste salaristjek.

Kathy, 'n onderwyseres wat in die koshuis gewoon het, het haar een Saterdag saamgenooi na die Boereverenigingdans. Sy wou nie rêrig gaan nie. As gevolg van haar kinderdae was sy taamlik antisosiaal; net Daleen en Karien kon haar uit haar dop laat kruip. Maar Kathy het so aangehou dat sy eindelik ingestem het.

Hulle het skaars ingestap by die saal, wat soos 'n regte outydse barn gelyk het, toe sy hom sien. En dadelik besef het dis dít. Nie dat dit moeilik was, steeds is, om hom raak te sien nie; hy staan kop en skouers bo almal uit. Sy groot postuur het die saal gevul, sy donker hare het sag in sy nek gekrul. Waar sy en Kathy by 'n tafel gesit het, kon sy sy groot hande, sy mooi bene bewonder. Vreemd, het sy gedink, dat sy so aangetrokke tot hom voel. Haar tipe man was nog altyd skraal, amper fyn gebou. Nie só groot, met 'n effense boepmaag nie! Tog was daar iets aan hom wat haar eenvoudig aangetrek het. Hy lyk na die tipe man wat 'n vrou sal kan beskerm teen 'n inval. 'n Paar invalle, om eerlik te wees. Dís wat haar na hom aangetrek het, het sy later besef: 'n gevoel van veiligheid.

'n Sensasie soos sy nog nooit tevore ervaar het nie, het deur haar lyf getrek. Sy kon nie onthou of sy voorheen ooit eens aan seks gedink het nie. Sy en haar vriendinne sou dit soms laataand, giggelend en blosend, in die donker bespreek, daaroor spekuleer. Maar dis iets wat sy nog nooit eens probeer doen het nie; sy het nooit so daaraan gedínk nie.

En daar sit sy by 'n grofgeskuurde houttafel op 'n ongemaklike plastiekstoel en staar openlik na 'n reus van 'n man met wellus in haar gedagtes. Sy het onmiddellik geweet dat sy vir hóm gewillig sou gaan lê. Hy het iets in haar wakker gemaak wat geen ander man nog ooit kon regkry nie. Hy het haar nie gesien nie; hy was te besig om met een van die ander jong meisies te gesels.

Amelia het duidelik geweet dat sy hierdie man wil hê, verkieslik vir altyd, maar sy sou ook tevrede wees met slegs een nag van passie. Sy het gebloos vir haar gedagtes. En sy, wat met 'n afgewende, blosende blik gereageer het as 'n man net vir haar kyk, het iewers vandaan die moed bymekaargeskraap en na hom geloop.

"Haai! Ek is Amelia, jy wil vir my vreeslik bekend voorkom. Ken ons mekaar?"

Hy het sy kop stadig na haar gedraai, 'n frons tussen sy mooi oë, en 'n glimlag het oor sy gesig gesprei. "Ek is Gert. Ek ken jou, ja. Ons was saam op skool. Ek was 'n jaar of twee voor jou."

"Ek wou sê jy lyk bekend!" Sy het wragtig tóé gebloos, seker omdat sy so staan en lieg het, want sy kon Gert glad nie onthou nie. Hoe de donner was dit moontlik dat sy hóm nie onthou nie?

"Doen my die eer aan en dans met my." Hy het verspot voor haar gebuig, haar stewig aan die boarm gevat en na die dansvloer gelei, sonder 'n verdere blik na die blonde Barbie met wie hy gesels het.

Sy en Gert het heelaand met mekaar gedans en gesels, terwyl Barbie dolke met haar oë na Amelia gegooi het. Teen die einde van die aand was sy tot oor haar ore verlief. Drie maande later het hulle begin trouplanne maak. Sy het vir haarself 'n droom geskep, aangevuur deur Gert se amper kinderlike vreugde oor hul toekoms saam. Luilekker dae op die plaas . . . sy hoef nooit weer te werk nie . . . haar lewe gaan so rustig wees, net sy en haar donkerkopreus.

Haar droom het mettertyd haar nagmerrie geword. Verveling kenmerk haar dae. Wat aan die begin hemels was, het hel geword. Nee, nou is sy onregverdig. Sy is steeds verlief op Gert, dalk nog meer as destyds, en sy het twee wonderlike kinders.

Dis nie haar huwelik wat hel is nie, dis haar omstandighede. Sy wil gaan wérk. As sy beroepsgewys gestimuleer word, weet sy, sal sy ook vir Gert die vrou wees wat hy verdien. Nie die patetiese huisvrou wat sy nou is nie. As sy gaan werk, sien hy haar dalk weer raak, praat hy dalk weer met haar. Reik hy dalk weer snags na haar lyf . . .

All you need is l♥ve

Daleen se selfoon lui net toe hulle by die padstal instap. Hulle het die stalletjie anderkant Aliwal-Noord op pad Queenstown toe raakgery. Dis in elk geval onmoontlik om dit nié raak te sien nie: pers, blou, groen en rooi, met 'n groot naambord: *Piet se plek.* Biltong, droëwors, vars vrugte en yskoue koeldrank, belowe die kennisgewingbord verder.

Daleen voel haar hart agter haar ribbes skop toe sy Jan se naam op die skermpie lees. Sy verskoon haarself en stap na die ry peperbome aan die ander kant van die padstal.

"Jan . . ." Sy voel hoe haar asem in haar keel stol, sodat dit byna onmoontlik is om te praat. Sy is oombliklik vies vir haarself. Sy gedra haar soos 'n verliefde tiener, en só ken sy haarself nie. Sy het nog nooit so opgetree nie.

"Het jy al tot 'n besluit gekom?"

Sy hoor die ongeduld in Jan se stem, wil haar eers daaroor vererg, besluit dan om dit te ignoreer. Hulle het hierdie rusreis tot satwordens toe bespreek. Dis háár tyd hierdie. Saam met háár vriendinne, sodat sy tot 'n ingeligte besluit kan kom. Sy gaan haar nie laat aanjaag nie.

"Nee," antwoord sy, sonder enige verdere verduideliking.

"Ek wens jy wil. Dis eensaam sonder jou." Die versugting is hoorbaar.

"Ek wil 'n deurdagte besluit neem, nie 'n oorhaastige besluit wat op hormone gegrond is nie."

"Hoe ver is jou pro/con list?"

Daleen hoor die lag agter die woorde. "Moenie met my formule spot nie, jy weet dit werk," lag sy ook.

"Daleen, daar is nie nadele aan verbonde nie."

"Hoekom is nadele dan al wat ek sien?" Sy hoor die wanhoop in haar stem, sluk hard in 'n poging om haar stem neutraal te hou.

"Ons gaan verantwoordelik wees vir die opbreek van 'n huwelik. Jóú huwelik. Ons gaan 'n kind ontwrig. Jóú kind. Te veel mense gaan seerkry as gevolg van ons." Darius, haar pasiënte, haar vriende – 'n bose kringloop, voeg sy in haar gedagtes by.

"Wanneer laas het jy aan jouself gedink? Jy's altyd bekommerd oor wat ander gaan dink. Dink jy nie dis tyd dat jy jouself eerste stel nie?"

"Ek het myself eerste gestel toe ek hierdie hopelose verhouding met jou begin het," sug Daleen. "Toe het ek net aan myself gedink. En kyk waar is ons nou. Nie weer nie, nie dié keer nie. Ons moet ander se gevoelens ook in ag neem."

"Ek het aangeneem jy's lief vir my."

"Ek is. Maar soms is selfs liefde nie genoeg nie."

"All you need is love . . ."

"Jan . . ."

"Ek is moeg om 'n leuen te lewe. My huwelik was nog altyd een groot, vet lieg. Ek gaan hierdie huwelik beëindig, dit sweer ek, wat jou besluit ook al is. Ek het gehoop dat ons saam 'n nuwe begin kan maak."

"Hoekom kan ons nie maar net aangaan soos nou nie? Niemand weet nie, niemand kry seer nie."

"Van een leuen na 'n ander? Nee, Daleen, nie weer nie."

Hulle groet en lui af, niks nader aan 'n oplossing nie. Twee mense wat mekaar liefhet. Wat bymekaar hoort, maar as gevolg van omstandighede nie naby mekaar gesien mag word nie.

Daleen staar vir 'n oomblik oor die veld, na die berge, die spitse in die verte spierwit van die sneeu. 'n Pragtige gesig – iets soos dit sou sy graag met Jan wou deel.

Sy plak 'n glimlag op haar gesig. Haar vriendinne mag haar nie só desperaat sien nie.

Drie Janne

Karien en Amelia loop by die padstal uit, hul arms gelaai met pakkies. Gewoontes is vieslike goed, dink Karien terwyl sy na die pakkies in haar hande kyk. Sy het onbewustelik al Dawid se gunstelinge gekoop: biltong en droëwors, die konfyte waarvan hy die meeste hou.

Daleen kom aangestap na hulle, 'n glimlag so breed soos die Oranjerivier op haar gesig.

"Julle al klaar? Gee my so 'n paar minute."

Sy kyk na die man wat in die deuropening verskyn. "Hallo! Jy moet Piet wees, ek's Daleen." Sy skud sy hand entoesiasties. "Pragtige plek wat jy hier het!"

Karien skud haar kop stadig. Sy het haar nog altyd verwonder aan die gemaklike manier waarop Daleen met vreemdelinge kommunikeer. Sou hulle dit vir mediese studente as vak aanbied? Iets soos: "Hoe om met vreemdelinge te gesels." Nee, dalk eerder: "Oorkom jou skuheid."

"Daleen het darem 'n breë glimlag," merk Amelia onderlangs op.

"Dis vandat sy daardie geheimsinnige oproep gekry het," knik Karien en hou Daleen uit die hoek van haar oog dop terwyl sy druk in gesprek met Piet is. Waaroor sou hulle praat, die weer?

"Weet jy van wie die oproep was?" vra sy vir Amelia terwyl hulle hul pakkies in die viertrek laai.

"Jan."

"Jan? Wie de hel sal dít wees?" Dis ooglopend dat Daleen verlief is; daardie spreekwoordelike vonkel in haar oë verklap haar.

"Ek weet nie. Dis só frustrerend! Ek kon net hoor sy noem hom Jan, voor sy daar anderkant gaan staan en praat het. Daar is, so-ver ek weet, net drie Janne op die dorp." Amelia begin hulle op haar vingers aftel. "Een: ou oom Jan du Randt van Uilskraal – glo nie hy sal haar só kan laat glimlag nie. Twee: Jan Pretorius."

"Die gerehabiliteerde alkoholis?"

"Einste. Maar ek dink nie Daleen sal vir hom val nie, hy het nie die regte persoonlikheid nie. Te inkennig."

"Wie nog?"

Amelia laat 'n derde vinger triomfantlik by die ander aansluit. "Jan van die Koöperasie."

"Dalk is dit hý . . ."

"Nou is jy laf. Hy is maklik tien jaar jonger as Daleen, en wragtig nie wat ek aantreklik sal noem nie. Jy weet tog sy gaan altyd vir die aantreklike ouens."

"Hét. Sy het jare laas 'n boyfriend gehad. En almal wat jy opge-noem het, is getroud."

"Dalk ís hy getroud." Amelia kyk na Karien, voeg dan vinnig by: "Nie dat ek buite-egtelike verhoudings goedpraat nie, maar dat dit gebeur, is 'n feit."

"Ek háát buite-egtelike verhoudings. Hy staan daar in sy swart pak met sy sedige gesig en hy beloof voor God en gemeente om getrou aan sy vrou te bly. Tot die dood hulle skei."

"Praat ons nog van Daleen?" vra Amelia terwyl sy haar vriendin onderlangs dophou.

Karien ignoreer die vraag, hou haar hande besig, haal biltong uit 'n pakkie. Wat is dit met mense, meer spesifiek met máns, dat hulle groener weivelde soek? Sy het al baie daaroor gewonder, selfs voor Dawid se dinge. Hoekom het sý nog nooit 'n begeerte gehad om oor die draad te loer nie? Of is sy regtig seksueel so koud soos Dawid haar gereeld vertel?

Haar ma se woorde kom weer by haar op: *Wat God saamgevoeg het . . .* Nee, God voeg nie alle huwelike saam nie. Maar wanneer jy 'n belofte gemaak het, kom jy dit na, of jy in God glo of nie. Punt. Daleen wéét dit.

Sy draai na Amelia, wat haar kamera uitgehaal het en fluks foto's neem van Piet se plek. "Ek glo nie Daleen sal by so 'n toksiese verhouding betrokke raak nie."

"Jy's reg, sy sal nie. Dalk woon die geheimsinnige Jan op 'n totaal ander dorp."

Daleen wuif vir hulle en kom vinnig aangestap met 'n paar pakkies swaaiend in haar hand. Piet kyk haar waarderend agterna.

"En waaroor skinder julle?" vra sy. "Moenie eens daaraan dink om te stry nie, julle lyk albei skuldig."

"Ons skinder nooit!" roep Amelia gemaak gekrenk uit. "Ons wonder."

"Waaroor nogal?"

"Oor jou," Karien kyk betekenisvol na Daleen, "en daardie geheimsinnige oproep."

"Wie is hierdie Jan wat jou oë so laat vonkel en hoekom weet ons niks?" vra Amelia.

"Dis mý geheim," sê Daleen beslis. "Dalk vertel ek julle eendag, maar nie nou nie."

"Maar ons het nog nooit geheime vir mekaar gehad nie en ons wíl weet! Jy is dit aan ons verskuldig!"

"O, nogal?"

"Natuurlik," sê Amelia. "Ons is al ou getroudes en – kom ons wees eerlik – ons sekslewe is voorspelbaar eentonig. Ons het opwinding nodig!"

"En ek het stof nodig vir die roman wat ek eendag nog gaan skryf," beaam Karien.

Daleen lag net en laai haar inkopies in. "Miskien eendag," sê sy vaag.

"Moenie dink ons gaan van Jan vergeet nie, hoor," sê Karien. "Sorg dat jy ons vroeër eerder as later vertel. Ek het rêrig alles nodig wat ek op papier kan neerpen, al die saucy details. Ek beplan 'n wárm roman!"

"Piet sê daar's die mooiste lodge so twintig kilometer buite die dorp. Ek weet dis nader Jeffreysbaai toe as ons deur Stutterheim ry, maar ek sal graag wil sien hoe die pad deur die berge lyk. Dis 'n effense ompad tot in Oos-Londen, maar ons het mos tyd?" vra Daleen.

"Berge!" sê Amelia. "Dit sal lekker wees."

Karien skuif haar gemaklik reg op die agtersitplek. Nee, dink sy, Daleen is nie dom nie. Sy sal nie betrokke raak in 'n buite-egtelike verhouding wat in elk geval, soos alle buite-egtelike verhoudings, van die begin af gedoem is nie.

84

'n Boervrou

"Dis pragtig!" roep Amelia uit toe hulle voor die indrukwekkende lodge stilhou. Hulle kyk waarderend na die klipopstal voor hulle by ontvangs aanmeld.

"Hier's net twee beddens," sê Amelia benoud toe hulle die chalet binnestap. Twee mooi dubbelbeddens, moet sy toegee, elk met 'n pragtige wit geborduurde duvet oor. Maar nog steeds net twee. Sy slaap beslis nie saam met een van haar vriendinne in dieselfde bed nie!

"Toemaar," lag Karien, "ek en Daleen gee nie om om 'n bed te deel nie, of hoe, Daleen?"

"Hmm. Ek sien hier's 'n staproete." Daleen bestudeer 'n pamflet wat sy van die bedkassie opgetel het.

"Ek's game," verras Amelia haarself. "Ek het nie verniet staptekkies gekoop nie."

Hulle pak vinnig uit en trek gemakliker aan.

Die staproete is vir al drie 'n belewenis. Hulle volg die roete al langs 'n rivier en sien troppe boksoorte, bewonder die berge in die verte met hul sneeutoppe. Amelia neem so baie foto's dat haar kamera se geheuekaart vol raak. Gelukkig het Werner gesorg dat sy nog twee bring.

Op 'n klip aan die oewer van die rivier gaan hulle sit, drink bakhand van die helder bergwater. Hulle sit in stilte, elkeen besig met haar eie gedagtes, terwyl hulle die skoonheid van die omgewing indrink.

Gert sou baie gee om sy veld dié tyd van die jaar so groen te sien, sug Amelia. Sy wens sy kon 'n stukkie van hierdie betowerende plek vir hom vat. 'n Bietjie sneeu van die berge gaan haal om vir die kinders te wys. Foto's is herinneringe vir die een wat daar was; dit vertel nie 'n verhaal nie. Nie die vólle verhaal nie. Dalk moet sy so iets op die plaas begin, bespiegel sy, 'n gastehuis. Sy en Maria kan bak en brou, die mense onthaal. Op uitstappies te perd vat . . . Nee wat, Gert sal nie van vreemdes op sy plaas, in en om sy huis hou nie. En as sy eerlik moet wees, kan hulle plaas nie hierdie soort uitsig bied nie.

Sy kyk op na die berge. Sou dit só vir Adam en Eva in die tuin van Eden gevoel het? Asof jy God kan aanraak? Want hier is sy meer as ooit bewus van God se nabyheid. Twyfel sy nie eens daaraan nie. Hier is sy gerus in die wete dat op hierdie plek, op hierdie klip langs die yskoue rivier, geen onheil skuil nie. Geen ongediertes nie, dink sy toe sy 'n ritseling in die ruigte langs hulle hoor en versigtig vir die ander die ooi en haar lammetjie uitwys.

"Ons moet terug," verbreek Daleen later die byna magiese stilte. "Dit raak donker."

Amelia kyk verbaas na die skaduwees wat vinnig langer word, voor hulle opstaan en die terugtog in stilte aanpak.

"Gaan ons in die restaurant eet?" vra Karien toe hulle die chalet binnestap. "Ek sien daar is onder andere springbokboud op die spyskaart."

Die ander twee stem in, en hulle was hande, kam hare en sit vars lipstif aan voor hulle weer uitstap.

Die restaurant is 'n gesellige vertrek met sowat tien tafels en 'n groot, breë kroegtoonbank. Tot hulle verbasing is daar heelwat ander gaste, terwyl hulle niemand op hul staptog teëgekom het nie.

"Kom kry vir julle!" nooi die gasvrou waar sy agter die stomende potte staan. Sy skep hul borde tot boordens toe vol en hulle gaan by 'n tafel sit.

Amelia neem haar vriendinne se hande in hare en doen 'n kort gebed.

Toe sy hoor hoe een van die gaste spog oor die groot koedoebul wat hy platgetrek het, sit sy haar mes en vurk vinnig neer. "Is dit 'n jagplaas?" vra sy verbaas.

"Onder andere," knik Daleen met haar mond vol vleis.

"Dis die lekkerste wild wat ek nog geëet het," sê Karien en laai weer haar vurk vol.

Amelia reik na haar wynglas. "Om te dink al daardie bokkies wat ons vanmiddag gesien het, word geskiet. Maar nou ja, laat ek nie daaroor wroeg nie. Genade, daarvoor is die kos net té voortreflik!"

Sy kyk waarderend na die bord voor haar: springbokboud gestop met spek en kruie, rys, brosgebraaide, goudgeel aartappels, pampoenkoekies dik van die stroop, lang, dun repies boontjies met 'n pikante sous wat sy glad nie ken nie. Sy kou langsaam aan 'n hap, probeer die geur en smaak onderskei, maar dit bly haar ontwyk.

Hulle eet hulle borde blinkskoon, en Daleen gaan selfs vir 'n tweede porsie.

Die ander gaste, wat ná ete om die kroegtoonbank saamgetrek het, nooi hulle gesellig om by hulle aan te sluit. Vir die eerste keer in haar volwasse lewe is Amelia deel van 'n gesprek met wildvreemdes. Sy is seker dis die wyn wat haar tong so los maak, wat haar so amusant maak, want die ander gaste lag waarderend vir haar grappies.

Dís wat sy mis, dink sy mismoedig toe hulle laataand effens onvas op hul voete terugstap na hul chalet. Sy wil saam met haar man kuier, tot laataand, om 'n bottel wyn as dit moet. Sy wil saam met hom oor onsinnighede lag, saam met hom laf raak. Sy wil nie elke aand sedig en vroom na die televisie staar nie, sy wil met hom gesels, met hom skerts.

Sy wil weer seks hê, stomende, wilde seks. Is dit te veel gevra?

Biep-biep

Die biep-biep van haar selfoon ruk Karien wakker uit 'n droomlose slaap. Vir 'n oomblik is sy onseker oor waar sy haar bevind, die tergende vraag van die drie Janne waarmee sy aan die slaap geraak het, nog vars in haar geheue, die vrank smaak van te veel wyn nog in haar mond.

Dis 'n sms wat deurgekom het, besef sy dan. Sy draai haar kop versigtig na Daleen, bang dat sy haar sal steur, maar Daleen lê met haar rug na haar gedraai, vas aan die slaap. Amelia se reëlmatige asemhaling van waar sy op die ander dubbelbed lê, dui aan dat ook sý vas slaap.

Karien skuif dieper onder die duvet in, bly dat daar 'n elektriese kombers is om die ysige koue mee te besweer. Sy maak haar selfoon versigtig oop en oorweeg dit vlugtig om die bedliggie aan te skakel. Besluit dan daarteen, lees met vernoude oë die boodskap: *Ek is jammer kom huis toe lief jou altyd.*

Sy sug toe sy die selfoon op die bedkassie terugplaas. Dawid. 'n Week terug sou sy die kans aangegryp het, hom dadelik gebel en gevra het om haar te kom haal. En hy sou. Sal seker nou ook. Maar sý sal nie meer nie. Nie ná verlede week nie.

Sy skuif haar gemaklik in onder die snoesigheid van die komberse, sluit haar oë. Hoop op slaap wat sy weet nie gaan kom nie, al drink sy nóg 'n glas wyn. Sy het hom steeds lief, dit weet sy. Maar kan sy nog hoegenaamd saam met hom lewe? Dís die vraag wat sy haar moet afvra. Het sy hom lief genoeg?

Voor haar geestesoog sien sy hom staan, lank en aantreklik. Haar mooi man. Die soort oor wie vrouens gewoonlik swymel. Tot 'n week terug kon sy nog lag oor die stories wat in die dorp rondvertel word van vrouens wat tandarts toe gaan sonder dat daar iets met hul tande skort, net sodat hulle in sy blou oë kan kyk. Nou wonder sy of dit net hulle was wat die kykwerk gedoen het. Sy het tot onlangs geglo dat haar man onfeilbaar is. Intussen het soveel dinge verander, wéét sy dat hy voete van klei het.

Sy het altyd geweet hy het 'n vieslike humeur, veral wanneer hy te veel gedrink het. Sy kon daarmee saamleef; dis een van die dingetjies in 'n huwelik waarmee jy léér saamleef. Maar sy het nooit geglo dat hy só laag sou daal nie. Sy wou nooit erken dat agter sy mooi uiterlike 'n lelike, gemene man skuil nie. En toe moes sy hom vang met haar kinders by haar . . .

Sy draai op haar rug en staar na die donker plafon. Daar het al baie in hul huwelik gebeur wat haar lankal kon maak loop het. Sy weet almal dink dat sy sterk is, dat sy enige krisis kan hanteer, maar sy is nie. Sy is bang vir alleen wees. Was nog altyd. Die naaste wat sy nog aan loop was, was verlede jaar. 'n Universiteitsvriend van Dawid sou by hulle kom oorslaap. Hy en sy vrou van presies 24 uur was op pad Kaap toe.

"Herman was 'n briljante student," het Dawid haar geesdriftig vertel, "maar hy het ongelukkig 'n paar oningeligte foute gemaak. Hy is 'n paar maande terug gesekwestreer. Nooit gedink dit sou met hom gebeur nie, maar so is die lewe mos maar. Dié dat hulle na sy ma toe gaan. Sy het vir hom 'n paar onderhoude by vooraanstaande maatskappye gereël. Dis net 'n kwessie van tyd, dan is hy weer op sy voete, en dié wat 'n tweede kans in die sakewêreld kry, doen gewoonlik beter as voorheen."

Karien het al die regte geluide gemaak, maar gewens hulle daag nie op nie. Sy was nie lus vir vreemde mense in haar huis nie. Dit was 'n weeksaand, nie 'n kuieraand nie.

"Hulle is gister getroud, sommer voor die landdros. Karien, ek het gewonder, kom ons maak aandete spesiaal, toe? Iets soos 'n onthaal. Siestog, hulle het nie eens geld gehad om te gaan uiteet nie."

En sy, goeie voorbeeldige vrou wat sy is, hét moeite gedoen. Die beste vleis uitgehaal, groente geskrop en geskil en gestoom. Slaaie gekerf en gestol. Nagereg gemaak. En sy háát kook. Voor haar geestesoog het sy hulle gesin saam met Dawid se vriende sien hande vat om die tafel. Gesien hoe hul gaste versadig en bevredig van die tafel opstaan, nie net van die ete nie, maar veral van die saamwees.

Toe daag hulle op: Herman en Pam. Dawid en Herman het mekaar soos lank verlore broers gegroet. Herman het Karien vasgedruk en 'n sopnat soen gegee wat haar tot in haar tone laat gril het. Sy het beleefd geglimlag, ongemerk haar mond met die agterkant van haar hand afgevee. Sy kon die drank op sy asem próé, die reuk daarvan was oorweldigend.

Haar eerste indruk van Pam was dat sy sweerlik anoreksies moet wees. Sy was maer, lélik maer. En Karien het nie gehou van die manier waarop Pam se klein ogies oor die vertrek gespeel het nie, asof sy alles wat sy sien vir haarself wou hê. Dawid het vir almal drankies geskink terwyl Karien hom in stomme verbasing aangegaap het. Kan hy nie sien Herman het klaar te veel in nie?

Sy het vergeefs probeer om 'n gesprek met Pam aan te knoop. "Ek dink, by nabetragting, dat sy eenvoudig dom is," sê Karien hardop in die donker. Sy kyk verskrik na Daleen, wat gelukkig steeds nie roer nie.

Karien maak haar oë toe, maar daardie aand wil nie wyk nie. Sy het nog altyd staatgemaak op haar goeie mensekennis. Sy het dadelik geweet dit gaan nie 'n maklike aand wees nie, en haar vrese is vroeg-vroeg al bewaarheid. Pam het nie 'n woord gesê nie, net idioties bly glimlag en dop vir dop saam met die mans gedrink. Waaraan dink sy? het Karien telkens desperaat gewonder. Wat gaan deur die vrou se kop? Kán sy ooit dink?

Karien het die kinders vroeg laat eet en kamer toe gestuur. Sy maak haar kinders oopkop groot, hulle weet van drank, maar teen só 'n vulgêre suipery wou sy hulle beskerm. Die prentjie wat sy vir haarself gemaak het van hulle samesyn om die tafel het vinnig uitgerafel.

Sy het die ander drie uiteindelik so ver as die eetkamertafel gekry. Geëet het hulle nie – wat net haar suspisie oor Pam bevestig het. Karien moes kyk hoe haar harde werk koud en pap en waterig raak. Sy moes sien hoe haar man en sy vriend dronk raak, meer vulgêr word. Sy moes aanhoor hoe Dawid haar kos kritiseer. Hoe hy aan Herman verduidelik dat hulle nie elke dag só eet nie, dat hulle regte boerekos eet.

"Ons is mos nie snobs nie! Boerekos soos jou ma maak, behalwe natuurlik dat my vrou glad nie kan kook soos jou ma nie," het hy gelag.

Dit was ná twee toe hulle eindelik kamer toe is. Sy was moeg ná die hele dag se werkery en het daarna uitgesien om in die bed te kom – in hierdie geval het sy die slaap van die regverdiges verdién. Toe sy egter die slaapkamerdeur toestoot en in Dawid se oë kyk, het sy geweet daar lê 'n rowwe nag voor. Sy ken die tekens goed.

Hy het sag gepraat – Dawid het nooit, soos sy, geskreeu nie. Sonder ophou het hy gepraat. Hoe teleurgesteld hy in haar is. Dat sy sy vriend en dié se vrou só kon behandel. Sy is 'n snob. 'n Teef. Hy het haar hard aan die skouers geruk, deur die gesig geklap. "Ek was vanaand skaam om jou my vrou te noem! Jy het skaars twee woorde met Pam gepraat. Jy het skaars na Herman gekýk. Wie dink jy is jy?"

Sy het stilgebly; sy weet teen dié tyd goed wanneer om haar mond te hou. Nie vir Dawid gesê dat Herman haar in die kombuis probeer vasdruk het toe sy nog ys gaan haal het nie. Toe het sy geweet: woorde kan seerder maak as fisieke geweld.

Sy lê verwese die donker en instaar. Sy het nog nooit gedink sy is beter as ander nie, maar ná daardie aand het sy gewéét sy is beter as hulle, Dawid ingesluit.

Hulle het twee weke lank gebly. Twee weke waarin sy moes toesien hoe die drank in hul huis minder word; vir die eerste keer gesien het dat 'n drankwinkel drank aflewer. En Dawid het vir alles betaal. Sy het Herman-hulle se wasgoed gewas en kos gekook, maar nooit weer soos die eerste aand nie.

Haar kinders het met groot oë deur die huis gesluip. Hulle was bang vir Herman. Hulle kon Pam se stiltes nie verstaan nie, het agter hul hande vir die maer, snaakse vrou gelag. Van Karien se klere het verdwyn. Sy het geweet dit moes Pam gewees het, maar sy het dit tot vandag toe nog nooit aan iemand genoem nie. Wat haar die meeste hinder, is hoe Pam gedink het sy daarin sou pas.

Karien draai op haar sy, maak doelbewus haar oë toe. Sy moes tóé geloop het, weet sy vanaand met sekerheid.

Die oggend toe Herman en Pam eindelik ry, het sy gesien hoe Herman pleitend met Dawid praat, hoe Dawid sy beursie uithaal en 'n paar note in Herman se hand druk. Dit het net haar vermoede bevestig dat Herman-hulle nie na sy ma op pad was vir werkgeleenthede nie, maar om verder op háár nek te gaan lê. Hy is te sleg om te werk.

Dawid het daardie aand vroeg gaan slaap sonder om met haar te praat; hy het in elk geval in daardie twee weke net met haar gepraat wanneer hy nie anders kon nie. Sy het haar in die televisiekamer toegesluit, haar skoene uitgeskop en die musiek lekker hard gedraai, maar nie só dat dit Dawid of die kinders sou hinder nie. Vir die eerste keer in haar lewe het sy 'n bottel wyn op haar eie uitgedrink. Omdat sy gefrustreerd was. Omdat sy vir een nag vaster as vas wou slaap.

Die volgende oggend het sy met 'n ligte hart opgestaan. Weliswaar met 'n kopseer, maar, het sy vir haarself gesê, 'n mens kan ook nie alles wil hê nie.

Ek is gatvol

Dis nog donker toe Daleen hulle wakker maak. Amelia kyk half deur die slaap na haar vriendin, wat natgesweet die ketel aansit.

"Is daar 'n dag dat jy nie draf nie?" vra sy terwyl sy haar oë vryf.

"Sondae." Daleen lig die koffieblikkie in hul rigting, waarop hulle dadelik knik. "Dan verkies ek om 'n bietjie later te lê, kerk toe te gaan, daai soort van ding. Maar noudat ons met vakansie is, gaan ek Sondae ook draf."

"Ek het 'n hoofpyn," kry Karien dit floutjies uit.

"Dis van gisteraand se wyn." Daleen skud vir elkeen 'n hoofpyn-pil uit die houertjie.

"Ek het nie net 'n hoofpyn nie, ek het pyne oor my hele liggaam," sug Amelia.

"Dis van die stap," lag Daleen. "Toemaar, die pilletjie sal daar-voor ook help."

Sy jaag hulle aan om klaar te maak, en binne 'n uur dra hulle die bagasie na buite.

Terwyl Amelia en Daleen die viertrek laai, stap Karien na die gas-tehuis om die rekening te gaan betaal.

"Hoekom is jy so haastig? Die son is skaars op!" vra Amelia, haar oë bewonderend op die berge gerig, waar die son net-net begin lig maak.

"Dis nog ver na Oos-Londen. Ek weet nie of ons slaapplek op pad gaan kry nie, so ek het gedink ons ry eerder vroeg, sodat ons nie in die nag deur die Transkei hoef te ry nie."

"Is dit dan gevaarlik?" Amelia kyk bekommerd om. As Daleen ja sê, gaan sy haar voet neersit en daarop aandring dat hulle Stutter-heim om ry. Sy is nog nie so avontuurlustig dat sy haar lewe in gevaar sal stel nie.

"Nee, man," antwoord Daleen ongeduldig, "dis net dat daar baie vee rondloop. Ek wil nie in die nag op die pad wees nie."

Toe hulle by die hek uitry en Daleen regs draai, vra Karien: "Weet jy waarheen jy ry?"

"Hmm. Ek het gisteraand een van die jagters gevra, hy het my die name van die dorpe laat neerskryf. Dis iewers in my handsak."

Amelia reik na die handsak wat voor by haar voete lê en krap daarin tot sy op die velletjie papier afkom.

"Hier is dorpe waarvan ek nog nooit eens gehoor het nie!" Sy frons terwyl sy hardop lees: "Verby Lady Grey, deur Barkly-Oos, Elliot, Engcobo, Tsomo, Nqamakwe, Oos-Londen. Genade, hier's dan geen ander aanwysings nie!"

"Toemaar, dis alles in my kop." Daleen tik met haar wysvinger teen haar voorkop.

Die pad is reguit, met nie veel meer om te sien as die groen veld weerskante en die berge op die horison nie. Hulle luister woordeloos na Daleen se Debussy-CD.

'n Entjie verder sit Amelia egter regop. Skielik, sonder enige waarskuwing, is hulle tussen die berge, die afdraai na Lady Grey voor hulle. Sy gryp na haar kamera. "Stop, asseblief! Ek sal myself nooit vergewe as ek nie hiervan foto's neem nie."

Tot haar verbasing trek Daleen dadelik van die pad af, en selfs Karien maak haar deur oop om die uitsig beter te kan bewonder. Amelia neem 'n paar foto's, en vir die eerste keer kla haar vriendinne nie toe sy hulle ook afneem nie. Hulle klim traag terug in die motor en ry in stilte verder.

Barkly-Oos is doodstil toe hulle deur die dorpie ry. Ook geen wonder nie, dink Amelia, in hierdie ysige weer kom mense seker ook net buite wanneer hulle regtig moet. Net 'n paar kilometer verder is daar die mooiste rotsformasies, soos reusagtige kaasblokke wat deur ewe groot muise gehap is.

Dis soos sy voel, besluit sy terwyl sy die rotse bewonder: soos 'n groot vet muis wat in 'n hokkie aangehou word, aan die hardloop in daardie wieletjie waarvan die geluid so irriterend is. Om en om en om, terwyl jy nooit êrens kom nie. 'n Knaagdier wat as troeteldier gekoop is, maar nie mee gespeel word nie, nie mee gepraat word nie. Net maar nog verdra word, soms toegelaat word om uit haar hokkie te klim.

"Ek weet nie wát dit met my is nie. Is ek die ondankbaarste mens op aarde?"

Dis eers toe sy die verbaasde uitdrukking op Daleen se gesig sien dat sy besef sy het hardop gedink. Sy sug. "Dit gaan vir julle simpel klink, ek weet, maar vir my is dit 'n groot probleem."

"Wat is?" vra Daleen, haar blik op die pad vol draaie.

"Ek het alles wat 'n vrou seker kan begeer. Julle weet, 'n mooi huis, 'n mooi tuin, 'n mooi man . . ."

"Wat die grond aanbid waarop jy loop," laat hoor Karien van die agtersitplek af.

"Juis," sê Amelia terwyl sy 'n sigaret uit die pakkie skud, dit bak-hand brandmaak. Haar hande bewe, merk sy verras op, haar hande het nog nooit gebewe nie. Dis juis een van haar eienskappe wat Gert gereeld besing: haar kalmte. Selfs in onmoontlike situasies bly sy gewoonlik kalm.

"Soms voel ek soos 'n voël in 'n kou . . . of 'n muis in 'n hok. Gert is lief vir my, hy bewonder my dalk selfs – en dis wedersyds, glo my – maar ek kan nie so aangaan nie."

"Wat sê jy nou eintlik?" vra Karien effens ongeduldig.

"Dat ek gatvol is!"

"Gatvol waarvoor? Dat jy 'n goeie man het wat jou bewonder?" Dié keer is Karien se ongeduld duidelik hoorbaar.

"Nee, natuurlik nie. Ek is gatvol van nie my eie lewe hê nie. Ek leef Gert se lewe. Alles wat ek doen, is vir hom en die kinders." Sy suig senuagtig aan haar sigaret. Dit voel asof sy Gert verloën deur so van hom te praat, en tog voel dit goed om hierdie dinge van haar hart af te kry.

"Die kinders word groot, een van die dae het hulle my nie meer nodig nie. Ek sou graag wou glo dat Gert nie sonder my kan lewe nie, maar ons is almal vervangbaar. Ek twyfel of ek regtig iets vir hulle beteken. Ek is nie juis goeie geselskap nie, my verwysings-raamwerk is klein. As jy 'n man wil verveel, praat met hom oor jou stokperdjies." Of oor jou gevoelens, voeg sy in haar gedagtes by.

Sy suig weer hard aan haar sigaret, skud dan haar kop ongelo-wig. Sien sy wat sy dink sy sien? "Sneeu!" roep sy hard uit.

Daleen trek sonder 'n woord van die pad af. Saam staar hulle na die sprokieslandskap. Vandat hulle vanoggend begin ry het, sien hulle sneeu, maar dit was ver, onbereikbaar. Nou, vlak voor hulle, lê dit meters diep.

"Ek gaan afdraai, daardie plaaspad volg, dan klim ons uit," sê Daleen.

"Ek het nog nooit aan regte sneeu geraak nie," sê Karien. "Ek wens die kinders kon dit beleef!"

"Hulle skraap seker die pad gereeld," merk Daleen op terwyl hulle versigtig op die stamperige, sneeulose plaaspad aankruie.

Sy trek van die pad af en hulle klim deur die heining.

Dit voel soos sago, dink Amelia toe sy buk en die korrelrige sneeu

97

met bakhande optel. Hulle staan enkeldiep in die sneeu; verder weg lê dit egter heelwat dieper. Sy laat die hopie sneeu val, draai om sodat sy haar kamera kan gaan haal. Dít oortref haar grootste verwagtinge. Haar projek gaan fantasties wees, glimlag sy by haarself.

Hulle bestee die hele oggend in die sneeu, gooi mekaar daarmee, neem foto's, lag totdat die trane loop. Uiteindelik klim hulle koud, hulle skoene en broekspype tot by die knieë nat, terug in die motor.

"Jy beter die verwarmer op hoog stel," snuif Karien, "ek's tot in my siel gevries."

"Dis jammer hier is nie 'n oornagplekkie naby nie," sê Daleen terwyl sy om hulle kyk. "Dit voel soos sonde om te moet ry."

"En ek sou wat gee vir 'n warm bad," klappertand Amelia.

'n Paar kilometer verder staar hulle ongelowig na die hotel aan hulle regterkant. Voorwaar 'n dag van wonderwerke, sug Amelia toe Daleen die flikkerlig aansit.

Die mooiste, blinkste houtvloer begroet hulle met die inkom, glimmend in die lig van die groot kaggelvuur wat gesellig brand. Die eienares se groet is net so warm, sodat hulle onmiddellik welkom voel. Die hotel is pragtig, die kamers ruim, met elk 'n eie kaggel wat kort voor lank knetterend brand.

Ná 'n warm bad en droë klere, ontmoet hulle in Daleen se kamer en stap saam na die eetkamer vir 'n luilekker middagete.

Amelia strek haar behaaglik uit nadat die kelner hul borde weggeneem het, en vou haar hande om die beker warm sjokolade. "Ek weet nie van julle nie, maar ek is nou lekker lui. Ek is reg vir 'n middagslapie."

"In hierdie lieflike weer?" vra Daleen terwyl sy deur die groot venster na buite staar.

Amelia volg haar blik en moet saamstem dat dit wel lieflik is. Die son skyn – bietjie flouerig, moet sy toegee – op die wit land-skap, sodat die sneeu in die weerkaatsing blink.

"Moenie vir my sê jy wil al weer gaan stap nie!" Karien se oë is wyd gerek agter haar John Lennon-brilletjie.

Daleen kyk hulle om die beurt so meerderwaardig aan dat hulle net hardop kan sug, voor hulle opstaan om hul tekkies te gaan aantrek.

Amelia vou haar bene onder haar in, voel behaaglikheid deur haar trek. Sy neem 'n versigtige slukkie van haar wyn, teug dan aan haar sigaret.

Hulle het ver gaan stap, eintlik geploeg deur die sneeu wat op plekke kniediep lê, sodat dit laatmiddag was toe hulle na hul on-derskeie kamers gestrompel het. Ná nog 'n warm bad sit hulle nou knus in hul nagklere voor die kaggel in Daleen se kamer, elkeen met 'n glas van Daleen se rooiwyn.

"Is ek ondankbaar?" vra Amelia, meer aan haarself as aan haar vriendinne.

"Is jy?" kom Daleen se teenvraag.

Amelia speel ingedagte met haar glas. "Dalk ís ek. Ek het alles wat 'n vrou kan begeer, en tog is dit nie genoeg nie." Sy kyk diep in die vlamme. "Gert is 'n goeie man. Hoe verduidelik ek vir hom dat ek méér wil wees as vrou, ma, tuinier, boekhouer? Hoe sê ek vir hom dat ek 'n lewe buite die plaas wil hê? Dat ek graag my eie geld wil verdien. Dis nie asof ek 'n tekort het nie. Hy gee my 'n maande-likse toelaag, waaruit ek kruideniersw8are koop, sakgeld vir die kin-ders gee – ook seker hopeloos te veel. Die res is myne om mee te maak wat ek wil, maar dan voel ek so skuldig dat ek skaars aan die blerrie geld raak. Ek dra nie by tot die huishouding nie, hoe kan ek geld aanvaar waarvoor ek nie gewerk het nie?" Hoe sê ek aan my man dat ek séks wil hê?

"So, die eintlike probleem is dat jy wil gaan werk?" som Karien die situasie op.

"Ja!"

"Hoekom?"

"Wat bedoel jy?"

"Hoekom sal jy wil gaan werk? Hou jou huis jou nie besig genoeg nie? Ek wil niks anders as 'n huisvrou wees nie. Dis in elk geval 'n voltydse werk, wasgoed en kook en so aan. Al het ek Sofia wat my help, bly daar altyd iets om te doen. En dan kom die kinders smiddags by die huis met tuiswerk en take!"

"Jy vergeet dat Maria en Aletta álles in die huis doen! En dat ek nie my kinders in die middae by my het nie!" roep Amelia gefrustreerd uit. "Ek het 'n graad in huishoudkunde, verdomp! Daar is al hoe lank 'n huishoudkundepos by die hoërskool oop. Ek wil aansoek doen, my kinders elke aand by die huis hê, saam met hulle soggens skool toe ry, saam met hulle in die middae huis toe. Ek wil geld in my rekening hê wat ek weet ék verdien het!"

"Nou doen dit dan," sê Daleen.

Dis wat gebeur wanneer jy ongetroude . . . suksésvolle ongetroude vriendinne het, dink Amelia. Hoe verduidelik sy dit aan Daleen? Daleen wat nog nooit iemand se toestemming nodig gehad het nie.

"Hoe sê ek dit vir Gert? Hy sal dit persoonlik opneem. Jy weet, dat ek nie by hóm wil wees nie, dat sý geld nie goed genoeg is nie. Al dié dinge." Sy steek met bewende hande nog 'n sigaret aan.

Daleen skink weer wyn in haar glas. "Amelia," sy leun vorentoe, raak vertroulik aan haar vriendin se arm, "*sê* dit net vir hom. Ek ken ook vir Gert, en ek vermoed die rede hoekom hy doen wat hy doen, is omdat hy dink dat dit jou gelukkig maak. Praat met hom. Hy is 'n nice guy. Hy sal verstaan. Hoe moeilik kan dit nou wees?"

"Daleen is reg, Gert luister ten minste na wat jy sê," knik Karien en hou haar glas na Daleen uit.

Dis waar jy die fout maak, dink Amelia. Gert luister nie meer nie, Gert praat nie meer nie, Gert begéér nie meer nie. "En as hy my nie wil toelaat nie, wat dan? Dan het ek ons verhouding versuur en sit ek nog steeds by die huis myself en jammer kry."

"Dan dring jy daarop aan," sê Daleen vies. "My magtig, hy is met jou getroud, jy is nie sy besitting nie! Gert weet dit. Dis net jý wat dit nog nie weet nie."

"Jy is seker reg," gee Amelia toe. "Ek weet self nie waarom ek so bang is om met hom te praat nie." Dis omdat hy so goed is, weet sy, maar sal hulle dit verstaan? "Julle is reg, ek moet met hom praat."

Sy sug en draai na Daleen. "Vertel jy ons liewer van Jan. Ek is seker dis veel interessanter. Is dit Jan van die Koöperasie?"

"Dis nie wat julle dink nie," sê Daleen sag. "Ek is in elk geval nog nie dronk genoeg om julle te vertel nie." Sy staan op. "Ek gaan weer in die bad lê, dit voel asof ek nog nie goed genoeg ontdooi het nie. Skakel maar die lig af as julle loop. Lekker slaap."

Dis stil tot Daleen die badkamerdeur agter haar toetrek.

"Jy moes nie."

"Jy wil ook weet." Amelia hou haar blik afgewend, sy wil nie die beskuldiging in Karien se oë sien nie.

"Ek wil, maar nie só nie."

"Hoe dan?"

"Sy moet ons uit haar eie vertel. Anders wil ek nie weet nie."

"Ek gaan slaap," sê Amelia, vies vir haarself. Sy vat haar glas en staan op.

Toe sy haar kamer oopsluit, kyk sy verslae na die kaggel wat uitgebrand het en nou koud en grys daar lê. Sy oorweeg dit om soos Daleen weer te gaan bad, besluit dan daarteen. Sy sluk haar glas met een teug leeg, klim dan onder die snoesige komberse in.

Sy het soveel om oor skuldig te voel, sug sy dramaties. Dis die wyn, weet sy met sekerheid, wyn het nog altyd haar skuldgevoelens té groot gemaak, haar tong té los.

Wil jy saam met my bad?

Daleen lê uitgestrek in die bad. Sy het mildelik van haar badskuim gebruik gemaak, sodat die wit borrels haar lyf bedek. Sy draai die warmwaterkraan met haar toon oop, voel behaaglikheid deur haar lyf spoel. Vir die eerste keer vandag voel sy asof sy begin ontdooi. Sy het die elektriese kombers op haar bed aangeskakel voor hulle gaan stap het, en sien al klaar uit na daardie hitte.

Sy moes vir haar nog 'n glas wyn geskink het. Dis wat sy nou nodig het: om haarself in die vergetelheid te drink. Sy maak die kraan toe, sak nog dieper onder die borrels weg.

Sy hoop nie Amelia verkwalik haar oor netnou nie. Die vraag was net so onverwags . . . en dit moes nie gewees het nie, want dat een van hulle haar sou uitvra, hét sy verwag. Sy kon haarself nie vertrou om te antwoord nie, nie nou al nie. Nie wanneer sy gedrink het nie.

Sy moet hulle vertel, sy weet. Sy is dit aan hulle verskuldig, hulle drie het nog nooit geheime vir mekaar gehad nie. Sy wil hulle graag vertel wanneer sy nugter is, wanneer sy wéét wat sy sê. Sy sal hulle graag wil vertel wanneer sy wéét wat sy gaan doen.

Haar gedagtes dwaal terug na Amelia. Dis nie dat sy nie simpatie met haar vriendin se situasie het nie, maar sy verstáán Amelia nie. Hoe is dit moontlik dat 'n intelligente vrou so dom kan wees as daar 'n man in die prentjie is?

Sy self het nog altyd geglo dís die grootste rede hoekom sy nooit verlief kon raak nie: sy wou nie in 'n modelvroutjie verander nie, sy wou nie 'n fool in love wees nie. Nou is sy. As jy jou nog nooit in 'n situasie bevind het nie, kan jy nie oordeel nie . . .

Soms wil sy Amelia aan haar skouers beetkry en skud tot sy wakker word, omdat sy weet haar vriendin se talente strek veel verder as net huisvrou wees. Sommige vroue, soos Karien, floreer daarop om 'n huishouding te bestuur, ander, soos Amelia, nie. Amelia is gemaak om tussen mense te wees. Dis dalk 'n uitvloeisel van haar kinderdae, toe sy nooit die vrymoedigheid gehad het om uit te reik na ander nie. Nou kán sy. Omdat sy eindelik haar waarde as mens ontdek het, omdat sy eindelik haar verlede kon los waar dit hoort.

Daleen skrik toe die badkamerdeur oopgaan en Karien instap.

"Ek het wyn gebring, skuif op." Sy sit die twee glase op die rand van die bad neer, begin dan haar klere uittrek.

"Wil jy saam met my bad?" vra Daleen verskrik terwyl sy regop sit.

"Kan ek? Ek kry koud, en dis vrek alleen daar voor die vuur. Jy lag nie vir my boepens en hangtieties nie, hoor!"

"Daar is niks fout met jou lyf nie." Inteendeel, dink Daleen toe Karien in die bad klim.

"Ja, ja . . ." Karien neem 'n groot sluk van haar wyn.

"Jy drink dalk te veel, onder omstandighede."

"Ek weet nie waarvan jy praat nie. Ek het net die bottel leeggemaak."

"As jy so sê."

Niemand is so blind soos die een wat nie wil sien nie, dink Daleen terwyl sy haar vriendin eers onderlangs en dan openlik aanstaar. Karien is so mooi. Selfs nou, met haar borste wat effens uitgesak het en haar magie nie meer so plat nie, haar bobene swaar, verál nou, met die ouderdom teen haar, is daar vir Daleen nie 'n mooier vrou nie. Veral as Karien sonder haar bril haar oë effens moet skreef om beter te kan sien, soos nou. Daardie gebaar, daardie weerloosheid van Karien het haar nog altyd week gemaak.

"Jy moenie jou aan Amelia steur nie," sê Karien. "Sy het te veel gedrink, en jy weet mos Amelia en drank is nie vriende nie. Sy gaan môre niks van vanaand onthou nie."

"Ek weet, en ek steur my nie."

"Tog."

Daleen kyk opsommend na Karien. Moet sy haar nie maar vertel nie? "Is jy dan nie nuuskierig oor Jan nie?"

"Natuurlik is ek. Maar ek wil net weet as jy my uit jou eie vertel. En jy sal, ek ken jou tog. Jy moet seker eers 'n paar demone besweer, jou voordele en nadele teen mekaar opweeg."

"Jy ken my te goed," sug Daleen en maak haar oë toe.

As jy maar weet, Karien, as jy maar moet weet . . . En tog twyfel sy nie vir 'n oomblik dat Karien die een sal wees wat sal verstaan nie. Van Sondagskooljuffrou Amelia, daarenteen, is sy nie so seker nie.

Wat gaan jy doen?

Karien kreun saggies toe Daleen haar aan die skouer wakker skud.

"Kom, ons moet ry, en jy moet nog pak. Ek het nou genoeg van sneeu en koue gehad, dit voel asof ek nooit weer warm gaan word nie."

"Moffie," sê Karien goedig. Sy moes geraai het Daleen se rustelose siel sal dit nie lank hier kan hou nie. Self het sy gehoop dat hulle dalk nog 'n dag kon oorstaan.

Sy sit regop, strek haar arms bo haar kop, raak dan eers bewus van haar omgewing. "Het ek wragtig gisteraand by jou in die bed geklim?"

"Ná ons die derde bottel oopgemaak het, is ek verstom dat ons hoegenaamd in die bed kon kom." Daleen skud twee tablette in haar hand uit. "Dè, ek is seker jy het dit net so nodig soos ek."

'n Uur later is hulle op pad.

"Dit bly maar mooi, die berge," sug Karien, haar oë op die hoë berge aan weerskante van die pad. "Selfs sonder sneeu."

Die sneeu het so twintig kilometer anderkant die hotel stadig minder geword, sodat die veld nou leeg lê. Groen en leeg, besef Karien, baie soos sy nou voel. Van buite lyk dit of dit goed gaan met haar, maar hier binne, hier waar dit saak maak, is dit leeg. Kan 'n mens só voel? Asof niks meer saak maak nie, asof jy nie omgee wat met jou gebeur nie? Sy vee die traan wat oor haar wang loop ongeduldig met die agterkant van haar hand af.

"Kyk daar!" roep Amelia opgewonde uit. " 'n Skilpadrots! Jy moet stilhou sodat ek 'n foto kan neem!"

Daleen sug dramaties, maar trek tog van die pad af. Hulle wag geduldig vir Amelia om haar foto's te neem.

Karien hou haar onderlangs dop. Soos sy voorspel het, het Amelia wel van gisteraand vergeet – of sy maak of sy daarvan vergeet het. Hardloop nog altyd weg van konfrontasie, sal eerder soos daardie skilpadrots wees, kop ingetrek om nie die werklikheid in die oë te staar nie.

Nee, dink sy dan, dis eerder sy. Sý was nog altyd die skilpad, te bang om uit haar dop te kruip, te bang om die lewe op haar eie aan te durf.

"Ek moes nog geheuekaarte saamgebring het," sê Amelia toe sy weer voor langs Daleen inklim. "Ek het dié een ook al amper vol geneem."

"Sit jou foto's op my laptop," stel Daleen voor terwyl sy wegtrek. "Dan kan ons dit later vir jou op 'n CD sit."

"Is jou laptop dan hier?" wil Amelia verbaas weet.

"Wat dink jy dra ek elke aand oor my skouer by my kamer in?"

Karien glimlag stil. Sy dra ook haar laptop by elke oornagplek in. Gister nadat hulle gestap het, het sy dit vir die eerste keer oopgeslaan, verbete begin tik. Hopelik word dit 'n roman. Indien nie, het dit klaar gehelp om haar gevoelens in swart op wit te sién.

Daleen en Amelia kyk verbaas om toe hulle die sagte snik agter

106

hulle hoor. Karien sit vooroor gebuig, haar hare 'n gordyn voor haar oë, bril in die hand.

"Karien?" vra Daleen besorg. "Moet ek stilhou?"

Sy skud haar kop, beduie met haar hand dat Daleen moet aanry. "Ek kry so skaam vir myself."

"Dis nie nodig nie, almal van ons huil op een of ander stadium," troos Amelia.

"Dis nie dit nie. Ek kry skaam vir myself omdat ek so dom is. Twee weke terug was Dawid op een van sy vele jagtogte," sê sy sag.

Amelia knik. "Ek onthou. Jy en die kinders sou mos die naweek by ons bly, maar toe moes julle Saterdag al teruggaan sodat Ronel haar biologietaak kon klaarmaak."

"Ek het wors uit die vrieskas gehaal om vir my en die kinders gaar te maak. Dis toe dat ek die pakke wildsvleis eenkant sien lê . . ."

Karien begin hortend vertel, terwyl die dorpie Elliot, die huisies soos speelgoed, in die verte voor hulle verskyn.

Tipies Dawid, hy het sowaar weer vergeet om die vleis by Retha af te laai voor hy weg is, het sy gedink en hard met haar tong geklik. Dawid jag gereeld, en dit het 'n gewoonte geword om van die vleis vir Retha, sy ouer, geskeide, kinderlose ontvangsdame, te gee. Sy waardeer dit altyd so. Sy bly op die buurdorp in 'n woonstel, en aangesien dit op Dawid se pad is, het Karien hom gevra om die vleis vir Retha te neem.

Die wors was mooi aan die bruin word, die tjips klaar gaar. Ronel se taak was afgehandel en 'n eensame Saterdagaand het vir hulle voorgelê. Ná ete het Karien impulsief besluit om self die vleis vir Retha te neem.

"Het julle lus om saam te ry na Retha toe? Ons vat haar vleis wat jul pa vergeet het, en kuier sommer so 'n bietjie."

"Dit sal lekker wees. Hier is tog niks om te doen nie, dis so boring," het Ronel gesê.

"Ja!" het Dawie bly uitgeroep. "Dan kan ek met haar kat speel."

"Ek hou ook van haar kat," het Marli vies gesê. "Ek wil ook met hom speel, jy neem altyd alles oor."

"Toe nou maar," het Karien tussenbeide gekom. "Gaan kry vir julle iets warms, dan help julle my die vleis na die motor toe dra."

Sy het self haar mooi nuwe mambagroen jas gaan haal en dit oor haar skouers gegooi. Op pad het sy vir die eerste keer gewonder of dit 'n wyse besluit was. Dis koud, dis donker en alhoewel dertig kilometer nie ver is nie, is dit deesdae gevaarlik vir 'n vrou om alleen te bestuur. Retha sal dalk nie by die huis wees nie, dis Saterdagaand en sy's enkellopend.

Karien was verlig toe sy lig in Retha se woonstel sien brand. Hulle klim die trappe op en staan eindelik uitasem voor die deur. Karien klop aan. Sy het net begin glo dat Retha wel uit is toe die deur versigtig oopgemaak word. Dis duidelik dat hulle Retha uit die bed gejaag het: haar hare staan in alle windrigtings en sy het net 'n japon aan, met nie veel daaronder nie.

Haar mond val oop, haar oë rek verskrik. "Karien! Wat maak jý hier?"

"Ek is jammer, ek het weer eens nie gedink nie. Dawid beskuldig my gedurig daarvan dat ek te impulsief is. Soos jy kan sien, is hy gewoonlik reg! Jammer ons het jou uit die bed gejaag, hoor. Ons wou net jou vleis vir jou bring, maar ons sal nie inkom nie. Dawid moes dit lankal . . ."

Haar woorde het in haar mond gestol, want agter Retha het 'n mansbaadjie netjies oor 'n eetkamerstoel gehang. Sy sou daardie baadjie enige plek kon eien; sy het dit self ten duurste vir Dawid vir sy verjaardag gekoop.

Sy het verby Retha geskuur, vir haar verbaasde kinders gesê om buite te bly wag. Retha het halfhartig probeer keer, maar Karien het haar eenkant toe gestamp. Dawid het in die gang gestaan, ook in 'n japon. Hoe banaal, het Karien gedink. Hoe banaal om haar man hiér aan te tref, só.

Sy het sy mond sien beweeg, maar geen klank gehoor nie. Sy wou net so gou as moontlik daar uitkom, voor die kinders hom sien. Hy het haar egter gevolg. Eers toe hy die kinders sien, het hy sy fout agtergekom. Karien het nie 'n woord gesê nie, net saam met die kinders die trappe afgestorm.

Hulle het in stilte Sandfontein toe gery. Eers toe hulle veilig in die motorhuis intrek, vra Dawie: "Wat nou van die vleis?" Toe onthou Karien sy het nooit die vleis afgegee nie.

"Ek het altyd 'n vermoede gehad dat Dawid rondkuier, maar ek het nooit gedink dit sal Retha wees nie." Sy kyk in Daleen se geskokte oë in die truspieëltjie. "Retha is soveel ouer as hy. Sy is nie sy tipe nie. Hy hou van jong, goed geboude meisies."

"Wat gaan jy doen?" vra Daleen.

"Ek weet nie." Karien plaas 'n hand op Daleen en Amelia se skouers. "Ek is net bly dat ek julle eindelik kon vertel."

Daleen neem haar hand van die stuurwiel weg en plaas dit vinnig op Karien s'n. Dié gebaar laat Karien opnuut haar oë knip teen die trane. Sy sit terug voor sy weer begin huil, kyk dan na Amelia se stokstywe rug. Haar hart word week. Arme Amelia, sy sien net die goed in almal raak. Dit gaan haar 'n tydjie neem om iets soos egbreuk in haar vriendekring te verwerk.

Hulle ry oor die motorhek wat die ou Transkei van die Oos-Kaap skei. Karien se verhaal het hulle deur Elliot geneem sonder dat sy dit agtergekom het.

"Genoeg van my. Vertel eerder vir ons van die maand wat jy hier kom uithelp het," sê sy vir Daleen.

En terwyl Daleen hulle vermaak met staaltjies uit haar maand in die Transkei, voel Karien hoe sy ligter word. 'n Gedeelde las . . . Sy moes lankal haar vriendinne in haar vertroue geneem het. Dis tog hoekom sy hulle vriendinne kan noem: omdat hulle alles van haar weet en steeds van haar hou.

En sy moes lankal begin skryf het. Papier is geduldig.

Haar blik rus op die landskap terwyl sy net met 'n halwe oor na Daleen luister. Die huise lê wyd versprei, sodat jy nie regtig weet waar 'n dorp begin en waar dit eindig nie, behalwe wanneer jy in die sakesentrum – as jy dit so kan noem – kom.

Daleen moet al haar bestuursvernuf inspan om tussen die mengelmoes toeterende motors, pratende mense en bulkende beeste deur te ry. Karien voel hoe haar maag op 'n knop trek van spanning. Dis eers toe hulle die Transkei agterlaat en op die N2 draai dat sy makliker begin asemhaal.

Hulle kom moeg op Gonubie aan en boek sommer by die eerste die beste gastehuis in.

Ná ete nooi die ander twee Karien vir 'n glasie wyn, wat sy van die hand wys en 'n kopseer veins. Nou lê sy in haar bed, haar oë op die oop laptop. Hoekom kon Dawid nie lief bly vir haar nie? Wat het sy gedoen om hom weg te dryf? Of is dit iets wat sy nié gedoen het nie?

Is dit wat mans aan vrouens doen?

Daleen hardloop die trappies na die gastehuis twee-twee op, haar asemhaling reëlmatig. Dis wat so lekker is van by die see draf: die feit dat jy langs die kus fikser voel. Sy is verbaas om Karien op die balkon te sien sit, 'n koppie koffie in die hand, voete op die houtreling.

Sy is duidelik diep ingedagte en Daleen kug saggies agter haar. "Jy's lekker vroeg op?" Sy gaan sit langs Karien.

"Ek het gisteraand te vroeg gaan lê." Karien se hande vou beskermend om haar beker koffie. "Kon vanoggend nie langer in die bed bly nie."

"Ek het so lekker gedraf, met die loopplank langs, ver op die strand en terug. Ek en Amelia het gisteraand met die loopplank langs gestap. Dis pragtig, jy kyk ver oor die see uit, en hulle het bankies oral waar jy kan sit."

"Ek dog ek hoor jou," sê Amelia agter hulle. Sy gee vir Daleen 'n koppie koffie aan. "Joune nog reg?" vra sy vir Karien, wat haar kop knik. "Ja, dis regtig mooi, dis jammer jy het nie saam gaan stap nie. Ek was nog nooit op Gonubie nie, en ek moet sê, ek is aangenaam verras."

"Daleen neem ons na plekke waar ons nog nie was nie," glimlag

111

Karien. "Wat ek nie kan verstaan nie, is dat ons skaars driehonderd kilometer hiervandaan in die sneeu gespeel het, en hier is dit amper warm."

"Oos-Londen is warm, selfs in die winter," beaam Daleen. "Maar moenie te opgewonde raak oor die weer nie, Jeffreysbaai kan maar lekker koud word."

"Wel, dis winter, wat kan ons ook anders verwag?" sê Karien sag.

Is dít wat mans aan jou doen? wonder Daleen terwyl sy oor die see staar. Sy het Karien nog nooit só gesien nie, soos 'n band wat afgeblaas is. Sy het nie eens kwaad geword toe sy hulle van Dawid se ontrou vertel het nie. En Karien is een met 'n kort humeur. Dis asof sy klaar boedel oorgegee het.

Sy, Daleen, het geweet sy moet Karien tyd gee, sy sal wel praat wanneer sy reg is. Sy kon die vorige dag nie verstaan hoekom Karien saam met haar in die bad geklim het nie, hoekom sy by haar in die bed geslaap het nie, maar nou maak dit sin. Vir Karien was sy nog altyd 'n substituutma, Amelia is eerder haar vriendin. Daleen is die een na wie Karien kom vir raad, vandat haar pa dood is, in elk geval.

Soms wil haar skouers nie alles dra nie, sug Daleen innerlik. Soms is dit beter as sy nie weet wat in haar vriendinne se lewens aangaan nie. Soms maak dit net te seer, wil sy haar vriendin beskerm en sy kan nie, want sy het nie die mag nie. Die beste wat sy kan doen, is om daar te wees, om 'n skouer te wees waarop hulle kan huil.

Maar op wie se skouer kan sy, Daleen Joubert, huil? Gaan sy op hierdie twee dierbare vriendinne van haar se skouers kan huil?

Sy gee haar leë beker vir Amelia aan. "Wil jy oor Dawid praat?" vra sy sag toe Amelia binnetoe loop.

Karien bly so lank stil dat Daleen aanneem sy gaan haar nie antwoord nie.

"Nee, nie nou nie," sê sy eindelik. "Noudat ek dit hardop gesê het, voel dit asof ek hom weer uitgevang het. Snaaks, nè? Ek het gedink as ek julle vertel, sal ek beter voel, maar ek voel erger."

Amelia kom weer uit, 'n vars koppie koffie vir hulle elkeen op 'n skinkbord. "Ek hou van hierdie woonstelletjie. Alles wat jy in 'n kombuis nodig het, is hier."

"Hy bel my aanmekaar, stuur sms'e," gaan Karien voort asof daar nie 'n onderbreking was nie. "Maar ek kan nie met hom praat nie. Ek was so kwaad vir hom; nou is dit asof al die kwaad uit my is. Daar het net so 'n leë gevoel oorgebly. Ek wil hom so graag haat, maar ek kan nie. In plaas daarvan dat ek hom haat, haat ek vir Retha. Ek weet dis onregverdig, ek weet hulle is ewe skuldig, maar ek kan dit nie verhelp nie. En die ergste is dat ek dit nooit sien kom het nie. Ek bedoel, sy is soveel ouer as hy, sy het nie die lyf van 'n twintigjarige nie. Wat maak haar dan so aantreklik vir hom? Is dit net die seks? Watse tipe vrou het seks met 'n ander vrou se man? Watse tipe vrou het seks met iemand se pa? Ek het nooit aan Retha as 'n slet gedink nie, nou is sy vir my die tipiese slet."

"Nie alle vrouens wat seks met getroude mans het, is slette nie," sê Amelia sag.

"Natuurlik is hulle, Amelia," sê Karien driftig. "Nie ek of jy of Daleen sal ooit so iets doen nie, sal ons?"

Hulle bly haar al twee 'n antwoord skuldig.

Daleen sê vinnig, om die onderwerp te verander: "Kom ons ry tot op Port Alfred, dan eet ons daar. Daarna kan ons deurry Port Elizabeth toe."

"Ek was nog nooit op Port Alfred nie," knik Amelia. "Dit sal lekker wees."

Die pad Port Alfred toe is eentonig. Hoewel dit die kus volg, is die see net hier en daar sigbaar. Daleen kyk onderlangs na haar reismaats. Albei is diep ingedagte en doodstil. Hoe ironies, sy het gedink haar stiltes sal nie so opvallend wees saam met hierdie twee kletskouse nie. Nou voel sy asof dit haar plig is om hulle te vermaak.

"Julle moet op die uitkyk wees vir verkopers langs die pad," maak sy dus geselsies. "Hulle verkoop altyd die lekkerste turksvye."

'n Doodse stilte begroet haar. Nou ja, niemand kan sê sy het nie probeer nie. Is dit ooit turksvytyd? wonder sy vlugtig. Sy hou haar blik op die pad; hier moet jy ook maar altyd op die uitkyk wees vir rondloperdiere.

Sy kry Karien so jammer. Al het sy, Daleen, nog nooit van Dawid gehou nie, sou sy hom nie van so iets verdink het nie. Almal weet dat hy gedurig met sy vroulike pasiënte flirt, maar sy het gedink dis onskuldig. Sy het in elk geval gedink hy is gelukkig, hy het Karien dan net waar hy haar wil hê. Hy is the lord of the manor en Karien is tevrede daarmee, wat wil hy dan nog hê?

As die bordjies verhang was, as sy moes uitvind dat Jan haar verneuk, wat sou sy doen? Sy sal haar goed vat en loop, besluit sy. Sonder om twee keer daaroor te dink, al is die liefde ook hoe groot. Maar wat sy en Jan doen, is net so verkeerd. 'n Derde persoon in 'n huwelik werk nie, en sy voel nog skuldiger ná sy Karien se verdriet moes aanskou.

114

Nee, sy kan nie sommer na Jan teruggaan en maak of niks fout is nie. Hulle moet verantwoordelikheid kan aanvaar vir hul dade. En sy weet nie of sy daarvoor reg is nie. Sy weet nie of sy kans sien vir die dorp se skinderstories nie. Nie ná sy die seerkry in Karien se oë gesien het nie.

Daar is nog te veel dinkwerk oor voordat sy voor Jan kan gaan staan en in alle eerlikheid sê: "Hier is ek, ek aanvaar my aandeel aan die opbreek van jou huwelik, maar ek gee nie meer 'n hel om nie. Kom ons loop saam weg, of ons bly in hierdie skinderbekdorpie en verduur die stories en vingerswaai en dominee en ouderlinge en die hél weet wie nog op ons voorstoep."

Sy skud haar kop liggies. Darius sou sê – van haar en Jan, van Karien en Dawid, van Dawid en Retha – dat jy nie op jou eie voorstoep kak nie. Iewers kry iemand altyd seer.

Wat haar terugbring by 'n vorige vraag: Is dít wat mans aan vrouens doen?

Kyk nou maar vir Amelia. So lief vir haar man dat sy te bang is om vir hom te sê wat sy van die lewe wil hê. Amelia bederf haar man tot in die afgrond; as Gert sê spring, wil sy dadelik weet hoe hoog. En arme Gert is salig onder die wanindruk dat sy vrou gelukkig is om huisie-huisie te speel.

Nee, dis tog nie Gert se skuld dat Amelia nie met hom daaroor wil praat nie. Amelia is te bang dat sy Gert sal seermaak, sal teleurstel. Hy is groter as dit, dit weet Amelia tog. Maar so was sy nog altyd: sy maak haarself wys dat as die mense om haar gelukkig is, sal sy ook gelukkig wees, en in die proses vergeet sy van haarself. Dat Amelia ongelukkig is, is nie haar man se skuld nie.

Dit wys jou net, besluit Daleen: mans is darem nie die oorsaak

115

van alles wat in vroue se lewe verkeerd gaan nie. Maar 'n mens kan hulle dalk vir die meeste goed blameer, sug sy, verlig toe sy Port Alfred binnery.

Kamma-kamma

Amelia staar, ken op haar hand, bewonderend na die uitsig. Sy is bly dat Daleen hierdie restaurant gekies het. Dis heerlik om so amper op die strand te sit, met 'n wonderlike uitsig op die hawe, waar 'n aantal bote van alle groottes lê. Sy luister afgetrokke na Daleen se vertelling oor die gesinsvakansies wat hulle hier deurgebring het.

Gesinsvakansie? Hulle het nooit met vakansie gegaan nie. En daarvoor kan sy nie haar ma blameer nie, daar was gewoon net nooit geld nie. Daar was nie eens elke maand geld om van te leef nie, allermins vir uitspattighede soos vakansies. Sy en Gert probeer die kinders ten minste een keer 'n jaar 'n bietjie wegneem. Nooit vir lank nie, omdat Gert nie die plaas so kan los nie, al het hulle ook goeie werkers. Dis vir hom meer 'n beginselsaak, vermoed sy.

Soms gaan hulle darem vir 'n week weg, gewoonlik Amanzimtoti toe. Nie een van haar kinders was al hiér nie. Sy sal Gert probeer oortuig dat hulle vanjaar 'n bietjie langer weggaan, in hierdie rigting kom. En volgende jaar as die winter sy greep ingeslaan het, moet hulle die kinders kom wys hoe regte sneeu lyk. Sy het 'n vermoede dat Gert dit net soveel soos die kinders sal geniet.

"En as jy so stil is?" vra Daleen.

"Ag, ek kyk sommer hoe mooi dit hier is." Sy sien nou eers die kelner het haar bord lasagne voor haar neergesit en begin afgetrokke met haar vurk daarin krap.

"Jy het nog nie eens foto's geneem nie," sê Karien. "Of is jou geheuekaart al weer vol?"

"Nee, ek het gisteraand die foto's op Daleen se laptop afgelaai."

"Ek sal vir jou stop voor ons uitry, dan kan jy na hartelus foto's neem," bied Daleen aan, haar blik steeds ondersoekend.

"Dankie," sê Amelia en neem 'n hap van haar lasagne. Dis goed voorberei, nie olierig nie, net reg. Nes sy daarvan hou, met die kaaslagie bo-op taaierig hard. En tog is sy nie meer lus daarvoor nie. Haar honger is skielik weg.

"Is daar fout?" Karien plaas haar hand op Amelia se skouer.

Sy sluk swaar aan die trane wat vlak lê en dreig om oor te loop, skud haar kop. "Nee wat, ek verlang maar sommer na Gert en die kinders."

"Ek verlang ook. Die gesprekke saans is so kort, nie genoeg om regtig veel te sê nie. Ek is egter nie so seker daarvan dat hulle na my verlang nie, my ma bederf hulle weer tot in die afgrond."

"Hulle geniet seker elke oomblik daarvan," sê Daleen, haar mond vol biefstuk.

"Elke oomblik, glo my. As ons terug is, moet ek weer 'n week lank hoor hoe verkramp ek is omdat ek nie soos Ouma toelaat dat hulle sjokolade vir ontbyt eet nie!"

"Ek sou nie omgee om so 'n ouma te hê nie," lag Daleen.

"Die helfte is jou nog nie vertel nie! Toe ek een aand bel, stel my ma voor dat ek, om alle probleme in my huwelik uit te stryk, moet gaan vir lesse in erotika! Kan jy jou dit voorstel?"

117

Amelia lag saam, maar hou haar blik afgewend. Sy kan die seerkry in Karien se oë nie hanteer nie. Sy stoot haar bord eenkant toe. Sy kan nie verder eet nie, die lasagne proe soos saagsels in haar mond.

"Jy moet baie verlang as jy nie meer wil eet nie," sê Karien, haar bord lasagne amper leeg. "Want daar is net een mens wat lekkerder lasagne kan maak, en dis jy."

"Dankie. Ek is maar net nie honger nie, te veel in die motor gepeusel."

"Ek hoop jy het in daai cooler-boks wat ek elke aand moet indra ook vir ons lasagne."

"Ek het. Het ons nie al daarvan geëet nie?"

"Ek kan nie onthou nie. Het ons?" vra Daleen.

Karien skud haar kop. "As ons daarvan geëet het, sou ek dit onthou het. Niemand maak kos soos Amelia nie, dis hoekom dit 'n uitstekende idee is dat jy wil gaan skoolhou. So 'n gawe moet met ander gedeel word."

"Weet jy wat ook goed sal wees?" vra Daleen ingedagte. "Jy kan 'n restaurant oopmaak, jy weet, iets soos 'n koffiewinkel. Daar is 'n tekort op Sandfontein."

"Magrieta sal nie daarvan hou nie," sug Amelia, "maar dit sou wonderlik wees."

Toe hulle Port Alfred verlaat, veins sy moegheid en gaan lê plat op die agtersitplek. Hulle het gestop en sy het foto's geneem, maar selfs dit het haar geen genot verskaf nie. Sy is so moeg van voorgee, dink sy terwyl sy na haar kamera se skermpie staar. Soos die bootjies op hierdie foto, so is sy. Vir ewig vasgevang in die perfekte prentjie – perfekte ma, perfekte vrou. Maar dis alles net voorgee.

Haar slegheid steek sy goed weg. Nie eens Gert het dit al gesien nie.

Jy kan van baie dinge ontsnap, weet sy met sekerheid, jy kan jou ongelukkige kinderjare probeer toesmeer met idilliese prentjies wat jy vir jouself gemaak het, jy kan die verlede probeer vergeet, maar dit bly deel van jou. Dit ís jy. Jou kinderjare is tog wat jou vorm, dis waar jy jou waardes leer. Jy kan voorgee, 'n kamma-kamma werklikheid vir jouself maak, maar jy bly wat jy is.

Sy druk die delete-knoppie, vee die perfekte foto van die perfekte bootjies af. Genoeg is genoeg, besluit sy. Aan die verlede kan sy nie verander nie, sy kan nie 'n delete-knoppie druk en dit uitwis nie. Dis die toekoms wat tel; daaraan kan sy werk. Daaraan móét sy werk.

Dis ek

Toe hulle ná 'n paar ompaaie as gevolg van padwerke die Baai binnery, leun Karien oor die sitplek om Amelia wakker te maak. "Kyk hoe mooi lyk die Baai in die ondergaande son."

Amelia maak haar oë stadig oop, gee 'n lang gaap en sit dan skielik regop. "Moenie vir my sê ek het tot hier geslaap nie! Ek wou niks van die pad mis nie! Ek wou die see heelpad dophou!"

Karien lag. "Ook maar goed jy het geslaap. Die pad loop ver verby die see; al wat jy sien, is veld. Baie boring."

"Is so," sê Daleen. "Maar vanaand slaap ons in 'n wonderlike hotel téén die see, amper soos gisteraand se woonstel. En net langs die hotel is 'n casino. Ons gaan beproef ons geluk so 'n bietjie, wat sê julle?"

"Ek voel vandag juis so lucky," sug Karien. Sy kan in elk geval aan niks dink wat haar meer plesier sal verskaf as om Dawid se geld op iets so sinloos soos dobbel te mors nie.

"Dis sonde om te dobbel," sê Amelia. "Maar ek het my al vroeër aan sonde oorgegee, so ek's in."

"Sonde, jy?" lag Karien. "Nee wat, maatjie, jy kan sonde nie eens spel nie!"

"Jy sal verbaas wees."

Die hotel ís pragtig, die uitsig behoort ongelooflik te wees, dink Karien. Sy staan op die balkon en kyk ver oor die inkswart see uit. Sy kam afgetrokke met haar vingers deur haar hare. Sy sal as hulle môre in Jeffreysbaai kom haar hare moet was, besef sy, en kyk dan op haar horlosie. Hoe is dit moontlik dat Daleen en Amelia so lank kan neem om te stort en aan te trek? Miskien is Daleen al klaar, dalk wag sy vir háár, dink sy en gaan in om haar selfoon te kry.

Toe sy haar selfoon optel, is daar 'n klop aan die deur. Op haar antwoord kom Daleen met 'n breë glimlag in. Karien bekyk haar op en af. In die plek van haar gebruiklike T-hemp het Daleen 'n baie mooi blink hempie aan. Jeans en duur draftekkies, soos gewoonlik, en haar denimbaadjie aan haar vinger oor die skouer.

Skielik voel Karien vaal en oud. Sy vee selfbewus oor die kreukels in haar swart broek, trek met die ander hand aan haar rolkraag-trui. "Jy lyk mooi," sê sy nietemin.

"Dankie. Jy lyk, soos altyd, stunning. Swart pas jou uitstekend."

"Ek voel oud."

"Ons ís ouer, maar darem nog nie óúd nie. Alhoewel die pyne soggens in my gewrigte genoeg bewys is dat ons vinnig oud word."

"Ons was nou die dag nog dertig!"

"Dit was 'n dekade terug, suster." Daleen stap na die balkon, beduie na die selfoon in Karien se hand. "Wil jy jou kinders bel?"

"Nee, ek wou jou bel." Sy gooi die selfoon op die bed neer en stap ook uit op die balkon. "Ek het reeds met hulle gepraat. Geen klagtes. Ek begin dink dat hulle maklik sonder my sal kan klaarkom. Té maklik."

"Tot die snaaksigheid oorwaai, glo my."

"Is seker waar. Waar draai Amelia so?"

"Kom ons gaan kyk," sê Daleen en haak by haar in.

Ná nog twintig minute in Amelia se kamer stap hulle eindelik na die casino. Karien bestudeer Amelia onderlangs, wonder heimlik hoe iemand dit regkry om ure voor die spieël te bestee en dan presies dieselfde te lyk as voor die tyd.

Hulle het vooraf besluit om elk net vyfhonderd rand uit te gee. Níks meer nie, het Daleen streng gesê, hulle dobbel verantwoordelik. Hulle trek kontant by 'n kitsbank en stap die casino binne.

Toe hulle twee uur later by die casino uitstap, is dit net Amelia wat rede het om breed te glimlag.

"Julle wou mos nie saam met my in die rokersgebied dobbel nie!"

"Dit ruik sleg daar binne!" verweer Karien.

"Aangesien jy al een is wat iets gewen het, voel ek dis jou plig om vir jou twee platsakvriendinne se aandete te betaal," sê Daleen.

"Ek sekondeer," lag Karien.

121

"Goed dan," sug Amelia. "Moenie dat daar gesê word ek's nie 'n vriendin in nood nie!"

Dis 'n heerlike aand en hulle besluit om by die buitenste tafels van 'n gewilde seekosrestaurant te sit.

"Dankie tog," sê Amelia, "nou kan ek in vrede rook."

Hulle bestel 'n groot bord seekos en 'n bottel yskoue witwyn. Toe die kelner die bestelling voor hulle neersit, vra Karien terloops: "Amelia, hoe kry jy dit reg om jou huwelik gelukkig te hou? Ek bedoel, wat hou jou en Gert bymekaar?" Sy wonder regtig al lank daaroor.

"Ek weet nie," sê Amelia effens onkant gevang. "Dis seker maar 'n kwessie van kompromieë aangaan? Ek bedoel, wat hom interesseer, interesseer my nie noodwendig nie, tog stel ek belang daarin omdat dit vir hom belangrik is."

"Is dit nie geveinsde belangstelling nie?" vra Daleen terwyl sy hul glase vol skink.

"Seker, maar wat is die alternatief?" vra Amelia.

"Is dit nie eerder lieg nie?" vra Karien met 'n gevaarlike frons.

"Nee," sê Amelia versigtig, "eerder ordentlikheid."

" 'n Lieg is 'n lieg is 'n lieg." Karien neem 'n groot sluk van haar wyn. "Ek kon nog nooit goed lieg nie, dis dalk hoekom my huwelik 'n fokop is."

"Dis kwalik die rede –" begin Daleen, maar Karien val haar in die rede.

"Miskien moet ek my laat toets vir Aids."

"Hoekom?" vra Amelia verbaas.

"Sou jy nie onder dieselfde omstandighede nie? Nee wat, los die Aids-toets," sug Karien. "As 'n mens selfs moet weet wanneer jy doodgaan, watse verrassings bly daar nog in die lewe oor?"

"Mense gaan nie meer so maklik dood van Aids nie," sê Daleen. "Ek glo in elk geval nie dat jy jou daaroor hoef te bekommer nie. Retha sal nie vigs hê nie, nie Miss Goody Two Shoes nie."

"Maar sy's nie juis good nie, is sy? Sy het mý 'n rat voor die oë gedraai. Ek sou minder geskok gewees het as dit," sy beduie wild met haar arms sodat haar silwerarmbande vrolik klingel, "Amelia was! In elk geval, dis nie oor haar dat ek my wil laat toets nie. Daar is soveel ander, het Retha my vertroulik kom meedeel."

"Ander?" vra Amelia met groot oë.

"Ek sou my nie aan haar praatjies steur nie. Ons weet tog wat op haar agenda is," sê Daleen terwyl sy weer vir hulle wyn inskink.

"Dawid het dit nie ontken nie."

"Wie?" vra Amelia terwyl sy haar glas na haar mond lig.

"Karin van die poskantoor, Erika by die skool, Louise by die motorhawe. Hoeveel daar nog is, weet ek nie. Vir al wat ek weet, is dit maar die punt van die ysberg."

"Eerder die punt van die penis," sê Daleen ingedagte. Sy wink 'n kelner nader en bestel nog 'n bottel wyn.

"Ons moet stadiger drink," maan Amelia. "Onthou, ons moet hotel toe stáp."

"Sluk 'n paar oesters, dan gaan die wyn nie so vinnig kop toe nie." Daleen beduie na die oesters op die groot bord voor hulle.

"Wat dink julle moet ek doen?" Karien kyk radeloos na haar vriendinne. Daleen in die besonder was nog altyd haar steunpilaar.

"Skei. Wat anders kan jy doen?" Daleen tel die tweede bottel wyn op en skink vir hulle. "Ek sou dink dat jou antwoord voor die hand liggend is: lós hom."

"Dis nie so maklik nie. Ek het hom al soveel keer vergewe, welis-

123

waar vir kleiner oortredinge, maar ek kan seker weer. In elk geval, wat van die kinders?"

"Die kinders sal daaroor kom. Maar as dit so aanhou – en dit sal – gáán jy nog op 'n dag positief toets."

"Sies, Daleen, ek dink weer noudat Dawid gevang is, sal hy dit nie weer doen nie. Dalk is dit maar net 'n midlife crisis." Amelia neem nog 'n oester.

"Dis ek."

"Hoe kan dit jy wil wees, Karien?" roep Daleen uit terwyl haar glas so woes swaai dat van die wyn stort. Sy lek die paar druppels van haar hand af.

"Kýk na my. Ek is nie meer die vrou met wie hy getrou het nie. Ek is oorgewig, ek kyk nie na myself nie, ek beoefen geen beroep nie. Hy kom saans by die huis en al waaroor ek kan praat, is die kinders. Of die wasmasjien wat reggemaak moet word, of dat Sofia 'n verhoging wil hê . . . Ek kan nie met hom geséls nie. Dis nie snaaks dat hy geselskap op 'n ander plek gaan soek het nie."

"As hy net geselskap gesoek het, het jy nie met hierdie probleem gesit nie." Daleen gee 'n baie onvroulike snork.

"Dis nog 'n ding. Dink jy dis vir hom lekker om langs hierdie lyf te lê? Ek kan hom nie regtig kwalik neem dat hy iets beters . . . iets mooiers gaan soek het nie."

"Karien, as hy vir Minki van der Westhuizen gegaan het, kon jy dit gesê het. Hy het nie. Hy het jou bedrieg met 'n onaantreklike ouer vrou. Dit het niks te doen met jou wat effens oorgewig of 'n sogenaamd vervelige huisvrou is nie. Dit gaan oor hóm, oor sy selfsugtigheid. Dís wat dit is: sy eie plesier, sy eie drange. Dink jy hy het vir een oomblik aan jou of die kinders gedink terwyl hy rondgefok het? Nee, hy het nie. Want as hy wel aan julle gedink het, sou hy tuis gebly het, waar hy hoort. Vir hom gaan dit net oor seks, dis tog duidelik."

"Behoort ek nie nog erger te voel dat hy Retha bo my verkies nie? Is ek verdomp só onaantreklik, vind hy my só walglik?"

"Daleen is reg, dit gaan nie vir hom oor looks nie," sê Amelia. "Of oor persoonlikheid nie. Eerder oor veroowerings."

"Hy sê hy is jammer, hy het selfs gehuil," sê Karien verbaas. "Ek het hom nog nooit sien huil nie."

"Natuurlik is hy jammer – jammer dat hy gevang is!" roep Daleen driftig uit.

Amelia, wat 'n sigaret aangesteek het, leun terug in haar stoel. "Daleen, jy vergeet net een belangrike ding, dalk omdat jy nog nie getroud is nie. Karien is liéf vir Dawid. En die liefde behoort alles oor te sien, ook egbreuk. Dis nou maar hoe dit is."

"Hoe kan jy so sê?" vra Daleen vies. "Jy het nou net saamgestem hy soek net seks."

"Amelia is reg," gee Karien toe. "Ek het hom lief."

"Dit mag wees," sê Daleen, "maar ek dink die vraag moet wees of jy hom lief genóég het om toe te laat dat hy so met jou mors. Jou so verneder. Liefde is nie altyd genoeg nie!"

"Dis ook waar, maar op die einde bly ons by ons mans omdat ons hulle liefhet. Ten spyte van al die ander dinge, die dinge wat ons gek maak." Amelia swaai woes met haar hand, sodat daar sigaretas op die tafel val. "Wat jou in die bed snags, terwyl hy lê en slaap, jouself laat belowe dat jy môre jou goed vat en loop. En dan staan hy in die oggend op, jou mooie man, hy glimlag vir jou, soen jou en jy vergeet al jou goeie redes. Omdat jy hom liefhet."

Daleen kyk ingedagte na Amelia. "Nee, jy oortuig my glad nie," sê sy stadig. "Geen man het die reg om met jou te mors en dan vergifnis te verwag én te ontvang nie."

"Sal jy Jan dan nie vergewe nie?"

"Dis nie die punt nie, Amelia," sê Daleen met 'n kwaai frons. "Ons praat nie nou van Jan nie."

"Bestel eerder vir ons nog 'n bottel wyn." Karien sug terwyl sy na die leë bord voor haar staar. Hulle het sekerlik genoeg seekos geëet om immuun te wees teen die uitwerking van alkohol. "Ons laaste bottel," sê sy vir Amelia, wie se mond reeds oop is om te protesteer. "Ek ís lief vir hom, sal seker altyd wees."

"Niemand betwyfel dit nie. Maar dink jy regtig dat as jy hom vergewe, sal alles rosegeur en maanskyn wees?" vra Daleen.

"Hoekom nie? Dit kán."

"Jou probleem, Amelia," sê Daleen afkeurend, "is dat jy in sprokies glo. In happily ever after."

"Nou is jy onregverdig!" Amelia steek nog 'n sigaret aan. "Niemand weet beter as ek dat die huwelik nie 'n sprokie is nie. Maar as al twee 'n poging aanwend, kán dit werk."

"Dis eienaardig," sê Karien ingedagte, "ek was altyd onder die indruk dat hy nie rêrig van seks hou nie. Ek bedoel, dis altyd so gejaagd. Asof hy in 'n wedren teen homself kompeteer."

"Soos sy sport," knik Daleen, "draf, muurbal. Hy hou van vinnige aksie."

Laataand lê Karien na die plafon en staar. Asseblief, smeek sy, nie nog 'n slapelose nag nie. Sy is so moeg. Die wyn moet vanaand help dat sy kan slaap. Dróómloos kan slaap.

Sy voel haar maag ruk, moet hard sluk aan die surigheid wat in haar keel opstoot.

Minute later staan sy van die vloer voor die toilet op, was haar gesig, borsel tande. Hoe is dit moontlik dat sy naar kan wees? Sy het nie soveel gedrink nie, en in elk geval het sy nog nooit naar geword van drank nie.

Sy klim bewerig terug in die bed, oorweeg dit om Daleen te bel, besluit dan daarteen. As dit net die wyn is, is dit onnodig om Daleen daarvoor op te jaag.

'n Honger rot

"Dié tyd van die jaar reën dit nogal baie hier, dis mos 'n winter-reënvalgebied," sê Daleen amper verskonend toe hulle Jeffreysbaai in fyn misreën binnery. "Een voordeel van 'n wintervakansie in Jeffreysbaai is dat hier dan baie minder mense is. Desembers bars hierdie dorp uit sy nate."

"Kyk die groot inkopiesentrum!" roep Amelia verras uit. "Jy't gesê Jeffreysbaai is 'n dórp."

"Een Pick n Pay maak nie van 'n dorp 'n stad nie, Amelia. Maar ek moet erken, Jeffreysbaai het baie uitgebrei." Sy beduie na die groot woonstelblok langs Pick n Pay. "Daardie gebou was glad nie hier toe ek verlede jaar hier was nie, en buite die dorp is hulle besig om nog 'n inkopiesentrum te bou."

Sy besluit op die ingewing van die oomblik hulle moet sommer nou die nodige kruideniersware koop. Daar is 'n paar winkels in die sentrum en hulle loop eers daardeur. As dit so aangaan, dink Daleen gelate terwyl sy na die duisternis pakkies kyk wat Amelia vashou, sal ons 'n waentjie moet huur om al die goed by die huis te kry.

Sy stuur die viertrek versigtig deur die verkeer terwyl Amelia en Karien geïnteresseerd om hulle kyk. Selfs die verkeer het in volume toegeneem, meer as wat Daleen onthou. Sy vind met moeite die eiendomsagentskap waardeur hulle die woonstel huur tussen al die nuwe ontwikkelings.

"Ek kan die see ruik!" sê Amelia kinderlik opgewonde. "Ek kon die see glad nie ruik in die vorige plekke waar ons gebly het nie, ek wou sê iets kort. Net jammer ons kan nie veel van die see sien deur hierdie misreën nie."

"Toemaar, ons gaan nog baie van die see sien. Reën ofte not, ek gaan my nie daardeur laat afsit nie," sê Karien. "Al moet ek ook die strand met 'n anorak aandurf. Ek het in Gonubie mos uitgemis op 'n wandeling op die strand."

"Wel," sê Daleen toe hulle in die sitkamer van die woonstel staan, "dit sal seker maar moet doen."

Hulle kyk ietwat verdwaas na die afgetrapte linoleum, die klein stofie, klein vrieskas en klein yskas in die kombuis. Asof dit vir die sewe dwergies ingerig is, dink Daleen. Sy verwag om hulle enige oomblik deur die voordeur te sien stap, al singende: Hey-ho, hey-ho, it's off to work we go!

"Teen die prys wat ons betaal, het ek beter verwag." Karien vee met haar vinger oor die kombuistafel. "Nou nie 'n suite in die Ritz nie, maar dis darem skoon."

"Dis nie so erg nie," sê Amelia terwyl sy gebukkend die potte-en-pannekas inspekteer.

Daleen stap na die groot glasdeure wat op 'n balkon uitloop. "Ek vermoed die prys word deur hierdie ongelooflike uitsig bepaal." Sy skuif die deure oop, asem die sout seelug diep in. "Seker ook omdat dit stapafstand van die strand en winkels is. Ek dink nogal daaraan om 'n huis hier te koop, 'n vakansiehuis. 'n Mens moet tog 'n plek van jou eie hê." Waarvoor werk sy in elk geval? dink sy met haar blik op die inrollende branders. Sy kan 'n huis bekostig. Sy kan 'n huis by die séé bekostig.

"Ek sou ook nie omgee om permanent hier te bly nie. Wie weet, dalk nog sonder Dawid." Karien het langs Daleen kom staan. "Verskoon my!" roep sy uit en vlug hand oor die mond badkamer toe.

Daleen draai om toe sy Karien hoor naar word.

"Ag nee, ek hoop regtig nie sy's besig om siek te word nie," sê Amelia.

"Ek dink nie sy's siek nie," sê Daleen peinsend.

"Wat dan anders? Dit kan tog nie iets wees wat ons geëet het nie?"

"Nee." Daleen draai terug na die see-uitsig, nie seker of sy haar vermoedens met Amelia kan deel nie. Nie omdat sy Amelia nie vertrou nie, maar omdat dit bloot vermoedens is. Dis so ooglopend . . . of is dit? Maak sy haarself dinge wys? "Dis dalk net te veel wyn, of dalk tog die seekos van gisteraand. Dit was nogal ryk."

"Hoekom is ons dan nie siek nie?"

"Elke mens se liggaam reageer mos maar anders."

"Jy sal weet," knik Amelia. "Ek gaan vir ons koffie maak, kom jy saam? Of wil jy eerder by Karien 'n draai maak?"

"Ja, ek dink ek moet."

Sy klop versigtig aan die toe badkamerdeur. Sy kan nie Karien se antwoord uitmaak nie en besluit om dit te vertolk as 'n "Kom binne". Karien is besig om haar tande te borsel.

Daleen slaan die toiletdeksel af en gaan daarop sit. "Is jy orraait?"

Karien spoel haar mond uit, spoeg die laaste tandepasta weg. "Ek weet nie. Ek het gisteraand ook so naar geword. Sommer so skielik. Dink jy dis te veel wyn?" vra sy hoopvol.

"Ek dink ons weet albei wat dit is."

"Moet dit nie eens hardop sê nie. Asseblief."

Daleen kry haar vriendin oneindig jammer. Sy vee die hare wat oor Karien se gesig geval het terug, druk dit agter haar oor in. "Om nie daaroor te praat nie, maak die moontlikheid nie minder nie. Jy weet dit. Moet ons nie maar 'n tuistoets gaan koop nie? Ek sal die toets vir jou doen."

"Dankie, maar nie nou nie. Dis in elk geval onmoontlik, Dawid is uiters versigtig."

"Jy gebruik dan nie voorbehoedmiddels nie." Daleen het al hoeveel keer vir Karien gesê, toe sy die pil gelos het omdat dit haar siek maak, om iets permanents te oorweeg.

"Ek sê mos Dawid is versigtig. Los dit nou." Sy droog haar mond by gebrek aan 'n handdoek aan 'n paar velletjies toiletpapier af, beduie vir Daleen om op te staan sodat sy dit kan wegspoel. "Kom, ek dink ek ruik koffie. Dáárvan sal ek nooit naar raak nie."

Daleen weet van beter as om verder aan haar te karring. Hulle stap kombuis toe, waar die kruideniersware nog net so op die tafel staan. Sy tel die sak met vrugte op, soek na 'n groenterak waarin sy dit kan pak.

"Hier is nie een nie," sug Amelia gelate en sak op 'n kombuis-stoel neer. "Hoe voel jy nou, Karien?"

"Beter, dankie. Het my seker maar aan daardie seekos vervreet."

Amelia spring met 'n gil van haar stoel af op. "Muis!"

"Waar?" Die sak vrugte gly uit Daleen se hande. Lemoene, appels en avokadopere rol oor die vloer. Sy volg Amelia se vinger en staar stomgeslaan na die knaagdier wat hulle met kraalogies vanuit sy skuilplek langs die yskas bekyk.

"Dis 'n rot," sê Karien rustig, "nie 'n muis nie."

"Gooi hom met iets!" gil Amelia.

"Met wat?" gil Daleen terug.

"Met die advokadopere! Die goed is kliphard!"

Daleen spring op 'n stoel. "Hy's groot genoeg om terug te gooi!"

"Dis 'n rot, hy kan niks maak nie," sê Karien laggend. "Wees net rustig, julle maak hom bang. Hy's seker honger." Sy maak 'n pak tjips oop, haal 'n paar uit en sit dit 'n entjie van haar voete af op die vloer neer.

Die rot staar vir 'n oomblik wantrouig na die kos. Dan storm hy blitsig daarop af, gryp 'n tjip en verdwyn net so blitsig agter die yskas.

"Sien, 'n onskadelike rotjie. Hy was net honger."

" 'n Rot, genade." Amelia gaan weer sit.

" 'n Honger rot," sê Daleen lakoniek.

Amelia ril. "Rotte het kieme en pes en dinge! Ons moes hom dood-gemaak het!"

"Haai, sies," lag Karien vir haar, "hoe kan jy dit wil doen? 'n Arme, honger, ónskuldige rot."

Hier kom die Bokke!

"Verduidelik asseblief weer vir my hoekom ons op hierdie glorieuse Saterdagmiddag rugby sit en kyk?" vra Karien waar sy langbeen op die rusbank sit met haar voete op die koffietafel en deur 'n tydskrif blaai.

"Die Bokke speel teen die Skotte!" roep Amelia uit terwyl sy die spel angstig volg. Sy het sowat 'n halfuur gelede 'n sms van Gert gekry waarin hy haar daaraan herinner dat dit vandag die groot wedstryd is.

Al Karien se planne om op die strand te gaan stap, is saam met daardie sms uitgevee. En hier sit ons nou, peins sy terwyl sy die gebeure op die skerm probeer volg. Sy het op skool laas saam met haar pa gekyk – Dawid het nog nooit enige belangstelling in rugby getoon nie – en selfs toe het dit haar weinig geïnteresseer.

"En jou punt is?" vra sy met 'n gevaarlike frons vir Amelia.

"Dis die Bokke! Dis ons nasionale sportsoort! Dis 'n internasionale game!" roep Amelia gefrustreerd uit.

"Okay, Karien," lag Daleen toe Karien hulle steeds fronsend beskou, "ons kyk rugby omdat dit 'n goeie verskoning is om na die sexy lywe op die veld te staar."

"So gedink," sê Karien tevrede en blaai verder deur die tydskrif.

Toe haar vriendinne vir die hoeveelste keer opspring en hande klap, smyt sy die tydskrif neer. "Genoeg hiervan! Waar is jou sleutels, Daleen? Ek gaan vir ons iets kry om te eet. Die testosteroonvlakke in hierdie vertrek is genoeg om my mal te maak. En julle

132

twee behoort simpatie te hê met die feit dat mans nie nou hoog op my prioriteitslys is nie."

"Ons het mos kos gekoop," sê Amelia sonder om haar blik van die skerm af te haal.

"Ja, ja," antwoord Karien en neem die sleutels wat Daleen na haar uithou.

Wie sou dit kon raai? wonder sy op pad winkelsentrum toe. Amelia, altyd die toonbeeld van vroulikheid in haar floral print ontwerpersbloesies en -rokkies, kyk rugby! Die ergste daarvan is dat sy dit ooglopend geniet en die reëls ken. Dat Daleen rugby sal kyk, het Karien verwag – Daleen is gek oor al wat 'n sportsoort is.

Dis wel so dat Karien Amelia al telkemale saam met Gert en Werner sien rugby kyk het, maar sy het nog altyd aangeneem dis net vir die show. Sy self doen heelwat goed omdat Dawid verwag dat sy dit sal doen. Soos vervelige poësie lees, waarvan sy g'n snars verstaan nie. Maar lees, lees sy. Vir sy kop wat goedkeurend knik, vir die goedkeuring in sy oë.

Self verkies sy 'n roman, 'n Afrikáánse roman – tog net nie die soppy liefdesverhale wat Amelia so graag lees nie.

Die meeste van haar boeke keur Dawid egter af. Dis een van die redes hoekom sy nog nooit die moed gehad het om met die roman te begin wat al so lank in haar kop leef nie: omdat sy Dawid se aanmerkings daaroor vrees. Hy sal nooit so iets goedkeur nie, sal voel dat sy hom in die skande steek. Selfs al publiseer sy dit onder 'n skuilnaam, sal sy onder sy tong deurloop, want volgens hom gebruik net skrywers wat te skaam is vir hulle werk skuilname. Wat sal hy sê as hy moet weet dat sy tog begin skryf het? Húlle verhaal begin skryf het?

Sy kry maklik parkering voor Pick n Pay – seker omdat almal knus by die huis sit en rugby kyk. Die reën het lankal ophou sif, net 'n fris wind het oorgebly.

Sy loop rustig tussen die rakke deur, laai die waentjie vol gemorskos. Lékker gemorskos, haar naarheid van vroeër is weg en sy is skielik honger. Sy koop ook 'n paar tydskrifte. As die wind só aanhou waai, sug sy toe sy teen die wind in terugbeur na die parkeerarea, gaan hulle 'n voorraad tydskrifte nodig hê.

Toe sy die woonstel se voordeur met haar elmboog oopdruk omdat haar hande vol pakkies is, word sy met 'n uitbundige "Ons het gewen!" van Amelia en 'n "Wat 'n wedstryd!" van Daleen begroet. Dit kan sy nog hanteer, maar toe Leon Schuster se "Hie' kommie Bokke" luidrugtig opklink, laat sy een hand se pakkies net daar val en storm na die TV-stel om dit af te sit.

"Tel die pakkies op, ek is so honger soos 'n wolf," sê sy oor haar skouer en stap deur kombuis toe.

"Hoekom het jy gaan kos koop? Ons het dan kruideniersware," sê Amelia. "Ek wou julle vanaand bederf met 'n eksotiese gereg."

"Omdat ek hier moes uitkom en omdat ek 'n behoefte aan gemorskos het," sug Karien. "Jy kan môre vir ons daardie eksotiese gereg maak."

"Gemorskos, inderdaad," lag Daleen terwyl sy 'n verskeidenheid tjips, koeldrank, koekies en tjoklits uit die pakkies haal. Sy hou 'n tros piesangs omhoog. "En dié?"

"Nagereg. Sodat ons minder skuldig voel oor dié," verduidelik Karien met 'n mond vol tjips.

Amelia se selfoon begin kwetter. "Dis Gert, verskoon my. Seker om te hoor of ek rugby gekyk het. En om te spog omdat ons gewen het."

Karien kyk haar kopskuddend agterna. "Dis een rede hoekom die mansgeslag vir my duister bly – spog oor 'n wedstryd waaraan hulle geen aandeel het nie. Is Jan ook so?" Sy kyk vraend na Daleen, wat 'n koekie in haar mond stop. "Verwag jy ook 'n oproep van hom?"

"Ek weet nie of Jan rugby kyk nie." Daleen neem nog 'n koekie. "Come to think of it, ek weet nie veel van Jan se voorkeure en afkere nie," sê sy ingedagte terwyl sy glase en 'n bottel wyn van die rak afhaal. "Vind jy dit vreemd? Die feit dat ek nie sulke detail van my lover weet nie?"

"Nie noodwendig nie." Karien neem die glas wat Daleen na haar uithou.

"Miskien moet jy nie drink nie." Daleen hou haar hand uit om die glas terug te vat. "In elk geval nie tot ons seker is nie."

"Toe nou, dokter, ek sal nie te veel drink nie." Karien neem 'n versigtige slukkie van die wyn. "Om terug te kom na Jan: nee, ek vind dit allermins vreemd. Ek het eers Dawid se ware kleure, sy voorkeure en afkere, ontdek ná die troue. Voor die tyd is jy mos verblind deur meters kant en satyn, sien jy alles deur 'n waas." Sy kyk vraend na Daleen. "Wie ís hy? Ek weet ek het gesê ek sal wag tot jy vertel, maar . . ."

"Dis nie wat jy dink nie."

"Hoekom sê jy so? Hoekom is jy so jaloers op julle privaatheid?" Sy sug diep. Toe sy so verlief op Dawid was, kon sy nie wag om dit met haar vriendinne – hel, met die *wêreld* – te deel nie.

"Dis . . . ingewikkeld. Dis . . ."

"Hoe?" vra sy toe Daleen stilbly.

"Dis net . . . anders, ingewikkeld. Jy sal nie verstaan nie."

"Try my, en hou op om my oë te ontwyk."

Daleen kyk op. Karien sien die twyfel in haar oë, sien dat sy haar mond oopmaak . . .

"Gert stuur groete! Siestog, hy stry hoog en laag, maar ek kan hoor hy sukkel maar so alleen," sê Amelia toe sy die kombuis binnestap.

Die oomblik is verby, dink Karien gelate toe sy die besliste trek om Daleen se mond sien.

Meisie-meisie

Dit was amper, dink Daleen terwyl sy Karien en Amelia dophou. Hulle het hul glasies wyn en eetgoed na die sitkamer gebring en sit nou gemaklik op die mat en kuier. Soos gewoonlik het Amelia se kreatiewe streep die oorhand gekry en is sy nou besig om 'n absurde, kleurvolle uitrusting vir Karien te ontwerp.

Ek is nog nie reg om Jan met hulle te deel nie, besef Daleen. Sy weet sy sal moet, eerder vroeër as later, maar vir so lank sy kan, gaan sy dit probeer uitstel. Sy kyk na Karien wat tevrede agteroor sit, Amelia wat haar potloodskets skewekop bekyk. Sy kan dit maar net sowel erken: sy is bang vir haar vriendinne se reaksie op Jan, op háár.

Hoekom moet die lewe so gekompliseerd wees? Of maak sy dalk sélf haar lewe gekompliseerd? Dis tog eintlik eenvoudig: sy het Jan lief, Jan het haar lief, hulle wil bymekaar wees. Hulle hóórt bymekaar. Hoe is dit moontlik dat iets tegelyk so eenvoudig en so gekompliseerd kan wees?

Mense kan wrééd wees, kyk maar na Darius en Veronica. Niemand het die feit dat hulle mekaar liefhet, dat hulle gelukkig by mekaar is, in ag geneem nie. Nee, almal het reggestaan om hulle met agteraf praatjies te stenig. Mense gun mekaar nie altyd geluk nie. Darius het hom nie veel aan die praatjies gesteur nie – hy het hulle ma se dikvelligheid geërf – maar sy, Daleen, was nog nooit dikvellig nie. Skinderpraatjies pla haar, veral as sy aan die ontvangkant staan. Sy wil hê dat mense van haar moet hou. Sy probeer altyd so optree dat hulle van haar hou.

Dís hoekom sy haar vriendinne nog nie vertel het nie, erken sy aan haarself, sy is bang hulle hou nie meer van haar nie. Sy draai haar kop weg, staar deur die venster na die ligte van die tjokkabote. Die wind het gaan lê. "Dis eintlik 'n lieflike aand."

"Dit is," knik Karien. " 'n Te lieflike aand om hier te sit."

"Wat wil jy dan doen?" vra Daleen.

"Dans."

"Dáns?" Amelia se hand met die potlood waarmee sy die skets inkleur, hang stil bokant die papier.

Karien knik stadig. "Ja, dans. Toe ek Pick n Pay toe was, het ek 'n oulike kroeg-slash-dansplek gesien. Dis vlak voor die strand en behoort 'n uitstekende uitsig te hê."

"Dis te donker om enige uitsig te waardeer," sê Daleen prakties.

"Ek is lús vir dans," sê Karien koppig. "Dawid wil nooit gaan dans nie."

"Jy jok nou! Julle was tog by al die danse op die dorp!"

Karien kyk na Amelia. "Ons was daar, ja, maar het jy ons ooit sien dans? Dawid het geen ritme nie en hy wil nooit toelaat dat ek met ander mans dans nie. Te jaloers."

"Dans is een ding, maar 'n kroeg? Genade, ek dink nie ek was al ooit in 'n kroeg nie. Wat sal Gert sê? Wat sal die kinders sê?"

"Hulle hoef nie te weet nie. Dink jy jy weet van alles wat Gert doen? Ek het gedink ek weet van alles wat Dawid doen, en kyk nou. Hy het my gereeld daarvan beskuldig dat ek met ander mans flirt, toe is hý die een wat meer as net geflirt het. Die ironie is dat ek nie eens weet hoe om te flirt nie."

"Genade!"

"Ek dink dis 'n goeie idee om vanaand uit te gaan," sê Daleen. "Of ons nou hier 'n drankie drink of daar, dis tog om 't ewe."

"Maar 'n kroeg?"

"Dis nie 'n seedy kroeg nie, Amelia. Dis 'n kuierplek," sê Karien.

"Goed dan." Amelia gooi haar hande in die lug. "Julle het my oortuig. Maar ek gaan nie nog drink nie." Sy sluk die laaste bietjie wyn in haar glas weg. "Ná hierdie tweede glas kan ek voel ek het gedrink. Julle moet onthou, ek is nie drank elke aand gewoond nie."

"Jy hoef nie te drink nie." Karien spring op. "Kom ons ry!"

"Só?" Amelia stryk met haar hande oor haar liggroen broek. "Kan ons nie darem eers gaan mooimaak nie?"

"Jy is mooi genoeg, gryp net 'n baadjie," sê Karien en trek Amelia aan die arm op.

"Is dít hoe 'n kroeg lyk? Ek het altyd gedink dis smerig, maar dit lyk nie sleg nie," fluister Amelia toe hulle die gebou instap.

"Jou mos gesê dis nie 'n seedy kroeg nie." Karien stap vooruit.

Daleen moet aan haarself erken dat hierdie kroeg beslis anders lyk as die rookgevulde hole wat sy as student besoek het. Sy kry

Amelia stewig aan die arm beet en lei haar na die toonbank, waar Karien haar reeds tuisgemaak het.

Die meerderheid mense op die dansbaan en om die tafels is jonk, besef Daleen. "Wat gaan jy drink?" skreeu sy bo die musiek vir Amelia.

"Wyn!" lag Amelia haar toe.

Soveel vir haar voorneme om nie verder te drink nie, dink Daleen en bestel drie glase wyn.

"Hoekom draai hulle die klank so hard?" skreeu Amelia naby Daleen se oor.

"Taktiek! Dan hoor jy nie die dronkmanspraatjies van die ou langs jou nie!"

Amelia kyk verbaas na haar. "Wel, ten minste het hulle goeie musieksmaak!"

Daleen moet hardop lag. Kurt Darren is nou nie juis haar idee van goeie musiek nie.

Die jong man wat haar dophou vandat hulle ingekom het, beskou dit blykbaar as aanmoediging en kom na haar gestap. Aantreklik, sug sy innerlik, indien jy van sy soort hou. Sy lang, sonverbleikte hare is in 'n losserige poniestert in sy nek vasgebind. Hy kan onmoontlik ouer as vyf-en-twintig wees. Hy buk tussen haar en Karien, sodat sy sy warm asem teen haar nek voel.

"Wil jy dans?" vra hy hard.

So jonk, dink Daleen, en die onskuld is klaar uit daardie blou oë.

Sy skud haar kop. "Nee dankie, seun, as die tannie vanaand dans, gaan sy môre nie hierdie ou lyf uit die bed kry nie."

"Ek sal met jou dans!" Karien wip van haar stoel af en die jong man volg haar na die dansbaan.

Amelia trek aan Daleen se mou. "Kyk! Ek wou dit nog altyd doen!"

Daleen draai haar skuins om die ritueel van sout, tequila en suurlemoen wat die vier jong meisies langs Amelia uitvoer, beter te kan beskou. "Pasop!" waarsku sy. "Tequila is gif, hou eerder by wyn."

"Net een!" sê Amelia en aanvaar dankbaar 'n glasie van die deurskynende vloeistof van die meisie langs haar. "Dit lyk na pret, en ek voel in elk geval avontuurlustig!"

Hoe later dit word, hoe harder word die musiek, hoe oorvloediger die drank.

Ons het ons paar drankies lankal oorskry, dink Daleen. Sy draai na Amelia om voor te stel dat hulle moet ry. Te laat, besef sy toe sy haar vriendin aan die kroegtoonbank sien klou. Sy kyk verstom na Amelia se weerkaatsing in die groot spieël agter die toonbank, sien hoe sy nog 'n tequila bestel en met 'n swierige swaai van haar arm wegslaan.

Wel, so swierig soos sy in haar toestand kan. Daleen tik Amelia op die skouer, wys na haar horlosie en na die deur, en draai dan om om Karien op die dansbaan te soek. Daar is egter geen teken van Karien nie.

"Meisie-meisie, jy's deel van my lewe . . ." begin Amelia dadelik saamsing toe die volgende Kurt Darren song hulle tref.

Daleen vat Amelia stewig aan die boarm. "Moenie sing nie," pleit sy. "Jy het nog die moves, maar jy het nog nooit die stem gehad nie!"

Amelia gee haar 'n verwytende kyk, en laat dan toe dat die meisies aan haar ander kant vir haar nog 'n rondte koop.

'n Uur later sak Karien natgesweet langs Daleen op die kroegstoel neer.

"Waar was jy?" roep Daleen uit, die moerigheid vlak in haar stem. Vir Karien wat spoorloos verdwyn het, vir Sondagskooljuffrou Amelia wat met haar kop op haar arms sit en snork, só hard dat jy haar selfs bo die musiek kan hoor.

"Op die dansbaan, waar anders? Wil jy ry? Ek's reg vir die bed, hoor!"

Daleen beduie na Amelia. "Help my met haar."

Hulle kry Amelia elk aan 'n arm beet en sleepdra haar na buite.

"Sy gaan môre siek wees," sê Karien toe hulle haar met 'n groot gesukkel agterin die viertrek laat lê. "Wat het sy gedrink?"

"Tequila, emmers vol tequila," sug Daleen. "Ek dink ek is doof! Hoe kry mense dit reg om heelaand na sulke harde sokkiemusiek te luister?"

"Nie almal luister klassieke musiek soos jy nie, Leentjie. Is jy nugter genoeg om te bestuur?"

"Ja, ek het nie veel gedrink nie. Jy ook nie, sien ek."

"Ek het te veel gedans! Dit was heerlik!"

Daleen rol net haar oë en ry versigtig by die parkeerplek uit.

'n Mens raak gewoond daaraan

Karien probeer op die bed klim sonder om die matras te laat wip. As Daleen nie wakker word nie, besluit sy, kan sy haar gewete só sus. As sy wel wakker word van die baie effense wip van die matras, sal dit 'n teken wees dat sy met Daleen moet praat. Sy druk 'n kussing agter haar kop in, vou haar hande oor haar maag.

Daleen draai stadig om. "En nou?" vra sy deur die slaap. "Is daar fout? Is dit Amelia?" Sy sit vervaard regop. "Ek het geweet daai tequilas gaan haar vannag laat siek word. Sy is nie drank gewoond nie."

"Nee," keer Karien vinnig, "sy lê nog net soos ons haar op die bed gehelp het, ek het gaan kyk. Hier, ek het koffie gemaak." Sy tel een van die bekers van die bedkassie op en hou dit na Daleen uit.

"Wat is dit dan?" vra Daleen en neem die beker.

"Ek het vanaand amper 'n vreeslike ding gedoen," sê Karien sag terwyl sy met haar hande kreukels uit die duvet vee. "Ek het amper seks met 'n wildvreemde man gehad."

"Ekskuus?"

"Daai oulike surfer met wie ek so lekker gedans het, het my gaan wys hoe die strand in die maanlig lyk." Sy vee verleë oor haar hare; dis baie moeiliker om te bieg as wat sy sou kon raai. "Ek was gevlei deur die aandag, ek het toegelaat dat my hormone met my op loop gaan."

"Karien, sê asseblief vir my jy het nie onbeskermde seks met 'n surfer gehad nie!"

"Nee, ek sê mos ámper. Ook maar goed ek het tot my sinne gekom voor hy my in my volle naakte glorie aanskou het. Hy sou waarskynlik sy indrukwekkende ereksie weggeskrik het."

"Het jy sy indrukwekkende ereksie gesien?" Daleen neem 'n sluk koffie en trek 'n gesig. "Dis bitter."

"Ekskuus, dis myne." Karien vat die beker by haar en gee die ander een aan. "Nie net gesien nie, gevoel ook. Toe ek met daardie jong, groot voël in my hand staan, het ek my nugter geskrik. Ek het aan my boepens, hangtiete en sellulietbobene gedink en besluit om hom die wrede werklikheid te spaar."

"Hoekom?"

"Seker maar omdat hy nog so jonk is. Nie meer onskuldig nie, maar jonk."

"Ek bedoel eintlik hoekom het jy amper seks met hom gehad?"

"Ek weet nie." Sy kyk plafon toe. Die kamer is in die lig van die tjokkabote gebaai, sy kan selfs die waterkol op die plafon uitmaak. "Nee, nou lieg ek. Ek weet hoekom."

"Om vir Dawid te straf."

"Ja. Om vir Dawid te straf."

Sy kyk na Daleen, sien deernis in haar oë. Dankie tog, as dit walging was, sou sy dit nie kon hanteer nie. "Toe straf ek myself. Want ék is nou die een wat saam met die herinnering moet leef. Hoe kan ek vir Dawid kwaad wees as ek self tot so iets in staat is?"

"Dis nie asof jy iets gedoen het nie. En in elk geval verskil die omstandighede hemelsbreed."

"Dink jy regtig so?" Sy kyk angstig na Daleen. "Ek wil so graag glo dit was nie so erg nie, maar sê dit nou vir my hart. Dit het so goed gevoel om weer komplimente te hoor. Dawid is nie baie vrygewig met komplimente nie, nie teenoor mý nie. Hy komplimenteer gereeld ander vroue, soms wil my hart daarvan breek."

"Het jy dit al vir hom gesê?"

Karien gee 'n vreugdelose laggie. "Dan is ek weer kinderagtig of so iets." Sy skud haar kop. "Hy het so baie gedoen wat my verneder laat voel het. Die pornografiese video's en tydskrifte wat hy in sy

143

studeerkamer wegsteek, byvoorbeeld. Ek kon nooit verstaan hoekom hy laataand so lank in sy studeerkamer bly en dan met 'n horing bed toe kom nie, tot ek op 'n dag sy studeerkamer ordentlik skoongemaak en op die vulgêre goed afgekom het."

Sy neem 'n groot sluk koffie. Die warm vloeistof brand haar, maar ten minste het sy die trane daarmee afgesluk. Sy het nog nooit so baie gehuil nie, nog nooit so áánmekaar gehuil nie. "Dis nie 'n lekker gevoel om te weet dat jou man jou seksueel so onaantreklik vind dat hy nie sonder hulp 'n ereksie kan kry nie."

"Het jy met hom daaroor gepraat?"

"Net daardie een keer. Hy het so aangegaan oor sy privaatheid dat ek dit berou het. Dawid het 'n manier . . ." sy beduie hulpeloos met haar hande, "om jou skuldig te laat voel wanneer jy op jou onskuldigste is. Vir lank het ek geglo dis my skuld dat hy hom tot pornografie moet wend."

"Jy het dít geglo?" vra Daleen ongelowig.

" 'n Mens raak gewoond daaraan om die fout by jouself te soek," sug Karien.

"Soos jy gewoond raak aan bitter koffie, ja. Maar dit beteken nie jy moet daarmee saamleef nie; dit beteken nie jy moet daarvan hóú nie. Jy kán uit hierdie huwelik stap."

"Ek dink nie so nie, waarheen sal ek gaan? Wat van my kinders? My ma?"

"Hulle sal verstaan. En jy is sterk genoeg om alleen reg te kom. Jy is dit aan jouself verskuldig."

"Ek is bang . . ."

"Ek is mos hier, ek en Amelia. Ons is altyd hier. Jy weet dit tog."

"Ek weet nie of ek alleen kan regkom nie. Kyk wat het vanaand gebeur. Dawid was die eerste man met wie ek seks gehad het, het jy dit geweet?" vra sy vir Daleen, wat instemmend knik. "En vanaand het ek, 'n getroude vrou, amper seks gehad met 'n ou jare jonger as ek."

"Jy hoef nie daaroor skuldig te voel nie."

"Ek het nooit gedink ek sou so laag daal nie. Hoe kón ek?"

"Omdat jy vir Dawid wou seermaak. Dis 'n doodgewoon mens-like reaksie."

"Ek wil nie gewoon wees nie, ek wil beter as dit wees. Is dit te veel gevra?"

"Nee, dit is nie."

"Hoekom laat ons toe dat mans ons so geheel en al oorneem? Ons buig ons na hulle wil. Kyk nou maar vir Amelia, sy sal enigiets vir Gert doen. En hy verwag ook nie minder nie."

"Gert is 'n goeie man," sê Daleen sag.

"Ek weet, maar ondanks sy goedheid is daar dinge wat hy van Amelia verwag. Of is ek verkeerd?"

"Nee, jy's reg. Ek reken die probleem begin by hul ma's. Dis hulle wat seuns grootmaak met vooropgestelde idees."

"So, ek fok my seun dalk op?"

"As jy hom grootmaak soos ma's die wêreld oor al eeue lank doen, ja," glimlag Daleen.

Karien sug lank en uitgerek. " 'n Mens kan ook nie wen nie, nè? Jy probeer jou seun goed grootmaak, en terselfdertyd wil jy hom 'n bietjie bederf. Bederf jy egter te veel, raak hy dit gewoond en sit jou skoondogter eendag met die probleem wat jy geskep het."

"Dis darem nie so erg nie," troos Daleen en sit haar arm om Ka-rien se skouers.

"Ek is lief vir hom, Daleen."

"Ek het nog nooit daaraan getwyfel nie."

"Maar soms is liefde nie genoeg nie, nè? Soms wil 'n mens meer hê."

"Soos wat?"

"Wedersydse respek. Getrouheid. Om maar twee te noem. Dis tog nie te veel gevra nie."

"Nee, dit is nie."

Karien vee die trane wat oor haar wange stroom ergerlik met haar hand af. "Ek weet nie wat met my aangaan nie. Ek is veronderstel om die bedonnerde een te wees, nie die tjankbalie nie."

"Ek het jou nog nooit minder bedonnerd gesien as hierdie vakansie nie," sê Daleen sag.

"Dink jy ek kan Dawid daarvoor ook blameer? Dalk is ek bedonnerd as ek by hom is. Hy sal enigeen na bedonnerdheid dryf."

"Ek dink hy is dalk in hierdie opsig onskuldig," glimlag Daleen. "Jy is maar so gebore."

"En so gelaat staan," sug Karien. Sy kan hoor Daleen raak vaak, koffie het nog altyd daardie uitwerking op haar gehad.

"Sou jy Jan vergewe vir ontrouheid?"

Daleen bly so lank stil dat Karien glo sy het aan die slaap geraak. Sy rol uit Daleen se arm. Self is sy helder wakker.

"My eerste reaksie sou nee wees," antwoord Daleen tog. "Maar wanneer ek logies daaroor dink, dink ek ek sou Jan nog 'n kans wou gee."

"Omdat jy hom liefhet," knik Karien.

"Ja."

"Wil jy my nie maar van Jan vertel nie?"

146

"Ek wil, maar nie nou nie. Jy het genoeg probleme, ek wil jou nie nog met myne ook opsaal nie."

"Is Jan dan 'n probleem?"

"Ek is moeg." Daleen gaap en draai op haar sy, haar rug na Karien. "Ons kan môre weer praat."

Karien hoor hoe Daleen se asemhaling egalig raak, beny haar haar gawe om so onmiddellik te kan slaap. Dis seker 'n gevolg van Daleen se beroep; dokters moet slaap wanneer hulle kan. Sy oorweeg dit om na haar eie kamer te gaan, besluit dan om maar te bly. Sy het Daleen vanaand nodig, meer as ooit.

Sy draai ook op haar sy, staar na Daleen se rug. Dan strek sy haar vingers uit en raak aan Daleen se skouer. "Dankie," fluister sy.

'n Hond in jou mond

Amelia lig haar kop moeisaam van die kussing, kreun hard toe 'n hoofpyn agter haar oë begin klop. Sy swets binnensmonds. As sy nie badkamer toe moes gaan nie, het sy vandag net hier in die bed gebly. Sy skuifel-stap versigtig na die badkamer, maak die deur saggies agter haar toe.

Terug in haar kamer bestudeer sy weer haar gesig in die spieël. Nee, die koue water waarmee sy haar gesig afgespoel het, het nie gehelp nie. Sy lyk nog net so sleg: donker kringe onder bloedbelope oë. Ten minste voel haar mond, ná 'n besonder kragtige tandeborselsessie, beter. Darem nie meer heeltemal asof 'n hond in haar mond . . . Sy skud haar kop. Hoe het haar ma dit reggekry om aand vir aand só te drink? Of raak jou liggaam dit later gewoond? Koffie, besluit sy, koffie is wat sy nodig het.

Sy twyfel vir 'n oomblik. Dalk moet sy eers aantrek, bietjie grimering aansit. Haar vriendinne het haar nog nooit sonder grimering gesien nie. Wel, nie sedert hul skooldae toe sy die wonder van grimering ontdek het nie. Maar hulle lyk seker net so sleg soos sy. Hopelik slegter, hulle drink nog altyd meer as wat sy kon.

Sy vermy die spieël toe sy haar kamerjas om haar vou en kombuis toe stap. Sy tap die ketel vol water, haal 'n beker van die rak, meet koffiepoeier en suiker af terwyl sy probeer onthou wat haar ma altyd die oggend ná 'n kwaai drinksessie gedoen het. Vetterige kos, onthou sy en haal summier wors uit die vrieskas. Sy gooi die gevriesde wors net so in 'n pan, skakel die stoof aan. Sy sal later eiers ook bak.

Sy maak haar koffiebeker vol kookwater, gooi melk by en gaan sit by die tafel. Die geur van die braaiende wors maak haar naar en sy moet hard sluk. Sy neem 'n versigtige sluk koffie. Miskien was die wors nie 'n goeie idee nie. Aan die ander kant, haar ma was 'n ekspert op die gebied van die oggend ná die vorige aand. As daar dus iemand is wat sy vanoggend sal kan vertrou, is dit haar ma.

Sy kyk verskrik op toe 'n natgeswete Daleen by die kombuis inkom. "Kyk hoe lyk jy," sê sy beskuldigend. "Hoekom lyk jy nie soos ek nie?"

"Omdat ék, my maatjie, weet wanneer om op te hou." Daleen haal 'n botteltjie water uit die yskas.

"Jy lyk terrible!" sê Karien, wat die kombuis gapend binnekom.

"Genade! Is ek al een wat te veel gedrink het? Hoekom het julle my nie gekeer nie?"

"Hoe moes ons dit doen?" Daleen skakel weer die ketel aan, haal koffiebekers van die rak af.

"Julle kon my weggesléép het, as niks anders dan sou help nie."

"Ons het," lag Karien. "Ons moes jou motor toe sleep!"

"Dis nie snaaks nie," sê Amelia met 'n klein stemmetjie.

"Toemaar, jy het niks verkeerd gedoen nie," sê Daleen. "Net 'n bietjie onskuldige pret gehad, dis al."

Amelia sug. Haar besluit om meer avontuurlik te leef, het nie 'n gesuip ingesluit nie. Hoekom het sy haar dan so vergryp? Omdat sy een maal in haar lewe pret wou hê? Op universiteit, wanneer Daleen en Karien nagklubs wou besoek, het sy soms saamgegaan en stil in 'n hoekie bly sit. Meestal in die koshuis agtergebly onder die voorwendsel dat sy moet swot. Omdat sy bang was die drankgeen loop te sterk deur haar. Sy wou nie haar ma se foute herhaal nie.

Sy kyk suf toe terwyl die ander twee die wors bak, eiers in 'n pan breek. Ten minste het gisteraand haar geleer dat jy nie jou probleme kan wegdrink nie.

Ná die vetterige ontbyt en twee van Daleen se hoofpynpille voel sy inderdaad beter. Sy sou nooit in der ewigheid kon voorsien dat sy haar ma se raad sou volg nie, maar dit wys jou net: jy kan 'n pro altyd vertrou.

"Wat gaan ons vandag doen?" vra Karien. "Miskien winkels toe? Ek het Ronel belowe ek bring designer-klere terug, julle weet, Billabong. En wat Ronel wil hê, wil Marli hê, en wat Marli het, wil Dawie hê – a never-ending story."

"Ek stel voor ons gaan eers vir 'n lekker vinnige stappie op die strand," sê Daleen. "Dis te koud om te swem, maar 'n stappie sal ons almal goed doen. Soos ek Jeffreysbaai ken, gaan die wind vanmiddag waai, of dit gaan reën, of albei. Dan sal ons genoeg tyd vir die winkels hê."

Amelia snuif. "Jy kom net terug van 'n drawwery en nou wil jy gaan stap! Genade, word jy nooit moeg nie?"

"Ek het eintlik aan jou gedink," sê Daleen. "Vars lug verrig wondere vir 'n hangover."

"Toemaar, ek voel beter. Jou pilletjies het klaar wondere verrig." Amelia se selfoon lui en sy verskoon haarself om in haar kamer te gaan praat.

"Hallo, liefie," groet sy toe sy Riana se nommer herken.

Sy luister geduldig na haar dogter se tirade oor hoe sy te hard in die huis moet werk, hoe demanding haar pa en broer is. Haar hart word week toe Riana met 'n klein stemmetjie vra hoe lank sy nog weg gaan wees. Die tirade is maar net 'n front. Sy kén haar dogter, sy weet wanneer sy verlang.

Sy herinner Riana daaraan dat hulle 'n vakansie van twee weke beplan het en belowe om die volgende dag haar en Werner se sakgeld in hul rekenings in te betaal – sy het dit tot haar skande vergeet. Dit laat Riana opkikker, en hulle groet en lui af.

Amelia voel soveel beter dat sy kans sien vir aantrek. Sy grimeer liggies en trek die haarborsel deur haar rooi hare voor sy kombuis toe stap. Die ander twee sit elk met 'n vars koppie koffie. Die skottelgoed is klaar gewas, afgedroog en weggepak, sien sy toe sy gaan sit. Selfs die oorskietkos is in 'n bakkie gepak.

"Julle moes nie die skottelgoed gewas het nie, ek sou," sê sy skuldig. "Ek hou nogal daarvan om skottelgoed te was."

Daleen se oë rek. "Jy hóú daarvan?"

"Ek weet dit klink simpel, en moet my nie vra hoekom nie, ek weet self nie . . . of nee, dis omdat dit so lekker ruik. Jy weet, vars messegoed en borde, wasgoed ook."

"Nou toe nou," glimlag Daleen. Sy kyk na Karien, wat opgestaan het en tussen die oorskietkos 'n stukkie wors uitkrap. "Wat maak jy? Dis so onhigiënies!"

"Ek haal vir Stuart 'n bietjie kos uit. Of het jy dalk gedink dis vir my?"

"Wie de donner is Stuart?"

"Stuart Little," sê Karien onskuldig.

"Moenie vir my sê jy vóér daardie rot nie!" roep Amelia verontwaardig uit.

"Hy moet tog ook eet."

Daleen skud haar kop. "Stuart Little is 'n witmuis wat kan práát! Nie 'n vaal rot wat groot genoeg is om ons aan te val nie."

"Daleen, vir wie is dié kos?" Karien wys na die bakkie oorskiet.

"Vir die rondloperhond sonder 'n huis! Ek het haar vanoggend gesien toe ek gaan draf het."

"I rest my case."

"Jou case is nie gerest nie! Jou Stuart Little hét 'n huis. Hierdie huis. Die idee is om hom weg te kry, nie vet te voer nie. Rotte is onhigiënies!"

"Maar sê nou hy is die eienaars se troeteldier? Kyk net hoe oulik is hy." Karien gaan op haar hurke sit, die stukkie wors tussen haar vingers. "Stuart, Stuart, Stuart," roep sy saggies.

Daleen en Amelia moet in stomme verbasing kyk hoe die rot agter die kas uitkom, die wors gryp en terughardloop.

"I rest my case. Weer 'n keer," sê Karien met 'n selfvoldane glimlag toe sy regop kom. "Gaan ons nou stap?"

"Ek is nou self te lui." Daleen strek haar arms uit. "Jy het mos gister 'n spul tydskrifte gekoop, kom ons wees net lui vandag."

"Dis Sondag," stem Amelia saam, "'n lui dag."

"Ek gaan stort," sê Daleen. "Ek kan myself al ruik."

Karien gaan kamer toe om die tydskrifte te kry en Amelia stap op die balkon uit. Die weer het skielik opgekom; dreigende reënwolke laat die see grys lyk. Dis maar goed hulle het nie gaan stap nie.

Sy skud 'n sigaret uit die pakkie, besef dan verbaas dis haar eerste sigaret van die dag. Dalk ís daar iets te sê vir 'n hangover.

Amelia kyk jaloers na Daleen en Karien wat albei slaap. En dit skaars 'n uur nadat hulle hulle op die mat voor die televisie met kussings, duvets en tydskrifte tuisgemaak het. Sy behoort ook te slaap, maar helaas, haar gewete gaan haar dit nie vandag toelaat nie. Dis 'n ou waarheid dat jy vir almal kan lieg behalwe vir jouself.

Sy vryf moeg oor haar oë, staan dan versigtig op en loop op haar tone kombuis toe. Sy maak die kombuisdeur agter haar toe en skakel die ketel aan. En dis die skuldgevoelens wat sy geglo het sy lankal begrawe het, dink sy terwyl sy koffie en suiker afmeet. Wys jou net: jy kan toe-oë deur die lewe struikel en maak of jy niks sien nie, maar jou gewete sal jou máák sien.

Sy gooi kookwater in die beker, gaan staan dan voor die venster en staar na die bedrywighede buite. Hoe het die lewe darem nie verander nie. Dis Sondag, maar wanneer jy na die rumoer buite kyk, sou jy dit nooit kon raai nie. Net soos sy nooit sou kon raai dat daar 'n monster in haar skuil nie. Of dat sy hopeloos te veel sou drink nie. Sy wat haarself nog altyd wysgemaak het dat sy die lewe sonder krukke aanpak.

Sy voel in haar baadjiesak na haar sigarette en aansteker, trek die rook diep en behaaglik in, blaas dit stadig uit. Sy weet maar alte goed dat Gert en haar vriendinne dink sigarette is haar kruk. Sy staar afgetrokke na die brandende sigaret in haar hand. Sy het op universiteit begin rook om "in" te wees, nie omdat sy 'n kruk nodig gehad het nie. Nou is sy "uit", besef sy, en die sigarette hét heel waarskynlik 'n kruk geword.

Sy het nog altyd geglo dat God haar kruk is, maar met hierdie skuldgevoelens kan sy nie na Hom gaan nie. Nee, sy weet sy kan, maar sy verkiés om nie na Hom te gaan nie. Nie hieroor nie. Sy voel te . . . skuldig.

Sy druk die stompie in die opwasbak dood, neem nog 'n sluk koffie. En sy voel skuldig omdat sy wil gaan werk. Is dit verkeerd om op haar ouderdom 'n eie lewe te wil hê? Sy leef Gert se lewe, en in 'n groot mate ook die kinders s'n, en dit ís 'n goeie lewe. Maar dis lankal nie meer genoeg nie. As dit U wil is, Here, bid sy sag, haar oë oop, gee my die kans om my te bewys in 'n beroep. Laat 'n beroep dan my kruk wees.

Die laaste sluk koffie het koud geword en sy gooi dit met 'n sug in die opwasbak uit. Spoel haar koppie uit en keer dit op die draadrak om. Sy loop weer saggies terug, klim langs Daleen onder die duvet in. Asseblief, Here, laat dit vir my gebéúr. En Here, laat Gert my raaksien, laat Gert aan my ráák. Is dit sonde om vir seks bid?

Dis ná ses toe Amelia met 'n ruk wakker skrik, haar lyf seer van die harde vloer. Sy sit verward regop, vryf selfbewus oor haar hare.

153

"Goeienaand! Ek's bly jy's weer met ons," lag Karien van die deur af. "Kom eet, Daleen het vir ons heerlike vis en slaai gaan koop."

Amelia gaap lank, rek haar lui uit voor sy opstaan en eers badkamer toe gaan. Toe sy voor die spieël staan, sien sy haarself vir die eerste keer in jare werklik. Wat sou haar ouers van hul enigste kind se optrede dink? Waarskynlik nie veel nie, waarskynlik sou hulle daarop ook emosieloos reageer. Miskien nie . . . Want soms, net soms, is daar vae herinneringe van 'n nugter ma, 'n belangstellende pa wat in haar geheuebank deurskemer. Daar was tog goeie tye ook, sy was ook lief vir hulle.

Sy tuur lank na haar spieëlbeeld. Soos sy hier staan, grimering afgeslaap, hare verslaap, wys haar ware kleure. Onder die lae grimering, onder die oppervlak, lê die wérklike Amelia. Gestroop van alle pretensie, naak. En dis nie 'n mooi gesig nie. Wanneer jy jouself vir die eerste keer só sien, is dit 'n skok. Sy kan voorgee dat sy hierdie ordentlike vrou uit 'n ordentlike huis is, maar onder die oppervlak is dit alles vals.

Sy draai haar kop skuins. Haar hare glinster nog rooi, dalk is dit weer tyd vir 'n verandering. Haar hare het nog altyd haar bui weerspieël. Swart, besluit sy, dié keer sal sy dit swart kleur. Om by haar siel te pas, sug sy en draai weg van die spieël.

Karien en Daleen sit vir haar aan die kombuistafel en wag.

"Ek kan nie onthou wanneer ek laas 'n Sondag soos 'n Sondag behandel het nie," sê Karien. "Die kinders hou my altyd besig, en my ma glo daaraan om op 'n Sondagmiddag oor te kom vir koffie. Ek het al vergeet dat mens net mag ontspan, net lui mag wees."

Daleen knik. "Vir my is dit 'n moet. Wanneer ek nie op roep is nie, lê ek en Dennis ook so rond en wees lui. Dis lekker en dis noodsaaklik, vermoed ek. Jy moet tyd hê om jou batterye te herlaai vir die week."

"Eintlik wou ek vandag kerk toe gegaan het," sug Amelia. "Ná gisteraand het ek 'n behoefte daaraan. Ek dink dit sou wondere vir my siel en vir my gemoed gedoen het."

"Dis nou te laat," sê Daleen. "Jy moes vroeër gepraat het, ek sou ook wou gegaan het."

"Ek wil nie meer kerk toe gaan nie. Ek kan nie die nut sien van 'n God aanbid in wie jy nie meer glo nie." Karien gooi nog sout oor haar vis.

"Hoe kan jy so iets sê?" vra Amelia geskok.

"Wat laat jou in God glo?" vra Karien, haar oë op skrefies getrek.

"Wat laat jou glo daar is nié 'n God nie?"

"Amelia, kyk om jou rond en word wakker! Soveel geweld, misdaad. Hoe kan God dit toelaat?"

"Jy fokus op al die negatiewe dinge, fokus vir 'n verandering op die positiewe. Kyk om jóú rond. Ek sien mooi ook, nie net lelik nie. Sien jy God nie in jou kinders nie?"

"Jy laat dit klink asof die wêreld deur 'n rooskleurige bril beskou moet word. Wel, as jy in God wil glo, is die mooi van die lewe seker al wat jou laat cope. Maar ek soek meer. Hoekom doen mense onnoemlik wrede dinge aan mekaar as ons almal tog 'n ingebore bewustheid van God moet hê?"

"God het ons 'n wonderlike geskenk gegee: keuse," sê Daleen. "Dis ons keuse of ons goed of sleg wil wees, of ons die goed of die sleg uit die lewe wil haal. Ek stem met Amelia saam; daar is net te veel bewyse dat God wel bestaan."

"Wetenskaplikes kon nog nooit bewyse vind dat God bestaan nie," sê Karien.

"Ek praat nie van letterlike bewyse nie, ek praat van die mooi in die lewe. Alles wat so in harmonie saamwerk, móét van God kom. In elk geval, wetenskaplikes kon ook nog nooit die teendeel bewys nie."

Amelia knik. "Ek verkies om in God te glo, wat anders is daar in die lewe?"

"Presies," sê Daleen. "Daar is soveel boeke en dokumentêre programme wat die teendeel probeer bewys, en tog loop hulle hulle altyd iewers vas."

Karien gooi haar hande in die lug. "Ek is verstom! Jy is tog self 'n wetenskaplike, glo jy nie dat die liggaam maar net 'n masjien is nie? Stof tot stof?"

"Wil jy weet hoekom ek glo?" vra Daleen, haar oë sag op Karien. "Ek baklei soms vir mense se lewe, ek doen alles reg, en tog wen ek nie altyd nie. As die liggaam net 'n masjien was, moes ek wen – elke keer. Die kere dat ek verloor, weet ek dat ek teen Iemand baklei het. Iemand magtiger as ek."

"Dis waar," knik Amelia. "Ons baklei elkeen op ons eie manier teen God. Daardie stemmetjie wat jy in jou kop hoor, wat jou waarsku, dis God, Karien, niemand anders nie. Glo dááraan. God is op te veel plekke sigbaar om nié waar te wees nie."

"Selfs as die Bybel soveel kere al deur wetenskaplikes verkeerd bewys is? Soos met die Skepping – dat visse nie voor diere geskape kon gewees het nie, dis wat wetenskaplikes nou beweer. Kan ook andersom wees, ek kan nou nie meer onthou wat kom voor wat nie," sug Karien.

"Die Bybel mag dalk nie al die feite korrek hê nie, dis mos wat gebeur met 'n boek wat uit 'n antieke taal vertaal en weer vertaal en weer vertaal word," sê Amelia, "maar die kern van die verhaal is waar. Ek glo dit. 'n Mens moet tog onvoorwaardelik in iets kan glo."

Karien sit haar mes en vurk op haar leë bord neer. "Kom ons aanvaar dat ons almal iets van die waarheid beethet. Ons glo mos maar elkeen op ons eie manier in ons eie dinge."

"Verduidelik net asseblief vir my: hoe is dit moontlik dat jy sulke bewerings oor God kan maak, maar tog elke Sondag in die kerk sit?" wil Amelia met 'n frons weet.

Karien bly lank stil voor sy sê: "My teorie is dat Calvinisme so diep in ons geplant is dat ons nooit regtig daarvan sal kan ontsnap nie. Ten spyte van bewyse en nie-bewyse, ten spyte van die feit dat ek nie meer in God wíl glo nie, ten spyte van dit alles voel dit vir my of ek my ouerlike plig sal verwaarloos as ek nie my kinders kerk toe neem nie. As ek nie toelaat dat hulle katkiseer nie! Nog 'n geslag wat as gevolg van ouerlike plig in die Calvinistiese dogma vasgevang gaan word."

"Maar dan glo jy mos in God!"

"Maar ek wil nie! Totdat ek onteenseglike bewyse vind dat daar wel 'n God is, wíl ek nie meer in Hom glo nie."

"Ag, stront!" roep Amelia verontwaardig uit. "Dit maak hoegenaamd nie sin nie!"

"Vir mý maak dit sin, Amelia," sê Karien met finaliteit in haar stem. "Vir my maak dit regtig sin."

Jy was 'n joernalis!

Karien druk vererg haar selfoon dood. Soms haat sy Dawid met 'n passie wat aan die makabere grens. Dis wanneer sy hom ledemaat vir ledemaat uitmekaar wil skéúr. En natuurlik wil sy begin met die kleinste ledemaat, daardie een met die grootste ego. Hoe durf hy die skuld vir sy buite-egtelike verhoudings op haar pak? Hoe kry hy dit reg om altyd die blaam te verskuif? Was hy altyd so 'n lafaard, of val die skille nou eers van haar oë af?

Sy gooi haar selfoon vies op die bed, ignoreer dit toe dit weer aan die lui gaan. "Vlieg in jou hel in, Dawid du Plessis!" sê sy oor haar skouer en stap kombuis toe. Sy ruik kos, en soos gewoonlik is sy honger. Naar en honger, om eerlik te wees, maar sy het geleer om die naarheid weg te eet.

"Ek het julle mos gesê dis ek wat Dawid weggedryf het," begroet sy Daleen en Amelia, wat reeds by die tafel sit, 'n bak ontvriesde bobotie uit Amelia se voorraad voor hulle, saam met rys en groente.

"Sterk koffie is wat jy nodig het," sê Amelia en skink vir haar in.

"Is dit hy wat gebel het?" Daleen kyk na Karien wat verwese voor haar uitstaar.

"Ek dink ek haat hom." Sy neem die koppie wat Amelia na haar uithou. "Hy sê hy's moeg daarvoor om na 'n boring huisvrou – dis nou ek – se praatjies te luister. Volgens hom behoort ek my tyd meer konstruktief te gebruik sodat ek darem stimulerende geselskap vir hom kan wees. Dis hoekom hy groener weivelde gaan soek het, dis mý skuld. As ek ook meer moeite in die bed gedoen het, sou hy nooit rondgeloop het nie. Sê hy."

158

Daleen frons gevaarlik. "Dawid het dít gesê?"

"En baie sarkasties bygevoeg dat ek eintlik vir hom behoort te werk, as ontvangsdame, dit sal my kwansuis interessanter maak. Dan kan ek sommer 'n ogie oor hom ook hou, want ek het hom in elk geval nog nooit vertrou nie."

"Dis moeilik om te glo dat Dawid, die perfekte heer, so ongeskik kan wees," sê Amelia, haar blik op haar bord.

"Niemand ken hom blykbaar nie; selfs ek het hom nooit regtig geken nie. Voor mense is hy altyd 'n ware heer, maar by die huis lieg en gee hy nie voor nie. Dis wanneer die baie bedonnerde dokter Dawid du Plessis te voorskyn kom. Terwyl sy flossies net sy wonderlike kant te siene kry. Ek wonder hoeveel van hulle sou nog in hom belanggestel het as hulle sy ware karakter leer ken het."

"Flossies stel nie belang in die karaktertrekke van hul lovers nie, net in hul vernuf in die bed." Daleen skep vir haar nog kos in.

"Hoe de hel kan hy sê jou geselskap is nie stimulerend nie?" wil Amelia weet.

Karien laat sak haar kop in haar hande. "Hy's seker ook maar gatvol vir praatjies oor kinders en huis. Ek kan hom nie regtig kwalik neem nie, dis wie ek deesdae is. Ek sou graag meer wou wees, dis net dat hy my nie sou toelaat nie. Ek wou nog altyd 'n roman skryf, maar hy skiet die idee elke keer af." Wat sal hy sê as hy moet weet dat sy getrou snags aan haar manuskrip werk? Dat sy dit geniét?

"Dis die rede hoekom ek nie wil trou nie," sê Daleen. "Mans se ego's is eenvoudig net te groot vir my. Omdat jy nie 'n beroep beoefen nie, is jy vervelig. Al waaroor hulle in elk geval wil praat, is húlle lewe, húlle werk." Sy blaas haar asem hard uit. "Ek verstaan julle ook nie aldag nie! Hier sit Amelia, sy wil graag onderwys gee, maar sy's te bang om haar man van haar planne te vertel. En jy!" Sy wys haar vinger beskuldigend na Karien. "Jy het nog altyd 'n ongelooflike talent vir stories gehad, maar jy laat toe dat jou man – wat veronderstel is om die beste in jou na vore te bring – jou wysmaak dat jy nie goed genoeg is nie."

"Presies!" sê Amelia. "Hoe kan hy jou vertel dat jy nie kan skryf nie? Hoe kan hy sê jy is nie stimulerende geselskap nie? Jy was 'n joernalis! Jy het onderhoude met belangrike mense gevoer! Ek, om maar een te noem, het jou geselskap nog altyd baie stimulerend gevind."

Karien kyk verstom na haar. "Ek dink nie tannie Marie Roux se negentigste verjaardag tel as 'n belangrike onderhoud nie." Sy laat haar kop op haar arms sak, fluister van onder haar arms: "Ek is só gatvol. Ek haat hom, en tog is ek lief vir hom. Hoe de hel is dit moontlik?"

"Liefde en haat is twee baie sterk emosies," sê Daleen. "Dikwels voel die een amper soos die ander."

Karien kyk verwonderd op. "Ek het nog nooit iemand gehaat nie."

"Dit sou eerder snaaks gewees het as jy hom nié gehaat het nie," sê Amelia. "Gee kans, die haat sal verdwyn. Dinge sal regkom, Dawid sal genoeg berou kry gedurende hierdie tyd wat jy weg is."

"Dink jy so?" vra Karien hoopvol.

"Ja, dis hoekom hy nou aantygings teen jou maak. Mans probeer hulself mos eers verontskuldig, voor hulle kan erken dat hulle wel skuldig is."

Karien kyk na Daleen. "Wat dink jy?"

"Ek dink jy's 'n fool as jy hom ooit weer vertrou. Dat hy jammer is, betwyfel ek nie; dat hy dit weer sal doen, glo ek vas. Jy moes hom lankal gelos het, jou eie lewe leer lei het."

"Hoe kan jy so sê?" vra Amelia geskok. "Is ons nie veronderstel om ons vriendin moed in te praat nie?"

"Noem jy dit moed? Ek noem dit eerder valse hoop. Karien is beter daaraan toe sonder Dawid en sy weet dit. Nou moet sy dit nog net aan haarself erken."

Karien laat weer haar kop op haar arms sak. "Wat gaan ek doen?" vra sy gesmoord. "Ek wil hom nie verloor nie, maar ek wil ook nie 'n halwe huwelik hê nie. Nie soos dit nou is nie. Ek wil 'n huwelik hê soos my ma en pa gehad het. Is dit onredelik van my om te verwag dat hy my sal liefhê, en net vir my?" Sy kyk op na Amelia. "Jy is baie gelukkig, Gert het jou lief en niemand anders nie. Hy sal jou nooit verkul nie."

"Ek weet," sê Amelia sag.

"Ek neem aan hy het ook nie pornografie nodig om seks met jou te hê nie." Sy kyk verskrik op in Amelia se blosende gesig. "Moenie vra nie," pleit sy en vee dan oor haar oë. "Kyk, ek gaan deur 'n rowwe tyd, maar ek sal nie toelaat dat Dawid ons vakansie ook opneuk nie. Amelia, jy wou mos nog vir jou kinders gaan geld inbetaal. En Daleen, jy het gepraat van 'n olifant-ding. Kom ons dóén iets, in hemelsnaam, dat ek van my sorge kan vergeet."

Gelukkig was die bank stil en kon Amelia haar sake gou afhandel. Dis stil in die motor op pad na die Elephant Sanctuary Park. Hulle parkeer onder 'n groot boom. Die enigste ander voertuig is 'n ou Land Rover, duidelik die park s'n. Die eienaar kom hulle tegemoet.

"Seker maar bly om besoekers te sien, aangesien dit buite seisoen is," merk Amelia onderlangs op.

Hy stel homself as George voor. Alhoewel hy aan hulle al drie verduidelik waaroor die park gaan, is dit duidelik dat hy Daleen uitsonder. Natuurlik omdat sy mooi en maer is, dink Karien wrang. Sy en Amelia kon net sowel nie hier gewees het nie.

"Would you ladies also be interested in taking a ride on an elephant?"

"We can do that?" wil Daleen dadelik verras weet.

"Sure you can, at an additional cost, of course."

Wel, soveel vir Daleen se good looks, dink Karien. Nie genoeg om ons verniet, of ten minste met afslag, te laat ry nie.

"Wonderlik!" roep Daleen uit.

Amelia se oë is pieringgroot. "Ek weet darem nie so lekker nie. Weet jy hoe groot 'n olifant is?"

"Ek is ook nie seker of dit so 'n briljante idee is nie," ondersteun Karien haar.

"Nonsens, dis heeltemal veilig, vertrou my."

"Hoe de hel weet jy?" vra Karien.

"Ek weet."

Daleen draai na George, en met een verblindende glimlag word die transaksie beklink.

"Kom ek om, so kom ek om," prewel Amelia toe hulle die gids na die bos 'n entjie van die opstal volg.

Hulle het nie ver gestap nie, of die bos maak onverwags 'n oopte waarin vier van die mooiste olifante staan. Langs elkeen staan 'n oppasser gewapen met 'n kierie.

"Wat de donner gaan 'n kierie help as hierdie reuse besluit om te storm?" vra Karien. "Of is die kieries om die mense oor die kop te slaan as die olifante wel besluit om te storm? Ek sal eerder bewusteloos op die grond onder 'n olifant se pote lê as by my positiewe terwyl hy storm."

Daleen gaan staan botstil en trek haar asem hoorbaar in. "Só moes Saul gevoel het toe hy die eerste keer vir Oupoot sien," fluister sy.

Amelia lag senuagtig. "Ek weet nie of ek dit kan doen nie, die goed is gróót! Wie is Saul?"

"Dalene Matthee, *Kringe in 'n bos*. Lees dit, dis briljant," sê Karien. "As ek gaan ry, gaan jy ook."

Dit word, teen haar verwagting in, 'n onvergeetlike dag. Hulle kry elkeen kans om aan 'n olifant te raak. Sy slurp, sy tande, lyf, voete, stert. Ook om – dit was taamlik grillerig, moes selfs Daleen later erken – oor sy tong te streel. En te ontdek dat 'n olifant se tong heeltemal glad is. Sy smaakknoppies sit in sy mond, nie op sy tong nie, verduidelik die gids.

Daar word 'n olifant aan elkeen toegesê en hulle stap, hand bak gehou agter die rug, die olifant se slurp knus daarin, na 'n oopte. Die gidse gee die bevel aan die olifante om te gaan lê en hulle word opgehelp.

"Goddank ek sit nie alleen op die ding nie," sê Amelia beangs en gryp by voorbaat haar gids om die middellyf. "Ek kan nie glo julle het my in die ding gepraat nie!"

"Waar's jou kamera? Dit moet afgeneem word!" roep Daleen uit.

Amelia haal met toe oë die kamera uit haar handsak, wat sy soos 'n dogtertjie om haar nek dra, en gee dit versigtig vir Daleen aan, wat dit op haar beurt vir een van die gidse gee met die versoek om hulle af te neem.

"I'm king of the world!" roep Karien uit, arms triomfantlik in die lug gegooi, terwyl die olifante teen 'n stewige pas aanstap. Sy los haar gids se middellyf, plaas haar hande op die breë rug weerskante van haar boude en voel die stekelrige hare onder haar handpalms.

"Dis soos bootry," sê Daleen verras, "dieselfde wiegende gevoel. Vergeet king of the world, feel and enjoy the power between your legs!" gil sy.

Hulle ry Jeffreysbaai donker binne. Dis net Daleen wat nog kans sien vir 'n glasie wyn. Amelia mik dadelik vir die badkamer, om die "olifantsweet" te gaan afwas.

Karien loop reguit bed toe. Sy is te moeg om haar nagklere aan te trek en klim met vuil klere en al onder die duvet in. Dit het gewerk, dink sy dankbaar. Vir 'n paar uur het Dawid nie haar gedagtes oorheers nie. Vir 'n paar uur was sy net nog 'n gelukkige vrou wat saam met haar vriendinne op vakansie is en pret het. Was sy net 'n vrou op 'n olifant se rug.

Ontkenning is vir lafaards

Karien staan laatmiddag voor die toe skuifdeur na die grys see en staar, haar arms beskermend om haar bors gevou. Die wind wat hulle gisternag so onverwags bekruip het, het oorgespoel na vanoggend en daarmee saam grys reënslierte gebring. Saam met die reën het 'n melankolie die woonstel binnegesluip, in Amelia se geval grens dit aan die bisarre. Hoe anders kan haar nuwe voorkoms verklaar word?

Hulle het vanoggend besluit om maar die dag tussen die kleurryke winkels deur te bring, bietjie inkopies te doen, toe Amelia aankondig dat sy nie 'n oomblik langer sonder 'n nuwe haarkleur kan klaarkom nie. Toe sy hulle amper twee uur later in 'n koffiekroeg vir middagete ontmoet, kon hulle net hul koppe in verdwasing skud. Morticia Adams.

Karien wens sy het genoeg moed gehad om vir Amelia te sê hoe sleg sy lyk. Swart pas haar nie. Met haar persoonlikheid behoort sy 'n kalmer, minder dramatiese kleur te dra. Maar nie sy of Daleen kon iets sê nie en het Amelia verseker dat sy "goed" lyk. Soms lieg vriende ook maar vir mekaar, sug Karien, gewoonlik darem net om hulle gevoelens te spaar.

Sy verskuif haar gewig na haar linkerbeen, vryf oor haar arms. Die reën het opgehou, maar die grysheid in haar hart wil eenvoudig nie lig nie. Hulle het vandag so rustig deurgebring en tog is sy moeg. Sy gaan saans moeg slaap, sy staan soggens moeg op. Sy wéét wat die oorsaak is, maar . . .

"En as jy so die niet in staar?" onderbreek Daleen haar gedagtegang.

"Die reën het opgehou," sê Karien toe sy omdraai.

Daleen gaan op die rusbank sit, tik met haar hand langs haar. "Ek wil met jou praat, kom sit hier langs my."

Karien sug. Wanneer Daleen daardie dokter-stemtoon het, kom hier 'n preek, en sy is nie lus vir derms uitryg nie. Nie vandag nie. Sy wil net rus, haar kop neerlê en slááp. Sy gaan sit versigtig langs Daleen. "Waar is Morticia?"

"Siestog, ek dink sy weet dit was 'n fout. Maar soos sy self net-nou gesê het: wat gedoen is, is gedoen. Sy's in die kombuis. Ek vermoed ons eet pasta vanaand, maar soos ek ons vriendin ken, nie net pasta en gekoopte sous soos ons mortals dit maak nie, iets heeltemal dekadent. Maar ek wil nie oor Amelia praat nie."

Daleen kyk so lank na haar dat Karien ongemaklik begin voel. "Sê jou sê, Daleen."

"Dis nie goed om so in ontkenning te leef nie. Ontkenning is vir die lafhartiges. En jy was nog nooit 'n lafaard nie."

"Praat ons nou van Dawid?"

"Dat hy 'n aandeel hieraan het, betwyfel ek nie, maar ons praat nou van jou. Ek vermoed, en ek is seker jy ook, dat jy swanger is."

"Is dit nou die dokter wat praat?" Natuurlik is sy swanger! Sy vermoed dit al weke lank. Waarom anders die naarheid, die moegheid, die teer borste? Sy het al wanhopig gewens dat sy haar oorgangsjare bereik het, maar sy wéét sy's swanger.

"Noem dit eerder vroulike intuïsie," sê Daleen. "Ek praat met jou as vriendin, nie as jou dokter nie. Kom ons gaan toets jou môre, ek en Amelia sal saamgaan na 'n dokter. Ek sal vra of ék die toets kan doen, as jy wil. Of ons kan 'n tuistoets by die apteek koop, as jy nie dokter toe wil gaan nie. Dis tyd dat jy sekerheid kry."

"Ek wil nie weet nie," kry sy dit gesmoord uit en spring op om by Amelia in die kombuis troos te gaan soek.

Dié staan, selfoon teen die oor gedruk, in 'n pot op die stoof en roer. Die geur van room, kruie en knoffel is so oorweldigend dat Karien die naarheid in haar keel voel opstoot. Hier kan sy nie bly nie.

Sy loop terug sitkamer toe. "Ek gaan stap."

Daleen kom orent, maar sy keer haar met 'n uitgestrekte arm.

"Alleen. Ek sê maar net dat julle my nie moet soek nie. Jy ken tog vir Amelia, as ek oor 'n uur nie terug is nie, sal sy die hele polisiemag op my spoor hê."

Daleen sak gedwee terug op die bank. "Dalk help dit jou om jou kop oop te kry."

Toe sy buite kom, is Karien dankbaar sy het 'n baadjie gevat. Die reën is weg, maar 'n koel wind waai. Sy mik strand se kant toe, besluit dan dis dalk te gevaarlik om alleen te stap. Dus kies sy koers dorp toe, waar sy gedagteloos na die winkelvensters staar.

Toe sy voor die noodapteek staan, wonder sy wrang of dit die Voorsienigheid is wat haar hierheen gelok het. Dalk het Daleen en die Voorsienigheid gekonkel. Haar vriendin is reg, sy kan nie in ontkenning bly leef nie; sy kan ook nie sulke ooglopende tekens verontagsaam nie.

Sy klem die pakkie styf vas toe sy oomblikke later by die apteek uitstap. Dis nou al twee maande dat sy die moontlikheid van 'n swangerskap ignoreer. In die maand voor sy van Dawid se ontrou uitgevind het, omdat sy reeds drie kinders het en 'n vierde amper ondenkbaar is. Ook omdat sy haar nie kon voorstel dat Dawid in ekstase oor sulke nuus sou wees nie. Sý is nie eens in ekstase nie! En sedert sy van Dawid se ontrou weet, omdat sy nie eens die moontlikheid van "ek moet hom nog 'n kans gee omdat ek swanger is" wou oorweeg nie. Ek het vinnig grootgeword, dink Karien wrang.

Voor sy Dawid leer ken het, was sy afhanklik van haar ouers, is seker in 'n groot mate steeds afhanklik van haar ma. Met haar troue het sy aangeneem dat sy voortaan afhanklik van Dawid gaan wees. Sy wóú afhanklik van Dawid wees. Toe leer hy haar om onafhanklik te wees, selfs van hom. Daarvoor behoort sy hom te bedank.

167

Toe sy hom daardie aand by Retha betrap, het sy geweet sy is onafhanklik genoeg om hom te los. Sy het vir haarself gesê sy het hom nie nodig nie, sy het hom nie meer lief nie. Maar sy weet, so seker soos altyd, dat sy hom 'n tweede kans wil gee, ongeag wat die toets mag aandui. Ondanks alles wat hy haar al aangedoen het, ondanks sy buierigheid, sy vermoë om haar minderwaardig te laat voel, die neerhalende manier waarop hy met haar praat, die vernedering van die pornografie, die vernedering van Retha. Ondanks dit alles bly hy haar man, bly sy lief vir hom.

Hoe de bleddie hel is dit moontlik dat sy hom nog enigsins kan liefhê? dink sy verstom. Respek vir hom het sy lankal nie meer nie; al wat oorbly, is die liefde. Lyfliefde. Haar lýf is lief vir hom, haar lýf wil nie eens aan die moontlikheid dink van sonder hom leef nie. Nie haar hart nie, nie haar verstand nie. Sy kon haar hart en kop nog altyd beheer. Haar lyf wou egter nog nooit na rede luister nie.

Sy kon hom nog nooit eens weier as hy dronk en impotent sy attensies snags op haar afdwing nie. Dit gebeur darem baie selde, maar dit gebeur. En sy laat toe dat dit gebeur. Omdat sy na haar lýf luister. Sy skud haar kop in ongeloof. Is seks regtig vir haar belangriker as al die regte redes vir getroud wees? Belangriker as getrouheid? Geen wonder sy is moontlik weer swanger nie!

Om te dink hy is die eerste en enigste man met wie sy al ooit seks gehad het. Meteens is sy spyt dat sy nie dronk genoeg was om seks met die wildvreemde jong surfer te hê nie. Sodat sy kon beter voel. Maar hy was te vreemd, sy lýf was te vreemd. Hoe raak 'n mens van voor af gewoond aan 'n ander lyf? Die hardheid, die onbekende bulte en knoppe? Sal sy haar weer totaal kan oorgee aan iemand anders as Dawid? Sy kan haar nie 'n sekslewe – hel, énige lewe –

sonder hom voorstel nie. Is dit nie beter om saam met 'n ontroue maar bekende man te leef as alleen nie?

Die wind waai sterker, sodat sy al vinniger stap, die pakkie nou veilig in haar sak. Ek wil nie nou swanger wees nie, dink sy pleitend toe sy die woonsteldeur met die wind van agter oopstoot.

"Lekker gestap?" Daleen sit by die kombuistafel met 'n glas wyn voor haar.

"Jy's net betyds vir ete," sê Amelia voor sy weer na die stoof draai.

"Ek's nou hier," sê Karien uitasem, "ek gaan net gou 'n draaitjie loop."

Sy storm die badkamer binne, draai verbete die slot, skielik haastig om te weet. Haar hande bewe terwyl sy sukkel om die boksie oop te kry; sy sukkel om die instruksies te verstaan. Soos 'n donnerse beangste tiener ná haar eerste seksuele ervaring, dink sy verstom.

Sy knoop haar broek ongeduldig oop, sukkel om op die strokie te piepie. Wie de donner het dié goed ontwerp? Wie de donner pie so? dink sy terwyl sy die nat kol op die vloer opvee. Hoekom doen sy dit aan haarself? Sy kon haar die vernedering gespaar het en saam met Daleen dokter toe gegaan het, saam met Daleen en Amelia. Daleen kon die toets gedoen het.

Sy kan nie swanger wees nie, sy kan nie swanger wil wees nie . . . "Ek wil nie swanger wees nie! Ek wil nie nog 'n baba in die lewe bring nie!" Sy prewel dit soos 'n mantra oor en oor terwyl sy wag vir die strokie om te verkleur.

Dan sak sy vorentoe, haar kop in haar hande.

'n Nice guy

Amelia kyk goedkeurend toe terwyl haar vriendinne weglê aan haar impromptu pastagereg.

Sy eet self min, dalk omdat sy tydens die voorbereiding gedurig aan die proe bly. Seker ook omdat sy wragtig weer skuldig voel. Sy sit haar vurk neer, neem eerder 'n mond vol wyn. Drank is veronderstel om jou tong los te maak, maar in haar geval is drank al wat haar daarvan weerhou om te bieg.

Bieg is so 'n mooi woord, mymer sy. Dís die rede hoekom sy nog altyd jaloers is op die Katolieke: die idee dat jy, afgesonder van die wrede wêreld, in 'n hokkie kan sit en jou sondes voor 'n gesiglose godsman kan blootlê, hárdop. Want wanneer jy dit hardop kon sê, wanneer die "Jy is vergewe" in jou ore weerklink, voel jy skoon en vry. Dink sy. Dis nie soos bid nie. Sy is te bang om hardop te bid, netnou hoor iemand haar. Nou bid sy woordeloos in die hoop dat Iemand haar sal hoor en woordeloos sal vergewe.

"Ek sal môreoggend verder moet draf, jou kos is te ryk. Ek kan voel hoe die vet aanpak," sug Daleen behaaglik en skep haar bord weer vol.

"Ryk en lekker," beaam Karien.

"Kom dit nie uit een of ander advertensie nie?" vra Amelia. Dis 'n simpel vraag, sy weet, maar haar vriendinne se bewonderende blikke laat haar ongemaklik voel. Gert het haar nog altyd daarvan beskuldig dat sy te beskeie is.

"Jan Spies. Koffie," sê Daleen.

"Nee." Karien skud haar kop. "Dit was melkpoeier."

"Nee, jy dink aan 'not inside, it's on top'," sê Daleen beslis.

"Is nie! Jan Spies het melkpoeier geadverteer!" roep Karien geïrriteerd uit.

"Stry julle nou oor melkpoeier en koffie!" Amelia lag, en die ander twee moet maar saamlag.

"Ek het vroeër vandag met Gert gepraat," sê Amelia ingedagte. "'n Openhartige gesprek, seker die eerste in ons huwelik."

Daleen kyk verras op. "En?"

"Dit het verbasend goed gegaan. Ek het gesê ek is moeg van huisvrou speel, dat ek my eie geld wil verdien, iets met my lewe wil maak."

"En?" vra Daleen weer. Selfs Karien lyk meer belangstellend.

"En julle was reg: Gert is 'n goeie man. Hy het geluister, en ek bedoel regtig na my gelúister. En toe verras hy my deur te sê hy kan dit verstaan, hy sou totaal gek word as hy pal tussen vier mure vasgekeer moes wees."

"Jou mos gesê," mompel Karien, haar mond vol pasta.

"En toe hy eers instem, was dit soos 'n damwal wat breek. Genade, toe kon ek skielik alles wat my pla met hom bespreek." Ámper alles, sug sy innerlik.

"Soos wat?" vra Daleen.

"Ag, soos die feit dat Maria verantwoordelik is vir die etes. Ek het vir hom gesê ek wil graag self vir my man en kinders kook."

Eintlik het sy gesê sy is gatvol vir rys, vleis en aartappels, elke dag. Sy kon aan die stilte aan Gert se kant hoor hoe geskok hy was oor dié onthulling. Hy dink natuurlik sy hou daarvan, al die ongesonde boerekos. En sy moet erken, dis nie net die kos nie, dis omdat sy nie daarvoor verantwoordelik is nie.

171

Daarom hou sy so gereeld 'n geselligheid, sodat sy self verantwoordelik is vir die voorbereiding van die happies. Sy hou van kos: die geur, die tekstuur, alles – sy besef dit elke keer wanneer sy in die kombuis doenig is. Gert het gesê as dit haar plesier verskaf om self die maaltye te berei, moet sy dit natuurlik doen. Sy het ook gesê sy wil raakgesien word, mee gepráát word, nie net oor plaasdinge nie. Dat hy meer aandag aan haar moet gee.

Sy kan skaars glo dat sy dit gesê het, dat dit so maklik was. Dis dan tog waar wat haar ma gesê het: 'n vrou is wat sy haar man toelaat om van haar te maak. Haar ma was meestal dronk, maar sy was nie onnosel nie. Sy, Amelia, wil nie langer die spreekwoordelike porseleinpop in die glaskas wees nie. Sy wil werk, sy wil voel hoe dit voel om vir die eerste keer in jare weer haar eie salaristjek te bank. Sy wil kos maak en wasgoed en skottelgoed was.

En Gert verstaan. Sy skud haar kop ongelowig. Sy was so bang vir sy reaksie, en dit was heeltemal onnodig. As sy net met hom dáároor ook kon praat . . .

"Hy het ingestem en saamgestem met alles wat ek sê. Dit kan natuurlik ook wees omdat hy al so na my verlang dat hy tot enigiets sou instem."

"Of omdat hy so 'n nice guy is," sê Daleen.

"Of omdat hy so 'n nice guy is," stem Amelia saam. "Hoe ook al, net môre bel ek vir Eben om te sê dat ek in die pos belangstel. Ek sal formeel aansoek doen sodra ons terug is."

"En die kinders?" vra Karien. "Sal hulle gelukkig wees by die huis? Nie dat ek iets daarmee bedoel nie," keer sy vinnig toe sy die gekrenkte uitdrukking op Amelia se gesig sien. "Sommige kinders verkies mos maar die koshuis."

172

"Ek het met hulle ook gepraat. Dit aan hulle genoem, dat die moontlikheid bestaan. Hulle was albei versigtig optimisties. My kinders was nog nooit mal oor die koshuis nie."

"En as jy nie die pos kry nie? Mens moet realisties wees."

"Ek kan nie eens aan daardie moontlikheid dink nie, Karien!" sê Amelia beangs. "Nie ná alles wat ek vir Gert gesê het nie!"

Daleen vat nog 'n sluk wyn. "Karien is reg, jy moet 'n plan B hê."

"Wel, ek hét nie 'n plan B nie. As A nie uitwerk nie, is ek bevrees dis terug na my stokperdjies en my kinders net naweke sien."

"Die hotel is altyd op soek na 'n sjef. Jy weet tog hulle hou nie lank daar nie, nugter weet hoekom." Karien skep 'n bietjie van die kos in 'n bakkie vir Stuart.

"Ek het 'n vermoede dat hulle die drank verniet kry," sê Daleen. "Of dalk teen 'n groot afslag, want al die sjefs van die hotel wat ek al behandel het, het 'n drankprobleem."

"Genade, ek kan my nie eens voorstel wat Gert daarvan sal sê nie!"

"Van die gratis drank of die werk by die hotel?" wil Karien weet.

"Albei," lag Amelia. "So, dis dan wat vir my voorlê: 'n alkoholis as gevolg van gratis drank en 'n kak werk."

"Jy kan altyd die gratis drank aan ons verkoop," stel Daleen voor.

"Al my hoop is op die huishoudkundepos," sê Amelia met 'n verbete trek om haar mond. "Ek weier om te faal! Ek weier om 'n suipende sjef by die hotel te word!"

"Wel," sê Daleen terwyl sy die wynbottel optel, "as dit grondpad raak, raak ons sterker, of dronker."

Ideale

Daleen bars hygend en natgesweet die kombuis binne. Haar kort, blonde hare lyk asof dit teen haar kop vasgeplak is. "Dit was moordend . . . en so lekker!"

"Hoekom doen jy dit aan jouself?" vra Amelia terwyl sy ekstra hard aan haar sigaret trek.

"Wat?" hyg Daleen.

"Hierdie gejaag na die perfekte lyf."

"Dink jy ek doen dit vir 'n perfekte lyf? Te hel daarmee! Ek doen dit vir my gesondheid. Sodat ek langer kan leef, my kind!" Sy neem 'n bottel water uit die yskas en strompel badkamer toe om te gaan stort.

Vir 'n oomblik kyk Amelia en Karien stilswyend na mekaar, die bottermes soos 'n wapen in Karien se hand.

"Ek word uitasem as ek net na haar kyk," sê Amelia. "En saam met die benoude gevoel in my bors voel ek nog boonop skuldig ook."

"Waaroor?" wil Karien verbaas weet.

"Oor ek my lyf vol nikotien sit en pomp. Die enigste oefening wat ek kry, is om my sigaret aan te steek."

"Ek voel nie skuldig as ek na Daleen kyk nie, net moeg." Karien smeer verbete verder aan die broodjies. "Deesdae maak alles my in elk geval moeg, en haar hoeveelheid energie kan nie goed wees vir 'n mens nie. My ma sê altyd alles met 'n te vooraan is sonde."

"Ja," sug Amelia. "Maar ek sou wat wou gee om so fiks en maer soos Daleen te wees. In plaas daarvan sit ek met 'n ronde, ongesonde lyf." Sy neem nog 'n gefrustreerde teug aan haar sigaret, druk die stompie dan genadeloos in 'n piering dood.

Hulle het besluit om vanaand te braai. Karien het 'n bloeddorstige lus vir vleis – brááivleis, het sy beklemtoon. Daleen het gesê sy sal braai, hulle kan die braaiplek op die balkon gebruik aangesien die wind gaan lê het. Nadat sy die nodige by die Spar gaan koop en die vuur aangesteek het – nogal soos 'n man, dink Amelia – het sy verklaar sy moet eers gaan draf as sy enigsins haar sanity wil behou.

Sy is lus vir souskluitjies, herinner Amelia haarself, sy sal daarmee moet begin. Sy staan op en maak die bestanddele bymekaar, soek tussen die potte in die kas na die regte grootte pot. Sy haal 'n mengbak uit en begin die bestanddele saamvoeg.

Karien is klaar met die broodjies. Sy staar skewekop na Amelia. "Hoe kry jy dit reg?"

"Wat?"

"Om so sonder 'n resep, sonder énige donnerse soort van aanwysing, souskluitjies te kan maak. Ek het 'n handleiding nodig wanneer ek brood toast!"

Amelia lag. "Dis nie so moeilik nie. Ek weet mos min of meer wat in souskluitjies kom, dis net 'n geval van alles bymekaargooi."

"Dalk is dit in jou gene," sug Karien. "Soos dit blykbaar in my gene is om van alles wat ek aanpak 'n mislukking te maak."

Amelia loer onderlangs na haar. Wat is sy veronderstel om op so 'n uitlating te antwoord?

"Die kole is reg! Waar's die vleis?" vra Daleen van die deur af, haar hare nog klam van die stort.

Karien hou die bak vleis afgetrokke na haar uit.

"Julle beter nou buite by my kom sit," sê Daleen. "Ek voel al soos 'n man wat alleen moet braai terwyl die vrouens in die kombuis sit en skinder."

"Seker net so nuuskierig ook," lag Amelia.

"Dit kan jy weer sê!" Daleen vat die bak by Karien en stap terug vuur toe.

Amelia skep die ronde, wit kluitjies uit die pot in 'n opdienbak, strooi mildelik kaneelsuiker oor voor sy na die stoof draai en die sous, donkerder as die kluitjies, van die plaat haal. Sy gooi dit stadig oor die kluitjies, sien hoe die kaneelsuiker smelt.

"Kaneelsuiker voer my altyd terug na my kinderdae. My ma was so lief vir pannekoek bak en vir souskluitjies." Karien adem die geur behaaglik in. "Dankie vir jou moeite."

"Dit was nie moeite nie. Kom ons gaan verlos Daleen uit haar eensaamheid, ek is klaar."

Op die balkon kyk Amelia verras na Daleen, wat behendig die vleis met die braaivurk omdraai en sout opgooi. Toe die eerste vetdruppels sissend op die kole val, skuif sy die rooster hoër en toets die hitte met haar hand.

"Waar het jy leer braai?" vra Amelia.

"Leer iemand om te braai?"

Karien lig haar skouers. "Dawid sê dit raak tyd dat Dawie moet leer om soos 'n man te braai."

"Een van die baie verskille tussen mans en vrouens," grinnik Daleen. "Mans moet leer hoe, ons leer sommer van kyk wat die mans doen. Hoe moeilik kan dit in elk geval wees?"

Amelia skink vir haar en Daleen wyn in, gaan sit dan kruisbeen op die stoel, haar oë op die sagte gloed van die kole. "Vuur is darem maar mooi. Gevaarlik, ek weet, maar ongelooflik mooi." En uit-lokkend, dink sy. Dis blykbaar in háár gene om met vuur te speel. Sy vat selfbewus oor haar hare, loer onderlangs na Karien.

"Kom ons eet, die vleis is reg," sê Daleen.

Karien staan op. "Ek sal die slaai en die broodjies gaan kry."

Hulle sit sommer buite en eet, die borde ongemaklik op hul sko-te gebalanseer.

Amelia staar gefassineer na die manier waarop Karien die vleis met haar tande van die been skeur. Soos 'n dier, maar op 'n ero-tiese manier, dink sy. As dit waar is dat die wyse waarop jy eet, weerspieël hoe jy seks het, is dit eienaardig dat Dawid rondgeloop het. Sy voel onmiddellik hoe 'n warmte in haar nek opstoot. Gena-de, sy bloos as sy net aan seks dínk!

Nadat hulle die souskluitjies geëet het, sit hulle versadig oor die see en uitkyk, Amelia en Daleen met wynglase in die hand, Karien met 'n beker koffie.

"Daleen, dit wil my voorkom jy's die enigste een van ons drie wat jou drome laat waar word het," onderbreek Karien die stilte.

"Wie, ek?" vra Daleen verbaas.

"Hmm," knik Karien. "Jy beoefen die beroep waarvoor jy opge-lei is. Jy's gelukkig, jy kan kies en keur onder die mans – nie dat jy jou vreslik aan hulle steur nie. Dis dalk omdat jy so naby aan die kerk bly. Ek sou ook alle mans te lig bevind het as ek net my gordyne hoef oop te trek om na die grootste fallus op die dorp te kyk."

Amelia maak haar mond oop om te protesteer, maar Karien sê ongeduldig: "Talk to the hand, baby! Ons praat nou van verspeel-de kanse. Van beroepe, mans, drome en seks – nie noodwendig in

177

volgorde van belangrikheid nie – nie van kerktorings nie. Ek's nie lus vir 'n preek oor godsdiens en godsdienstige geboue nie."

Amelia lyk gekrenk. "Genade, ek wou net sê daar was onlangs 'n artikel in 'n tydskrif in dieselfde trant – jy weet, kerktorings en fallusse. Ek dink dis pervers om 'n kerktoring in daardie lig te sien."

"Die kerktoring as falliese simbool, 'n goeie onderwerp vir 'n tesis," sê Daleen.

"Dis waarvan ek praat!" roep Karien gefrustreerd uit. "Nie een van ons dínk eens aan die moontlikheid van iets soos 'n tesis nie. Van niks wat ek al in my lewe aangepak het, het ek 'n sukses gemaak nie. Soos die man wat van die Van Stadensbrug afgespring het – die enigste mens wat dit oorleef het, hoor! Ek kan nie die detail so lekker onthou nie, maar sy vrou het hom gelos, hy't sy werk verloor, julle weet, elke tweede ou se storie. In elk geval, hy spring toe en beland ongedeerd in 'n boom. Toe hy nou so daar sit, haal hy 'n sigaret uit sy hempsak, steek dit aan en sê vir homself: 'Ja, jong, en daarvan maak jy toe ook 'n fokop.'"

Toe die gelag bedaar, skud Amelia haar kop ongelowig. "Ek kan nie glo jy kan so iets sê nie. 'n Mens se waarde word nie net gemeet aan die tipe beroep wat jy beoefen nie. Jy het drie pragtige kinders in die wêreld gebring, jy is 'n goeie ma, 'n goeie vrou!"

"Nie goed genoeg nie," sug Karien. "Ek kon nie my man se belangstelling behou nie, onthou."

Daleen frons. "Dit beteken nie dat jy nie vir hom goed was nie."

"Hoekom voel ek dan soos 'n totale mislukking?" Karien hou haar hand op. "Toemaar, julle hoef nie te antwoord nie, ek ken teen hierdie tyd al die antwoorde. Dis net, in tye soos dié kyk jy terug op jou lewe, en wat jy sien, is nie baie bemoedigend nie. Ek leef 'n klein

178

lewe. Die opwindendste ding wat hierdie jaar met my gebeur het – Dawid se streke buite rekening gelaat – was die trippie op die olifant. Ons is nie opwindend genoeg nie! Ons lewe so 'n tipiese plattelandse lewe: drink tee, skinder . . . ons práát nie. Ons praat nooit eens oor politiek nie!"

Daleen se wenkbroue lig. "Wíl ons oor politiek praat? Dis nie eintlik opwindend nie, eerder lagwekkend."

"Soms moet ons daaroor praat, dis tog belangrik!" sê Karien.

"Jy's natuurlik reg," knik Daleen. "Politiek is belangrik, so ook natuurwetenskap en fisika en mynbou en letterkunde en kuns . . . die lys hou net aan. Maar ons praat oor óns – julle kinders, julle mans, seks en so aan. En daar's niks daarmee verkeerd nie!"

"Dis interessant dat jy so lekker 'julle' sê. Wanneer hoor ons van jou?" Amelia vat selfbewus aan haar hare. Drank het haar nog altyd te veel waagmoed gegee.

"Ons praat nie nou oor my nie," sê Daleen, "ons praat oor Karien se ideale."

Karien sit haar leë koffiebeker neer. "Het julle nie ook ideale wat nooit gerealiseer het nie?"

"My ideaal," sê Daleen dromerig, "of dalk eerder wens, was om die wêreld te sien. Die héle wêreld. Ek spaar al vandat ek begin praktiseer het daarvoor. Ek sou hierdie jaar kon gaan, maar toe kom Jan. Wat is jou droom, Amelia?"

"Ek lewe 'n klein lewe, soos Karien, ek het nooit groot drome gedroom nie." Daarvoor het haar traumatiese kinderdae haar voete te stewig op die grond geanker. "Ek wou net 'n goeie vrou en ma wees."

"En noudat jy dit reggekry het, wil jy gaan werk," sê Karien.

"Presies. Dink julle dis verkeerd van my?"

"Ai, Amelia, alles is nie altyd wit of swart nie," sê Daleen. "Wat vir een kaas is, is vir 'n ander verrotte melk. Maak dit regtig saak wat ons dink? Dis normaal as daar 'n verskuiwing in iemand se prioriteite en ideale plaasvind. Natuurlik gaan jy nie meer op ons ouderdom die ideale vrou en ma wil wees nie, jy is dit tog reeds. Jou kinders is groot, jou man was nog altyd groot genoeg. Dis tyd dat jy meer op jouself fokus."

"Wel, dis in elk geval te laat om nou daaroor te wonder, ek het klaar met Gert gepraat. En jy, Karien? Wat is jou droom?"

Karien kyk vir 'n oomblik na die inkswart see voor hulle, die tjok-kabote se ligte skitterend in die verte. "Vandat ek kan onthou, wou ek nog altyd 'n skrywer word. Ek wou 'n tweede Dalene Matthee wees. Ek wou nie net 'n roman skryf nie, ek wou die grootste Afri-kaanse roman skryf." Sy beduie met haar hande. "Julle weet, daar-die een roman waaroor die wêreld praat, wat 'n hand vol literêre pryse inpalm, dalk nog verfilm word!" Sy sug, haar mond weerloos. "Toe word ek 'n middeljarige ma met drie kinders en 'n jags man."

"Jy kan nog altyd skryf," sê Daleen, haar hand beskermend op Karien se arm.

"Jy kan nog altyd die groot roman aandurf," stem Amelia saam.

"Watwou groot roman! Op hierdie stadium van my lewe het my prioriteite ook verskuif. Ek sal settle vir 'n boring twintigbladsy-boek oor vroue wat nooit oor politiek praat nie!"

"Daar behoort 'n mark daarvoor te wees," lag Daleen.

"Ek kan nie glo dat Dawid dit kon regkry om my selfvertroue so af te breek nie. Tien jaar gelede was ek nog reg vir skryf, het sy uitlatings my nog nie gevang nie. Nou weet ek nie meer of ek kan nie."

"Natuurlik kan jy!" roep Amelia verontwaardig uit. "Jy was dan 'n joernalis!"

Karien lag effens. "Daar's 'n groot verskil tussen die waarheid en fiksie."

"Journalism is literature in a hurry," knik Daleen. "My kop draai nou vreeslik, kom ons gaan in en maak koffie."

Ondervinding

Toe hulle elkeen met 'n beker koffie om die kombuistafel sit, sê Karien: "Ek het besluit om van Dawid te skei. Ek is moeg daarvoor om ongelukkig te wees, ek is moeg daarvoor om 'n derde party in my huweliksbed te hê. Ek sal regkom op my eie, ek en die kinders."

"Ek is só bly jy het eindelik tot 'n besluit gekom!" roep Daleen uit. "Jy sal wel agterkom dat die lewe aangaan sonder hom. Dalk is dit net wat jy nodig het om aan jou roman te begin werk. Daar is niks soos 'n nuwe begin nie."

"Ek is bang," erken Karien sag.

"Dit sal onnatuurlik wees as jy nié bang is nie," sê Amelia. "Ek stem nie noodwendig saam met jou besluit nie, maar ek sal jou ondersteun in wat jy ook al doen."

"Ek is swanger." Karien kyk pleitend na Daleen.

"Geluk!" roep Amelia uit.

Karien ignoreer haar. "Asseblief, Daleen, jy moet my help."

"Hoe?" vra Daleen, haar stem skielik hees.

181

"Jy weet hoe . . ."

Daleen bly stil, onmagtig om te verwoord hoe sy voel.

"Asseblief!" pleit Karien. "Ek wil nie nog 'n kind hê nie. Wat gaan Dawid sê? Dit sal hom net 'n houvas op my gee, en ek weier om verder 'n pion te wees. Doen dit vir my!"

Daleen skud haar kop. "Ek kan nie, ek kan net nie."

"Jy kan! Dis tog nie meer teen die wet nie! Ek wil hê jý moet dit doen, ek wil nie na 'n vreemde dokter gaan nie."

"Ek kan nie!" sê Daleen hard.

"Hoekom nie?"

Amelia kyk met wydgerekte oë na haar vriendinne wat soos twee veghoenders na mekaar gluur.

"My gewete sal my nie toelaat om so iets te doen nie."

"Moenie vir my sê jy is nog nooit met aborsie gekonfronteer nie, dat nie een van jou pasiënte al daarvoor gevra het nie!"

"Natuurlik het ek al versoeke gehad, dit sou naïef wees om anders te glo. Maar my gewete laat my nie toe om dit te doen nie."

"Dis maar dieselfde as predikante wat weier om gays te trou," sê Amelia sag. "Net omdat dit wettig is, beteken nie –"

"Shut up, Amelia, dit gaan jou nie aan nie!" skreeu Karien, skielik buite haarself van woede.

"Karien," Daleen se stem is afgemete, "ons is al deur baie dinge saam, ons het mekaar al in goeie en bedonnerde buie gesien, maar só praat ons nie met mekaar nie."

Amelia hou haar hand op. "Maak nie saak nie, Daleen, sy is ontsteld. Dis verstaanbaar dat –"

"Natuurlik maak dit saak! Wedersydse respek is tog wat 'n vriendskap vorm!"

Amelia kyk deernisvol na Karien. "Ek weet dit gaan my nie aan nie, maar as jy my 'n kans wil gee, kan ek jou dalk help."

"Hoe?" Karien is uitgewoed, haar blik weerloos op Amelia.

"Omdat ek jou kan vertel hoe 'n aborsie werk, hoe dit voel."

Daleen en Karien staar geskok na haar.

"Ek kan uit ondervinding praat," sê Amelia, die trane hoorbaar in haar stem. "Ek het 'n paar jaar gelede 'n aborsie ondergaan, by 'n vreemde dokter, in 'n vreemde kliniek in die vreemde stad." Sy glimlag verskonend vir Daleen. "Ek het nie soveel moed soos Karien gehad om jou te vra nie; ek was mos maar nog altyd 'n lafaard. Toe bel ek die eerste die beste kliniek in Bloemfontein en laat dit daar doen."

Sy bly so lank stil dat Daleen opstaan en vir hulle nog koffie skink.

"Ek sal jou die gruwelikhede spaar, Karien, dis in elk geval erger as wat jy jou kan voorstel. Maar die ergste is die algehele gevoel van verlies wat jy agterna ervaar. Dís wat die seerste maak. Die feit dat jy nie net skuldig voel nie, jy wéét jy's skuldig. Aan moord, moord op 'n onskuldige baba, jóú baba. Niemand verwerk 'n aborsie nie – moenie daardie storie glo nie. Jy onthou vir ewig die reuk van die kliniek, die datum en tyd toe die lewe uit jou liggaam weggeruk is. Die dag toe jy jou lyf God gehou het." Die trane loop onbeskaamd oor haar wange. "Moenie dit doen nie, Karien, moenie. Níks is 'n aborsie werd nie."

Toe Karien opstaan, glo Daleen vir 'n oomblik dat sy sonder 'n woord uit die vertrek gaan loop. Maar sy draai na Amelia, omhels haar van agter, en tot Daleen se verbasing sien sy dat Karien ook in trane is.

Drank in oorvloed

En dit was aand en dit was môre, die twaalfde dag, sug Daleen en gooi die inhoud van die volgende bottel wyn in die wasbak uit. Sy draai om toe sy Amelia se sigaretrook agter haar ruik.

"Genade!" sê Amelia terwyl sy na 'n piering in die kas soek om haar stompie in dood te druk. "Ek kan nie glo ek beleef die dag dat ek jou sien drank uitgooi nie, gewoonlik gooi jy dit ín."

"Ek het besluit dat daar van nou af nie meer drank op hierdie trip gedrink gaan word nie. Karien is swanger, ek en jy sal uit simpatie ook moet ophou."

"Dis piekfyn met my. Ek was nog nooit 'n wafferse groot drinker nie."

Karien stap gapend die kombuis binne, haar hare wild om haar kop verslaap. "Môre, môre."

"Ek sal nou-nou met ontbyt begin," sê Amelia. "Ek maak eers koffie."

"Toemaar, ons eet vrugte en jogurt vir ontbyt," keer Daleen. "Dis tyd dat ons gesonder eet, ter wille van die baba."

Sy draai na die yskassie, haal jogurt en die bak vrugteslaai uit. Sy het spesiaal vroeër opgestaan om die spanspek, papaja, lemoene en appels te skil en in stukkies te sny. Die piesangs het sy eers gelos, anders word dit swart, het haar ma haar geleer. Sy kan nie eintlik kook nie, sy wíl nie eintlik kook nie, maar sy kan darem vrugte skil, dink sy toe sy na die tros piesangs reik.

"Wat 'n wonderlike voorreg om swanger te wees. Ek sal my siel verkoop vir 'n baba," sê sy terwyl sy die piesangs skil en begin op-

184

sny. "Seker omdat ek nie weet of daardie voorreg my ooit beskore sal wees nie." Sy skep hulle bakkies vol.

"Gaan ons die res van die vakansie só gesondheidsbewus eet?" vra Karien met 'n wrang glimlag.

"Dis in elk geval goed vir ons almal." Amelia sit die sigaret wat sy uitgehaal het terug in die pakkie.

"Fok gesond, ek wil nie hierdie baba hê nie. Ek wou nooit nog 'n kind hê nie, ek het drie! Ek het 'n tweeling! Vra enigiemand met 'n tweeling, hulle genees jou vir ewig van babas!" Sy gooi haar hande gefrustreerd in die lug. "Verstaan julle dan nie?"

"Jou tydsberekening was sleg, ek gee dit toe, maar dit het nou eenmaal gebeur. Daar is niks wat jy nou daaraan kan doen nie," sê Daleen beslis en sit 'n bakkie voor elkeen neer.

"Daar ís iets wat ek kan doen, wat jý kan doen," sug Karien terwyl sy na haar bakkie staar.

Daleen byt hard op haar onderlip om die woorde te keer. Ná Amelia se skokonthulling gisteraand het sy geglo dat Karien haar nee aanvaar het. Sy sug en roer suiker by haar koffie. Dis dan hoe emosionele uitputting voel, dink sy. Op hierdie oomblik is sy te moeg om die melk uit die yskas te haal.

Toe sy opkyk en sien hoe verwese Amelia daar sit, weet sy dat sy reg is: sy wil nie aandadig wees aan soveel hartseer nie. Sy wil nie aandadig wees aan móórd nie.

Hulle sit lank in stilte, net die geluid van Daleen en Amelia se eetgerei klink op.

"Dis nie dat ek die kind nie wíl hê nie," fluister Karien uiteindelik. "Ek kan dit net nie verdra dat ek vir Dawid daarvan moet sê nie. Ek wil nie meer met hom getroud wees nie. Ek vertrou hom nie."

"'n Baba is veronderstel om 'n verhouding te laat verstewig. Dink jy nie dis die ideale omstandighede om aan julle verhouding te werk nie?" vra Amelia versigtig.

"Ek wil nie meer aan ons verhouding werk nie. Ek is kláár gewerk."

Daleen steek haar hand na Karien uit. "Jy hoef nie getroud te wees om 'n kind groot te maak nie. Baie doen dit tog alleen."

"Ek weet. Maar jy ken vir Dawid, hy sal dit, soos Amelia, as 'n teken sien dat ons nie moet skei nie."

"Moet hom dan nie sê jy's swanger nie."

"Dan voel ek boonop soos 'n bedrieër."

"Hy sal tog aan jou lyf sien dat jy swanger is," sê Amelia en begin die vuil skottelgoed bymekaarmaak.

"Dis waar alles begin, by die lyf," sug Daleen.

"Jy is reg," knik Karien, "en Dawid het die mooiste lyf."

"En jy was nog altyd 'n sucker vir 'n man met 'n mooi lyf."

"Net so," beaam Karien. "Dis wat my in die eerste plek na hom aangetrek het. Pleks dat ek eers uitgevind het of hy 'n goeie man is. Maar voor ek dit kon doen, het hy my oorrompel met sy lyf en toe raak ek swanger."

"Daar's nogal baie te sê vir saambly voor 'n troue," sê Daleen. "Dis tog eers wanneer twee mense die intimiteit van saamleef ervaar dat hul ware karakter na vore kom. Dieselfde geld seks. Te veel mense trou sonder dat hulle weet of hulle seksueel verenigbaar is."

Karien vee oor haar gesig. "As ek eerlik is, moet ek erken dat seks nog nooit vir my 'n noodsaaklikheid was nie. Lekker, ja, maar nie altyd nodig nie. Niks kom by 'n lekker vry nie. En ek praat nou nie van die tong-op-die-mangels-spoegdrade-soort nie! Ek vind seks

186

op 'n manier nogal morsig. Ek sal Dawid se lyf mis, maar nie nood-
wendig seks nie."

Daleen knik begrypend, maar Amelia gaan net stil voort met die
skottelgoed.

"Lyfliefde is 'n anderse soort liefde," sug Karien. "Dawid kon hoe
kwaad vir my wees, hy sou nogtans elke aand agter my rug kom
inkruip, sy lyf warm teen myne. Dís wat ek gaan mis – sy lyf, sy
reuk. Dawid het die mooiste lyf," sê sy weer. "Hy is altyd, winter of
somer, goudbruin. Moenie vir my vra hoe hy dit regkry nie, dis een
van sy geheime wat ek nog nooit kon ontrafel nie. Ek vermoed hy
gebruik quick tan lotion." Sy giggel verspot, maar daar blink trane
in haar oë. "Ek het destyds dolverlief geraak op sy onmoontlike mooi
lyf. En as jy verlief is, word jy blind. Dawid kon toor met my kop.
As ons eers saamgebly het, sou ek dalk betyds die ware Dawid leer
ken het. Maar voor ons huwelik het ek baie min van die ware Da-
wid gesien, hy het my net toegelaat om te sien wat ek wou sien. Sy
lyf kon egter nie lieg nie. Sy lyf ís hy. Ek kon nooit genoeg van sy
lyf kry nie. Dis soos 'n ontdekkingsreis – elke moesie, elke sproet,
die are blou onder sy amper deurskynende lieste, jy is so verbaas
as jy iets nuuts op daardie lyf ontdek."

Amelia draai om van die wasbak. "Dis die letsels wat my bekoor,
of dalk eerder die stories rondom die letsels. Die een onder Gert se
bors waar hy van die perd geval het, die lelike een op sy kuit waar
hy vinnig deur die draad moes klim toe die bul hom jaag. Ou rug-
byletsels wat vinnig langs die veld toegewerk is. Dít bekoor my. So
'n openlike vertoon van weerloosheid."

"Dawid het nie letsels nie; hy was nooit baie sportief nie. Hy draf
net om sy lyf mooi te hou, en natuurlik vir sy image. Dalk was my

187

pa reg: jy kan nie 'n man vertrou om 'n ware man te wees as hy nog nooit rugby gespeel het nie. Die feit dat Dawid soos 'n man kan steek, het my heeltemal verwar. Ek het vergeet dat hy uit die bed ook soos 'n man moet optree. Hy is 'n emosionele afperser van formaat. As hy nie sy sin kry oor iets nie, tree hy soos 'n stout tiener op. Skreeu, slaan deure toe, selfs 'n paar keer aan my geslaan."

"Die bastard!" roep Daleen uit. Hoe kon Karien dit so lank geheim hou vir haar en Amelia?

"Dis nie so erg nie," keer Karien, "dit was vroeg in ons huwelik. Ek het my in elk geval op 'n dag só vererg dat ek teruggeslaan het. Hy het dae lank met 'n blou-oog rondgeloop, ek wonder nou nog wat hy vir sy pasiënte en vriende gesê het."

Amelia se oë is groot. "Ek kan dit nie glo nie!"

"Hy het dit nooit weer gedoen nie. Dis een van die dinge wat ek myself moeilik sal vergewe – dat ek so laag kon daal."

Dis doodstil in die kombuis. Die enigste geluid is die ketel, wat Amelia weer volgemaak en aangeskakel het.

"Almal ken my beroemde humeur, ek blameer dit op my gene, maar ek slaan nie eens aan my kinders nie," sê Karien. "Dat hulle met so 'n bedonnerde ma en 'n jags pa opgeskeep moet sit. En nou moet ek nóg 'n kind in die wêreld bring! Is dit nie wreder as 'n aborsie nie?"

"Dis tog nie asof jy jou kinders dag en nag verskreeu nie, Karien." Amelia se stem het 'n klankie van irritasie gekry. "Elke ouer verloor sy of haar humeur ten minste een keer 'n dag. Jy het hierdie kind gemaak, hy is jou verantwoordelikheid. Dis nie asof hy gevra het om hier te wees nie."

"Ek weet . . ." Sy kyk na Amelia. "Hoekom het jý dit gedoen? Ek weet dit was nie voor jou troue nie, wou julle dan nie nog kinders hê nie?"

Amelia bly lank stil voor sy sê: "Dit was ná Werner se tiende verjaardag."

Karien frons. "Wou julle nie nog kinders hê nie?"

"Nee," sê Daleen sag, "dit was nie Gert se baba nie, of hoe?"

Amelia maak haar oë toe, skud stadig haar kop.

"Jy kon stilgebly het," sê Karien. "Wie sou ooit die waarheid weet?"

"Ek was bang hy lyk soos sy pa. Bang dat ek hom . . . anders sou behandel." Sy kyk moeg op. "Ek wou nie elke dag na hom kyk en aan my sonde herinner word nie. Nou ry my gewete my in elk geval elke dag oor die aborsie. 'n Mens kan nie wen nie, nè?"

"Wie was die pa?"

Amelia skud haar kop. "Dit maak nie saak nie, Daleen."

"Sê tog net vir my hy het jou ten minste bygestaan met die aborsie!"

"Nee, ek het hom van die swangerskap gesê, ek het gehoop dat hy sou kon help, maar hy het onskuld gepleit." Sy lag wrang. "Die besluit om vir die aborsie te gaan, was daarna maklik."

"Toe gaan jy alleen deur die pyn . . . die hél daarvan." Karien vryf vertroostend oor Amelia se arm.

"Ek het daarop aangedring om dieselfde dag ontslaan te word, ek weet nie eens of ek veronderstel was om 'n nag te bly nie. Maar ek wou net huis toe gaan, na Gert toe. Hoe sou ek in elk geval aan hom verduidelik dat ek in die stad wil oorslaap?"

"Toe ry jy maar alleen terug."

"In pyn, Karien," knik Amelia. "En ek was dánkbaar," sy spoeg die woord uit, "dat ek dit laat doen het. Eers agterna word dit jou hel."

"En die pa sit agteroor, dis mos nie sy probleem nie. Bastard! Mans kom met alles in die lewe weg!" Karien slaan só hard met haar vuis op die tafel dat die soutpot omval.

"As die rolle omgeruil was, sou ek dit dalk ook gedoen het," sê Amelia. "Ek het hom nooit kwalik geneem nie. Hoe kon ek? Ons het tog albei skuld daaraan gehad. En as dit op die lappe gekom het, sou dit ons albei se lewens verwoes het. Ek het my lewe gehad, ek was gelukkig. Ek is seker Dawid was ook . . ." Sy bly verskrik stil, staar met wydgerekte oë na Karien.

Ek het nie daarvoor gesoek nie

Karien sit 'n oomblik doodstil voor sy opspring, die stoel skeef terugstamp en die vertrek uitstorm.

Amelia kyk na Daleen, die blik in haar oë soos dié van 'n bok wat in jou hoofligte verblind word.

"Ek wou nie hê sy moes weet nie. Ooit weet nie."

Daleen knik. "Dit kan ek verstaan."

"Is dit al wat jy kan sê?"

"Wat is ek veronderstel om te sê ná so 'n openbaring?"

"Kan ek jou vertel?"

"Ek dink nie ek wil weet nie."

Maar Amelia gaan voort asof daar nie 'n onderbreking was nie: "Ons het mos jare terug Saterdae op die dorp gaan tennis speel, onthou jy? Gert het die tennis nie baie geniet nie, gevoel daar is te veel wat sy aandag op die plaas verg, dis hoekom ek alleen begin gaan het." Sy kyk afgetrokke na haar ineengestrengelde vingers. "Ek het nie daarvoor gesoek nie, Daleen! Ek het nooit gedink dat ek tot so iets in staat sal wees nie. Jy ken my, ek is mos preuts gebore!" Sy kyk pleitend na Daleen, wat weier om haar tegemoet te kom.

"Dawid het so baie aandag aan my begin gee, meer as wat Gert in jare gedoen het. Altyd vir my gesê hoe lekker ek ruik, hoe mooi ek is, hoe sexy, hoe ek die man in hom wakker maak. Teen die vierde, vyfde keer het ek geweet ek is in die moeilikheid. Ek was nog nooit bestand teen soveel komplimente nie."

"Toe steek jy hom?" vra Daleen koud.

"Jy laat dit so kru klink!"

"Dit ís kru, Amelia! Ek kan nie glo dat jy, van alle mense, seks met jou vriendin se man kon hê nie!"

"Ek het nie daarvoor gesóék nie."

"Hoekom is dit altyd die verskoning waarna egbrekers gryp? Natuurlik het jy daarna gesoek toe jy hom nie van die eerste oomblik af op sy plek gesit het nie!"

"Dis nie so maklik nie . . ." Die weerloosheid in haar oë vang Daleen onkant ten spyte van haar woede.

"Jy sal nie weet nie, jy was nog nooit in so 'n situasie nie. Op daardie oomblik glo jy dat wat jy doen, geregverdig is." Amelia bly lank stil, kyk dan pleitend na Daleen. "Jy is my vriendin."

Daleen knik.

"En my dokter."

Nog 'n knik.

"En ek kon nog altyd met jou gesels. Oor alles."

Daleen knik weer.

"Ek kan nie onthou wanneer ek en Gert laas seks gehad het nie!"

"Ekskuus?"

"Jy het reg gehoor. Ek en Gert het nie meer seks nie."

"Glad nie meer nie?"

"Nie nooit nie, net nie genoeg nie. Soms gaan daar maande om met geen seks nie. En as daar is, is dit regte oumensseks, asof dit 'n plig is wat hy moet nakom."

"Ek weet van 'n paar 'oumense' wat jou daaroor sou wou aanvat."

"Ag, jy weet wat ek bedoel: vervelige, voorspelbare, passielose seks."

"Daar kan verskeie oorsake wees."

Amelia skud haar kop.

"Natuurlik, Amelia! Laat hy my kom sien. As hy te skaam is dat ek hom ondersoek, verwys ek hom na iemand in die stad."

"Dis nie dit nie."

"Hoe sal jy weet?"

"Dis ek." Sy lig haar skouers, laat dit moedeloos sak. "Ek het aan erge nageboortelike depressie gely ná Riana se geboorte, én sy was 'n koliekbaba."

"Ek onthou."

"Ek het uit ons kamer getrek onder die voorwendsel dat Riana hom snags te veel sal pla. Aan die begin het hy nog na my kamer gekom vir . . . seks. Maar seks was die laaste ding wat my toe geïnteresseer het."

"En jy het dit vir Gert gesê?" wil Daleen verstom weet.

"Nie op so 'n mooi manier nie. Ek kan nie my presiese woorde onthou nie, maar dit het daarop neergekom dat as hy wil hê ons huwelik moet hou, moet hy van seks vergeet, en indien hy seks wil hê, moet hy dit elders gaan soek."

"Amelia . . ." Daleen skud haar kop verdwaas.

"Nou is dit vyftien jaar later en ek mis hom, ek mis seks."

"Hoekom trek jy nie net terug kamer toe nie? Hoekom praat jy nie met Gert daaroor nie? Verduidelik dit vir hom, hy sal verstaan."

"Ek kan nie oor seks praat nie! Ek kan nie vra vir seks nie, ek kan nie terugtrek nie! Dis so . . . desperaat!"

"Jy praat dan met mý oor seks, en dit klink vir my jy's lankal desperaat."

"Ek kan nie met Gért oor seks praat nie, ek kan skaars met Gert oor die . . ." sy gooi haar hande in die lug, "die weer praat! Verstaan jy hoekom ek seks met Dawid gehad het? Dis nie dat ek na verskonings gryp nie, maar ek het gevoel dat dit geregverdig was. Ek het iets nodig gehad wat Dawid bereid was om vir my te gee . . ." Sy skud haar kop verdwaas. "Maar dis net geregverdig totdat jy by die huis kom en die semen uit jou onderklere spoel. Tot jy die bakkie vat en jou man tussen die lande gaan soek en in sy oë kyk, geluidloos om vergifnis pleit. En jy weet dat hy nooit mag weet nie. Tot jy Sondag in die kerk sit en nie op die preek kan konsentreer nie, want jy staar na jou vriendin en haar man – die man met wie jy die vorige dag seks gehad het. Dan begin jou gewete aan jou vreet. En dán vind jy uit jy's swanger."

Sy gee 'n vreugdelose laggie. "Jy weet dat dit die Here se manier is om jou te straf vir jou sonde, want net Dawid kon die pa wees. Hy het my soos 'n hoer laat voel daardie dag toe ek voor hom gestaan het." Sy kyk af na haar hande. "Dis ook net met my wat so iets sal gebeur – slaap een keer by 'n ander man en raak swanger. 'n Leeftyd se skuld."

Daleen kyk net stil na haar.

"Dink jy ek is sleg?"

"Ons het almal iets slegs in ons. Dis wat ons mense maak."

"Dis nie wat ek gevra het nie. Ek wil weet of jý dink ek is sleg."

"Hoekom?"

"Omdat jou mening nog altyd vir my belangrik was. Omdat ek nie in jou oë sleg wil wees nie. Omdat ek wil hê jy moet van my hou! Genade!"

Daleen steek haar hand uit, vat aan Amelia se skouer. "Dis tog onmoontlik om nie van jou te hou nie. En ek dink nie noodwendig jy is sleg nie. Ek sal nooit kan goedpraat wat jy gedoen het nie, maar dis nou eenmaal gedoen. Gedane sake het wragtig geen keer nie."

"Dankie."

"Jy sal met Karien moet regmaak."

"Ek weet, ek weet net nie hoe nie."

"Daarmee kan ek jou nie help nie."

"Dink jy dis moontlik?"

"Dink jý dit is?"

Amelia laat sak haar kop op haar arms. "Sy sal my nooit vergewe nie! Ek kan myself nie eens vergewe nie!"

"Dis dalk 'n bietjie kras gestel. Julle kom so 'n lang pad, ek is seker sy sal jou eindelik kan vergewe."

Amelia kyk met traangevulde oë op. "Ek wou haar nie seermaak nie!"

"Nee, maar jy hét haar seergemaak, daardie dag toe jy met haar man seks gehad het. En as jy eerlik met jouself is, sal jy erken dat jy op daardie oomblik nie 'n hel omgegee het nie. Dit help nie jy sit jouself hier en jammer kry nie, gaan praat met haar."

Amelia staan stadig op. "Wat moet ek vir haar sê?"

"Die waarheid. Moenie lieg ook nog by jou lys van sondes voeg nie."

'n Verbale bloedbad

Daleen sit met haar kop in albei hande by die tafel, haar koffie aan die koud word voor haar. Hulle is veronderstel om te rus, van al hulle probleme en sondes by die huis te probeer vergeet, en hier val die hele goed geboude kaartehuis met sy dig bewaarde geheime inmekaar! Die kas het omgeval en nou lê die gebeentes oral gesaai.

Kon Amelia nie maar met 'n ander man seks gehad het nie? Hoe de hel het sy dit reggekry om vyf jaar lank stil te bly? Hoe het Dawid dit reggekry om vir so lank met sy rondslapery weg te kom? Is dit nie die eerste ding waaroor mans veronderstel is om te spog nie – wie hulle wanneer en waar kon beetkry?

Wat maak 'n mens met al hierdie geheime? Is hulle vriendskap sterk genoeg om dit te oorleef? Hulle kan tog nie maak asof dit nooit gebeur het nie. Hulle is nie so gekultiveerd nie – hulle raas, vloek, baklei as dit moet. Darem nou nie in die Jerry Springer-styl nie, hoewel dié hele sage nogal in daardie kategorie val. Hulle sien mekaar se foute oor, maar hulle vergeet nie.

Karien gaan Amelia tot in lengte van dae aan hierdie dag herinner. Sy sal nie toelaat dat Amelia vergeet hoe seer sy gekry het nie. Die feit dat Amelia en Dawid se kortstondige fling niks met die verbrokkeling van Karien se huwelik te doen het nie, sal geen indruk op Karien maak nie. Die feit dat dit jare gelede gebeur het, nog minder. Of die feit dat Amelia allesbehalwe heel anderkant uitgekom het. En Amelia sal Karien nie kan kwalik neem dat sy woedend is vir haar nie.

Wat sou sy, Daleen, doen as sy in Karien se skoene was? Sy sou Amelia baie swaar vergewe het, moet sy erken. Maar sy staan nie in Karien se skoene nie, sy staan in Amelia se skoene – sy het self 'n buite-egtelike verhouding. En sy is nie eens so jammer soos Amelia daaroor nie. Voor wie gaan sý eendag verantwoording doen?

Sy neem 'n sluk van die koue koffie, verwens haarself dat sy vroegoggend al die wyn uitgegooi het. Hierdie reis is besig om in 'n uitgerekte nagmerrie te ontaard. Of eerder iets soos 'n Romeinse arena, sug sy toe die eerste klanke van 'n volbloed-skreeusessie haar bereik.

Nou sit sy hier, wagtend vir die twee bebloede gladiators om hulp te kom soek. Sy is te bang om die woonstel te verlaat, ingeval sy die hele skouspel misloop; haar ingebore nuuskierigheid laat dit eenvoudig nie toe nie. Sy smag na iets sterkers as 'n koppie koffie, oorweeg dit vir 'n oomblik om tog maar aan te trek en 'n bottel wyn te gaan koop, besluit dan daarteen. Sy kan nie veel van die bakleiery hoor nie, al is sy seker hul bure aan Karien se kant sit in asemlose opwinding en luister. Sy hou haar ore gespits om enige gewelddadige klanke op te vang. By die aanhoor daarvan, neem sy haar voor, sal sy soos 'n ridder van ouds die deur oopstorm en hulp verleen aan wie ook al hulp nodig het.

Hierdie geveg het met haar wat Daleen is niks te doen nie. Al wat sy kan doen, is om agterna te help om die stukke, by wyse van spreke, op te tel. Hulle is albei haar vriendinne en sy kan nie kant kies nie, alhoewel haar simpatie by Karien lê. En tog, vanuit haar huidige posisie verstaan sy waardeur Amelia worstel.

Sy staan op, gooi die koue koffie in die wasbak af, maak die ketel vol, skakel dit aan. Staan dan besluiteloos na die ketel en kyk. "Te hel daarmee!" besluit sy.

Sy draf na haar kamer en trek vinnig die verslete ou sweetpak wat nog aan haar pa behoort het aan. Sy kan dit om die dood nie weggooi nie. As sy dit die dag oor haar hart kan kry, sal nie eens die bergies wat altyd in die vullisdromme by haar woonstelblok kom krap daarvoor kans sien nie. Sy voel nostalgies en tegelyk getroos wanneer sy dié sweetpak aantrek. Sy sluip op haar tone verby die plaaslike Jerry Springer show, wat volgens alle aanduidings 'n nuwe hoogtepunt nader, vat haar motorsleutels en glip by die voordeur uit.

Dis nie ver na die naaste drankwinkel nie. Sy parkeer, en 'n vinnige blik na haarself in die truspieëltjie laat haar opeens selfbewus voel. Ongekamde hare, geen grimering, ou sweetpak . . . As jy drank nodig het om te funksioneer, het jy 'n probleem – dis wat sy gewoonlik vir haar pasiënte sê. Maar sy het nooit verstaan hoe hulle voel wanneer die drang na drank te sterk raak nie. Nie dat sý afhanklik is van drank nie, dis net dat die huidige omstandighede selfs 'n geheelonthouer na die lafenis van drank sal laat gryp.

Terwyl sy tussen die rakke deurloop op soek na haar gunstelingwyn, word sy bewus daarvan dat die personeel se oë haar nie 'n oomblik verlaat nie. Sy sug gelate. Hier is wragtig genoeg plek onder hierdie ou sweetpak om 'n paar bottels drank weg te steek. Sy loop onder hulle deurborende blikke na die toonbank. Sy het meer as genoeg kontant om vir die paar bottels te betaal, maar die kyk wat sy van die meisie agter die kasregister kry, laat haar haar goue kredietkaart uitpluk – die een wat prominent *Dr D Joubert* voorop vertoon.

Sy gee dit met 'n vermakerige glimlag vir die meisie en verlekker haar in die verbasing op haar gesig. "Wys jou, nè? Never judge a book by its cover," kan sy nie help om te sê nie voor sy haar bruinpapiersak vat en uitloop.

Terug by die woonstelblok is sy verlig om te sien dat daar nie 'n ambulans en polisiemotors met loeiende sirenes voor die gebou staan nie. Haar vriendinne is darem nie só nie, lag sy wrang.

Toe sy die voordeur oopstoot, kyk Karien en Amelia van die kombuistafel af op.

"Waar was jy?" vra hulle gelyk.

"Gaan wyn koop. Ek kon dit nie meer hanteer nie."

"Dit was darem nie só erg nie," verdedig Karien terwyl sy opstaan en haar leë koffiebeker in die wasbak neersit.

"Jy moet versigtig wees, te veel koffie is ook gevaarlik vir 'n ongebore baba." Daleen sit haar aankope op die tafel neer, haal glase uit die kas.

"Ek wonder of mens ooit gewoond raak daaraan – dat alles wat vir jou lekker is, sleg is vir jou," sug Karien.

"En alles wat goed vir jou is, is nie noodwendig lekker nie," sê Amelia. "Soos oefen, slaaiblare en water."

"Oefen is lekker as jy net eers daardie eerste stap neem en daarmee begin." Daleen haal 'n bottel wyn uit die sak, maak dit behendig met die kurktrekker oop en skink vir haar en Amelia. "Jy moet ons maar vandag verskoon," sê sy vir Karien. "Kom ons gaan sit in die sitkamer."

Sy maak die skuifdeur oop en vat 'n dorstige sluk van haar wyn, sak op die rusbank neer en kyk ondersoekend na haar vriendinne. "Het julle vrede gemaak?"

Karien antwoord, terwyl Amelia haar blik skuldig neergeslaan hou: "Ons het besluit om die vrede te bewaar ter wille van die vrede. Dit beteken egter nie dat ek Amelia vergewe het nie."

"Ek verwag ook nie om vergewe te word nie, net dat jy my darem nie heeltemal soos 'n hond behandel nie," sê Amelia sag.

"Ek kan net nie verstaan hoe iemand 'n verhouding met 'n huis-vriend kan aanknoop nie – met 'n vriendin se man! Ek kan veral nie verstaan hoe jý dit kon doen nie. Dit aan mý kon doen nie!"

"Dit was nie 'n verhouding nie," verweer Amelia.

" 'n Steek by any other name is nog steeds 'n steek! Hoe de don-ner lewe jy saam met jouself? Hoe kyk jy elke dag vir Gert in die oë?"

Amelia staan op. "Ons het mos al daaroor gepraat, is dit nou no-dig om weer alles te herhaal? Hoeveel keer moet ek verduidelik? Hoe-veel keer moet ek jou om verskoning vra? Wil jy my eers op my knieë sien rondkruip? As dit is wat jy wil hê, sê so. Genade, ek is selfs bereid om dit te doen. Jou vriendskap is vir my belangrik ge-noeg om my daarvoor te verneder!"

" 'n Mens sou nooit kon raai dat jy soveel waarde heg aan ons vriendskap nie. Het jy ooit aan my gedink toe jy –"

"Wag, Karien," gryp Daleen in. "Ek kan dit nie hanteer dat julle so optree nie. Julle is tog vriende. Jou en Dawid se huwelik is op die rotse, maar julle gaan nog baie lank vriende bly. Vergeet dit nou. Dit het gebeur, en dit maak nie saak hoe hard julle op mekaar skreeu en hoeveel julle mekaar verwyt nie, niks kan dit ongedaan maak nie."

"Het jy hiervan geweet, Daleen? Het jy geweet dat ons vriendin 'n verhouding met my man aangeknoop het?"

"Dit was nie 'n verhouding nie!" skreeu Amelia. Sy steek 'n sigaret op, trek die rook diep in.

"Nee, Karien, ek het nie. Moenie my ook skuldig wil maak nie." Daleen sug diep. "Toe ek vanoggend opstaan, het ek 'n voorgevoel gehad dit gaan 'n goor dag wees, hoewel ek nie dit verwag het nie. So, terwyl ons nou aan die gang is . . . ek moet julle vertel van my en Jan, voor my moed my begewe."

Die geheimsinnige Jan

Dis nie die regte tyd nie, jy's selfsugtig, berispe Daleen haarself. Sy behoort te wag tot almal van hul skok herstel het, maar sy wil nie wag nie. Juis omdat haar vriendinne so geskok is, wil sy hulle nóú vertel – sodat dit minder van 'n skok is. Sy reik na die wyn, maak haar glas weer vol.

"Ek weet dat ek julle al jare terug moes vertel het, maar ek het nog nooit die moed gehad nie." Sy lag senuagtig. "Ek vra net een ding: dat julle my nie te gou sal oordeel nie."

"Gaan ons uiteindelik uitvind wie die geheimsinnige Jan is?" Amelia skink vir haar ook nog wyn.

"Moenie eens daaraan dink nie," vermaan Daleen toe Karien na die bottel mik.

Sy sug oordrewe, maar sak gehoorsaam terug teen die rusbank. "Ek verstaan nie hoekom ek my alkoholinname moet beperk as ek in elk geval 'n aborsie oorweeg nie."

"Dís die sleutelwoord: oorweeg. Jy het nog nie 'n definitiewe besluit geneem nie en jy wil tog nie jou baba enige skade berokken nie!"

"Ja, kom nou, vertel wat jy wil vertel," sê Karien ongeduldig.

"Ek gaan myself môre tien teen een haat omdat ek julle vertel het, maar kom ek om, so kom ek om." Sy sluk diep aan haar wyn, maak haar glas weer vol, wonder vir 'n angstige oomblik of sy genoeg wyn gekoop het om haar deur die dag te sien. "Ek is gay."

Die stilte wat haar begroet, laat haar versigtig van Karien na Amelia kyk.

"Verstaan julle wat ek sê? Ek is gay. Heeltemal gay. Toe ons die ouderdom bereik het waar ons vir seuns begin kyk het, het ek nie."

"Daleen, ek verstaan nie 'n woord wat jy sê nie, dis asof jy skielik Grieks praat." Karien skud haar kop vermoeid.

Amelia knik. "Jy maak vir my ook glad nie sin nie. Ek meen . . ."

"Begin by die begin. Práát," sê Karien.

Daleen sug, vryf oor haar oë. "Dis die moeilikste ding wat ek nog ooit moes doen." Sy bly 'n oomblik stil, vroetel met haar glas se steel. "Toe ons die ouderdom bereik wat julle na seuns begin kyk het, het ek na meisies begin kyk. Ek het toe reeds besef ek is anders, maar ek het nie geweet hóé anders nie. Selfs op daardie jong ouderdom het ek besef die emosies wat ek ervaar, is vreemd, en daarom moes ek dit geheim hou. Ten alle koste. Soms kon ek dit vir myself ook wegsteek."

"Maar jy het dan met seuns uitgegaan. Jy was meer gekys as ek en Karien!" roep Amelia uit.

"Ek het so hard probeer om 'normaal' te wees dat ek dit eintlik oordryf het. Maar ek kon nooit opgewonde raak oor seuns nie – meisies het my bekoor. Dit het die punt bereik waar ek, as 'n seun my soen, my oë nie van genot toegemaak het nie, maar sodat ek oor 'n meisie kon fantaseer." Sy sug weer, sluk aan haar wyn. "Dit was hel. Vir my én die arme outjie wat nie kon besef hoekom ek nie van hom hou nie. Toe ek besef dat ek meer skade doen as goed, het ek besluit om seuns af te skryf. Ek sou net nie meer date nie."

"Dalk is jy nie regtig gay nie. Dalk as jy . . . jy weet, saam met 'n mán slaap, sal jy weet dat jy 'n vrou is." Daar is 'n klank van hulpeloosheid in Amelia se stem.

"Fok, Amelia, dis net jy wat sal dink seks met 'n man los alle probleme op!" Karien se stem is snydend. "Natuurlik weet Daleen dat sy 'n vrou is!"

"Ek hét seks met 'n man gehad," keer Daleen voor dit weer in 'n verbale bloedbad ontaard. "Wilhelm, onthou julle hom? Hy het saam met my medies geswot. Ek het gedink as ek een keer saam met hom slaap, sal ek dalk genees word van my 'kwaal'."

Hulle kyk haar afwagtend aan, duidelik verward.

"Wel, ek het dit grillerig gevind." Sy lag. "Ek weet julle praat altyd oor hoe wonderlik die hardheid van 'n man is, maar vir my was dit plein gross. Ek het daardie stywe voël wat soos 'n kapokhaantjie voor 'n geveg regop staan obseen gevind. Wilhelm was nie 'n growwe man nie, julle weet mos, maar selfs sy hande het soos skuurpapier teen my lyf gevoel." Sy ril by die herinnering. "Ek weet nie hoe julle dit kan doen nie! En Wilhelm was so selfsugtig. Is alle mans so selfsugtig wanneer dit by seks kom?"

Haar vraag bly onbeantwoord in die lug hang.

"In elk geval, ek het dit grillerig gevind – en morsig, soos Karien gesê het. Fokken boring ook. Ek het op my rug gelê en hard probeer om dit te geniet, maar ek kon nie. Twee dae later – dit was naweek en my roomie was huis toe – het Maureen my in die bed kom verras."

"Maureen! Lesbiese Maureen met die groot tiete wat nooit 'n bra gedra het nie?" roep Amelia uit.

"Einste." Daleen sug apologeties. "Ek het nooit baie van haar gehou nie, maar sy het my daardie aand seksueel só bevredig dat ek dit nooit in my lewe sal vergeet nie. Sy het my laat besef dís wat ek wil hê. Niks kom by die sagtheid van 'n vrou se lyf nie. Niks kom by hulle onselfsugtigheid nie."

Karien skud haar kop. "Jy lyk nie gay nie, jy tree ook nie gay op nie."

"Presies!" sê Amelia. "Ek dink tog jy maak 'n fout, jy's net verward. Lesbiërs het hierdie houding – wat jy beslis nie het nie – hulle is mannetjiesagtig, hulle is grof! Jy is so fyn en mooi en jy kyk na jouself!"

"Ek maak nie 'n fout nie, Amelia, dis wie ek ís. Ek weet nie waar jy aan jou inligting oor lesbiërs kom nie, maar ek verseker jou dis nie noodwendig waar nie."

"Maar jy het dan 'n boyfriend, Jan . . ."

"Janneke," sê Daleen sag. "Dokter Janneke de Waal, ginekoloog. Sy't 'n praktyk in die stad."

"Ek weet van haar!" roep Amelia geskok uit. "Alhoewel ek nog nooit by haar was nie; ek verkies dat 'n manlike ginekoloog my ondersoek."

"Dít glo ek," sê Karien.

Daleen glimlag wrang. "Sy's my ginekoloog, dokters het ook soms dokters nodig. Dis hoe ek haar ontmoet het. Toe kom ek agter sy weet presies watter knoppies om te druk."

"Is dit nou nodig om so kru te wees?" wil Karien vererg weet.

"Janneke is 'n getroude vrou!" sê Amelia.

"Ek weet . . ."

"Jy het 'n verhouding met 'n getroude vrou?" vra Karien sag.

"Ja."

"En sy't 'n kind!"

"Ek wéét, Amelia, maar haar man weet sy is gay. Hy weet dit van voor hulle troue. Hoekom hulle getrou het, verstaan ek nie. Jan sê albei van hulle was alleen en depressief, en toe hulle weer sien, toe trou hulle."

Karien spring op. "Ek kan nie glo dat ek nog nie sonder 'n draad klere aan by hierdie plek uitgestorm het nie! Wie sal my kan kwalik neem? Eers moet ek uitvind dat my beste vriendin seks met my man gehad het en sy kind verwag het, nou moet ek hoor dat my ander beste vriendin 'n verhouding met 'n getroude vrou het!"

"Daleen het pas vir die eerste keer erken dat sy gay is en al waaroor jy omgee, is dat die vrou met wie sy 'n verhouding het, getroud is!" roep Amelia beskuldigend uit.

Karien se gesig vertrek woedend. "Is dit dan van geen belang nie – die feit dat onse vriendin hier die derde party in 'n huwelik is? Hoe dink jy moet Janneke se man voel?" Sy draai na Daleen. "Weet hy van jou? Van julle?"

"Nog nie, maar ek weet dat die dag van rekenskap naderkom. Jan wil graag ons verhouding in die ope bring. Ek weet nie of ek genoeg moed het nie."

"Is jy bang vir wat die mense gaan sê?" vra Amelia simpatiek.

"Natuurlik! Nie alleen gaan hulle 'n field day hê oor die feit dat ek gay is nie, maar om alles te kroon, breek ek 'n oënskynlik gelukkige huwelik op."

"Ek kan nie glo dat jy so laag kan daal nie!" sis Karien. "Wat gaan van haar kind word? Noudat ek daaraan dink: as haar man geweet het sy's gay, hoekom het hulle dan 'n kind? Dit beteken hulle het seks!"

"Dis nie asof ons nie na die kind sal kan kyk nie, Karien! Indien sake so ver vorder dat Janneke skei en die hof toesig aan haar gee, is ons finansieel meer as daartoe in staat om vir hom te sorg."

"Ek het nie eintlik aan die finansiële aspek gedink nie," sê Karien sarkasties. "Hoe verward dink jy gaan daardie kind wees? Nie alleen is hy skielik sy pa kwyt nie, maar hy moet toesien hoe sy ma by 'n ander vróú intrek!"

"Ag, kom nou, Karien," sê Amelia driftig.

"Dit verstaan ek nog minder! Jý is die een wat my deurgaans probeer oortuig om nie van Dawid te skei nie, maar jy keur dit wat Daleen doen goed!"

"Ek ken nie Janneke-hulle se huislike omstandighede nie, maar as sy gay is, wil ek my verstout om te sê dat hul huwelik lankal 'n klug is."

"Dalk wil jy my en Dawid bymekaar hou om jou eie gewete te sus, al dááraan gedink?"

"Karien," sug Amelia, "glo wat jy wil. Ek is nie die oorsaak daarvan dat jou huwelik moer toe is nie. Ek wou net nie hê jy moet skei nie, want ek wil nie sien hoe jy nog seerder kry nie."

"Wel, dít maak totaal sin. Asof ek nie seerder sal kry as ek by 'n ontroue man bly nie!"

Amelia gooi haar hande in die lug. "Los dit tog nou! Daleen is ons vriendin, kyk daarna uit háár oogpunt. Kyk wat die beste vir háár sal wees. Wil jy nie jou vriendin gelukkig sien nie?"

"Dis nie dit nie!" roep Karien verontwaardig uit. "Natuurlik wil ek vir Daleen gelukkig sien. Ek wil net nie hê sy moet haar geluk op 'n ander se ongeluk bou nie. Ek wil nie hê dat sy gay moet wees nie!"

"Dink jy wragtig Janneke is gelukkig?" kap Amelia terug. "Dink jy haar man is? Hy moet tog weet dat daar iets fout is. As hý dink dat sy huwelik gelukkig is, is hy wragtig onnosel!"

Karien se wysvinger skiet uit. "Jý is die een wat jou so Christelik voordoen, en jy keur dít goed? Dis sonde, dis wat dit is! Kon jy nie eerder lief geraak het vir 'n man nie?" Sy gee Daleen 'n verwytende kyk voor sy die vertrek uitstorm.

"Ek het myself al hoeveel keer daardie vraag gevra," sê Daleen sag, haar blik afgewend.

Amelia sug. " 'n Mens kies nie vir wie jy lief raak nie. Die liefde kies jou." Sy kyk onseker na Daleen. "Jy ís lief vir haar, of hoe?"

"Lief genoeg om alles prys te gee, selfs my praktyk. Selfs my goeie naam."

"Dan is jy lief vir haar. Ek is bly." Amelia staan op, gee Daleen 'n soentjie op haar kop. "Ek gaan nou in die bed klim."

"Lekker slaap."

Sy bly sit, spelend met die glas in haar hand. As sy ooit seker van iets was, is sy vandag: sy het Jan lief. Sy wil die res van haar lewe saam met haar deurbring.

Sy het so gehoop haar vriendinne sou haar openbaring sonder enige wrewel aanvaar. Nogal gedink dat van die twee Karien eerder sou verstaan. Hoe verkeerd was sy nie.

Sy staan op en stap badkamer toe. Draai die krane wyd oop, gooi mildelik van die duur, geparfumeerde badolie in die water. Sy sak in die geurige warmte weg. Dit was seker naïef van haar om te glo dat Karien en Amelia haar sommerso sou aanvaar. Mense aanvaar jou baie moeilik as jy anders is.

Jan se man is 'n ander saak; hy weet van altyd af dat hy met 'n homoseksuele vrou getroud is. Volgens Jan het hulle nie seks nie, deel hulle nie eens 'n kamer nie. Bennie is die resultaat van 'n aand van te veel drank en te veel weerloosheid, aan albei kante.

Daleen het al vir Bennie ontmoet. Sy hou van die kind, en dit lyk asof hy van haar ook hou. Dit kan natuurlik verander as hy agterkom sy ma is verlief op haar, dat Daleen die ander "man" in sy ma se lewe is. Maar nou ja, sug sy, wie het ooit gesê verhoudings is maklik?

Sy tel die spons lusteloos op, vryf stadig oor haar maag, om haar naeltjie, sug weer. As Karien en Amelia ooit moet weet dat sy op hulle ook verlief was, gaan daar 'n groter bom bars, vermoed sy. Veral Karien. En eienaardig genoeg was sy meer, en vir langer, verlief op Karien. Sy besef nie hoe sexy sy regtig is nie, en nie net vir die teenoorgestelde geslag nie. Sy het net daardie iets waarna so baie vroue streef. En die feit dat sy effens oorgewig is, maak geen verskil daaraan nie, sy bly stunning.

Daleen het menige nag erotiese drome oor Karien gehad. Haar

sagte wit lyf, en daardie oë soos gesmelte donkersjokolade . . . Sy kon soms vir Karien naby haar voel, sy kon die lang bene sien, diep in Karien se oë staar. Sy kon voel hoe haar hande stadig en doelbewus oor Karien se lyf streel, elke onbekende plekkie van haar lyf bekend maak. Sy het Karien se hare oor haar lyf voel streel wanneer Karien oor haar buk. In haar helderder drome kon sy Karien próé. Die onaantasbare wat tasbaar word . . .

Soms wou sy vir Karien sê hoe sy oor haar voel, veral wanneer Karien sommer saam met haar in die bad geklim het, haar borste sentimeters van Daleen af bonsend in die water. Veral wanneer Karien saam met haar in die bed geklim het en sy 'n blote handlengte weg was. Wanneer Daleen haar kon ruik. Maar sy het nooit 'n woord gesê nie; hul vriendskap was te kosbaar vir sulke ontboesemings. Dan eerder in stilte ly, het Daleen besluit, eerder op 'n afstand liefhê.

Op hierdie vakansie het sy verbaas agtergekom dat al daardie gevoelens vir Karien soos mis voor die son verdwyn het. Die aand ná hul kroeguitstappie was Karien net 'n vriendin wat 'n skouer nodig gehad het om op te huil. Kon sy haar troos, aan haar raak sonder enige bybedoelings, sonder om elke kontoer van haar lyf in haar geheue vas te lê vir later se opdiep en alleen geniet.

Wanneer sy nou haar oë toemaak, is dit nie Karien se lyf wat sy voor haar geestesoog sien nie, maar Jan s'n. Jan met die bruingebrande lyf, nie van elke dag draf soos Daleen doen nie, maar van op 'n sonbed lê. Jan met haar gemanikuurde naels, elke haartjie op sy plek. Jan is 'n vrou in alle opsigte. En dit maak haar nog aantrekliker: die feit dat sy ooglopend soveel moeite doen met haar voorkoms.

Die liefde van my lewe, dink Daleen toe sy uit die bad klim en die handdoek styf om haar lyf draai voor sy na haar kamer stap.

Jesebel!

Karien skrik letterlik wakker.

Het sy alles gedroom? Of is Daleen, fyn, petite Daleen, regtig gay? Sy skud haar kop in ongeloof. So iets het sy nooit verwag nie. Daleen is die een in hulle vriendekring na wie almal altyd opsien. Sy is hul rots, hul anker. Sy kan nie gay wil wees nie!

En Amelia, goeie Amelia wat ure bestee om vir Karien klere te ontwerp en te maak, wat geduldig klokkies en krale aanwerk, naweke vir Karien met ope arms op die plaas ontvang, haar bederf met lekker kos, met haar kinders speel – sy het 'n verhouding met Dawid gehad. Waar het dinge verkeerd geloop? Is dit óók haar skuld? Dat Dawid rondgeloop het, moet tog deels haar skuld wees – as hy gelukkig was, sou hy nie.

Sy kyk op haar horlosie; dis skuins voor agt. Sy staan traag op, neem haar handdoek om onder die stort verder te gaan dink. Sy draai die krane oop, toets die water met haar hand. Hoe kan Amelia so gemaklik wees met Daleen se mededeling? Of is dit ook net goeie toneelspel?

Sy vryf haar lyf in met die geurige seep wat sy in die stort kry – Daleen s'n, weet sy dadelik. Daleen bestee meer as sy op lekkerruikgoed. Seep, poeiers, net die beste. Is dit die gedrag van 'n lesbiër?

Sy skud haar kop. Hoe sal sy ook nou weet? Sy kan nie meer duidelik sien nie, haar spreekwoordelike rooskleurige bril is die laaste paar weke vuil gevat deur die lewe se taai vingers.

Sy klim uit die stort, neem haar handdoek – grof soos sy daarvan hou – en vryf haar droog. Daar is 'n vollengtespieël in die badkamer. Hoekom wil iemand 'n vollengtespieël in die badkamer hê? wonder sy vir die soveelste keer. Vanoggend gaan staan sy egter voor die spieël, laat die handdoek tot op haar voete val.

Sy kyk asof sy haar lyf vir die eerste keer sien. Haar borste wat hul fermheid 'n dekade gelede al verloor het; haar maag, wat eens so plat soos 'n strykplank was, het rond geword, asof sy 'n bal ingesluk het. En die hartseerste daarvan is dat sy nie eens haar swangerskap daarvoor kan blameer nie. Nog nie. Hoe de hel gaan sy op nege maande lyk?

Sy verskuif haar blik na haar bene, wat nog altyd haar beste bate was. Nou lyk hulle soos twee boomstompe. Sy voel nie meer gemaklik in haar rompe en rokke nie, haar bobene skuur ongemaklik teen mekaar. Is dit dít wat Dawid laat rondkyk het? Kan sy hom regtig kwalik neem dat hy groener weivelde gaan soek het?

Sy sug, draai haar weer in die grofheid van die handdoek toe. Ja, sy kan, want sý sal nooit so iets doen nie. Liefde is veronderstel om blind te wees, selfs vir vet. Dawid het met lus na ander vroue gekyk, en lus is blind, doof én stom.

In haar kamer bly sy besluiteloos voor die wanorde staan. Sy is nie lus vir een van haar flambojante uitrustings nie, sy wil net haar nagklere weer aantrek en in die bed bly. Wat is fout met haar dat haar man en haar vriendinne haar so in die steek laat? Dawid met sy ontrou, Amelia met haar ontrou, Daleen met haar leuens.

Sy gaan op die bed sit, haar kop in haar hande. Sy is só moeg. Hoe is dit moontlik dat, in die bestek van 'n paar weke, jou wêreld so inmekaar kan tuimel? Sy dwing haarself eindelik om tog in haar tas te krap op soek na iets om aan te trek, vat haar geel sweetpak, met kraletjies om al die some, raak. Sy het pas die borsel deur haar lang hare getrek toe sy 'n versigtige klop aan haar kamerdeur hoor.

"Ek het vir jou koffie gebring," groet Amelia. Sy kom die kamer binne en plaas die beker op die bedkassie neer. Sy skuif van die klere op die bed weg, gaan versigtig sit. "Is jy okay?"

Karien skud haar kop, weier om om te draai, weier om Amelia in die oë te kyk.

"Karien, ek weet alles wat gister gebeur het, was vir jou 'n groot skok, dit was vir my ook. Is jy okay?" herhaal Amelia.

Karien gooi die haarborsel vererg op die spieëlkas neer en draai om. "Lýk ek vir jou okay? Wees eerlik, Amelia: hoe sou jy voel as jy moet uitvind dat jou man jou al jare lank verneuk? Dat jou vriendin 'n verhouding met die einste ontroue man gehad het? En om alles te kroon, is jou ander vriendin gay!"

"Dit was nie 'n verhouding nie," sê Amelia sag. "Ek is só jammer."

"Ag fok, Amelia! Dit kan ek nog vergewe, vir jóú kan ek nog vergewe. Ek bedoel, dit was jare terug. Nie dat dit nie seermaak nie." Sy gaan sit langs Amelia op die bed, skielik uitgewoed, haar hande tussen haar knieë vasgeklem. "Ek het nog nooit aan myself gedink as jaloers nie," sê sy sag. "Selfs toe ek vir Dawid by Retha betrap het, was ek nie jaloers nie, eerder verneder."

Dit was 'n vernedering om daar tussen haar kinders te staan terwyl die besef tot haar deurdring dat haar man voete van klei het. Dis 'n vernedering as jy besef dat jou man ander vroue begeerliker

211

as jy vind. Dat selfs jou vriendin tot jou vernedering bygedra het, is 'n nog groter vernedering. Maar niks kom by die vernedering wat sy gevoel het toe sy besef dat haar vriendin al die jare vir haar lieg nie.

"Die ding met Daleen is . . . Jy moet tog ook vir haar kwaad wees omdat sy vir ons gelieg het." Sy kyk smekend na Amelia.

"Hoe kan ek vir haar kwaad wees? Kan jy dink hoeveel moed dit van haar geverg het om uit die kas te klim?"

"Hoekom nou? Hoekom nie lankal nie, toe sy tot die besef gekom het? Sodat ons kon gewoond raak aan die idee. Ek kan nie glo Daleen is gay nie."

"Ek ook nie. Maar sy is ons vriendin en ons moet haar onder-steun." Amelia sit haar arm om Karien se skouers. "Dis nie vir haar maklik nie. Sy het ons nou, meer as ooit, nodig."

Karien se kop ruk op. "Waarvan praat jy? Het jy vergeet hoe ons as kinders, tieners, selfs op universiteit saam gebad het? Saam in een bed geslaap het? Fok, ek het nou die dag nog saam met haar gebad én geslaap!"

"Daar's niks mee verkeerd nie, Karien. Julle is tog net vriende."

"Alles is daarmee verkeerd! Alles! Dis net so goed ek het saam met 'n man geslaap! Voel jy nie ook so nie? Hoe weet ons dat sy nie op daardie manier na ons gekyk het nie, op daardie manier aan ons gedink het nie? En wat dink jy gaan Sandfontein van óns sê? Die mentaliteit van daardie dorp is van so 'n aard dat hulle ons saam met haar gaan stenig! Het jy al dááraan gedink?"

"Hulle sal seker van ons ook skinder," sug Amelia, "maar ons darem nie wil stenig nie. Ons sal dit kan hanteer. Sáám."

"Ek wil nie."

"Het jy van ons eed vergeet?" Toe Karien haar vraend aankyk, gaan sy voort: "Toe ons twaalf was, het ons bêreboksies met al ons kosbaarste besittings op Daleen-hulle se plaas begrawe. Toe het ons belowe dat ons áltyd vriende sal wees, dat ons mekaar altyd sal vergewe en sal bystaan. Dat ons mekaar nóóit sal verlaat nie. Onthou jy? En nooit is 'n lang, lang tyd, Karien."

"Nooit se gat! En te hel met beloftes, ons was kinders! Ek het ook in die kerk belowe dat ek met Dawid getroud sal bly tot die dood ons skei, en kyk nou."

"Genade, dis darem anders . . ."

"Nee, dit is nie. 'n Belofte is 'n belofte. Om gay te wees is sonde. Jy behoort dit beter as ek te weet, jy ken mos jou Bybel. Jy kan redeneer soos jy wil, Amelia, dit bly sonde. Jy glo in God, hoekom bid jy nie vir Daleen rég nie?"

"Genade, Karien," sê Amelia verslae, "dis nie asof Daleen 'n siekte het nie. Haar seksuele oriëntasie verskil van ons s'n, ja, maar daar is niks fout met haar nie."

"Sê jy! Dis hoekom ek nie meer in God wil glo nie. Hoekom laat Hy toe dat so iets gebeur?"

Amelia neem Karien se yskoue hande in hare. "Ek weet nie, maar ek sal eerder vir jóú bid. Dat jou hart teenoor Daleen en teenoor my sal versag. Dat jy jou kind sal hou, dat jy –"

Karien spring op. "Loop. Lóóp net. Ek het meer as 'n opgemaakte god nodig om my deur alles te kry. En as ek voor gebid wil word, sal ek daarvoor vra. Loop net, jou . . . jou Jesebel!"

Sy druk Amelia by die deur uit, slaan dit hard agter haar toe.

Gay vrouens is butch!

Daleen kom die kombuis laggend binne, gryp Amelia om die lyf en druk 'n soen op haar voorkop.

"Genade, jy sal dat ek eier die wêreld vol mors! En jy is sweterig, ga!" lag Amelia, die vurk waarmee sy die eiers vir omelette klits omhoog. "Waaroor is jy so gelukkig?"

"Ek het so lekker gedraf, dit voel asof jare se opgekropte energie vandag uitgebars het! Dis 'n wonderlike dag! Dis 'n wonderlike, bevrydende gevoel om uit die kas te wees! Die wêreld lyk soveel mooier en beter! Ek is lief vir Jan, en vir die eerste keer mag ek dit hardop sê!" Sy haal 'n bottel water uit die yskas en gaan sit op die tafel na Amelia en kyk. "Het jy ook so gevoel oor Gert?"

"Ek dink ek voel steeds so oor Gert," erken Amelia sag.

"Is die liefde nie wonderlik nie!"

"Ek is bly jy's so gelukkig." Amelia draai om om verder aan die eiers te klits.

"Ek skuld jou 'n verskoning," bieg Daleen.

"Vir my? Hoekom?"

"Ek het so vir jou gepreek oor die verhouding wat jy en Dawid gehad het, en dit terwyl ek self in 'n glashuis woon."

"Dis nie nodig om verskoning te vra nie. Ek het 'n fout gemaak, een waarvoor ek die res van my lewe gaan betaal." Amelia gooi die eier in die pan op die stoof, laat die pan kantel. "En dit was nie 'n verhouding nie."

"Jy weet wat ek bedoel." Daleen kyk haar ondersoekend aan. "Dit lyk asof die honde jou kos afgevat het. Wat is fout?"

"Ek het vir Karien koffie geneem." Sy skud haar kop. "Sy het my uit die kamer gejaag!"

"Hoekom?" Karien is impulsief, weet Daleen, maar sy sal so iets nie sommer doen nie.

"Dit was weer harde woorde heen en weer. En dis seker oor ek uiteindelik aangebied het om vir haar te bid." Amelia skep die vulsel in die omelet, vou dit toe en laat dit op 'n bord glip. "Ek kan nou self nie glo dat ek dit voorgestel het nie."

"Jy wou vir haar bíd?" vra Daleen geskok.

"Nie daar en dan nie! Dit was bedoel as hulp. Ag, ek weet ook nie." Sy kyk na die omelet, gee dit dan vir Daleen aan. "Eet solank, ek is nie honger nie. En Karien wil nie eet nie." Sy sit die pan in die opwasbak, steek 'n sigaret aan en kom sit by Daleen. "Sy sal ons nooit vergewe nie. Sy het my 'n Jesebel genoem!"

Daleen proes in die bottel water. "Sy is maar net nog nie oor die ergste skok nie, sy sal wel later regkom."

"Dink jy regtig so?"

"Jy ken haar mos: vinnig kwaad, vinnig goed. Die beste ding om nou te doen, is om haar alleen te los sodat sy kan afkoel."

"Jy's reg, natuurlik. Sy was maar nog altyd opvlieënd van geaardheid." Amelia sug en staan op. "Ek maak solank koffie."

"Ek weet dat ek julle geskok het met my onthulling. Ek het verwag dit sal 'n skok wees, maar het tog gehoop dat een van julle gaan sê dat julle dit lankal weet, of ten minste vermoed. Jy weet, soos in die movies."

"Ek is jammer om jou teleur te stel," Amelia sit die koffiebekers op die tafel neer, "maar jy kon my met 'n veertjie omtik." Sy kyk reguit na Daleen. "Kan ek jou iets persoonliks vra? Ek bedoel, jy is die eerste gay persoon met wie ek praat, wat ek kén. Ek het altyd gedink gay vrouens is butch, dat hulle nie juis goed na hulself kyk nie – nie soos jy nie," sê sy verskonend.

"Dis maar een van die veralgemenings. Daar is seker butch gays ook, net soos daar butch straight vrouens is. Of verfynde straight mans." Daleen neem nog 'n hap van die geurige omelet.

"Maar dis tog algemeen bekend dat daar in 'n gay verhouding, of dit nou mans of vrouens is, 'n macho persoon en 'n verfynde persoon is."

"Dis nog 'n veralgemening. Dit kan seker so wees, maar dis nie 'n vereiste nie. Kyk maar vir my en Jan, ons is al twee fyn gebou." Sy lag wrang. "Nee wat, daar word te veel oor gays veralgemeen. Nie ek of Jan wil die rol van 'n man vertolk nie, ons is twee normale vroue wat aangetrokke tot vroue voel, nie mans nie. Dis al."

Amelia knik. "Weet Darius al van jou en Jan?"

"Nee," sug Daleen, "hy glo steeds dat ek wel nog die regte mán sal ontmoet. Dis my grootste probleem: hoe verduidelik jy aan 'n baie konserwatiewe dorp, en 'n minder konserwatiewe maar ek-het-altyd-gehoop-op-'n-swaer-saam-met-wie-ek-kan-gaan-jag-broer, dat jy lief is vir 'n vrou?"

"Jy sal dalk verras wees; hy ken jou beter as enige van ons. Dalk is hý die een wat dit lankal vermoed."

"Ek hoop so, ek wil hom regtig nie teleurstel nie," sê sy afgetrokke. Dan glimlag sy skielik breed. "Amelia, jy weet ek is baie lief vir jou, jy weet dat ek dink jy is die beste kok in die wêreld, so moenie wat ek nou gaan sê verkeerd opneem nie: jou kos is die oorsaak dat ek gewig optel! As straf moet jy saam met my gaan stap."

"Jy het dan nou net gedraf! Genade, jy moet dit nie oordoen nie!"

"Kom, man, ons gaan vir 'n luilekker stappie langs die see. Ons het almal nodig om 'n bietjie uit die woonstel te kom. Ek sal vir Karien gaan roep." Sy staan op, sit haar bord in die wasbak neer.

Amelia staan ook op. "Ek dink ek moet haar liewer gaan vra of sy wil saamkom."

"Is sy só kwaad vir my?"

"Sy sal weer goed word, jy het mos so gesê," antwoord Amelia voor sy uitstap.

Daleen spoel gou die paar stukkies skottelgoed af, draai met die vadoek in haar hande om toe Amelia weer in die deur verskyn. "Sy wil nie saam met ons gaan nie?"

Amelia skud haar kop. "Dalk moet jy tog met haar gaan praat."

"Nee, Karien moet alleen gelaat word, dis haar manier. Kom ons gaan. Wanneer ons terugkom, het alles dalk oorgewaai."

Op die strand skop hulle hul skoene onder die eerste bos in en stap kaalvoet, broeke hoog opgerol, af na die watervlak. Amelia swaaiend aan 'n tweeliterbottel wat sy vir Maria belowe het sy vol seewater sal terugbring, Daleen kop onderstebo, haar voete slepend in die sand.

Sy kan Karien seker nie kwalik neem dat sy vir haar kwaad is nie, dink sy, dit wás 'n groot skok. Tog het sy geglo Karien is die een mens wat haar onvoorwaardelik sal aanvaar. Karien het nog nooit enige hang-ups oor seksualiteit of rassisme gehad nie. Sy is die enigste persoon wat nooit iets oor Darius en Veronica te sê gehad het nie, sy het dit eenvoudig aanvaar.

Anders as Amelia, wat dadelik met Daleen kom simpatiseer het. Sy het die gebaar toe waardeer, maar dit was voor die skille van haar oë geval het. Wat dink Amelia regtig van haar? Sy hou haar vriendin dop, wat doelgerig stap, haar oë op die sandduine voor hulle, die bottel steeds swaaiend in haar hand.

"As ek jou 'n vraag vra, sal jy my eerlik antwoord?"

Amelia kyk verras na Daleen. "Jy weet tog dis vir my bykans onmoontlik om te lieg, ek bloos gewoonlik bloedrooi. Wat wil jy vra?"

"Wat dink jy regtig van my?"

"As lesbiër?"

Daleen rol haar oë dramaties, knik dan.

"Eerlik?"

Weer 'n rol van die oë. "Natuurlik!"

"Ek maak net seker." Amelia gaan staan, beduie dan na die naaste duin. "Kom ons gaan sit 'n rukkie daar, ek het 'n sigaret nodig."

Hulle klim die duin uit en gaan hoog daarop sit; die uitsig is asemrowend.

"Gaan jy nou vir my sê wat jy regtig van my dink, of wil ek eerder nie weet nie?"

Amelia is steeds uitasem van die klimmery; sy steek haar sigaret tydsaam aan en teug daaraan. "Ek is lief vir jou, jy weet dit, nè?"

Daleen vertrou haar stem nie, gee net 'n vinnige kopknik.

"Toe jy ons vertel het, was ek ongelooflik geskok. Ek bedoel niks, maar niks, kon my meer skok nie." Sy gee Daleen 'n apologetiese kyk. "As ek eerlik moet wees, sou ek wou hê dat jy doodgewoon moes wees. Vir jou. Sodat dit vir jou makliker moet wees. Om gay te wees, kan selfs vandag nie maklik wees nie. Ons ken mekaar al so lank, en dis die een ding wat jy nooit met my gedeel het nie. Ek voel nogal bedrieg."

"Ek dink Karien ook," sug Daleen. "Ek was so bang dat julle my sou verstoot as ek julle vertel, my voor die ander kinders in die skool sou verneder."

"Genade, Daleen! Is dit wat jy van ons dink?"

"Wel, ek het gedink Karien sou my aanvaar en kyk nou . . ."

Amelia vat weer 'n diep trek van haar sigaret. "Ek sou verkies het dat jy my al vroeër vertel het. Maar weet jy wat, ek gee nie om of jy gay is of nie. Vir my is jy steeds Daleen Joubert, jare lange vriendin en fiksheidsmaniak." Sy lag na Daleen. "En dis hoe ek altyd aan jou sal dink. Om eerlik te wees, dit laat my nogal rebels voel dat ek 'n gay vriendin het. Ek is lief vir jou, Daleen, nes jy is. Ek sou niks aan jou wou verander nie."

Daleen slaan haar arm om Amelia se skouer. "Dankie," kry sy dit bewoë uit.

"Daar is tog een ding wat my pla." Amelia begrawe haar stompie onder die sand. "Behoort ek in my pasoppens te wees noudat jy uit die kas geklim het?"

Daleen lag, haar kop agteroorgegooi. "Ek en jy is vriende, Amelia, dis al wat ons ooit sal wees."

"Dankie tog," sug Amelia dramaties. "Ek weet nie hoe ek dit oor my hart sou kry om jou te beledig as jy by my sou aanlê nie." Sy staan stram op. "Kom, ek moet nog die bottel vir Maria volmaak."

Hulle skuifel teen die duin af.

"Ek wil nou nie vir ewig op hierdie gay-storie hamer nie," sê Amelia, "maar ek wonder tog . . . daar is soveel menings oor hoe gays, wel, gay word. Die godsdienstiges glo dat dit veroorsaak word deur jou opvoeding, dat dit met ander woorde 'n keuse is. Die wetenskaplikes glo dis te wyte aan 'n chromosoom – te kort of te veel of so iets, jy weet seker. Wat dink jy?"

"Ek weet nie," sê Daleen eerlik. "En natuurlik het ek al baie daaroor gewonder – as jy in my posisie is, kan jy nie juis anders nie. Ek dink ek gaan vir die DNA-storie. As dit 'n keuse was, dink jy regtig ek sou dit kies?"

Amelia skud haar kop. Sy buk by die water om die bottel vol te maak.

"Kan ek jou iets vra? Dis nogal persoonlik," vra sy toe sy regop kom.

"As dit enigiets te doen het met seks tussen twee vrouens, is die antwoord nee," lag Daleen.

"Dáárin stel ek nie belang nie." Amelia bly 'n oomblik stil, sê dan vinnig: "Maar as jy my eendag wíl vertel, sal ek jou nie keer nie."

"Pervert!" lag Daleen haar uit.

"Genade," sug Amelia, "ek kan nie glo ek het dit so pas gesê nie!"

Daleen vind haar vriendin se ongemak baie amusant, maar sy wil haar nie verder terg nie, vra net: "Wat wil jy weet?"

"Ek het nou skoon vergeet," frons Amelia. "O ja! Hoe het jy dit reggekry om dit so lank geheim te hou? Jy weet, dat jy gay is."

Daleen vat die tweeliterbottel by haar. "Laat ek jou help dra," bied sy aan. "Weet jy wat, Amelia? Die meeste mense sien net wat hulle wil sien, of wat jy hulle toelaat om te sien. Ek het nooit nodig gehad om dit weg te steek nie, ek het dit net nooit genoem nie. Dis só eenvoudig."

"Maar Janneke . . . julle twee het tog 'n verhouding."

"Ek en Jan ontmoet mekaar altyd in die stad. Ons gaan saam opera toe, balletopvoerings, kunsuitstallings. Ons het selfs Steve Hofmeyr se Neil Diamond show gaan kyk! Wanneer mense twee vrouens by sulke geleenthede sien, dink hulle nie lesbiërs nie, hulle

dink bloot dat hulle vriendinne is. Die enigste kere wat ons wenk-
broue laat lig het, was wanneer ons laataand by 'n hotel ingeboek
het. Ná die derde keer by dieselfde hotel het selfs die ontvangs-
dame nie meer na ons kant gefrons nie. Dis wat ek hoop op Sand-
fontein sal gebeur."

Amelia haak by haar in. "Siestog, my arme vriendin, dit kon nie
maklik gewees het nie."

"Dis steeds nie, so 'n agteraf vryery, ons kan nie eens hande vas-
hou in die openbaar nie. So 'n verhouding kan vernederend wees."

"Jy weet dat Sandfontein so iets nie sommer sal aanvaar nie, nè?"

"Dit gaan nie maklik wees nie," stem Daleen saam, "maar ek is
reg daarvoor."

Aanvaarding

"Ek's honger," sê Amelia toe hulle by die woonstel instap.

Daleen kyk op haar horlosie. "Dis amper etenstyd. Sê jou wat,
hier buite Jeffreysbaai is die wonderlikste restaurant, reg op die
strand. Jy sit letterlik met jou voete in die sand, drink uit blik-
bekers, eet uit blikborde. Kom ons gaan eet middagete daar. My
treat. Sal jy vir Karien gaan roep?"

"Kom jy ook, saam oortuig ons haar dalk."

Amelia klop sag aan die kamerdeur, harder toe daar nie antwoord
is nie.

"Gaan in," por Daleen haar aan.

Hulle stap die stil kamer binne. "Sou sy tog gaan stap het?" vra Amelia.

"Haar tas is weg," merk Daleen op.

Nou eers sien Amelia dat die kamer netjies is; die bed waarop sy vanoggend gesit het, dra nie meer 'n vrag klere nie. Die spieëlkas is ook leeg. Dan sien sy die opgevoude briefie daar lê.

Sy stap nader, vou dit oop. *Ek vlieg vandag huis toe. Gee asseblief vir Stuart kos. Karien.*

"Genade!" Sy gee die briefie vir Daleen aan. "Hoe kan sy sommer net so weghardloop? Hoekom praat sy nie met ons nie? Wat ook al tussen my en Dawid gebeur het, wat jou seksuele oriëntasie ook al is, kan sy dit nie net aanvaar nie? Dis tog waaroor vriendskap gaan – aanváárding!"

"Karien sien dit anders." Daleen frommel die briefie op. "Wel, ek gaan nie toelaat dat sy ons planne vir middagete omvergooi nie, kom ons gaan."

"Ek is skielik nie meer honger nie."

"Nonsens, jy moet eet. Een kyk na daardie wonderlike menu en jy is weer honger, ek belowe." Daleen kom nader, slaan haar arm om Amelia se skouer. "Sy sál ons vergewe, jy sal sien. Ek dink in elk geval dat sy eintlik vir my kwaad is, nou haal sy dit op jou ook uit."

"Dink jy regtig so? Ek bedoel dat sy ons sal vergewe? Jy sê nie sommer net so om my beter te laat voel nie?"

"Ek hóóp sy sal ons vergewe," sug Daleen.

"Ek hoop ook so. Nou ja, dan gaan ek maar aantrek vir daardie wonderlike middagete."

Sy trek vinnig aan, borsel haar hare en sit vars lipstiffie aan.

Toe sy uit die kamer kom, hoor sy die stort ruis. Sy het vergeet dat Daleen nog nie vanoggend gestort het nie, dus het sy verniet so gejaag.

Nou is sy regtig honger; sy kan nie onthou wanneer laas sy sonder ontbyt gebly het nie. Sy stap kombuis toe, haal 'n stuk beskuit uit die blik wat sy saamgebring het en eet dit sommer so droog oor die wasbak. Hierdie wegbreek sal seker deur hulle drie onthou word as die grootste fout wat hulle nog gemaak het, dink sy. Net nog 'n bewys dat jy nie noodwendig lekker vakansie hou saam met vriende nie.

Sy kan haarself skop dat sy haar mond oor haar en Dawid verbygepraat het. En tog voel sy ligter, asof daar 'n groot las van haar skouers is. Solank Karien net nie vir Gert die waarheid vertel nie, pak 'n nuwe bang haar beet. Hy mag nie weet nie, nóóit. Want sy is nie so dapper soos Karien nie, sy sal nie op haar eie kan regkom nie, sy het Gert nodig.

En sy weet hy sal haar soos 'n warm patat los as hy ooit daarvan moet uitvind. Gert is nog van die ou skool, hy glo nie daaraan om wat syne is met iemand anders te deel nie. Nie dat sý daarin glo nie, maar dis nou weer 'n ander storie. Feit is, as Gert ooit moet weet, sal sy hom kwyt wees, en wragtig, sy het genoeg gely die afgelope vyf jaar. Sy het haar straf weg; sy sien nie kans om Gert ook te verloor nie.

"Is jy reg om te ry?" vra Daleen agter haar en sy knik afgetrokke.

Daleen is reg, dink Amelia toe sy haar skoene onder die tafel uitskop en haar tone in die sand wikkel. Maar dan, Daleen is altyd reg. Dit ís 'n wonderlike restaurant, en met die weer wat so lekker

is, sit hulle buite. Hulle koffie word inderdaad in blikbekers be-
dien – regte moerkoffie wat eenkant op 'n houtstoof in 'n verweerde
kan staan en prut. Daarnaas staan uitgerysde brood. Die geur
daarvan laat Amelia se maag grom.

Hulle probeer vergeefs 'n kelner se aandag trek. Die plek is stamp-
vol, die kelners almal bloedjonk. "Ek is rasend honger," fluister Ame-
lia, "en dis daardie brood se skuld." Sy wuif weer. As hulle nie nou
bedien word nie, eet sy wragtig die leftovers op die tafel langsaan!

'n Kelner sien hulle uiteindelik raak en kom lui-lui aangeslenter.
Hulle bestel elkeen 'n voorgereg van biltong en vars brood, met vis
as hoofgereg. "Wat 'n kombinasie," sug Amelia verruk.

Daleen haal haar selfoon uit. "Ek gaan vir tannie Irma bel, sy sal
seker tog weet waar Karien is. Ek's bekommerd oor haar."

"Sy's mooi groot," sê Amelia.

"Ja, maar ons sal albei meer gerus voel as ons weet sy is veilig.
Sy maak my so kwaad as sy so impulsief optree en nie ander se ge-
voelens in ag neem nie."

Die voorgereg word voor hulle neergesit en Amelia begin hongerig
eet, terwyl Daleen eers bel.

"Hallo, tannie! Dis Daleen, gaan dit goed? . . . Dis juis hoekom ek
skakel. So sy land drieuur?"

Sy luister fronsend, antwoord dan: "Ek dink dis 'n vraag wat tan-
nie haar eerder moet vra. Veilig ry, tot siens." Sy sug toe sy die sel-
foon toeklap en in haar jeansak laat glip.

"Wat sê sy?" vra Amelia.

"Karien het haar vanoggend gebel en gevra sy moet haar op die
lughawe kom haal. Sy wou weet of ons baklei het, en waaroor." Da-
leen smeer haar brood en pak die stukkies biltong bo-op.

"Dink jy Karien sal haar vertel?"

Daleen trek net haar skouers op.

'n Uitbundige gelag klink op en Amelia kyk met 'n weemoedige glimlag na die tafel met die twee vriendinne, hul koppe naby mekaar. So was ons drie nog altyd, dink sy, so vrolik en uitgelate in mekaar se geselskap. En nou . . .

Daleen maak keel skoon. "Jy het gister gesê dat jy en Gert nie meer seks het nie. Ek weet dis persoonlik, en ek weet jy wil seker nie daaroor praat nie, maar dis ongesond vir 'n verhouding, Amelia. Seks en liefde loop tog hand aan hand. Ek weet daar's mense wat sê 'n huwelik sonder seks kan werk, maar ek glo dit net nie."

"Ons huwelik werk darem al vir sewentien jaar met min seks."

"Maar jy is nie gelukkig nie."

"Nee, ek is nie. Hy ís lief vir my, daaraan twyfel ek nie, maar –"

"Waarin slaap jy?" onderbreek Daleen haar.

"Nagklere."

"Watse nagklere? Tog nie dié waarmee jy hier slaap nie?"

"Wat sê jy nou eintlik?"

"Kry vir jou sexy nagklere. Of nog beter, slaap kaal. Onthou jy wat Marilyn Monroe gesê het? Al wat sy bed toe dra, is Chanel nommer 5."

"Gert skrik hom in 'n koma as ek kaal in die bed moet klim! En jy vergeet dat ons nie meer 'n bed deel nie."

"Nooi hom dan saam met jou bed toe."

Amelia sug. "Teen die tyd dat ek bed toe gaan, is Gert óf vas aan die slaap in sy eie bed, óf vas aan die slaap voor die televisie. Jy weet tog hoe gek Gert oor 'n televisie is."

"Gebruik dit tot jou voordeel! Kyk 'n sexy video saam!"

"Nee, sies, man, mens nooi nie 'n derde party saam met jou bed toe nie!"

"Ek praat nie van pornografie nie, Amelia. Ek praat van sexy, romantiese video's. Is Gert altyd die een wat eerste toenadering soek?"

"Natuurlik! Jy wil tog nie voorstel dat ek hóm moet bespring nie? Dis so onvroulik, dis . . . sletterig!"

"Hy's jou mán, jy mag soms sletterig wees." Daleen reik oor die tafel, neem Amelia se hand in hare. "Kom ek hou my lyf terapeut en gee vir jou huiswerk. As ons terug is by die huis, moet jy hom verras."

"Hy gaan nie daarvoor val nie, Daleen!"

"Dis mos wat ons wil hê: hy moenie val nie, hy moet opstaan."

"Sies, nou is jy walglik!"

Daleen lag. "Toemaar, ek kan sien ek het die gesprek nou ver genoeg gedryf. Maar dink ten minste daaroor wanneer jy by die huis kom. Van huis gepraat, ek is nou so gatvol gerus, gaan ons ook maar terug?" vra sy toe hulle hoofgereg voor hulle neergesit word. Sy kyk op haar polshorlosie. "As ons dadelik gaan pak en ry, is ons teen tienuur, op die laatste elfuur vanaand daar."

"Ek sal bly wees, dis tog nie lekker sonder Karien nie."

Goddank dis amper verby, dink Amelia verlig. Goddank ons gaan huis toe. Tussen ons families, waar ons hoort, sal dinge weer normaliseer. Sal ons weer vriende wees.

"Ek verlang na Jan," sê Daleen met hartseer oë. "Ek is bang om terug te gaan, bang vir wat voorlê, maar ek verlang só dat ek bereid is om letterlik in 'n leeukuil in te stap. Gek, is dit nie?"

Amelia kyk met deernis na haar vriendin. Sy vind dit steeds moeilik om aan Daleen as gay te dink, maar wie is sy om te oordeel?

God alleen het daardie mag. "Ek is net bly dat jy gelukkig is. As daar iemand is wat dit verdien, is dit jy."

"Jy verdien dit ook, Amelia. En jy verdien om seksueel gelukkig te wees. Onthou dit."

Dis waar, dink Amelia toe Daleen die rekening gaan betaal. Sy gaan nie toelaat dat een misstap haar lewe bedonner nie. Van nou af gaan sy vorentoe kyk. Nou lewe sy vir haarself, haar man en haar kinders. Sonder skuld. Sonder seks ook, as dit moet. Seks is tog nie álles nie.

En as Karien besluit om vir Gert die waarheid te vertel, sal sy baklei vir wat hare is. Sy sal baklei vir Gert en die behoud van haar huwelik.

Die dorp is te klein

Karien wag ongeduldig om haar bagasie te kry terwyl sy kort-kort op haar polshorlosie kyk. Dis net ná drie, hoe lank sal sy vir haar ma moet wag?

Sy wil so gou as moontlik by die huis kom, sy wil Dawid konfronteer . . . Nee, sy wil hom nie konfronteer nie, sy was nog nooit goed met konfrontasie nie, sy hardloop gewoonlik daarvan weg. Sy wil beskaafd met hom praat. Of 'n beskaafde gesprek tussen haar en Dawid enigsins moontlik is, sal sy maar moet sien.

Sy sug verlig toe sy haar tas op die vervoerband herken, tel dit op en stap na die uitgang.

Sy gaan verbaas staan toe sy Irma se swaaiende arms herken. "Dankie tog Ma is hier!" groet sy en hou haar ma 'n oomblik styf teen haar vas. "Waar is die kinders?"

"Hallo, Karien. My kind, jy's so bleek, voel jy gesond?"

"Ek makeer niks, Ma. Die kinders?"

"Hulle het sport. Ek het met tannie Vera langsaan gereël dat hulle vanmiddag na haar toe kan gaan."

Irma kyk onderlangs na haar op pad na die motor. "Ek het nie vir die kinders gesê wat ek in die stad moet kom doen nie, sodat jy en Dawid vanaand ongesteurd kan wees. Jy kan hulle môre ná skool kry, hulle sal só verras wees. Dan kom eet julle die middag by my."

"Dankie, Ma." Karien sug verlig. Alhoewel sy na haar kinders verlang, is dit beter dat sy hulle môre eers sien, ná haar gesprek met Dawid.

Toe hulle in die motor klim, skakel Irma dit nie dadelik aan nie, maar draai na Karien. "Ek is al 'n ou vrou, Karien, en ek wéét iets van die lewe. Ek kan sien daar's meer wat jou pla as net die probleme in jou huwelik. Wat gaan tussen jou en Daleen en Amelia aan?"

Karien skud haar kop, wring haar hande op haar skoot ineen.

"Ek is jou ma, jy kan my vertrou. Daleen het gebel om te hoor waar jy is. Dit beteken jy's daar weg sonder om hulle te sê, en dit beteken dat iets groots fout is. Práát met my."

"Dis gekompliseerd, en dis nie mooi nie. Ek wil Ma dit spaar."

Irma skakel die motor aan en trek versigtig uit die parkeerplek uit. "Ek ken jou, daarom los ons dit nou daar. Onthou net, wat jy ook al aan hulle gedoen het, hulle is jou vriendinne – susters eintlik. Hulle sal jou daarvoor vergewe."

"Hoekom dink Ma altyd dat ék die probleem is, of dit veroorsaak het?" vra Karien vererg.

Irma sug. "Ek het dit nou nie só bedoel nie. Dis net, jy kom hals-oorkop hier aan, ek dog jy hardloop weer weg. Jammer."

"Húlle is skuldig, nie ek nie! Ek het verraaiers en leuenaars as vriendinne! Ek wil nooit, ooit weer met hulle praat nie!"

Irma sit die flikkerlig aan, draai links op die grootpad Sandfon-tein toe. "Niks kan só erg wees nie. Julle is van kleins af maats, dinge sal hulleself uitsorteer."

"Nie hiérdie dinge nie."

"Vertel my dan eerder van Dawid."

"Ek gaan van hom skei, Ma. Vandag gaan ek en hy praat, môre sien ek 'n prokureur."

"Ag nee, Kariena, 'n mens skei nie sommer net nie!"

"Dis nie sommer nie, Ma! Hy het my verneuk, verskeie kere. Ek kan nie so aangaan nie."

"Dis 'n drastiese stap, my kind. Hy is die pa van jou kinders, wat van húlle? Dis nie goed vir kinders om sonder een van hulle ouers groot te word nie."

"Ek weet, maar dis ook nie goed vir kinders om in 'n huis groot te word waar daar heeltyd baklei word nie."

Sy tuur na die dorre veld en sluk swaar aan die naarheid wat in haar keel opstoot. Wanneer sy inkopies in die stad gaan doen en sy ry terug, is dit hier, met die groot dam aan haar linkerkant, waar sy eers weer vry kan begin asemhaal. Dis hier waar sy altyd besef sy is op pad huis toe. Aan die begin van haar getroude lewe was huis tuiste. Tot sy besef het dat sy nooit haar stempel daar sal kan af-druk nie. Dawid sou dit gewoon nie toelaat nie.

Sy skrik toe Irma aan haar arm raak. "Skuus, Ma, sê weer?"

"Ek vra: wil jy nie maar jou huwelik nog 'n kans gee nie? Ek besef dat jy verneder en seergemaak voel oor Dawid se verneukery, en ek ken nie die besonderhede nie, maar . . . hy ís jou man, hy ís die pa van jou kinders. Egskeiding is deesdae so 'n maklike stap – wanneer iets in mense se huwelik verkeerd gaan, skei hulle. In my tyd het ons net nóg harder aan ons huwelik gewerk." Sy kyk sydelings na Karien. "Ek en jou pa het ook maar ons probleme gehad, en tog het egskeiding nooit ter sprake gekom nie."

"Hy het nie ander vroue bo Ma verkies nie."

"Toegegee, maar –"

Karien val Irma ongeduldig in die rede: "Ma, ek gaan van Dawid skei en klaar. Ons huwelik is lankal niks meer as 'n goedkoop drama nie, en ek is nou moeg van toneelspeel."

Sy sug verlig toe hulle Sandfontein binnery. Huis. Dit bring tog 'n mate van troos, dink sy terwyl sy na die bekende geboue om haar kyk. Niks het verander nie, besef sy verbaas. Moet dan vir haarself lag kry, sy was skaars twee weke weg, hoe kon dit? Daar het soveel in hierdie twee weke gebeur dat dit voel asof sy 'n leeftyd weg was.

"Ek dink daaraan om Jeffreysbaai toe te trek ná die egskeiding."

"Jy kan nie! Jy gaan net die kinders ontwrig! Hoekom in elk geval Jeffreysbaai? As jy móét verhuis, gaan eerder stad toe."

"Die dorp is te klein vir my én Dawid, Ma. Die stad is te naby en ek hou nie van die stad nie, maar ek hóú van Jeffreysbaai. Ek dink die kinders sal gek wees daaroor om by die see te bly."

Sy wil so ver as moontlik van Dawid wegkom, en Jeffreysbaai het haar bekoor. Jeffreysbaai sal goed wees vir hulle, vir haar. Dit sal 'n nuwe begin wees.

Sy weet sy baklei teen Christenskap – haar bande met die geloof waarin sy grootgemaak is, het sy verbreek die dag waarop haar pa dood is. Ná sy ure op haar knieë voor haar bed deurgebring het, God gesmeek het om hom nie van haar en haar kinders weg te neem nie. God het Hom nie aan haar gesteur nie; sy het skaars van die vloer opgestaan toe haar ma met die tyding skakel.

Maar soms, net soms, skyn iets van God tóg deur. Soos hierdie vakansie in Jeffreysbaai. Sy sou nooit die moed gehad het om sak en pak te verhuis nie, nie sonder haar vriendinne nie. Maar dis asof Iemand die laaste twee weke sorgvuldig beplan het: sy móés in Jeffreysbaai beland en verlief raak op die plek, sy móés die waarheid oor haar sogenaamde vriendinne ontdek, sy móés 'n visitekaartjie neem by die eiendomsagent by wie hulle die woonstel gehuur het. Haar lewe het dalk tóg 'n plan. God is dalk tóg waar.

Sy draai na Irma. "Ek wil graag hê Ma moet saamkom." Sy kan haar ma nie alleen hier los nie, haar pa sal haar dit nooit vergewe nie, en sy gaan haar ma nodig kry. Drie kinders, die tweeling is 'n hand vol, en 'n vierde is binnekort hier.

"My vriende is hier, Karien, my léwe is hier."

"En Ma se kind en kleinkinders nié. Dink ten minste net daaroor."

Hulle ry met die oprit op, hou voor die garagedeur stil. Karien neem Irma se linkerhand in albei hare. "Ek is jammer dat ek Ma so moet teleurstel met 'n egskeiding. Ek weet dat Ma baie van Dawid hou."

Irma plaas haar regterhand oor Karien s'n. "Maar ek is liéf vir jou. Moet nooit daaraan twyfel nie."

Karien gee haar ma 'n soen op die wang, klim uit en haal haar

231

tas uit die kattebak. Sy stap moeg na die voordeur. Die deur is gesluit, wat beteken dat Sofia reeds huis toe is, en sy moet in haar handsak grawe op soek na haar sleutel. Sy sluit die voordeur oop en draai om om vir Irma te waai; sy sal nie ry voor sy seker is haar dogter is veilig in die huis nie.

Karien sit haar tas en handbagasie net binne die voordeur neer, staan 'n oomblik in die portaal terwyl sy hard snuif. Dit rúik na haar, besef sy. Ook al van haar wat hier sal agterbly – haar reuk. Sy kyk na die skitterwit mure, die trap wat na die slaapkamers lei. Sy was nooit regtig gelukkig hier nie. Dit was nooit húis nie. Te indrukwekkend, te snobisties – 'n vertoonkas waarin Dawid alles op uitstalling het om sy vriende te imponeer.

Sy stap kombuis toe, skakel die ketel aan vir tee. Sy is moeg vir koffie. Sy merk op dat die stoof koud is. Het Sofia dan nie vandag gekook nie? Dawid leef seker van gemorskos. Goed so, laat hy vet word. Vetter en vetter.

Sy kyk op haar horlosie: kwart voor vyf. Dawid werk net tot halfvyf, wat beteken hy sal enige oomblik hier wees. Sy haal 'n beker uit die kas, gooi suiker en 'n teesakkie in, gooi kookwater daarop, neem dan haar koppie na Dawid se studeerkamer. Hy kom altyd eerste hierheen, voor hy haar en die kinders kom opsoek.

Sy maak haar gemaklik op die leerbank, skop haar skoene uit en vou haar bene onder haar in. Die vertrek is heerlik warm, daarvoor sorg die ondermat-verhitting. Sy roer die teesakkie ingedagte om en om in die beker, laat die nat sakkie dan in die asbak op die tafeltjie langs haar val. Ril van lekkerkry toe sy besef dat dit Dawid grensloos gaan irriteer.

Toe hulle getroud is, was haar rooskleurige bril stewig op haar

neus vasgedruk. Al wat sy gesien het toe sy in die kerkpaadjie af-
stap, was die mooie, slimme man met die ongelooflike lyf wat sy
van vandag af hare kan noem. Nét hare. Dat haar magie al duide-
lik sigbaar was, het haar min gepla; haar pa se treurige oë toe hy
haar aan Dawid afgee, nog minder. Sy was só gelukkig. Die huis wat
hy vir hulle gekoop het, en waar hulle hul eerste nag as getroudes
deurgebring het, was klein en onindrukwekkend, maar toe hy haar
steunend oor die drumpel dra, het dit voor haar oë in 'n paleis ver-
ander.

Laataand toe Dawid, snorkend van te veel sjampanje, geslaap
het, het sy op haar tone deur die huis gestap. Ligte aangeskakel,
vertrekke bekyk, beplannings gedoen. Met Amelia se hulp en ver-
nuf agter die naaimasjien sou sy dit in 'n ware tuiste omskep. 'n
Paleis waar sy en haar koning vir altyd saam gelukkig sal wees.

Toe sy haar planne die volgende oggend entoesiasties met Dawid
deel, het hy sy kop ferm geskud. Nee, haar klere was al verleentheid
genoeg, hy gaan nie van sy huis ook 'n spektakel laat maak nie. Sy
was seergemaak, maar het haarself oortuig dat die spanning van
hul vinnige troue, die koop van die huis eindelik sy tol geëis het. Sy
het mooi geglimlag en hul bagasie motor toe help aandra. Hulle
sou Mauritius toe gaan vir 'n week se wittebrood – 'n verrassing wat
Dawid eers die oggend met haar gedeel het.

Sy het opwinding geveins. Mauritius was die laaste plek waar-
heen sy wou gaan; die vlug, die lê op die strand in die hitte met 'n
swanger lyf het haar nie aangestaan nie. Toe hulle in die vliegtuig
sit en sy haar kop op sy skouer laat sak, het sy besluit om haar
planne vir die huis met hul terugkoms weer met hom te bespreek.

Sy het toe nooit. Maar sy het kort ná hul tuiskoms verf gaan

233

koop en self, haar swangerskap ten spyt, heeldag aan die poublou sitkamer geverf. Dawid het die aand amper 'n toeval gehad, en die volgende oggend moes sy sien hoe verwers 'n dik laag wit oor haar moeite smeer. Sy het dit daar gelaat, hom toegelaat om die meubels te kies, gordyne te bestel. Selfs toe hulle later hierdie groot huis koop, het sy net die kombuis laat verf.

Karien sluk die laaste van die koue tee, kyk dan op na die groot staanhorlosie. Amper sesuur. Waar bly Dawid?

Teen agtuur klim sy in haar motor, ry na die buurdorp, na Retha se woonstel. Oop en bloot staan sy duur motor voor haar ingang geparkeer. Oop en bloot.

"Ek doen die regte ding," snik Karien heelpad terug na haar koue, onpersoonlike huis.

Ek weet

Al het hulle so min as moontlik langs die pad vertoef en het Daleen waar sy kon die meeste uit haar viertrek gehaal, sal sy die terugrit altyd onthou as die langste in haar lewe. Hoewel Amelia 'n paar keer aangebied het om te bestuur, het sy verkies om agter die wiel te bly.

Amelia het blykbaar verlore slaap om in te haal, maar sy onderbreek dit elke uur of wat om Gert telefonies op hoogte te hou van hul vordering.

"Al van Karien gehoor?" vra Daleen toe sy ná een so 'n gesprek haar selfoon toeklap.

Amelia skud haar kop en steek 'n sigaret aan. "Nee, ek het gebel, maar ek kry net haar voicemail. Ek kry ook nie antwoord by haar huis nie."

"Sy's seker by haar ma. Ek het ook probeer bel, maar sonder geluk."

Toe hulle Sandfontein laataand binnery, gee hulle albei saam 'n lang sug.

"Dankie tog," sê Daleen. "Sandfontein het nog nooit so mooi gelyk nie!" Sy trek by die vulstasie in.

Amelia plaas haar hand 'n oomblik op Daleen se arm. "Dankie dat jy my saamgenooi het. Ten spyte van al die drama het ek ons vakansie geniet."

"Watter deel het jy die meeste geniet: jou en Karien se fight, of my en Karien se fight?" vra Daleen wrang.

"Genade, jy klink asof dit een groot martelsessie was, en dit was nie!"

Amelia waai vir Gert, wat met 'n breë glimlag na hulle aangestap kom. Terwyl Daleen haar bagasie uit die kattebak haal, stap sy hom tegemoet. Hy gooi sy arms om haar nek en trek haar styf teen hom vas. "Ek het te veel verlang," sê hy gesmoord in haar nek.

"Dis nou genoeg!" lag Daleen agter hulle. "Julle maak my skaam!" Sy kom nader en gee vir Gert 'n drukkie. "Hallo, Gert. Jou vrou is in een stuk, so ek het my werk gedoen. Maar sterkte met haar bagasie."

Hy kyk kopskuddend na die duisternis pakkies langs die viertrek. "Dis nie moeilik om te raai waarmee jý jou die vakansie besig gehou het nie, Amelia."

"Genade! Ek het darem nie net gekoop nie!"

"En waar is die ander deel van die drie musketiers?" wil hy weet.

"Dis 'n lang en interessante storie, waarmee jou vrou die pad huis toe korter kan maak. Mooi bly, julle." Daleen klim in haar viertrek en trek met 'n laaste wuif weg.

Toe Amelia se goed ingelaai is en Gert die motor aanskakel, vra hy: "Het julle baklei?"

"Ek sal jou nou-nou vertel." Sy draai skuins in haar sitplek om na Gert te staar. Sy het verlang, selfs na sy stiltes. "Hoe gaan dit met die kinders?"

"Hulle het verlang, net soos ek."

Hy kyk na haar met sy skewe glimlag en Amelia voel hoe haar hart vermurwe. Is dit moontlik om ná sewentien jaar van getroude lewe nog só oor iemand te voel?

"Ek kan nie wag om hulle môre te sien nie."

"Jy sal kruideniersware ook moet koop. Maria het gekla dat die koskas amper leeg is." Hy bly 'n oomblik stil. "Jy wil seker ook by die skool gaan hoor van die huishoudkundepos?"

Sy sit haar hand op sy arm, voel die warmte van sy vel deur sy hemp slaan. "Is jy kwaad vir my daaroor? Want as jy is, los ek alles. Ek het jou liewer as wat ek onafhanklikheid ooit sal hê. Ek wil in elk geval nie onafhanklik van jou funksioneer nie."

"Natuurlik is ek nie kwaad nie. Ek wens net jy het my lankal gesê jy's ongelukkig by die huis. En tussen my en jou: ek wens lankal dat jy self wil kook. Ek hou baie meer van jou kos as van Maria s'n."

"Hoekom het jy nie gesê nie?" vra sy verbaas.

Hy trek sy skouers op. "Jy het nooit enige aanduiding gegee dat

236

jy elke dag wil kook nie. Ek het maar aangeneem dat al jou stok-
perdjies jou te besig hou. Maar vertel my nou van die vakansie."

"Waar begin ek! Karien gaan van Dawid skei. Niks, maar niks,
gaan daardie huwelik kan red nie."

"Het slim eindelik sy baas gevang?"

Sy kyk verbaas na hom. "Karien het hom saam met Retha gevang.
Het jy dan geweet?"

"Amper die hele dorp weet van Dawid en sy dinge."

"Ek het nie geweet nie! Daleen het nie geweet nie! Karién het nie
geweet nie! Het jy regtig geweet?"

"Ek weet al jare lank van sy seks-eskapades."

"Hoekom het jy my nooit gesê nie?" Sy wonder beangs of hy van
haar en Dawid ook weet. Maar hy sou tog iets gesê het . . . sou hy
nie?

"As ek jou gesê het, het jy vir Karien gesê."

"Dan was sy dalk lankal ontslae van hom!"

Dan het sy, Amelia, dalk nooit haar mond verbygepraat nie. Dan
het sy dalk verdomp minder skuldig gevoel. Dan was sy en Karien
nou nog vriende.

Gert se houding spreek van verdraagsaamheid toe hy na haar
glimlag. "Sy sou jou nooit vergewe het dat jy die draer van slegte
nuus is nie, jy ken tog vir Karien. En my leuse was nog altyd dat as
jy niks goeds van iemand kan sê nie, jy eerder moet stilbly. Waar is
Karien? Het sy in Jeffreysbaai agtergebly?"

"Sy is hier, sy het vanoggend teruggevlieg." Dalk het sy sommer
op haar besem tot hier gekom, aangesien sy haar soos 'n regte heks
gedra het, dink Amelia en kry onmiddellik skaam vir haar gedag-
tes.

"So, Karien gaan van Dawid skei?"

"Ja. En sy is swanger."

"Dít moet vir haar baie swaar wees."

"Dit is. Sy oorweeg 'n aborsie."

"Jy neem haar tog nie daarvoor kwalik nie?" Hy skakel na 'n laer rat om teen die opdraand uit te ry.

"Nee." Wéét hy?

Die stilte tussen hulle rek.

"Daleen is gay," sê sy dan die ding waarvoor sy die bangste was. Hoe gaan Gert daarop reageer? Hy is so konserwatief!

"Ek weet."

Sy kyk verstom na hom. "Hoe kan jy weet? Ek het dit dan nou eers uitgevind!"

"Vermoed dan. Ek vermoed dit al van die dag waarop jy ons aan mekaar voorgestel het." Hy raak met die agterkant van sy hand aan haar wang. "Jy, my skat, gaan met oogklappe aan deur die lewe, ek nie."

"Hóé het jy geweet?"

"Daleen is 'n pragtige vrou, maar haar hele houding dui daarop dat sy nie aangetrokke is tot mans nie. Dis ooglopend."

"As dit so ooglopend was, sou die hele dorp gepraat het."

Gert kyk skuins na haar. "Daarvan weet ek nou nie, ek was mos nog altyd slimmer as die hele dorp," spot hy.

"Ag toe!"

"Ek is bly sy het julle vertel. Dis hoog tyd."

"Sy het 'n verhouding met Janneke de Waal, 'n ginekoloog in die stad."

"Dít het ek nie geweet nie," erken Gert verbaas.

238

"Janneke is getroud, en sy het 'n kind."

"Arme Daleen."

"Ja," knik Amelia. "Karien dink dis sonde, wat dink jy?"

"Sonde is 'n groot woord. Dis die woord wat te maklik deur die mensdom gebruik word wanneer ons iets nie verstaan nie. Is dít hoekom Karien vroeër teruggekom het?"

"Ja."

Hy skud sy kop. "Ai, Daleen het juis nou julle bystand nodig. Ek dink dis 'n groter sonde om haar die rug toe te keer." Hy glimlag vir haar. "Vertel my eerder die storie agter jou nuwe haarkleur."

"Dis 'n ander, láng storie," sug Amelia. Dis al wat sy wil hê: dat Gert met haar sal praat, na haar sal luister. Dit maak nie saak dat hulle nie seks het nie.

Ag nee

Daleen draai die viertrek se neus in die rigting van haar woonstel. Sy wil by die huis kom, haar kat groet, 'n glas yskoue witwyn skink, haar skoene uitskop en dan vir Jan bel. In daardie volgorde. Jan weet nog nie sy's terug nie; sy was te skaam om haar voor Amelia te bel.

Sy sleep haar bagasie by die trappe op en verwens weer die feit dat daar nie 'n hysbak is nie.

Dennis sit voor die deur na haar en staar. "Hoe het jy geweet dis ek?" vra sy laggend en tel hom op. Hy het vet geword; tannie Hester het hom definitief kos van die tafel ook gegee.

Sy sit hom neer om haar tasse in te dra. Dennis kies koers kombuis toe, waar hy luidkeels voor die yskas gaan staan en miaau. "Het tannie Hester mooi na jou gekyk?" gesels sy. "Kyk hoe vol is jou kosbak nog. En jy het lekker vet geword."

Sy maak 'n bottel wyn oop, skink vir haar in 'n glas en vul dit met ys. Sy raap Dennis op en stap na die sitkamer, waar hulle op die bank gaan sit. "Volgende keer vat ek jou eerder saam met my," fluister sy vir hom. Sy skop haar skoene uit, neem 'n groot sluk van die wyn en haal haar selfoon uit haar sak.

"Daleen! Ek was onder die indruk dat ons eers weer môre gaan gesels!" begroet Jan se opgewekte maar moeë stem haar.

"Ek het 'n verrassing: ek's terug!"

"Ag nee . . ."

Daleen se hart sink. "Dit was nie eintlik die reaksie waarop ek gehoop het nie."

"Sorrie, dis net dat ek op roep is! Jy moes my laat weet het julle kom, sodat ek betyds kon uitruil."

"Ag nee . . ."

"Ek word geroep," sug Jan. "Sien jou môre. Ek sal na jou toe kom, jy's seker nie weer lus vir die pad nie. Ons moet praat. Mooi bly," groet sy vinnig.

"Dis reg so. Tot môre."

Hulle lui af en Daleen kyk mismoedig na Dennis. "Sien jy nou, dis wat gebeur wanneer jy te skaam is om jou lover te bel."

Sy het so daarna uitgesien om Jan hier te hê. Om vir haar te sê, om hulle verhouding 'n werklikheid te maak. En tog is daar so 'n benoudheid in haar bors. Sy ken vir Jan – sy het nog nooit gras onder haar voete laat groei nie. Sy sal dadelik vir Ben wil sê, sy sal so

240

gou as moontlik 'n egskeiding aanhangig wil maak, sy sal probeer om toesig oor Bennie te kry.

Sy sal hier kom intrek, vermoed Daleen, want waar anders sal hulle woon? Haar praktyk is hier. Die woonstel is nie groot genoeg vir hulle twee én Bennie nie. En tannie Hester langsaan, wat gaan sy dink?

Die vraag is eerder of sy, Daleen, hoegenaamd ómgee wat wie dink. Môre, net môre, gaan sy spreekkamer toe. Vroeg, voor Jan kom. Sodat sy vir Muller en die personeel kan gaan vertel dat sy gay is. Sodat daar nie later 'n geskinder of 'n ongemaklikheid is nie. Láter sal sy vir Darius gaan vertel. Sy besef dat sy hom seker eerste behoort te vertel, maar vir sy reaksie is sy die bangste. Hy is al familie wat sy het.

Sy frommel Dennis se ore en staan op om haar glas te gaan hervul.

Carpe diem

Karien skrik wakker toe Dawid die slaapkamer binnestap en verbaas vassteek. "Ek het nie geweet julle is al terug nie."

Sy kom regop, reik na haar bril en dan na die wekker op die bedkassie. Agtuur. "Moet jy nie al by die spreekkamer wees nie?"

"My eerste afspraak is eers tienuur. Wanneer het jy gekom?"

"Gister."

"Hoekom het jy my nie laat weet nie?"

Hy kom langs haar op die bed sit. Haar mooie man. Sy kan sy

241

naskeermiddel ruik en iets anders . . . seks, besef sy, hy ruik na séks. "Sou jy by die huis gebly het as jy geweet het ek is hier?"

"Natuurlik! Ek wás hier, Karien, ek het in my studeerkamer geslaap." Hy vryf oor sy neus, 'n senuagtige gebaar wat hy gewoonlik gebruik wanneer hy lieg.

"Dawid, Dawid. Ek weet jy het by Retha geslaap; ek het jou motor daar gesien. En al het ek nie, verklap die reuk wat aan jou kleef jou."

Hy bly lank stil, staar na sy hande. "Goed, ek het. Ek was alleen, Karien. Jy los my hier en gaan hou vakansie, wat verwag jy? 'n Man is nie 'n klip nie!"

"Jy hoef jou nie te probeer verdedig nie. Ek is nie kwaad nie – nie meer nie. Ek wil 'n egskeiding hê."

Hy kyk geskok na haar. "Karien, ek weet ek het 'n gemors van alles gemaak, maar dis verby, ek sweer! Asseblief, kom ons probeer weer. Ek het gedink hierdie tyd weg van my sou jou kop regkry. Ek erken alles! Al die verhoudings, al die one-night stands. Vergeet die egskeiding. Ek sal selfs vir berading gaan as jy wil. Maar ek wil nie skei nie. Wat van die kinders?"

"Kom ons hou asseblief eers die kinders uit die gesprek, jy moes aan hulle gedink het voor jy rondgeloop het! Jy is lankal mislik met my en die kinders. Laat my glo dat ek iets verkeerd gedoen het."

"Jy het net soveel aandeel aan my affairs, jy behoort dit tog te besef."

Sy sug. Sy het verwag dat Dawid die skuld voor haar deur sal lê, dis mos nooit sy skuld nie. "Dalk is jy reg, dalk het ek ook 'n aandeel daaraan gehad."

"Ek sal vir hulp gaan, Karien, ek is nog lief vir jou!"

"Jy weet net so goed soos ek dat dit net by beloftes sal bly. Ek is nie meer lief vir jou nie, Dawid, daarvoor het jy my te veel verneder en seergemaak. Ons huwelik het 'n klug geword. As jy my regtig liefgehad het, sou jy getrou aan my gebly het."

"Ek ís lief vir jou."

"Nee, jy is nie. Ek weet dit, en dis okay. Dis tyd dat jy dit aan jouself ook erken. Te lank al laat ek toe dat jy my lewe regeer. Dat jy my minderwaardig laat voel."

"Ek het dit nog nooit gesê nie!"

"Dade spreek soms harder as woorde. Ek is moeg daarvoor. Ek wil nie meer voortgaan met hierdie huwelik nie. En as jy eerlik is, wil jy ook nie."

"Karien, ek sal enigiets doen, vra net."

"Goed," sy kyk verstom na die trane wat oor Dawid se wange rol, "goed dan. Daar ís iets wat jy vir my kan doen."

Hy kyk hoopvol na haar, sodat sy hom vir 'n vlietende oomblik jammer kry.

"Jy kan dat ons die egskeiding so vinnig en beskaafd as moontlik afhandel. Ons is binne gemeenskap van goed getroud, moet my asseblief nie uit geld ook nog verneuk nie. Die kinders kom na my toe, vanselfsprekend, maar ek sal jou onbeperkte kuiers gee. Jy kan die huis hou, ek was nooit gelukkig hier nie, ek wil net my en die kinders se persoonlike besittings verwyder. Ek verwag dat jy vir ons 'n gerieflike huis in Jeffreysbaai sal koop, en ek wil my motor hê."

Hy spring op. "Jy's stapelgek as jy dink dat ek sal toelaat dat jy my kinders uit Sandfontein vat!"

"Jy het nie 'n keuse nie."

"Dis my kinders ook, Karien!" Hy staan dreigend voor haar. "As jy dink ek gaan nié vir hulle baklei nie, onderskat jy my!"

243

"Dawid, moenie dat ons vuil speel nie, ek het te veel ammunisie. Wat dink jy gaan hierdie preutse dorpie doen wanneer hulle moet hoor van al jou verhoudings? Dit behoort veral interessant te wees om te hoor wat jou meisies se mans daarvan gaan sê."

"Jy sal nie –"

"O, ek sal. Om van jou pornografiese versameling nie eens te praat nie."

"Karien, jy kan nie."

"Hou my dop, Dawid! Stem toe tot my planne, en niemand hoef van iets te weet nie. Jy kan mý selfs vir ons mislukte huwelik blameer, ek gee nie meer om nie. Indien nie . . ."

"Teef!" skreeu hy en storm by die kamer uit.

"Jy moet stort!" roep sy agterna. "Wat sal jou pasiënte van jou dink as jy soos 'n jagse hond stink?"

Sy sak terug teen die kussings, 'n hartseer glimlag om haar mond. Carpe diem, Karien, sug sy. Elke hond kry sy dag, en vandag is jou dag.

Trane is helend

Karien reël tog dat haar ma die kinders by die skool gaan haal, al wil sy hulle baie graag sien. Sy moet nóú, vandag nog, 'n prokureur sien. Nie een van die plaaslike prokureurs is 'n opsie nie, hulle is Dawid se tennisvriende, vir háár sal hulle nie veel simpatie hê nie. In elk geval verkies sy om na 'n wildvreemde te gaan met so iets.

Ná Dawid vanoggend die huis uitgestorm het, het sy die telefoon-gids nadergetrek en die eerste prokureursfirma in Bloemfontein wat sy raakgesien het, gekontak. Dis blote geluk dat hulle haar dadelik met 'n afspraak kon help. Nou is sy op pad om 'n einde aan haar huwelik te maak.

Dat die mislukking van hul huwelik deels haar skuld is, aan-vaar sy. Maar sy het klaar daarin berus; niemand is tog volmaak nie, allermins sy. Wanneer haar kinders in trane by die huis op-daag omdat hulle nie vir die eerste span gekies is nie, of 'n swak punt vir 'n toets gekry het, preek sy dít vir hulle: niemand van ons is volmaak nie, en daar is niks mee verkeerd om onvolmaak te wees nie.

As sy die dag besonder bewus voel van haar plig as moeder en opvoeder, voeg sy by dat God hulle uniek geskape het en dat Hy nie foute maak nie. Daarna voel sy altyd skuldig, want nie alleen wil sy nie meer in Hom glo nie, sy glo ook dat Hy wel foute maak – daarom is daar dinge soos Down-sindroom, blindheid en al die an-der fisieke en geestelike gebreke. En Hy het haar pa voortydig laat doodgaan, dít was 'n fout. Hoe kan sy in so 'n God wil glo?

Sy is nie volmaak nie, dink sy weer, daarom kan hul huweliks-probleme nie net voor Dawid se deur gelê word nie. Sy is geneig om ooremosioneel te raak, in sy ore oor beuselagtighede te neul, haar humeur oor kleinighede te verloor. Maar sy húil nooit. Hierdie trane wat onophoudelik uit haar oë stroom, wat maak dat haar neus wa-ter, haar lip bewe, haar skouers ruk, wat maak dat sy met moeite die pad voor haar sien, is vir haar 'n verrassing.

Sy het nog altyd geglo dat trane 'n mors van tyd is. Dit help nie. Huil jy, huil jy alleen. Al is daar iemand om te troos, verstaan hulle nie jou trane nie. Voel hulle nie jou hartseer nie. Nie soos jy nie. Omdat dit nie vir hulle werklik is nie.

Toe sy voor die prokureurskantoor parkeer, probeer sy eers die traanspore in die truspieëltjie uitwis. Sy voel klein en effens minderwaardig toe sy by ontvangs aanmeld. Nooit het sy gedink dat sy 'n prokureur sal moet kom sien nie, definitief nie vir 'n egskeiding nie.

Maar toe die tingerige meneer Du Plooy se hand om hare vou, voel sy sterker, sekerder, die gevoel aangevuur deur sy sagte maar besliste oë.

'n Uur later stap sy terug na haar motor. Leeggetap en koud, soos 'n swembad sonder water. Sy klim bewerig agter die stuur in, slaan haar arms beskermend om haar lyf en gee haar oor aan die trane. Sy laat toe dat die trane onbeskaamd oor haar wange stroom, sonder om haar te steur aan die maskara wat swart oor haar wange streep.

Uiteindelik droog haar trane op, vinnig soos dit gekom het. Soos 'n kraan wat toegedraai word. Sy sit verwese voor haar en uitstaar. Dan is dit ook nou gedoen. Haar egskeiding is nóú eers vir haar 'n werklikheid. Sy het haar persoonlike lewe nog altyd privaat gehou, maar een kyk in die vaderlike oë van meneer Du Plooy het haar al haar vuil wasgoed laat was. Arme man, sug sy, hy het dalk meer gekry as waaraan hy gewoond is.

Sy skakel die motor aan en ry rukkerig uit die parkeerplek. Sy het hom álles vertel. Hy is optimisties dat sy 'n goeie maandelikse toelaag uit Dawid sal kry, veral aangesien sy slegs haar en die kinders se persoonlike goed uit die huis wil neem. Dit was haar grootste vrees: dat sy en die kinders finansieel gaan swaarkry. Hulle is tog gewoond aan 'n sekere lewenstyl, en sonder Dawid sal sy dit nie vir hulle kan gee nie. Die belegging waarvoor haar pa gesorg het, is darem ook nog daar. As die koop van die huis net eers 'n werklikheid is, kan sy daardie geld gebruik vir meubels.

Haar selfoon lui en sy staar afgetrokke na die skerm. Amelia. Weer. Sy ignoreer dit, wéér. Sy kan nie nou met haar of Daleen, wat ook aanmekaar bel, praat nie; sy wíl nie met hulle praat nie. Soos Dawid behoort hulle tot die verlede.

By die piekniekplek voor Sandfontein hou sy stil en klim uit. Sy wou haar en die kinders se goed uit die huis gaan haal voor Dawid tuis kom – ás hy enigsins huis toe gaan kom. Nou is sy nie meer seker daaroor nie. Dalk moet sy eers na haar ma toe gaan; hulle kan dit môre saam gaan doen. Afgesien van haar en die kinders se klere is daar boeke, CD's en foto's wat hare is. Die kinders se speelgoed.

Sy laat haar kop in haar hande sak. Daar is soveel om te doen, soveel waarvoor sy nie nou kans sien nie. Môre . . . sy en haar ma kan dit môre doen.

Toe sy voor Irma se huis stop, hardloop die kinders haar tegemoet. Sy hou hulle lank teen haar vas.

"Ouma het pannekoek gebak, maar ons mag eers kry as Mamma hier is," sê Dawie ernstig. "Ons het lank vir Mamma gewag, kom nou."

"Nou toe," sy vryf deur sy donker krulle, "hardloop solank, ek sluit net die motor."

Die tweeling hardloop vooruit, terwyl Ronel vir haar wag terwyl sy haar handsak kry. Sy haak by haar dogter in en hulle stap saam die huis binne. Die geur van kaneelsuiker is so oorweldigend dat

Karien, wie se eetlus in Jeffreysbaai agtergebly het, se mond begin water.

Sy groet haar ma met 'n skuins soen op die wang en gaan tussen Marli en Dawie by die tafel sit. Sy lag en gesels terwyl hulle pannekoek eet en koffie drink, en moet die storie van die olifantryery twee keer vertel. Tog bly sy bewus van Irma en Ronel se ondersoekende blikke.

Toe die laaste pannekoek verslind is, jaag Irma vir Marli en Dawie badkamer toe om te gaan bad. "En toe?" vra sy terwyl sy die gebruikte skottelgoed na die skottelgoedwasser dra.

"Nie nou nie, Ma." Karien beduie met groot oë na Ronel, wat kop onderstebo besig is om die tafel af te vee.

"Sy weet. Wat net weer bewys jy moenie iemand se intelligensie onderskat nie."

Ronel kyk op. "Gaan Ma-hulle skei?"

"Ja. Maar asseblief, Ronel, moet vir geen oomblik dink dat julle skuld daaraan het nie."

"Ma lees te veel tydskrifte, en Ma vergeet ek was by toe ons hom by tannie Retha gekry het. Ek weet dis nie ons skuld nie, ook nie Ma s'n nie. Dis syne, hý is die vark in die verhaal."

Sy sê dit met soveel haat dat Karien daarvoor skrik. "Jy kan nie so van jou pa praat nie," sê sy sag.

"Ma, ons weet almal wie se skuld dit is. Moenie worrie nie, ek haat hom nie, ek hou op die oomblik net nie baie van hom nie. Ouma sê ons trek dalk Jeffreysbaai toe?"

"Miskien. Hoe voel jy daaroor?" vra Karien versigtig.

"Dit sal cool wees om by die see te bly, veral Jeffreysbaai met al die surfers!"

"En jou vriende? Jaco?" vra Karien verbaas. Sy het verwag Ronel sal die een wees wat teen 'n verhuising sal skop.

"Ha-lou, Ma! Al gehoor van telefone, sms'e, MXit, e-mail? Ons trek mos darem nie maan toe nie!"

Haar selfoon begin net toe lui, en met 'n wat-het-ek-gesê-kyk na haar ma stap sy by die kombuis uit.

"Jou dogter se sosiale lewe is baie aktiewer as wat joune op haar ouderdom was," sê Irma.

"Ek weet," sug Karien. "Soms beny ek haar dit – die oënskynlik gemaklike manier waarop sy haar sosiale verpligtinge nakom."

Marli en Dawie kom die kombuis binne met hul flenniepajamas, hondjiepantoffels en lang japonne aan, en kom weerskante van Karien staan. Sy druk haar neus beurtelings in hul nek, snuif behaaglik aan die skoon geur. "Ek hou baie meer van julle as julle skoon is," lag sy en trek hulle teen haar vas.

"Gaan ons nou huis toe?" vra Marli.

"Nee wat, dis al so laat, ek het gedink ons slaap sommer vanaand by Ouma, of hoe?" Karien ignoreer Irma se vraende blik.

"Dan kan Mamma saam met my slaap!" roep Dawie opgewonde uit.

"Nee, Mamma moet saam met my slaap!" sê Marli, haar oë smekend op Karien.

"Sê julle wat: ons slaap al drie vanaand in die groot bed. Is dit nie 'n beter plan nie?"

"Dan slaap Mamma in die middel?" vra Dawie.

"Dan slaap ek in die middel," stem Karien in. "Moet ek vir julle 'n slaapstorie kom lees?"

"Ja!"

Sy stap saam met hulle na die kamer wat hulle deel, help vir Dawie soek na sy gunstelingboek. Dan stap hulle na haar ou kamer. Sy gaan tussen hulle op die dubbelbed lê, maak *En toe word Mamma 'n monster* oop. Dit neem nie lank voor hulle ogies toeval nie.

Karien staan versigtig op en kyk met vertedering na hulle. Sewe jaar. Dis nog so klein, so weerloos. Haar babas wat sonder 'n pa moet grootword. Haar seun wat sonder 'n pa moet man word, sug sy terwyl sy na Dawie staar. Sy vryf ingedagte oor haar buik, draai om en stap uit.

Sy loop Ronel in die gang raak, klaar gebad en op pad kamer toe. "Ek het nog 'n opstel om te skryf, so ek sê solank nag. Sien Mamma môre."

"Lekker slaap, my kind." Karien druk haar styf teen haar vas. Sy's verbaas om te ontdek dat Ronel in hierdie twee weke sowaar nog langer geword het.

"Almal in die bed?" vra Irma waar sy in die kombuis staan en knie aan môre se vars brood.

"Ja," sug Karien. "Ek is jammer dat ek Ma nie vooraf gewaarsku het nie, maar ek wil nie vanaand by die huis slaap nie." Sy vryf moeg oor haar oë.

"Jy is altyd welkom."

"Sonder klere ook?" lag Karien. "Ek waarsku Ma nou al: daardie lang pers aandrok van Ma is môre myne!"

"Dis reg so, ek het daardie rok jare laas gedra. Koffie?" vra Irma en gaan steunend sit.

"Ek sal maak." Laat daar nie gesê word sy kan nie 'n skimp vang nie, dink Karien.

Met die koffie voor hulle vertel sy van Dawid wat die vorige aand nie by die huis geslaap het nie en die prokureursbesoek. Sy por haar ma weer aan om by hulle in Jeffreysbaai te kom bly.

"Ons sal sien," sug Irma, "ons sal maar moet sien."

"Ek wou môre my en die kinders se persoonlike goed uit die huis gaan verwyder, maar ek is so moeg. Dit kan seker wag tot later, of hoe? Ek wil eers hier by Ma wegkruip, as Ma nie omgee nie. Ek sien nie kans vir mense nie. En ek het tyd nodig om tot verhaal te kom. Ek moet Maandag weer ingaan na die prokureur toe, maar ons kan die middag gaan pak. Sal Ma my daarmee help?"

"Natuurlik. Ek hoop jy is reg daarvoor; dit moet 'n baie emosionele ding wees om so 'n groot deel van jou lewe op te pak."

"Ek glo nie ek sal ooit reg wees nie, maar dit moet gedoen word."

Ná 'n lang stilte besluit sy om haar wrok teenoor Amelia en Daleen met Irma te deel.

Haar ma luister in stilte, voor sy sê: "Wys jou net, almal het maar hulle geraamtes in die kas. Van Amelia kan ek dit amper nie glo nie. Maar ek kan in alle eerlikheid sê ek is nie verbaas oor Daleen nie."

"Ma het tog sekerlik nie gewéét nie?" vra Karien geskok.

"Nee, maar ek het altyd gewonder oor haar. En jy moet erken, dis eienaardig dat sy so gereeld saans stad toe gaan – alleen."

"Ek het altyd aangeneem dat sy na opvoerings gaan kyk het, dis mos maar net 'n uur se ry." Karien skakel weer die ketel aan.

"Daar's beskuit in die blik. Wel, as dit is wat sy daar gaan doen het, het sy dit beslis nie alleen gedoen nie."

Karien sit die blik op die tafel neer. "Ek is so kwaad vir hulle, ek weet nie of ek hulle ooit daarvoor sal kan vergewe nie. En ek verstaan nie hoekom ek so voel nie!"

Irma sit 'n rukkie ingedagte. "Toe ek en jou pa pas getroud was, het ek ook 'n goeie vriendin gehad, een met wie ek alles kon deel. Nie lank daarna nie ontmoet ons twee vriendinne toe 'n nuwe intrekker. Ek het nie veel van hierdie vrou geweet nie, sy was vir my net 'n kennis, nie 'n vriendin nie. Sy het die gewoonte gehad om ons te soengroet, gevolg deur 'n drukkie." Irma sug. "Jy ken my: ek is baie lief vir soentjies en drukkies van my man, my kind en my kleinkinders, maar daar stop dit. Soen is vir my so 'n persoonlike ding dat ek dit nie eens met vriendinne deel nie. Ieder geval, ek en my vriendin praat toe op 'n dag daaroor – sy weet hoe ek daaroor voel, moenie 'n fout maak nie."

Karien bring die vol bekers koffie tafel toe en haal vir haar een van haar ma se vet beskuite uit die blik.

"Ek vra toe vir my vriendin hoe ek hierdie kennis kan laat verstaan dat ek nie van soene en drukke hou nie," vervolg Irma, "sonder om haar gevoelens seer te maak, natuurlik. My vriendin bied toe aan om namens my die boodskap oor te dra; hulle was teen daardie tyd goeie vriendinne. Ek was maar te bly, want soos jy weet, is jou ma maar 'n lafaard. Weke het verbygegaan, ek het al van die hele ding vergeet, toe ek my vriendin en die kennis oornooi vir ete. Hier kom die kennis in, groet eers jou pa met die hand en toe vir my. Ek was só verneder. Dit was daardie kýk tussen my vriendin en die kennis. Jy ken daardie kyk, daardie sien-jy-hoe-wys-ek-haar-nou? Dís wat my verneder laat voel het."

Sy reik oor die tafel, neem Karien se hand in hare. "Ek dink dis jou probleem ook. Jy is nie vir hulle kwaad oor wát hulle gedoen het nie, maar dát hulle dit gedoen het. Ek het daardie aand 'n goeie vriendin en 'n kennis verloor, moenie dieselfde doen nie. Jou lewe gaan armer wees; ek weet myne is."

Ridder

Daleen skrik met 'n ruk wakker. Iets het haar wakker gemaak, maar sy weet nie wat nie. Sy kom stadig orent. Sy was nog nooit bang om alleen te bly nie, maar sy hou nie van vreemde geluide in die nag nie. Sy kry haar selfoon beet sodat sy kan sien hoe laat dit is: sesuur. 'n Klop, besef sy, iemand klop aan haar deur! Wie de hel klop sesuur in die oggend aan haar deur?

Sy gooi die beddegoed van haar af, ril van die koue toe haar kaal voete die teëls raak. Sy draf voordeur toe. Hoeveel keer het sy haar nie al voorgeneem om 'n loergaatjie te laat installeer nie?

"Wie is dit?" vra sy versigtig voor die toe deur.

"Jou ridder op haar wit perd!"

"Jan!" Sy maak die deur oop en daar staan Jan. Haar ridder, inderdaad.

Jan druk die deur agter haar toe. Sy hou haar hand op toe Daleen wil naderkom. "Wag eers. Ek wil my eers aan jou verkyk. Sien of jy nog jy is."

Daleen vee vervaard oor haar verslaapte hare, verwens die aksie toe Jan vir haar lag. Wat maak dit tog saak hoe sy lyk?

"Én ek wil eers die magic woorde hoor."

"Hoeveel woorde wil jy hoor?" vra Daleen skalks.

"Soveel soos jy nodig het."

"In daardie geval het ek vir jou vier."

"Sê dit."

"Ja, ja, ja en ja! Goed, dit was vyf."

"Is jy ernstig?!"

Sy knik glimlaggend en eers toe tree Jan vorentoe. Sy trek Daleen nader en soen haar, eers sag, dan dringender. Daleen se lippe gaan willoos oop en haar liggaam verslap. Dís genoeg rede om deur vuur te stap, dink sy beneweld.

Met wilsinspanning druk Jan haar weg. "Genoeg, voor jy my verlei, en dis te vroeg in die dag om verlei te word."

"Ék gee nie om om verlei te word nie!"

"Gaan maak eerder vir ons iets om te drink, sodat ons kan gesels."

"Koffie," sê Daleen. "So vroeg het mens koffie nodig."

"Tee vir my. Groentee. As jy nie het nie, sal rooibos moet doen."

Daleen sug. "En my vriendinne dink ék is gesondheidsbewus!"

Sy skakel die ketel aan terwyl Jan op die kombuistoonbank gaan sit, haar bene swaaiend. Daleen onderbreek haarself kort-kort om na Jan te staar. Haar lang hare hang in 'n ingewikkelde vlegsel oor haar skouer, haar fyn neus is besaai met sproete. Sy lyk soos 'n karakter uit 'n liefdesverhaal, dink Daleen, nie vir die eerste keer nie: klein gebou, blou oë en sproete oor die neus. Dis net die rooi hare wat verskil van die liefdesverhale.

"En nou? As jy so stil is?" vra sy.

Jan glimlag. "Soms kan jy so gelukkig wees dat woorde jou ontgaan. En ek sukkel nog om my asem terug te kry."

"Wat het ek gedoen om jou te verdien?" vra Daleen toe sy Jan se tee vir haar aangee.

"Jy was seker 'n báie soet dogtertjie," terg Jan. Sy sit haar koppie langs haar neer, hop van die toonbank af en omhels Daleen. "Dis ék wat die gelukkige een is. Ek sukkel nog om te glo dat dit waar is." Sy tree terug en tel weer haar koppie op. "Daar is so baie wat gedoen moet word."

"Wanneer gaan jy met Ben praat?" Daleen sluk hard.

"Lankal gedoen. Ons het reeds prokureurs gaan sien."

"Lánkal?"

"Ja, ek het jou mos gesê dat ek nie langer 'n leuen wil leef nie, selfs al sou jou besluit anders wees."

"En Bennie?"

"Ons sukkel so 'n bietjie om 'n ooreenkoms te bereik wat Bennie betref. Ben wil hê dat ek in die stad moet bly ter wille van sy skool. Maar moenie bekommerd wees nie, ons sal wel 'n oplossing kry."

"Wíl jy in die stad aanbly?"

"Waar wil jy bly?"

"Hier."

"Ek het so gedink. Jou praktyk is hier, jou broer en vriendinne is hier."

"En joune is in die stad."

"Ja, maar ek is nie vasgegroei daar nie. En ek vermoed jy is hier geplant."

"Darem nie regtig nie," verweer Daleen. "Ek wil nie hê jy moet jou lewe omvergooi om my te akkommodeer nie. Ons kan rustig besluit waar en hoe ons –"

"Maar Leen, jy ís my lewe! Ek wil nie net 'n verhouding met jou hê nie, veral nie een waar ons mekaar nie elke dag kan sien nie. Ons ken mekaar al . . . hoe lank?"

255

"Vier jaar," sug Daleen.

"Dis reg. Ek dink ons het lank genoeg gewag."

"Maar dit beteken nie ons moet oorhaastig wees nie." Daleen neem 'n versigtige slukkie van haar koffie.

"Ek sê nie ons moet môre by mekaar intrek nie . . . alhoewel ek nie sou omgee nie. Maar ek wil darem eers wag dat my egskeiding gefinaliseer word. Intussen is daar baie om te doen! Ek moet my gimlidmaatskap kanselleer, 'n nuwe een hier uitneem." Jan kyk fronsend na Daleen. "Hier is 'n gim, of hoe?"

Daleen skud haar kop. "Ek weet nie hoekom jy wil betaal om te oefen nie. Kom draf saam met my."

"Bummer. Jy weet ek hou nie van draf nie. Eintlik hou ek glad nie van oefening nie, dis hoekom ek gim. Ek doen aërobiese oefening en spinning en joga. Die voordeel is dat wanneer jy moeg raak, is jy steeds op dieselfde plek. As jy draf en moeg word, moet jy nog terug ook."

Daleen lag. "Jy draai mos om voor jy moeg word."

"Hmm . . . As ek hierheen wil verhuis, sal ek 'n blyplek nodig hê."

"Wat is fout met my plek?" vra Daleen gekrenk.

Jan kyk om haar rond, haar onderlip tussen haar tande vasgevang. "Waar begin ek?"

"Sies vir jou!"

"Okay, ernstig nou, 'n woonstel sal nie deug nie. Ons het 'n huis nodig, met 'n tuin; dis nodig dat 'n mens soms grond onder jou vingers voel. En ek gaan 'n werk nodig hê."

"Ons kan met Muller praat . . ."

"Sê net waar en wanneer. En ek moet vir Darius ontmoet. Én vir

Karien en Amelia. Soveel om te doen," sy kyk vervaard op haar horlosie, "én ek het pasiënte wat wag!"

"Daar is nog tyd, dis nie só laat nie."

"Ek het 'n vroeë afspraak." Sy gee Daleen 'n skrams soen op die wang. "Sien ek jou vanaand?"

"Ek dink ek moet na Darius toe gaan. Alleen."

"Okay, bel my dan later." Sy maak die voordeur oop, draai om. "Ek's lief vir jou." Gooi dan haar hande teatraal in die lug. "Én ek moet uitvind of die ander vennote my wil uitkoop. Soveel om te doen, so min tyd!" Sy blaas 'n soentjie na Daleen en draf uit.

"Ek's ook lief vir jou!" roep Daleen agter haar aan. Nog koffie, besluit sy, voor sy gaan stort en spreekkamer toe gaan.

Sy skud haar kop. Sy het al vergeet hoeveel energie Jan het. Daleen spot haar soms dat haar mond net toe is wanneer sy eet. Op dae soos vandag kan dit nogal uitputtend wees.

'n Sappige storie

Daleen wag, haar rug snaarstyf van spanning, in Magrieta se koffiekroeg op haar twee vriendinne vir hul weeklikse ontmoeting. Sy weet Amelia sal nie hul afspraak mis nie, maar sal Karien kom? Vandat hulle terug is op Sandfontein probeer sy vergeefs om Karien te kontak. Sy antwoord nie haar selfoon nie; trouens, haar selfoon bly afgeskakel.

Wanneer Daleen huis toe skakel, antwoord Sofia elke keer met dieselfde boodskap: "Mevrou is nie nou beskikbaar nie." Daleen het selfs by die voordeur 'n bloutjie geloop. Dít kan jy van Sofia sê: sy laat haar nie vertel nie. Skakel Daleen tannie Irma, is dit dieselfde storie. Sy is oortuig daarvan dat Daleen en Amelia vir Karien net 'n bietjie ruimte moet gee. Sy sal wel weer met hulle praat, verseker tannie Irma, net nie nóú nie.

"Haai!" onderbreek Amelia Daleen se gedagtes. "Ek het gewonder of jy hier gaan wees. Eintlik het ek gewonder of Karien hier gaan wees."

"Dit lyk nie so nie, nè?"

Magrieta kom nadergestap. Sonder om te vra, sit sy 'n koppie koffie voor elkeen neer.

Daleen kyk af na haar koppie wat nog so te sê vol is, besluit om eerder nie vir Magrieta daarop te wys nie. Afgesien van haar gewone "Middag" het Magrieta nog nie met haar gepraat nie.

"Dankie, Magrieta," sê Amelia.

Daleen merk die onderlangse kyk wat Magrieta haar gee en sug hoorbaar. Sy sal dit seker nog gewoond raak, maar dit bly vreemd om so aangestaar te word. Asof sy een of ander ongeneeslike siekte het. Sy het verwag dat Magrieta al sou weet, sy hoor altyd alles eerste. Daleen het toe met haar personeel gaan praat. Sy het die twee ontvangsdames, die twee verpleegsters en Muller na haar kantoor ontbied en hulle die waarheid oor haar en Jan vertel. En hulle mooi gevra om dit vir eers stil te hou.

"Dink jy sy sal kom?" Amelia se oë pleit. "Ek wil so graag hê sy moet kom. Ek wil weet hoe dit met haar gaan."

"Ek ook." Daleen plaas haar hand vertroostend oor Amelia s'n, maar die kyk wat sy van die vrouens by die tafel langsaan kry, laat haar haar hand vinnig terugtrek.

258

"Moet jou nie aan hulle steur nie," sê Amelia en neem Daleen se hand in hare.

Die gebaar maak Daleen so bewoë dat sy dadelik in haar sak na 'n sneesdoekie moet soek.

"Gaan ons eet? Ek is nie honger nie." Amelia hou 'n sneesdoekie na Daleen uit.

"Ek is ook nie honger nie, kom ons gee haar nog 'n rukkie. Het jy toe die skoolhoof gaan sien?" vra Daleen en snuit haar neus driftig.

"Hy was nie daar nie. Ek gaan vandag, hou vir my duim vas. Dis 'n geluk dat dit 'n beheerliggaampos is, ek hoef net by hom en die beheerliggaam verby te kom, en ek ken hulle almal."

"Jy dien dan in die beheerliggaam!"

"Ek het klaar bedank."

"Jy verdien die pos. Kook en bak is in jou bloed." Soms is die hors d'oeuvres wat Amelia by haar gesellighede voorsit – en sy nooi ten minste een keer per maand 'n paar mense oor – te mooi om te eet. Sy behóórt 'n beroep daarvan te maak, dink Daleen.

Dit raak skielik stil om hulle, sodat hulle albei opkyk. Irma kom selfversekerd aangestap, knik opgeruimd vir die ander en trek 'n stoel langs Daleen uit. "Nou ja, nou kan ek ook sê ek was deel van die drie musketiers!"

"Waar is Karien?" vra Amelia versigtig.

"Sy kon nie kom nie, afspraak met die prokureur, julle weet hoe dit is."

"Hoe gaan dit met haar?" vra Daleen. "Sy antwoord nie haar selfoon nie."

"Seker maar goed, onder die omstandighede. Sy is baie sterker as wat ek gedink het." Irma neem 'n vinnige sluk van die ekstra koppie koffie wat voor Daleen staan. "Sy het my gestuur om julle te kom vra om haar tyd te gee om haar persoonlike lewe agtermekaar te kry."

"Het sy ons nie juis nóú nodig nie?" vra Daleen. "Dis tog waarvoor vriendinne daar is. En ons wil haar graag hierdeur help."

"Dis nie my saak nie, Daleen, maar ek dink jy het meer as genoeg probleme van jou eie om aan te dink."

So, die sappige storie het al deur die hele dorp versprei. Of het Karien vir tannie Irma vertel? Sy kan haar seker ook nie kwalik neem nie. Hoe lank voor Darius dit hoor? Sy móét by hom uitkom, besef sy, sy kan nie aanhou uitstel nie.

"Karien vra dat julle asseblief haar privaatheid sal respekteer," sê Irma. "En ék vra dat julle dit asseblief sal doen. Los haar net 'n rukkie alleen. Dis nie maklik vir haar nie, al staan sy so sterk. Om te erken dat jou huwelik gefaal het, sit nie in elkeen se broek nie. Ek weet dat julle haar wil bystaan, maar sy het op die oomblik al die bystand wat sy nodig het. Hou op om haar te probeer kontak, sy sal met julle kontak maak sodra sy reg is."

"Maar tannie, ons . . ." sê Amelia verslae.

Irma sug diep. "Nou goed, ek het gejok, sy het my nie gestuur nie. Ék wil hê julle moet ophou om haar te bel. Julle ontstel haar net." Sy kyk pleitend na Daleen en Amelia. "Ek vra mooi. Sy's my kind, en sy het genoeg seergekry. As julle regtig vir haar omgee, sal julle dit kan verstaan – julle weet mos waaroor dit gaan." Sy skuif haar koffiekoppie terug, staan op en stap uit.

"Nou voel tot ék skuldig," sug Daleen.

"Die storie van my lewe. Ek kan nie onthou wanneer laas ek nié skuldig gevoel het nie." Amelia beduie na Magrieta om hulle koppies te hervul.

"Miskien moet ons begin aanvaar dat Karien nie meer met ons vriende wil wees nie."

"Hoe doen ons dit?" Amelia skud 'n sigaret uit die pakkie.

"Jy's reg, dis onmoontlik. Ons moet maar net geduldig wees, sy sal weer regkom."

"Hmm . . . kom ons verander die onderwerp. Hoe gaan dit met Jan?"

"Goed. Baie besig om al haar sake gereël te kry."

"Dis gaaf. Wanneer ontmoet ek haar?"

"Binnekort," belowe Daleen. "Vertel eerder vir my of jy jou huiswerk gedoen het."

"Huiswerk?"

"Ja, die huiswerk wat ek vir jou gegee het, jy weet, met betrekking tot Gert?"

"Sjuut, Daleen, nie so hard nie!" Amelia kyk verbouereerd om haar rond.

"Niemand weet waaroor ons gesels nie. Het jy?"

"Dit was nie nodig nie. Ons het die aand toe ons tuiskom . . . jy weet . . ."

"Net daardie aand?"

"Ja, genade, ons is darem ook nie maniakke nie!"

"Ai, Amelia," sug Daleen en skud haar kop.

"Sjuut nou, ek wil nie daaroor praat nie."

"Praat dan met Gert daaroor."

"Is jy laf?!"

Bloot 'n formaliteit

Amelia stap die skoolhoof, Eben Snyman, se kantoor bewerig binne. Sy weet dat sy kalm voorkom, maar dis soos 'n eend op water: bo die oppervlak rustig, onder skop die pootjies verbete. Dis belaglik dat sy so voel, berispe sy haarself, hulle is vriende met Eben. Sy ken hom al jare!

"Amelia," groet hy rustig, sy hand sluit warm om hare. "Ek was so bly toe Erika my sê dat jy belangstel in die pos. Sit," beduie hy na een van die stoele voor sy lessenaar.

"Dankie dat jy my sien, Eben. Of moet ek sê meneer?" wil sy verbouereerd weet.

Hy lag hard. "Los die formaliteite. Kyk, ek gaan eerlik wees: ek weet wat jou kwalifikasies is, en volgens my is jy die perfekte kandidaat. Die enigste ook – Sandfontein is nou nie juis 'n gesogte blyplek nie. Maar ek wil jou waarsku: dit gaan nie maklik wees nie. Ons is nou reeds drie maande sonder 'n onderwyser, wat beteken dat die kinders baie agter is. Sien jy kans vir so 'n uitdaging?"

"Hoe ken jy my? Uitdaging is my tweede naam!" Amelia bid vurig dat sy selfversekerd genoeg klink, want die vet weet, sy voel dit nie.

Hy knik tevrede. "Dan weet jy natuurlik dat dit 'n beheerliggaampos is, so die betaling is nie op skaal nie. Maar ons sal probeer om dit so gou as moontlik 'n volwaardige onderwyspos te maak."

"Geld is nie die rede hoekom ek in die pos belangstel nie." Sy byt haar onderlip selfbewus vas. Nou klink sy weer soos 'n rykmansvrou. 'n Vervéélde rykmansvrou.

Eben knik net. "Ek het met Paul gepraat – die beheerliggaam wil jou sommer vanaand nog sien. Dis bloot 'n formaliteit, die pos is reeds joune. Sal jy vanaand seweuur beskikbaar wees?"

"Natuurlik." Amelia knik gretig. Sy sal sommer in die dorp bly tot dan.

Eben vou sy arms en lê terug in sy stoel. "Nou ja, besigheid is afgehandel. Sê my nou eers hoe dit met Gert gaan. En op die plaas?"

Amelia stap met 'n ligte hart en tonne selfvertroue by Eben se kantoor uit. Sy skakel vir Gert uit die motor en kan die tevredenheid in sy stem hoor.

Sy verwyl die res van die middag in die dorp, doen inkopies, soek tussen die ongelooflike mooi papier en tooisels na die regte soort om hulle vakansiefoto's te scrap. Sy drink koppie ná koppie koffie, totdat dit tyd is om die beheerliggaam te gaan sien.

Eben was reg, dink sy toe sy skaars 'n uur later by die skool uitstap. Dit was bloot 'n formaliteit en die betaling is maar swak, maar sy het werk! Hulle wou hê dat sy sommer môre al moet inval, maar sy het haar voet neergesit: sy begin volgende week. Sy het tyd nodig om haar dinge te reël, om die handboeke wat so pas vir haar gegee is deur te werk.

Toe sy in die motor klim, skakel sy haar selfoon weer aan, druk op die ingewing van die oomblik Karien se nommer. Maar soos sy verwag het, skakel dit byna onmiddellik oor na stempos. Sy wag geduldig vir die biep. "Ek het die werk by die skool gekry, wil graag hê dat jy eerste moet weet." Sy bly stil, nie seker wat om nog te sê nie. "Mooi bly," sê sy dan en druk die selfoon dood.

Sy skakel Daleen se nommer, maar ook hier loop sy 'n bloutjie;

die selfoon gaan dadelik oor na stempos. "Ek het die werk by die skool gekry!" sê sy vinnig en druk die selfoon dood.

Sy skakel die motor met 'n sug aan. Daar was 'n tyd, nie eens lank gelede nie, toe haar vriendinne met die druk van 'n knoppie beskikbaar was. Dis verstommend hoe alles binne 'n paar dae kan verander.

Vroeg die volgende oggend sit Amelia fronsend voor haar rekenaar, besig om die vakansiefoto's sorgvuldig te bestudeer. Sy het definitief genoeg geneem vir drie albums, maar wie wat moet kry, is nogal 'n kopseer. Sy maak 'n lêer vir elkeen van hulle oop – Amelia, Daleen, Karien – en plaas die verskillende foto's in elkeen se lêer. Sy skrik effens toe Gert agter haar praat.

"Het jy die kinders al laat weet dat hulle van Vrydag af nie meer in die koshuis is nie?"

"Hulle weet, en hulle is so opgewonde dat hulle reeds begin pak het!" Sy kyk pleitend na hom. "Is jy seker jy's gelukkig met die nuwe verwikkelinge?"

"As jy bedoel of ek bly is dat my kinders elke dag by die huis gaan wees, beslis." Hy kom staan agter haar, plaas sy hande op haar skouers en soen haar vlugtig op haar kop. "En ek is baie trots op jou omdat jy die pos gekry het."

"Dis nie wat ek bedoel nie." Sy kyk hom vas in die oë. "Ek wil weet of jy gelukkig is daarmee om bedags alleen hier te wees."

"Dit sal seker 'n aanpassing wees. Maar dis 'n aanpassing wat ek met liefde maak. Ek is régtig trots op jou."

My vriendinne was reg, dink Amelia dankbaar. Gert is 'n nice guy, 'n góéie man.

Hy is my kind ook

Daleen stap haar woonstel binne, sit haar dokterstas op die eet-kamertafel neer. Sy was nie by die spreekkamer nie, maar moes inderhaas vanmiddag 'n noodgeval by die hospitaal hanteer. Sy moet erken sy kan nie wag om môre te begin werk nie.

Sy tel vir Dennis van die tafel af op, waar hy gelê en slaap het, en druk hom styf teen haar vas totdat hy begin protesteer. Toe sy hom neersit, skuur hy teen haar bene, 'n seker teken dat hy honger is. Sy stap saam met hom kombuis toe, waar sy vir hom kos in sy bakkie gooi.

Terwyl Dennis eet, maak sy die yskas oop, tuur lank na die in-houd. Haar kossake het nog nie verbeter sedert haar vakansie nie. Daar is steeds net 'n droë stuk kaas, bier en water in die yskas. Sy haal 'n bier uit en maak dit oop. Sy is nie lus vir bier nie, be-sluit sy na die eerste sluk en gooi die inhoud in die wasbak en die bottel in die vullisblik, sy is honger.

Sy krap in die kas en ontdek 'n verdwaalde pakkie kitssop en 'n blikkie suikermielies. Nou nie gourmet nie, sug sy terwyl sy die ke-tel aanskakel, maar dit sal moet doen. Behalwe 'n paar sms'e het sy nog nie weer met Jan gepraat of haar gesien nie. Sy besef dat Jan besig is; sy het baie om te doen voor sy haar hier kan kom ves-tig. Anders as Daleen . . . Sy kon nog nie die moed bymekaarskraap om met Darius te gaan praat nie. Sy het ook nog nie met Muller oor 'n moontlike vennootskap vir Jan gepraat nie.

Daleen sluk die laaste van die sop weg, maak die blikkie suiker-mielies oop, eet dit sommer met 'n teelepel uit die blikkie. Sy mis vir Jan; sy verlang na haar. Sy gooi die leë blikkie in die vullisdrom, besluit om te gaan bad. Dalk help 'n warm skuimbad vir die verlange.

Sy is egter net in die badkamer toe haar deurklokkie lui. "Asseblief," prewel sy, "net nie tannie Hester nie, nie nou nie. Ek het nie vir haar krag nie." Sy draai die warmwaterkraan toe en stap voordeur toe.

"Daleen?" vra die man voor haar deur.

Sy knik instemmend, kyk vraend na hom.

"Ek is Ben." Hy hou sy hand na haar uit.

Sy skud sy hand, beduie hy moet binnekom. Sy neem haar tyd om die voordeur toe te maak, terwyl sy hard daarop konsentreer om haar asemhaling onder beheer te bring. Met die omdraai sien sy dat hy hom klaar op die rusbank tuisgemaak het.

Sy het hom om die een of ander rede anders voorgestel. Hy is lank en blond, nie mooi nie, maar ook nie lelik nie. Effens nerderig, besluit sy, te oordeel na sy kleredrag. Netjiese broek, netjiese skoene, 'n langmouhemp toegeknoop tot bo, maar sonder das, 'n dik trui bo-oor. Helderblou oë agter sy ligteraambril, intelligente hoë voorkop, hare in 'n kort, oudmodiese styl gesny.

"Aangename kennis, Ben," sê sy neutraal. Hoe ironies, dink sy. Wat kan hoegenaamd aangenaam omtrent hierdie ontmoeting wees?

"Ek weet dis onverwags, my besoek. Dis nie aldag dat 'n binnekort eks saam met sy vrou se aanstaande sit en gesels nie, maar dis nodig – vir my gemoedsrus." Sy stem is sag.

Daleen gaan sit versigtig oorkant hom. Hoe kon sy ooit gedink het dat 'n verhouding met 'n getroude vrou maklik gaan wees?

"Kan ek sommer begin deur te sê dat ek nie kwade gevoelens teenoor jou koester nie, so jy kan gerus ontspan." Hy glimlag senuagtig. "Ek ken Janneke al vandat ons kinders was. Ek is lief vir haar vandat ons kinders was," sy glimlag word hartseer, "al het ek geweet dis 'n eensydige liefde. Ek weet vandat sy weet dat sy homoseksueel is, maar tog het ek haar gevra om met my te trou. Ek dink sy het haar besluit om ja te sê elke dag berou."

'n Jammerte vir hom dreig om Daleen te oorweldig. Het sy dít aan hom gedoen? Is sý die oorsaak van sy onsekerheid? Of is hy maar altyd so?

Hy kyk op van sy ineengestrengelde hande. "Dat Bennie ooit gebeur het, was 'n fout. 'n Fout waarvoor ek volkome verantwoordelikheid aanvaar. Nie dat ek spyt is nie! Afgesien daarvan dat ek een aand van liefde saam met die vrou van my drome gehad het, het ek ook 'n pragtige seun om daarvoor te wys."

Hy sug, kyk met soveel hartseer na Daleen dat haar hart daarvan wil breek. "Janneke was ongelooflik ontsteld toe sy uitvind sy is swanger, maar sy het nie vir 'n aborsie kans gesien nie. Ek is seker sy sou lankal geskei het as dit nie vir Bennie was nie. Sy het my baie lank oor hom geblameer."

Daleen sê niks, knik net begrypend.

Toe hy weer praat, is sy stem sterker. "Dis oor Bennie dat ek hier is. Jou en Janneke se verhouding het niks met my te doen nie," hy lag wrang, "maar Bennie ís my besigheid. Bennie het álles met my te doen."

Sy staan op. "Kan ek vir jou iets kry om te drink? 'n Bier? Wyn? Koffie?" As hierdie gesprek in die rigting gaan wat sy vermoed, het sy wyn nodig, báie wyn.

"Wyn, asseblief."

Toe sy van die kombuis af terugkom met die wyn, glase en 'n oop-maker, staan hy galant op en neem die bottel by haar. Hy trek die kurk uit, skink vir hulle elkeen 'n halwe glas en gaan weer sit.

Hulle drink 'n rukkie in stilte voor hy sê: "Ek het altyd geweet die dag gaan aanbreek waarop sy vir my gaan sê sy het die vrou van haar drome ontmoet. Ek het gehoop dit gebeur nooit, ek het gehoop sy sal vir my ook lief raak . . . maar nou ja."

"Ek is jammer," sê Daleen, en tot haar verbasing vind sy dat sy dit van harte bedoel.

Hy skud sy kop. "Dis nie nodig dat jy dit sê nie." Hy sug, bestu-deer lank sy skoene voor hy weer na haar kyk. "Ek is nie bereid om alleentoesig oor Bennie aan Janneke te gee nie."

"Jy kan dit nie doen nie! Jan is lief vir haar kind. Hy is háár kind!"

"Hy is my kind ook."

"Daarom behoort jy te verstaan! Sy het net soveel reg op hom soos jy!"

Daleen voel die trane agter haar ooglede brand, sluk hard aan die knop in haar keel. Haar en Jan se verhouding sal nooit oorleef as Jan sonder Bennie moet wees nie. As dit Ben se plan is om Jan te dwing om by hom te bly, het hy geslaag.

"Jy luister nie: ek praat van gedeelde toesig. Ek is darem nie so gemeen dat ek haar toesig oor Bennie sal weier nie, ek wil net nie hê sy moet alleen-toesig kry nie. Noem my oudmodies, wat jy ook al wil, maar ek glo 'n kind moet in 'n stabiele huis grootword."

"Noem jy julle opset stabiel?"

"Wat Bennie betref, wás dit. Al het sy ouers nie 'n kamer gedeel nie, het hy 'n ma en pa gehad."

"Jy sal tog altyd sy pa wees. Ongeag waar hy bly."

Ben hou sy hand op. "Asseblief, Daleen, gee my kans om my sê te sê. Ek het besluit op gesamentlike toesig; ons kan later die fyner besonderhede uitwerk. Dalk ses maande by my, ses maande by julle, of week vir week. So iets. Ek sou verkies dat julle julle ná die troue in die stad sal vestig. As julle hier sou bly, sal dit die logistiek van skoolgaan soveel moeiliker maak."

Daleen besef dat haar skok op haar gesig registreer. "Ná die troue?"

"Julle gaan tog seker trou?"

"Ons het nog nie so ver gedink nie," erken sy. "Ek bedoel, die verhouding is taamlik nuut en daar is al hierdie ander dinge . . ."

"Soos die egskeiding?"

"Soos dit," mompel sy en skink vir haar nog wyn.

"Ek is nie kwaad vir jou of Janneke nie, ek wil hê jy moet dit weet. Ek kry myself 'n bietjie jammer, dis waar, maar ek is lief vir haar, so ek gun haar geluk. Sy verdien dit om gelukkig te wees." Hy sit sy glas neer, staan op. "Dís wat ek vir jou wou kom sê: dat daar nie kwade gevoelens is nie. En dat ek wil hê jy moet stad toe trek, vir Bennie. Ek wil hom nie verder laat ontwrig nie. Hy ken die stad, sy maatjies is daar. Dit help nie ek sê dit vir Janneke nie, sy wil doen wat jý wil hê."

Daleen staar na die mat onder haar voete. Hoe kan sy hier padgee? Hierdie dorpie is haar tuiste, haar broer is hier, haar praktyk is hier. "Ek weet nie of dit vir my moontlik sal wees om in die stad te bly en hier 'n praktyk aan die gang te hou nie. Jy weet tog ons dokters het nie kantoorure nie."

"Is jy lief vir Janneke?"

"Ek is."

"Dan behoort jou besluit nie so moeilik te wees nie, Daleen. Dan behoort jy nie eens daaroor te dink nie. Niemand se wortels is so diep dat dit nie gelig kan word nie. Ek vra dit nie vir myself nie, ek vra dit vir my kind. Dink aan Bennie voor jy 'n finale besluit neem."

Hy draai om en stap na die voordeur.

Sy stap agter hom aan, maak die deur vir hom oop, keer hom met haar hand op sy arm. "Ben, ek is regtig jammer vir my aandeel aan die opbreek van jou huwelik. Regtig. Ek wens dit was nie nodig om ander seer te maak nie."

Hy neem haar hand in syne. "Ek kan sien hoekom Janneke haar hart op jou verloor het. En glo my, sy hét, anders sou sy nooit uit ons huwelik gestap of haar vennootskap prysgegee het nie."

Hy kyk haar vas aan. "Sy weet nie dat ek hier was nie. Ek dink nie dis nodig dat sy ooit hoef te weet nie," sê hy en stap die donker in.

Gay, nè?

Daleen lig haar hand in 'n groet vir tannie Betsie, wat stadig op die sypaadjie aankom. Wanneer Daleen met haar motor spreek-kamer toe gaan, is dit vir haar lekker om almal te groet, niemand kan haar dan voorkeer vir raad nie. Tannie Betsie groet nie terug nie. Haar oë is ook nie meer wat dit moet wees nie, sug Daleen.

'n Entjie verder stap Martie met 'n kind aan elke hand. Daleen waai uitbundig vir hulle – sy het net voor sy met verlof gegaan het klein Eugene se mangels verwyder. Martie kyk egter nie op nie en stuur die kinders by die naaste winkel in. Vreemd, dink Daleen, baie vreemd . . .

Sy voel sommer opgewonde toe sy by die spreekkamer intrek. Vakansies is lekker en dis nodig, maar dis soveel lekkerder om terug te wees. Die parkeerplekke is reeds vol, dus gaan dit 'n besige dag wees. Lekker.

Toe sy by die wagkamer instap, groet sy vriendelik, maar almal stel blykbaar meer belang in hul tydskrifte as in haar. So anders as gewoonlik, wanneer almal opkyk sodra sy instap, seker in die hoop dat sy hulle jammer sal kry en eerste laat inkom.

"Môre, Yvonne! Jy kan maar die eerste pasiënt deurstuur."

"Dokter?" keer Yvonne haar egter terwyl sy met haar kop na agter beduie. Daleen kan nie anders as om haar te volg nie. Toe hulle in die storkamer staan, maak Yvonne die deur toe.

"Is daar 'n probleem?" vra Daleen.

"Ek weet nie. Dokter het net een pasiënt vandag, en dis tannie Hester. Tussen my en dokter gesê: ek dink nie sy's regtig siek nie. Sy sê juis dokter skeep haar af," rammel Yvonne vinnig af.

"Net een pasiënt?" wil Daleen ongelowig weet. "Hoe is dit moontlik? Die wagkamer sit dan vol."

"Hulle wil vir dokter Muller sien, hy is vól geboek. Om die waarheid te sê, ek moes pasiënte wegwys omdat ons . . . ek bedoel hy . . . vol is."

"Jy weet ons wys nie pasiënte weg nie. Boek hulle by my."

"Hulle wil nie, dokter."

"Ek sien." Daleen sluk hard. "Wel, ek moes dit seker voorsien het."

"Ek is jammer, dokter."

Daleen skud haar kop. "Dis okay. Dit sal ook oorwaai. Stuur maar vir tannie Hester in sodra sy kom. Dankie, Yvonne."

Sy stap na haar spreekkamer, maak die deur agter haar toe. Dit sál oorwaai. En sy hét tannie Hester afgeskeep vandat sy terug is. Doelbewus afgeskeep.

Die hele dorp weet blykbaar nou – almal behalwe Darius. Sy móét vandag na hom toe gaan. Hy verdien om die waarheid uit haar mond te hoor, nie die skinderpraatjies in die dorp nie.

Haar gedagtes word onderbreek deur 'n klop aan die deur. Tannie Hester, sug sy en staan op om die deur vir haar oop te maak.

"Dokter," sê tannie Hester en bekyk Daleen op en af, "dat ek nou 'n afspraak moet maak om my buurvrou te kan sien."

"Is tannie dan nie siek nie?" wil Daleen onskuldig weet.

"Nee, hartjie, ek makeer niks. Ek wil met jou praat."

"Waaroor, tannie? Ek kan nie te lank kuier nie, die spreekkamer sit vol pasiënte," sê Daleen sonder om te blik of te bloos.

"Hartjie, Emsie kom gister daar by my aan met 'n gruwelike storie."

Ek kan net raai, dink Daleen.

"Sy sê sy het by 'n betroubare bron gehoor dat jy nou 'n mannetjiesmens is."

" 'n Mannetjiesmens, tannie?" probeer Daleen tyd wen voor sy moet verduidelik.

"Ja, kind, jy weet mos: 'n vrou wat maak of sy 'n man is sodat sy 'n ander vrou kan kry. Nou kyk, ek het my so vervies vir haar praatjies dat my bloeddruk seker die hoogte in geskiet het. Ek het haar sommer daar en dan vertel waar Dawid die wortels begrawe het. Verbeel jou," sy snuif hard, " 'n mannetjiesmens! Ek sê vir haar,

272

Emsie, sê ek, dink jy regtig dat ek nie daarvan sal weet nie? Ek ken die kind al vir jare, sy het so te sê voor my grootgeword! As jy onsin wil verkoop, gaan doen dit op 'n ander plek, sê ek vir haar." Sy sit terug op die stoel, glimlag selfvoldaan vir Daleen.

"En as dit waar is, tannie?" vra Daleen versigtig.

"Ag, nonsens, my kind! Ieder geval, ek is hier om vir jou te sê dat die ganske dorp die laaste paar dae daarvan praat. Ek slaan die praatjies dood so ver ek gaan, maar ek kan nie orals bykom nie. Dit kom nou van ledigheid, hierdie skinderpraatjies. Jy moet jou nie daaraan steur nie, hartjie. Die waarheid sal wel uitkom. Laat hulle maar skinder, my kind, hou jy jou kop hoog. Ons weet tog wat die waarheid is!"

"Ja, tannie, ons weet," sug Daleen terwyl sy wonder hoe sy vir tannie Hester die waarheid gaan vertel. Is dit regtig nodig? vra sy haarself af. Is dit nie beter om haar maar in die duister te hou nie? So behou sy darem een vriendin.

Tannie Hester staan op en groet. "Ek moet gaan, ek het met die inkom gesien hoe die siekes hier binne sit. Onthou nou, hou jou kop hoog, my kind."

Daleen wag tot die deur agter tannie Hester toegaan voor sy die telefoon optel. "Yvonne, aangesien ek vandag geen pasiënte moet sien nie, gaan ek uitry na Darius toe. Bel my as daar 'n noodgeval is. Ek glip sommer hier agter uit."

Toe sy die bekende pad plaas toe vat, dwing sy haar gedagtes weg van haarself, weg van Jan, weg van haar probleme. Sy draai Vanessa Mae se *Storm*-CD harder, laat toe dat die donderende klanke van die viool haar gedagtes leegtap.

Sy is verbaas toe die plaashek voor haar opdoem. Ek het tot hier gery sonder om 'n enkele ding langs die pad raak te sien, besef sy verwonderd.

Veronica kom met 'n breë glimlag die trappies afgestap. Sy vou Daleen in haar arms toe, sodat Daleen vir 'n oomblik haar oë moet knip om die trane te keer.

"Kom," sê Veronica, "ek het lekker melktert en koffie. Jy het ons afgeskeep die laaste ruk."

"Waar is Rikus?" Daleen is gewoond daaraan om hom aan sy ma se hand te sien.

"Hy gaan mos twee keer 'n week speelskool toe. Darius het juis nou net teruggekom van die dorp af."

"As ek dit geweet het, kon ek vir hom gewag het voor ek uitgery het," sug Daleen. Hoekom weet sy deesdae so min van Darius-hulle se lewe?

"Hoog tyd dat jy hier opdaag om jouself te kom verduidelik!" groet Darius haar waar hy by die kombuistafel sit met 'n yslike stuk melktert voor hom. Hy hou oudergewoonte sy wang dat sy hom kan soen. "So, as ons al die stories moet glo, was dit 'n baie eventful vakansie, of hoe?"

"Het jy klaar gehoor?" Daleen aanvaar die bordjie melktert en koppie koffie dankbaar by Veronica.

"Gay, nè?"

"Is jy kwaad vir my?"

Hy hou sy blik afgewend, sy aandag blykbaar toegespits op die melktert voor hom.

"Darius, ek praat met jou."

"Fok, Daleen, wat wil jy hê moet ek sê? Dat ek teleurgesteld is? Dat ek vir jou kwaad is? Wat?!"

274

"Net die waarheid, Darius, soos altyd." Sy hou haar hand uit na Veronica, wat omgedraai het. "Jy hoef nie te loop nie, sus. Dit gaan tog hier om familie."

Veronica gee haar hand 'n bemoedigende drukkie. "Ek dink jy en jou broer het 'n oomblik alleen nodig. Ek het in elk geval dingetjies om te doen."

Darius wag totdat sy uitgestap het. "Die waarheid, Daleen? Die waarheid is dat ek teleurgesteld is, kwaad is. Ek kan nie glo dat jy my nooit in jou vertroue geneem het nie."

"Ek wou soveel keer, regtig, ek het net nooit geweet hoe nie."

"Jý moes my vertel het! Ek moes dit van 'n sogenaamde vriend in die Koöperasie hoor!" Hy vat 'n sluk koffie, sit die beker hard neer. "Ek wou ou Giel net daar bliksem! Om so iets van my kleinsus te sê!" Hy sug diep. "Gays . . . Ek het nog nooit eintlik aan hulle gedink nie, seker omdat dit my nog nooit geraak het nie. Straight mans vind seks tussen twee mans walglik, maar om een of ander rede vind hulle seks tussen twee vrouens nogal eroties." Hy skud sy kop. "Behalwe as een van die twee jou kleinsus is, dan is dit net bisar. As ek eerlik moet wees, vind ek die hele besigheid bisar. Jý gay! Ek wou dit nie glo nie. Ek kán dit skaars glo."

Hy blaas sy asem met 'n plofgeluid uit. "Is jy gay?" maak hy seker.

"Ek is. Ek is jammer as ek jou teleurstel. Ek het nie gevra om so te wees nie! Dis wie ek is. En vir die eerste keer in my lewe voel ek vry om te wees wie ek is. Sê asseblief dat dit niks tussen ons gaan verander nie, asseblief, Darius!"

Hy kyk na haar met sy sagte oë. "Jy's my kleinsus. My enigste. Jy het vir Veronica aanvaar, wie is ek om jou nie te aanvaar nie? Wie is ek om te oordeel, Daleen? Wat jou ook al gelukkig maak, dis tog al wat van belang is," sug hy.

"Dankie. Ek weet dat dit vir jou moeilik moet wees. Hel, dis vir my ook moeilik, maar dankie dat jy my darem nie van die plaas af jaag nie."

"Dit beteken nie dat ek gelukkig is oor die hele ding nie. Jy sal my tyd moet gee om dit te verwerk. Wanneer ontmoet ons hierdie," hy beduie ongemaklik met sy hande, "vrou in jou lewe?"

"Sodra haar egskeiding gefinaliseer is. Ons het besluit om dinge nie verder te kompliseer nie ter wille van haar kind. Ons sal wag tot ná die egskeiding voor ons openlik saam sal wees."

Darius kyk lank na haar. "Jy lyk nie baie gelukkig nie. Wat is fout?"

Sy sug. "Toe ek vanoggend opstaan, was dit met die spreekwoordelike lied in die hart. Ek het so daarna uitgesien om weer te begin werk, en toe maak ek die fout om spreekkamer toe te gaan . . ." Tussen happe melktert en slukke koffie deur vertel sy hom.

"En jy lyk só? Daleen, dis nog maar die begin. Dinge gaan nóg rowwer raak, ons is after all in Afrika! Soms dink ek dat Sandfontein Afrika 'n ding of twee kan wys. Jy moenie dat dit jou onderkry nie. Jy sal jou kop moet lig en aangaan met jou lewe. Gelukkig is die mens se geheue maar kort, hulle sal wel daaroor kom. Kyk maar met my en Veronica. Sterk staan, sussie, dit sal weer oorwaai. Een goeie ding wat uit so iets spruit, is dat jy regtig agterkom wie jou vriende is."

"Van vriende gepraat, Karien weier om met my te praat – omdat ek gay is. Kan jy dit glo?"

"Nee, ek kan nie." Hy kyk 'n oomblik in die verte. "Toemaar, sy sal oor dit kom." Hy skud sy kop verdwaas. "Wat dink jy sou Ma en Pa oor al hierdie verwikkelinge gesê het? Ons is alles waarteen hulle hul lewe lank baklei het."

"Dalk sou húlle verstaan het," sug Daleen. Sy wil dit so graag glo.

Huil maar, my kind

Karien word moeg wakker, soos elke oggend vandat sy terug is. Sy gooi die komberse vies van haar af. Wanneer gaan sy weer 'n nag deurslaap? Wanneer gaan die spoke wat haar nag vir nag teister tot rus kom?

Sy stap die kombuis gapend binne en gaan sit by die tafel.

"Môre, Ma."

"Karien," begin Irma versigtig, "ek probeer regtig verstaan waardeur jy die afgelope maand gaan. Ek besef dat die egskeiding moeilik moet wees. Wat ek nié kan begryp nie, is hoe jy dit oor jou hart kry om jou kinders op my af te skuif."

"Wat bedoel Ma?" vra Karien fronsend en reik na die beskuitblik.

Irma kom nader met die koffiekan, skink vir haar in. Sy kom sit oorkant Karien. "Moenie my verkeerd verstaan nie, dis vir my wonderlik om my kleinkinders onder my dak te hê. Maar dis nie my plig om vir hulle ma te speel nie. Dit behoort nie vir my nodig te wees om saam met die tweeling skool toe te stap nie, jý behoort dit te doen. Moenie ons rolle begin verwar nie, my kind. Hulle mis jou, hulle mis hulle ma. Dis erger vir hulle mét jou hier, maar afwesig, as toe jy met vakansie was."

277

Karien staar verstom na haar. "Wat weet Ma? Wat weet Ma van hoe ek voel? Ek's so móég."

"Dis omdat jy bedags nie genoeg doen nie. Dis tyd dat jy jou besig hou met iets: die huissoekery in Jeffreysbaai, om julle goed uit Dawid se huis te gaan haal."

Dis 'n maand, dis wragtig al 'n maand vandat sy terug is uit Jeffreysbaai, besef Karien. 'n Maand vandat sy hulle goed uit die huis wou gaan haal. Wat het sy met die tyd gedoen?

"Ek is jammer, Ma. Ma is reg, ek hét die kinders afgeskeep. En dit juis noudat hulle sekuriteit so nodig het. Ek het myself so bejammer dat ek van hulle vergeet het."

Irma kyk haar net stil aan.

"Ek gaan nou aantrek, dan gaan ek na Dawid se huis ry en ons goed pak."

"Goed," sug Irma, "dis tyd dat ons dit doen."

"Nee," keer Karien, "ek wil dit alleen doen." Sy het dit nodig om deur daardie huis te loop en afskeid te neem. Op haar eie.

"Hoe gaan jy 'n leeftyd se goed op jou eie gepak kry?"

"Ek gaan dit net in die kartondose pak wat Dawid belowe het hy vir my in die garage sal sit. Dis nie asof ek die goed tot hier gaan drá nie. Alles word gestoor tot ek my eie blyplek het. Wanneer ek klaar is, bel ek net en hulle kom haal dit."

"Ek dink steeds ek moet saamgaan."

"Ek sal fine wees, Ma," sug Karien en staan op.

'n Uur later staan sy verbouereerd na die boekrak en staar. Sy weet nie watter van hierdie boeke hare is nie! Sy draai om na die rak waar die CD's in netjiese rye staan. Sy weet ook nie meer watter

CD's hare is nie! As sy per abuis van Dawid se goed inpak, gaan die hel los wees.

Daar behoort 'n reël te wees dat getroudes hulle persoonlike besittings moet merk, dink sy. In blou en pienk, net om dit interessanter te maak. Sy begin haar voorgeskrewe boeke op universiteit tussen die ander uitpik, pak hulle in netjiese rye in die kartondoos.

Toe sy heelwat later in Ronel se kamer staan, weet sy dat sy hulp nodig het. Daar is te veel wat gepak moet word. Alles behalwe die meubels, het die kinders hoeveel keer vir haar gesê. Sy haal haar selfoon uit haar broeksak en skakel haar ma. Irma belowe om ook 'n vriendin se hulp in te roep.

Nou nie eintlik wat Karien in gedagte gehad het nie, maar nou ja. Sy waardeer haar ma en tannie Molly se hulp, maar kan doen sonder hulle ondersoekende blikke wat heeltyd op haar rus. Dus los sy Marli se kamer in haar ma se betroubare hande en Dawie s'n in tannie Molly se hande, terwyl sy self Ronel se kamer aandurf.

Toe sy uiteindelik klaar is, stap sy met 'n swaar hart na hulle slaapkamer. Irma kom in om haar te help, terwyl tannie Molly aanbied om tee te gaan maak.

Karien staan lank na die bed en kyk. Die bed waarop hemel en hel veertien jaar lank lepel gelê het. Sy gaan sit versigtig op die bed se rand, vee met haar hand oor die duvet wat sy met soveel sorg uitgekies het. Knip haar oë agter haar bril om van die trane ontslae te raak wat oor haar wange loop. Dis 'n vergeefse stryd, besef sy toe die snikke deur haar bors begin skeur.

Irma staan van die vloer af op waar sy gaan sit het om Karien se skoene in te pak. Sy sit haar arms beskermend om haar. "Huil maar, my kind, dis hoog tyd dat jy huil," sê sy gesmoord en trek Karien se kop teen haar bors vas.

"Was hy óóit lief vir my, Ma?" vra sy tussen die snikke deur.

Verrassing!

"Ek het 'n verrassing vir jou," kondig Gert selfvoldaan aan.

" 'n Verrassing?" Amelia skakel die haardroër af en bekyk haarself krities in die spieël. Nog 'n week, besluit sy, dan maak sy 'n plan met hierdie Morticia-hare. "Wat op aarde kan dit wees?" speel sy saam toe sy die vonkel in sy oë sien.

"Jy kla altyd ons gaan nooit weg vir 'n vakansie nie."

Sy draai vinnig om. "Gaan ons met vakansie?"

Sy kan sien Gert is opgewonde oor sy verrassing, en die laaste ding wat sy wil doen, is om sy entoesiasme te blus, daarom glimlag sy breed, maar dink wanhopig dat sy nie so gou weer wil weggaan nie. Haar vorige vakansie was 'n fiasko! Sy hét natuurlik aan Gert gekarring dat hulle meer moet weggaan, en daar het sy dit nou. Wys jou net, wees versigtig waarvoor jy wens, sug sy innerlik.

"En jy praat aanmekaar van Jeffreysbaai."

"Gaan ons dáárheen vir 'n vakansie?"

"Maar sal jy my nou 'n kans gee!" roep Gert gemaak verontwaardig uit.

"Jammer," pruil Amelia, sodat hy vir haar moet lag.

"Ek het vir ons 'n huis in Jeffreysbaai gekoop!"

"'n Huis!" Eers koop Gert vir haar haar eie motor om mee skool toe te ry en nou 'n huis! "Hoe koop jy huis sonder dat ek daarvan weet? Het jy die huis gesién?"

"Daar's mos iets soos die internet."

"Eerder 'n slim seun wat geduldig is met 'n tegnologies gestremde pa," lag Amelia.

"Dit kan jy weer sê!"

"Hoe lyk die huis?"

"Ek het foto's daarvan uitgedruk, ons kan nou daarna kyk. Ek dink die voorstad is Wavecrest. Dis nou nie 'n groot huis nie, so moenie te opgewonde raak nie. Doodgewone, voorstedelike drieslaapkamerhuis."

"Ek is mal oor doodgewone, voorstedelike huise! Ons eie strandhuis!" sê Amelia opgewonde. "Ek wou nog altyd 'n strandhuis gehad het!"

"Ek weet, en dis ook 'n goeie belegging. Kom ons gaan eet, ek is honger."

Amelia stap kombuis toe en roep in die lang gang af na Werner en Riana. Sy skep krummelpap in hul borde, sê Werner aan om die botter en melk uit die yskas te haal en Riana om die biltong en suiker tafel toe te bring.

Sy wag dat Gert die tafelgebed doen voor sy na die kinders draai. "Pappa het vir ons 'n strandhuis gekoop!"

"Jissie!" roep Werner uit.

"Cool," sê Riana.

"Ek wil nou nie die realistiese vark in die verhaal wees nie," sê Werner, "maar ons gaan nooit weg nie, so wat is die nut van 'n strandhuis?"

"Hy's reg," sê Riana, onwillig om vir 'n verandering met haar broer saam te stem, maar meer onwillig om uit die gesprek gelaat te word.

"Wel," sê Gert, "ek kan nie altyd wegkom nie, maar niks keer julle mos om meer gereeld te gaan nie. En ek waarsku julle by voorbaat dat ons oor die Kerstyd nêrens heen gaan nie. Hier is te veel om te doen op die plaas."

"Soos altyd." Riana slaan haar oë plafonwaarts.

"Pa is reg, sussie," keer Amelia. "Onthou, ons begin Desember stroop." Sy draai terug na Gert. "Wys ons die foto's!"

Hy staan op om die koevert in sy kantoor te gaan kry. Hy haal die foto's met 'n swierige gebaar uit voor hy dit aan Amelia oorhandig. Sy staar lank daarna voor sy dit vir Werner aangee, wat dit op sy beurt vir Riana wys.

"Dis nou nie 'n baie groot huis nie, of hoe?" Riana gee die foto's terug vir Gert.

"Ek dink dis perfek," sê Amelia. "Ons het niks meer nodig nie. Dankie, my skat."

Al moet sy en die kinders alleen gaan, is dit darem iets.

Ma se timing suck

Ek verstaan hierdie swangerskap nie, dink Karien toe sy haar kop eindelik van die toiletbak lig. Sy bly sit voor die toilet, te bang om die skielike gebrek aan naarheid te vertrou. Met haar vorige swangerskappe was sy óf pal naar óf glad nie. Nou kom die naarheid sporadies, asof die baba haar daaraan wil herinner dat hy daar is, net sodra sy haarself wysgemaak het dis onmoontlik dat sy haar vierde kind kan verwag.

Dalk wil hy haar straf omdat sy 'n aborsie oorweeg het. Sy skud haar kop. Hoe kon sy ooit aan so 'n moontlikheid gedink het? Sy vee met die agterkant van haar hand oor haar mond, staan op om haar tande te borsel. Wanneer het sy in elk geval daarteen besluit? Sy kan nie onthou nie, dit het net gebeur. Asof dit nooit eens haar besluit was nie. Asof Iemand . . .

Nee, sy glo lankal nie meer daaraan nie! Sy spoel die tandepasta uit haar mond en was haar hande. Die naarheid is weg, besef sy verlig. Dit het totaal verdwyn, sodat sy nou selfs kans sien vir haar ma se voortreflike ontbyt. Saterdag is plaatkoekie-dag. Plaatkoekies met goudgeel heuning, spek en eiers. Wat kan lekkerder wees?

Sy stap doelgerig kombuis toe, waar sy reeds die gelag van die kleintjies kan hoor. Ronel sal beslis nog nie op wees nie, dink Karien geamuseerd toe sy verby die toe kamerdeur stap. Haar meisiekind het nog altyd geweet hoe om die beste uit 'n Saterdag te haal.

"Ons het jou gehoor opgooi," sê Dawie toe sy inkom. "Is jy siek?"

Karien kyk vinnig na haar ma, maar Irma is gelukkig druk besig met die plaatkoekies. "Nee wat, jong, dis seker maar iets wat ek ge-eet het."

"Ek hoop nie jy bedoel dit kan my kos wees nie." Irma loer beskuldigend oor haar bril.

"Natuurlik nie, Ma." Karien gaan sit tussen die tweeling, vryf Dawie se hare deurmekaar. "Het julle lekker geslaap?" vra sy om die aandag van haar oggendnaarheid weg te lei.

"Mamma praat in jou slaap!" lag Marli.

"Jy het ons wakker gemaak," knik Dawie instemmend.

"Het ek? Wat het ek gesê?"

"Iets van moffies," sê Marli. Sy en Dawie begin onbedaarlik giggel.

"Moffies!" sê Irma. "Dis natuurlik omdat ons gister gewonder het wanneer gaan tannie Betsie klaar brei aan daardie moffies wat sy ons belowe het."

"Brei moffies?" wil Dawie verbaas weet.

"Moffies doen alles wat vrouens doen," lig Marli hom in.

"Nee, man, ons praat van handskoene, julle weet, die soort wat nie vingers het nie. Daardie handskoene noem mens moffies."

Irma se toesmeerdery laat hulle in nog 'n giggelbui verval, en Karien kan nie help om te glimlag nie.

"Toe nou, julle is net laf," sê Irma kwaai, wat hulle dadelik laat ophou. "Dawie, haal die heuning uit die yskas. Marli, dek jy solank vir ons die tafel." Hulle spring dadelik op om hul ouma te gehoorsaam.

Dankie tog, dink Karien, die egskeiding affekteer hulle blykbaar nie te veel nie. Hulle praat nou wel nie daaroor nie, maar hulle sit ook nie rond met rooigehuilde oë nie. Dawid was in elk geval so 'n onbetrokke pa. Hy was min by die huis, en wanneer hy daar was, was hy so afwesig dat die kinders nie sy teenwoordigheid behoort te mis nie.

Sy weet goed dat die vrae nog sal kom: Hoekom, wie, waar? Maar sy sien kans daarvoor. Sy sal hulle die waarheid vertel, kinders weet wanneer jy vir hulle lieg. Sy sal net sorg dat sy Dawid darem nie in 'n te slegte lig stel nie.

Ná die ontbytskottelgoed opgeruim is, wil sy die tweeling volg om te gaan aantrek, maar Irma keer haar met 'n uitgestrekte arm.

284

"Nie so haastig nie, juffroutjie."

"Ai, Ma, ek is eintlik nou 'n mevroutjie," probeer sy 'n flou grappie maak.

Irma vind dit blykbaar nie snaaks nie, loer net oor haar bril na Karien. "Daar is net een soort oggendnaarheid waarvan ek weet. Is jy swanger?"

Karien staar na haar hande, knik dan versigtig. Dit voel soos destyds toe sy vir haar ouers moes kom vertel het sy is swanger.

"Jene, my kind! Het jy en Dawid nie brieke nie? Julle teel soos konyne!"

"Ma!" sê Karien geskok.

"Dit help nie om my te Ma nie! Jene, Karien, jy staan op skei! Hoe kan jy nou swanger wil raak?"

"Ek wóú nie swanger raak nie, Ma! Dit was nog voor ek uitgevind het van hom en Retha!" Sy bly stil oor die aborsie wat sy oorweeg het; haar ma sal so 'n mededeling nooit oorleef nie.

"Weet Dawid?"

"Nee, en Ma gaan hom ook nie sê nie! Ek sal hom self vertel." Later wanneer die egskeiding finaal is, wanneer hy haar nie daarmee kan probeer oortuig om by hom te bly nie.

"Moet hom net nie nou vertel nie," eggo Irma haar gedagtes. "Anders gaan hy jou 'n gat in die kop praat."

"Ek dog Ma sou wou hê hy moet weet?" sê Karien verbaas. "Ma is dan so gek na hom."

"Was, my kind, wás gek na hom. Ná daardie gesprek tussen ons, toe ek hom so te sê moes dreig om te sorg dat jy 'n huis op Jeffreysbaai kry, het my opinie vinnig verander. Jou pa was reg oor hom. Jou pa was reg oor alles en almal in die lewe." Sy sug lank en uitgerek. "Nou ja, dan word ek wragtig weer ouma. Daaraan kan ons niks doen nie, maar jy vertel hom nie nou nie."

Karien sug ook. "Ek moet die kinders vertel, maar ek bly uitstel. Die tweeling sal opgewonde wees, glo ek, maar Ronel . . . sy gaan nie baie gelukkig hieroor wees nie."

"Waaroor gaan ek nie happy wees nie?" vra Ronel, wat ongesiens die kombuis binnegekom het.

"Jou ma is swanger."

"Ma!" waarsku Karien.

"Ag, toe nou, as mens moet wag vir jou om iets te sê, gaan ons wag tot die baba tande kry."

"Op Má se ouderdom?" vra Ronel met groot oë.

"Wat bedoel jy?" wil Karien seergemaak weet. "Ek's darem nog nie so oud nie!"

"Te oud vir 'n baba, dink Ma nie so nie? Is dit Pa se kind?"

"Nou vat jy my darem lelik in die gesig!"

"Skuus, Ma. Dis net . . . met alles wat gebeur het die afgelope tyd, kon ek nie help om te wonder nie. Hoe de hel het dit in elk geval gebeur?"

Irma se wenkbroue lig. "Moenie vir my sê jou ma het nog nie met jou oor die bytjies en blommetjies gepraat nie."

"Ek het, Ma!" Karien draai na Ronel. "Ek weet my tydsberekening is absoluut swak, maar . . . ons was toe nog gelukkig."

"Ma se timing suck." Ronel steek haar vurk met soveel geweld in 'n plaatkoekie dat dit in stukkies breek. "Weet Pa?"

"Nog nie," sug Karien.

"As ek Ma is, sal ek hom nie vertel nie. Hy verdien nie om te weet nie."

'n Dyke se vriendin

"Gaan trek uit sodat ons kan eet," sê Amelia vir Werner en Riana terwyl sy die deksels van die skottels afhaal en daarin loer. Sy draai afgehaal na Gert. "Wel, soveel vir my geen rys, vleis, aartappels en pampoen meer nie!"

"Wees eerder bly Maria kook middagete. Wat sou ons anders gedoen het?"

"Ek weet, maar ek het hierdie hele skoolhoustorie so anders gesien. Ek het gedink dat ek genoeg tyd sal hê om nog te kook ook, maar nou voel dit vir my of my voete skaars grondvat."

"Maar jy geniet dit nog?"

"Baie." Sy glimlag vir Gert. "Al moet ek elke dag na boerekos terugkom."

"Jy maak darem heerlike kos vir die aande," troos hy.

Amelia begin die borde vol skep. "Ja, en daardie lekker kos, Maria se boerekos en al die disse wat ek by die skool moet proe, gaan sit om my heupe," kla sy.

"Toemaar, ek het nog altyd meer van jou gehou wanneer daar ietsie is om aan te vat."

"Nee, sies, man!" roep Werner agter hulle uit. "Julle is nie veronderstel om so voor julle kinders te praat nie."

Dit laat Amelia dadelik bloos en Gert skuldig van haar af wegdraai.

"En dié?" Riana haal 'n boksie pille uit die apteeksakkie wat Amelia op die toonbank neergesit het.

"Dis myne, ek het besluit om op te hou rook," sê Amelia. "Ek kan nie meer so tussen klasse 'n draai loop om te rook nie, dit vat te veel tyd."

"Ek is seker ons het al voorheen gehoor Ma gaan ophou," sê Werner terwyl hy vir hom 'n glas koeldrank skink.

"Hierdie pille is anders!" keer Amelia. "Dit werk regtig. Hoor ek."

Werner en Riana lag en sy draai seergemaak na hulle. "Moenie nog lag nie, vir die prys wat ek daarvoor betaal het, moet dit werk. Én jy moet 'n doktersvoorskrif daarvoor hê."

"Kom sit dat ek kan oë toemaak," gebied Gert. Hy het skaars amen gesê of Werner begin eet.

"Genade, my kind! Stadig, netnou verstik jy," sê Amelia. "'n Mens sou sweer jy kry nooit kos nie."

"Ná 'n dag by die skool voel dit nogal so," sê hy met 'n mond vol kos.

"So, jy gaan ophou rook?" vra Gert.

"Ek gaan," antwoord Amelia beslis. "Ek is moeg vir hierdie gehyg van my, ek is moeg om altyd na rook te ruik, ek is moeg daarvoor om skelm by die skool te moet rook – om tussen klasse soos 'n tiener agter die ablusieblok weg te kruip."

"Wel, ek hoop Ma kry dit reg. Dis embarrassing as jou ma rook."

"Dankie, Riana," sê Amelia, nie seker of sy afgehaal moet voel of bly moet wees oor die ondersteuning nie.

"Was jy by Daleen?" vra Gert.

"Hoe weet jy?"

"Pille. Doktersvoorskrif."

"Genade! Waar is my kop!" Sy konsentreer daarop om haar vleis te sny voor sy antwoord: "Ja, ek was. Ek weet nie wat om vir haar te sê nie."

"Oor wat? Haar homoseksualiteit? Dis mos nie vir jou 'n probleem nie?"

"Nee, maar die mense praat! Jy moet hulle pouses by die skool hoor. Dis tog nou al maande vandat die kat uit die sak gelaat is, maar dis die een onderwerp waarvoor hulle klaarblyklik nie moeg raak nie."

"Jy hoef niks vir haar te sê nie, solank jy net daar is vir haar."

"Ek stem saam met Pappa," sê Riana. "Wanneer vriende probleme het, hoef ons dit nie vir hulle op te los nie, ons moet net die pad saam met hulle stap."

Amelia kyk verstom na haar. "Genade! Wanneer het jy so slim geword?"

"Ek wil ook weet," sê Werner.

"Sjarrap, Werner!" sê Riana vererg. "Ma het dit self vir my geleer. Onthou Ma nie?"

Dan het sy haar kind ten minste iéts geleer, dink Amelia dankbaar.

"Daleen wys dit nie, maar ek kan sien dat hierdie hele ding haar 'n knou gee. Toe ek vanoggend gou by die spreekkamer was, het daar soveel mense gesit dat ek seker was sy sou my nie kon sien nie, maar Yvonne sê toe vir my dat almal vir Muller wag."

"Arme Daleen," sug Gert.

"Wie sou nou ooit kon dink dat die sexy tannie Daleen 'n dyke is?"

"Skaam jou, Werner! Gert, ek weet nie wat om te doen nie. By die skool vra hulle my of dit waar is. Of sy regtig gay is, en ek weet nie wat om te antwoord nie."

"Die waarheid."

"Duh, Ma," sê Werner en reik na die vleispan.

"Dis nie so maklik nie! Sê ek ja, dis waar, voel ek asof ek 'n vriendin in die rug steek en praatjies agter haar rug maak. Sê ek nee, voel dit steeds of ek 'n vriendin in die rug steek."

"Ma, niemand het ooit gesê dit gaan maklik wees om 'n dyke se vriendin te wees nie."

"Werner, hou op om daardie woord te gebruik! Dis so vieslik!"

"Dankie, Riana," sug Amelia en stoot haar bord terug.

'n Af dag

Dis nou al twee maande dat Daleen getrou spreekkamer toe gaan, al is dit weinig dat sy enige pasiënte het. Dis nog net by die hospitaal dat haar dienste benodig word, en ook nie elke dag nie. Sy is sat daarvoor om in Muller se ek's-jammer-vir-jou-oë te kyk. Nog satter vir die twee ontvangsdames se blikke.

Daarom bly sy vanoggend in die bed en skakel die spreekkamer. "Kan ek raai: geen afsprake vir my vandag nie?" vra sy toe Yvonne antwoord.

"Nee, dokter, daar is niks."

"In daardie geval vat ek die dag af. As julle my nodig het, skakel maar op my selfoon. Ek ry dalk uit plaas toe."

"Goed, dokter, ons maak so."

Daleen voel hoe die dowwe hoofpyn waarmee sy wakker geword het in intensiteit toeneem toe sy haar selfoon toeklap. Sy reik na haar bedkassie, haal twee pynpille uit en sluk dit droog af. Dalk moet sy gaan draf, sy het lanklaas geoefen . . . Nee, sy het eenvoudig nie krag vir die beskuldigende blikke van die dorpenaars nie.

Sy het 'n sagmoedige woord nodig, dink sy en skakel Jan se nommer by die spreekkamer. Dis egter Jan se ontvangsdame wat antwoord: dokter De Waal is besig met 'n operasie en sal eers ná twaalf beskikbaar wees. Daleen sug hard toe sy die selfoon dooddruk, oorweeg dit om vir Amelia te skakel, onthou dan dat haar vriendin nie meer so geredelik beskikbaar is vandat sy werk nie.

Karien, sy kan weer vir Karien probeer skakel. Haar selfoon gaan egter ná skaars twee luie oor na stempos. Hoe de hel is dit moontlik dat Karien haar so maklik uit haar lewe kon sny? dink Daleen moedeloos. Hoekom kan Karien haar nie net aanvaar nie? Hel, sy verwag nie dat Karien haar lewenstyl sal goedkeur nie – aanvaarding is al wat sy soek.

Daleen het háár tog nog altyd aanvaar, flambojante, effens absurde kleredrag ten spyt. Soms, moet sy erken, voel 'n mens skaam om saam met Karien gesien te word, maar sy weet wat onder daardie lae klere skuil. Sy ken die regte Karien, die Karien wat haar onsekerheid agter flambojante kleredrag wegsteek.

Hoekom kan Karien háár dan nie aanvaar nie? Sy is steeds dieselfde mens, al is sy gay. Is dit vir Karien só moeilik om te verstaan? Te hel met Karien, besluit sy en draai op haar sy. Maar al probeer sy hoe hard, haar kop wil nie ophou dink nie. Sy streel afgetrokke oor Dennis se pels, terwyl hy saggies van genot spin.

As sy gaan draf, weet sy, sal sy beter voel. Draf gee haar 'n groter boost as enigiets anders. As sy net die krag gehad het om uit hierdie bed op te staan. Waar het dinge dan so verkeerd geloop? Waar sy ook al gaan, sien sy misnoeë en walging in die oë wat na haar kyk. Nêrens iets soos aanvaarding nie. Sy het gedink, gegló dat Sandfontein sy arms om haar sou slaan – om haar én Jan. Vir die eerste keer voel sy ontuis in hierdie dorp, asof sy 'n buitestander is. Sy voel ontuis in haar spreekkamer. Sy's bang dis net 'n kwessie van tyd voor sy ontuis in haar eie vel begin voel.

Sy sug en draai op haar ander sy. En dan is daar Bennie . . . Die paar kere dat sy al met hom te doen gehad het, het hy spontaan op haar toenadering gereageer. Maar sê nou dit verander wanneer hy besef dat sy in werklikheid sy pa se plek inneem? Hoe gaan hy dit aanvaar, hoe gaan hy dit begryp? Mag sy en Jan dit aan 'n onskuldige kind doen? Daar is min genoeg volwassenes wat so 'n situasie begryp en aanvaar, wat nog te sê 'n kind? Sy wil so graag vir Bennie 'n derde ouer wees. Hy sal die naaste aan 'n eie kind wees, tensy hulle besluit op aanneming, en dit voorsien sy nie in die nabye toekoms nie.

Haar gedagtes spring na Jan. Sy, Daleen, het geen illusies oor hulle verhouding gehad nie. Dat dit moeilik gaan wees, het sy aanvaar. En sy glo hulle is dit aan hulleself verskuldig om gelukkig te wees – Jan wat al jare lank 'n skynhuwelik het en sy wat al jare lank 'n leuen lewe. Maak dit regtig saak wie wat sê?

"Fok die mense! Ons is ook mense!" sê sy hardop. "Ons verdien om gelukkig te wees. Ons verdien om saam te wees!"

Dit klínk so maklik, sug sy. Sy het gedink sy sien kans vir al die vingerwysings en vermaninge. Sy het gedink sy sal dit kan hanteer. Hoekom voel dit dan soos 'n berg wat sy op haar skouers moet dra? Sy druk haar hande onder haar wang in en sluit haar oë.

Daleen word wakker toe Dennis hard miaau. Sy steek haar hand na haar selfoon uit en is geskok toe sy sien dat dit al twaalfuur is. "Kom," sê sy vir die kat, "ek gaan gee vir jou kos."

Hulle stap kombuis toe en sy haal die katkos uit die kas, meet die hoeveelheid af en gooi dit in Dennis se bak. Sy spoel sy water-bak uit, tap skoon water in en sit dit langs hom neer. Sy streel af-getrokke oor sy rug, sodat hy dit krom van lekkerte, maar hy lig nie sy kop van sy kosbak op nie.

Sy draai om, staar verstom na die leë wodkabottel wat op die wasbak staan. Sy gooi dit in die vullisdrom, skud nog twee hoof-pynpille in haar hand uit en haal water uit die yskas. Sy sluk die pille af, skielik bewus daarvan dat sy honger is. Sy staar na die karige inhoud van haar yskas; sy sal 'n slag 'n paar goed móét gaan koop.

Haar blik vang die bottel wyn in die yskas en sy maak die deur beslis toe. Dis nog 'n oorblyfsel van die Jeffreysbaai-vakansie. In-tussen het haar drank meer . . . alkoholisties geraak. Wyn doen dit nie meer goed genoeg nie. Al wat haar deur 'n dag of nag help, is wodka.

"Jy is nie dom nie, Daleen!" praat sy hard met haarself. Sy weet dat haar alkoholinname die afgelope maand toegeneem het, en sy is kundig genoeg om te besef dat dit moeilikheid voorspel. Maar kan sy haarself kwalik neem dat sy na drank gryp? Kan enigeen haar kwalik neem? Sy het alkoholiste nog altyd as swak gesien – mense wat na drank gryp om vir 'n paar uur van hul probleme te vergeet.

Sy stap badkamer toe. Sy gaan stort en dan uitry plaas toe, die enigste plek waar sy nog min of meer normaal behandel word. Die enigste plek waar sy nog normaal vóél. Sy draai die warmkraan oop en trek haar nagklere uit. Een sluk, besluit sy, net een sluk om haar moed en krag vir die dag te gee.

Sy draai die handdoek om haar en stap terug kombuis toe, haal die bottel wyn uit die yskas en haal die kurk behendig af. Sonder om haar aan 'n glas te steur, vat sy 'n diep sluk uit die bottel. Sy voel hoe die alkohol in haar bloedstroom beland, voel die rush na haar ledemate versprei. Dis nie dieselfde as wodka nie, maar sy kan nie die bottel wyn in die yskas laat oud word nie. Wodka so vroeg in die dag is net te . . . desperaat. En sy is darem nie desperaat nie.

Sy loop weer badkamer toe, waar sy met die bottel onder die warm stort inklim. Sy staan lank onder die water, die hand wat die bottel vasklem hoog in die lug. Voor sy in die hoekie gaan sit, toelaat dat die water oor haar lyf spoel terwyl sy diep uit die bottel drink.

Die skril gelui van die deurklokkie laat haar uit die stort strompel sonder om aan 'n handdoek te dink, die leë bottel steeds in een hand geklem. Sy laat haar kop 'n oomblik teen die voordeur rus. "Wie's dit?"

"Jan!"

Dit ruk haar terug na die werklikheid. "Net 'n oomblik!"

Sy vlug kamer toe, trek haar japon aan, gooi die leë bottel in die vullisblik. Toe die derde gelui opklink, staan sy voor die deur, haal diep asem voor sy oopmaak.

"Wat gaan aan, Daleen?"

Sy ignoreer die vraag, trek Jan aan haar arm die woonstel binne, voel hoe opwinding deur haar bruis. "Ek's so bly jy's hier!"

Sy druk haar lyf teen Jan vas, maar Jan stoot haar eenkant toe. "Waar was jy?"

"Wat bedoel jy? Ek is hier!"

"Daleen, wat de hel gaan aan? Jy antwoord nie jou selfoon nie, jy's nie by die spreekkamer nie, Yvonne sê jy's na Darius toe, Darius se huishulp sê jy was nie daar nie en dat Darius-hulle na een of ander konsert toe is. Ek was bekommerd oor jou!" Sy kyk agterdogtig na Daleen. "Is jy dronk?"

"Ek het van die konsert vergeet! Rikus sal my nooit vergewe nie! Hoe laat is dit?"

"Dis tweeuur," sug Jan.

"As ek gou maak, kan ek dalk nog iets sien!" Sy druk verby Jan, wat haar aan die arm terughou.

"Wat de moer gaan met jou aan? Jy's nie eens aangetrek nie!"

Daleen kyk selfbewus af na haar japon, skud haar kop verdwaas.

"Hoor ek water loop?" vra Jan, haar kop skeef gedraai.

"Die stort!" Daleen haas haar badkamer toe en draai die krane toe. Toe sy omdraai, staan Jan in die deur na haar en kyk.

"Ek dink jy moet in die bed kom, ek gaan koffie maak. Stérk koffie."

"Kom lê by my," nooi Daleen skalks.

Jan skud haar kop. "Sorg dat jy in die bed kom," sê sy afgemete.

"Ek's jammer," sê Daleen toe Jan die bekers koffie op die bedkassie neersit. "Ek's jammer omdat jy bekommerd was. Omdat jy al die pad tot hier moes ry vir niks."

"Dit was nie vir niks nie, dis duidelik."

"Hoekom? Jy kan mos sien ek makeer niks."

"Omdat jy tweeuur op 'n weeksdag onder die invloed van alkohol die deur oopmaak met net 'n japon aan."

"Was dit nie vir jou sexy nie?"

"Nee, Daleen, dit was nie sexy nie, dis kommerwekkend."

Daleen bly haar 'n antwoord skuldig.

"Wat nou van Rikus se konsert?" vra Jan.

"Ek sal maar vir hulle sê dat ek 'n noodgeval gehad het. Soms is dit nuttig om 'n dokter te wees."

"Met ander woorde, jy gaan vir hulle lieg?"

"Wat's die alternatief? Om te erken dat ek tweeuur op 'n weeksmiddag 'n bottel wyn uitgedrink het?"

"Jy het dalk 'n punt beet." Jan sug diep, tel haar koffiebeker op en vat 'n sluk. "Hoekom?"

"Hoekom wat?"

"Hoekom het jy 'n bottel wyn tweeuur op 'n weeksmiddag uitgedrink?"

Daleen beduie met haar arms. "Ag, jy weet . . ."

"Nee, ek weet nie. Ek weet wragtig nie. Verduidelik dit vir my."

"Dis niks. Ek het myself sommer net jammer gekry."

"Jammer? Waaroor?"

Daleen skud haar kop, verander die onderwerp: "Het jy al uit jou vennootskap gekom?"

"Jy het dan gesê ek moet eers wag om van Muller te hoor?"

"Natuurlik."

"Moet ek bekommerd wees oor jou?"

"Natuurlik nie."

Jan kyk stip na haar. "Hoekom is ek dan? Jy is so 'n sterk vrou. Dis wat my in die eerste plek na jou aangetrek het – omdat ek soveel van myself in jou sien."

"Ek dog dis my good looks!" terg Daleen.

Jan ignoreer dit. "Ek sal nie kan glo dat jy 'n drankprobleem het nie, Daleen. Daarom beskou ek vandag as 'n eenmalige gebeurtenis. 'n Fout. Moenie my verkeerd bewys nie."

"Dit wás eenmalig."

"Goed dan. Wanneer gaan ek vir Darius-hulle ontmoet?"

"Hoekom wil jy hom ontmoet?"

Jan sug en staan op. "Ek kan sien dat 'n normale gesprek buite die kwessie gaan wees. Slaap nou. Ek sal hier bly tot jy wakker word." Sy stap sonder 'n verdere woord uit.

Die mooiste, mooiste maand

Oktober, die mooiste, mooiste maand, aldus Leipoldt, sug Karien toe sy haar prokureur se kantoor verlaat. Leipoldt was definitief nie met Dawid du Plessis getroud nie. Dis dalk onregverdig teenoor Leipoldt, dink sy toe sy die motor aanskakel, dalk geld dit nie wanneer Oktober in sy laaste week is nie. Dalk geld dit ook nie as jou huwelik in Oktober sy laaste asem uitblaas nie.

Snaaks, sy het gedink vandag gaan 'n baie emosionele dag wees, dis immers die einde van 'n era. Nou sit sy emosieloos in die laatmiddagverkeer agter die stuurwiel, terwyl haar vingers die ritme van die musiek op haar CD-speler tokkel. Dalk het daar niks van haar emosies oorgebly nie – ná dit die afgelope maande soveel wipplank gery het, kan daar seker nie veel oor wees nie. Elke mens het seker net soveel emosie om te wys, om te gebruik, voor joune op is. En die vet weet, sy is op. Letterlik en figuurlik.

297

Sy skrik toe sy Dawid se duur Duitse motor in haar ma se oprit sien staan, parkeer en klim so vinnig uit soos haar vyf maande swanger lyf haar toelaat. Dawid kom aangestap en sy wag hom by sy motor in.

"Voor jy vra: ek het net my kinders kom groet."

"Hulle is nog in die skool," antwoord sy.

"So sê jou ma." Hy bekyk haar op en af, glimlag dan. "Die egskeiding het jou nie baie goed gedoen nie, nè? Jy het lekker vet geword. Ek het weer gewig verloor." Hy vryf ingenome oor sy plat maag.

Karien sit haar hand beskermend oor haar maag. "Dis jou skuld dat ek so lyk."

Hy lag wrang. "Ja, mense verwerk trauma op verskillende maniere. Jy was nog altyd geneig om na die koekieblik te gryp in tye van spanning."

Karien sug, sy wou hom nie só vertel nie. "Dis nie te veel koekies nie, Dawid, ek's swanger."

Wat sal sy doen as hy haar nou vra om terug te kom? Noudat hulle huwelik amptelik tot niet verklaar is? Liefde verdwyn nie outomaties wanneer jy skei nie. Sy sal hom graag nog 'n kans wou gee, besef sy met 'n sug. Dalk sonder om haar hierdie keer wetlik tot hom te verbind.

"Ekskuus?"

"Ek is swanger," herhaal sy.

"Ek moes dit geraai het. Jy het jou nog altyd heilig voorgehou, maar ons twee weet van beter, of hoe?"

"Waarvan praat jy?"

"Julle sogenaamde vakansie. Net 'n verskoning om rond te hang en mans op te tel. Ek praat natuurlik nou van jou en Amelia. Jou gay" – hy spoeg die woord uit – "vriendin het seker ander soort geselskap verkies."

Karien kyk skuldig af, sy het hom immers amper verneuk met daardie surfer. "Ek is vyf maande swanger, Dawid, dis jóú kind."

"Asseblief! Dink jy regtig dat ek jou gaan glo? Verwag jy dat ek na jou sal terugkruip? My sondes sal bely en vaderskap van hierdie kind aanvaar? Wat wil jy daarmee bereik – dat ons weer moet trou? Jou tydsberekening is soos gewoonlik vrot. Noudat ek 'n vry man is, gaan ek nie toelaat dat jý my weer in jou web vang nie. Jy het dit jare terug op hierdie manier reggekry, maar ek het intussen my les geleer."

"Spaar my die melodrama," sug Karien, opeens moeg vir verduidelikings. Sy draai om en stap huis toe.

"Onthou, as jy in 'n glashuis woon, gooi jy nie klippe nie!" skreeu hy agter haar aan.

Irma staan skuldig by die sitkamervenster en luister. Toe Karien instap, slaan sy haar arms om haar. "Ek hou regtig niks van hom nie, my kind."

"Ek ook nie meer nie," sug Karien. "Ek het Ronel se rok gaan haal, wil Ma sien?"

"Ek kan nie glo dat jy dit met al vandag se drama nog kon onthou nie!"

"Sy het my nie kans gegee om dit te vergeet nie," sê Karien terwyl sy die ligpienk skepping uit die omhulsel lig.

"Dis darem jammer jy het nie vir Amelia gevra om die rok te maak nie," sê Irma. "Sy het so 'n hand met naaldwerk."

"Hou Ma nie hiervan nie? Die vrou by wie ons laat maak het, is ook baie goed," sê Karien onseker.

"Dis 'n pragtige rok, my kind, maar jy sou ook meer daarvan gehou het as dit Amelia se handewerk was."

"Seker."

" 'n Lentebal in Oktober." Irma skud haar kop. "Ook net 'n instansie soos 'n skool wat laat in Oktober lente sal vier."

Wat het jou hart gesê?

Vrydagmiddag, 10 November, dink Amelia en staar vir die soveelste keer by die venster uit. Sy sal maar solank die ketel aansit, Daleen gaan dors wees as sy hier kom. Sy stap kombuis toe, kyk vir die soveelste keer op haar horlosie. Waar bly Daleen tog? Dis nie asof sy iets het om te doen nie, sy het self so gesê.

Dis hoekom Amelia haar vir die naweek genooi het: sodat nie een van hulle vandag alleen hoef deur te bring nie. Die kinders is na vriende toe, sodat hulle vanaand die skoolsokkie kan bywoon, en Gert het vir die eerste keer in jare saam met van die ander boere gaan visvang. Nogal 'n kompetisie in Port Elizabeth. Hy kom nou wel môreaand terug, maar sy wou nogtans nie alleen op die plaas slaap nie. Veral nie vanaand nie.

Die honde se geblaf ruk haar terug na die hede, en sy stap voordeur toe om Daleen te gaan ontmoet.

Later die aand sit hulle in die sitkamer op die mat, elkeen met 'n glas wyn. Amelia het die geëlektrifiseerde heining vroegaand aan-

300

geskakel en voel nou so gerus dat sy die deure wat na die patio lei, wyd oopgestoot het. Dis drukkend warm, soos die Vrystaat maar dié tyd van die jaar is. Hulle het klaar weggelê aan die pizza wat Amelia vroeër vir hulle gemaak het, en sit sommer net en gesels.

"Jan se egskeiding is vandag gefinaliseer," sê Daleen, haar blik op haar wynglas.

"En jy sit hier? Genade, moes jy nie eerder by haar gewees het nie?"

"Jy het my eerste genooi. Ek kon jou tog nie alleen in hierdie kasarm van 'n huis los nie."

"Ek kon mos op die dorp gaan oornag het. Jou verhouding met Jan is tog belangriker as ons vriendskap!"

"Ek hoop jy maak 'n grap! As dit nie vir jou ondersteuning die afgelope maande was nie, het ek al van 'n krans afgespring." Daleen vat 'n groot sluk van haar wyn. "Nie dat hier juis hoë, lewensgevaarlike kranse in ons distrik is nie," sug sy.

"Vandag ses jaar gelede het ek die aborsie laat doen," sê Amelia sag.

Daleen leun vorentoe. "My liewe vriendin, en jy sê niks!"

"Ek het gedink dit sal met die tyd beter word, maar dit gebeur nie. Ek wag nou al ses jaar tevergeefs dat die gevoel van verlies moet verdwyn."

Amelia kyk op toe Daleen opstaan, na die drankkabinet stap en nog 'n bottel wyn uithaal. Behoort sy bekommerd oor Daleen te wees? Nee wat, besluit sy, Daleen kan haar drank vat, soos Werner sou sê.

Daleen sit die oopgemaakte bottel tussen hulle neer. "Om oor iemand se dood te kom, is nie maklik nie. Net omdat jy 'n fetus geaborteer het, beteken dit nie die gevoel van verlies sal minder wees nie."

Amelia knik ingedagte. "Ek sien dit ook so. Maar dis nie net die verlies nie . . . Wanneer gaan ek myself kan vergewe? Ek bedoel, ek probeer so hard om myself wys te maak dat die aborsie die regte . . . die énigste besluit was wat ek kon neem."

"Dis was, Amelia."

"Hoekom voel dit dan nie so nie? Hoekom sien ek 'n moordenaar wanneer ek in die spieël kyk?"

"Dalk is dit ons Calvinistiese wortels. Ons sal tot met ons dood verantwoordelik voel vir iets waarvoor ons nie noodwendig verantwoordelik is nie."

"Ek wás verantwoordelik daarvoor. Ek kan dit nie wegredeneer nie, ek kan dit nie eens wegbid nie! En die ergste van alles is dat ek dit met niemand kan deel nie."

"Jy deel dit dan met my!"

"Ek weet, maar ek sou dit graag met Gert wou deel. Sê nou ek het 'n fout gemaak? Sê nou dit was Gert se kind?"

"Wat het jou hart gesê?"

"Dat dit Dawid se kind was. My kop het dit ook gesê. My vriendin se man se kind . . . dis geen wonder Karien haat my so nie. Dit maak nie saak hoeveel uitrustings ek vir haar uitgedink het nie, hoeveel klokkies, vere en blinkertjies ek met die hand aangewerk het nie, die skuldgevoel sal altyd bly. En sy sal my nooit vergewe nie." Amelia skud haar kop. "Ek was so dóm, Daleen. Soms is dit die ergste: dat ek myself so verneder het!"

"Almal van ons verneder onsself op een of ander stadium, op een of ander manier." Daleen lag wrang en skink vir haar nog wyn.

"Kyk nou maar vir my. Ek het myself so jammer gekry omdat ek elke dag na 'n leë afspraakboek moet staar dat ek met Muller gaan praat het. Ek wou simpatie hê, ek wou hê hy moet my verseker dit sal regkom. Ek wou ook sommer vra of Jan nie by ons praktyk kan aansluit nie, Sandfontein kan doen met 'n ginekoloog."

"En toe?"

"Toe moet ek hoor hoe Muller – my goeie vriend Muller – vra of ek nie dink dis tyd om die waarheid in die oë te kyk nie. Dat my pasiënte nie gaan terugkom nie. Dat hy dink dis beter dat ek my deel aan hom verkoop. Dat hy definitief nie 'n vennootskap met Jan sal oorweeg nie, omdat hy nie twee kreupeles sal kan dra nie."

"Genade, Daleen!"

"Presies. Ek het só verneder gevoel. Deels omdat dit hy is wat dit gesê het, en deels omdat ek weet hy is reg. Ek kan nie meer teen die waarheid stry nie."

"Wat gaan jy doen?"

"Ek weet nie. Ek weet nie hoe om dit vir Jan te vertel nie. Ek kan nie glo ek vertel dit vir jóú nie. Dit was nog nooit vir my maklik om te erken dat ek gefaal het nie."

"Ek weet, jy was nog altyd te trots. Maar dis nie jy wat gefaal het nie."

Daleen glimlag hartseer vir haar. "Kom ons vergeet daarvan. Vertel eerder vir my hoe dit met julle sekslewe gaan."

"Hemel, Daleen!"

"Leer by my – moenie te trots wees om oor iets te praat nie."

Amelia sug. "Ek kan nie verstaan hoekom ek met jou en Karien oor seks kan praat en nie met my man nie."

"Ek ook nie. Jy is darem nou al te oud om skaam te wees."

Amelia lag, beduie nee toe Daleen haar glas weer wil volmaak nadat sy haar eie hervul het. "Ek het darem al sexy slaapklere gekoop. Wie weet, dalk gebruik ek dit nog."

"Nie dalk nie, jy móét. Soms is dit nodig om verleidelik te wees," sê Daleen effens sleeptong.

"Dis al ons hoeveelste bottel, dink jy nie ons moet stadig nie?" Dis eintlik Daléén se hoeveelste bottel, besef Amelia. "Wat sal Gert sê as ons sy wyn so drink?"

"Gert sal nie omgee nie, hy's 'n ordentlike man," sê Daleen, haar oë glasig. "Die enigste ordentlike man!" Sy gaan aan die hik, hou haar hand voor haar mond. "Oeps! Darius is ook ordentlik! Wat dink jy?"

"Ja," knik Amelia, "ja, hulle is albei ordentlik." Tog nie dit nie, dink sy, sy ken die tekens so goed. Tog nie Daleen nie.

"Alle ander mans is varke!"

Genoeg is genoeg, besluit Amelia. "Kom ons gaan slaap, dit was 'n lang dag."

Sy tel die byna vol bottel op, maar Daleen gryp dit uit haar hand.

"Ons moet gaan slaap, Daleen!"

"Ek is nog dors!" sê Daleen, en Amelia kyk hoe haar vriendin effens onvas op haar voete by die sitkamer uitstap, die bottel wyn soos 'n trofee teen haar bors gedruk.

Demokrasie

"Wat dink Ma?" vra Karien waar sy voor die rekenaar sit. "Moet ons gaan vir die huis met die kothuis, of gaan Ma by ons in die huis bly?"

Marie, die eiendomsagent in Jeffreysbaai, het vir Karien foto's van die eiendomme aangestuur. Volgens Marie is albei pragtige eiendomme met 'n uitsig oor die see. Karien is haastig om na die huise te gaan kyk, haastig om die koopkontrak te teken, haastig om uit hierdie dorp pad te gee. Weg van Dawid, weg van Amelia en Daleen wat haar nog altyd met oproepe teister, net weg.

Maar Irma het nog nie besluit of sy saamgaan of op Sandfontein gaan aanbly nie. "Wat dink Ma?" vra Karien weer.

"Ek dink ons moet na albei gaan kyk voor ons besluit," sê Irma eindelik.

"Beteken dit dat Ma saamgaan?" wil Karien opgewonde weet.

"Jy het nog nie jou kombuis gaan oppak ná jou breakdown daardie dag nie, en ek sou dit nooit oor my hart kon kry om my kleinkinders sonder potte en panne te laat gaan nie."

"Dankie, Ma! En net vir die rekord: ek het die volste reg op 'n spectacular breakdown gehad."

"Ja," sug Irma, "jy het."

Karien draai terug na die rekenaar. "Dan gaan ek onmiddellik vir ons 'n vlug bespreek, voor Ma weer van plan verander."

Twee dae later glimlag sy vir haar ma waar hulle aan weerskante van die paadjie in die vliegtuig sit. Marli en Dawie sit weerskante van Karien en kyk grootoog na almal om hulle, terwyl Ronel langs Irma sit met 'n serene glimlag, 'n oorblyfsel van die lentebal.

Dis die eerste keer dat Karien se kinders vlieg en hulle opgewondenheid is aansteeklik, sodat sy kort voor lank saam met hulle lag en gesels. Hulle land in 'n windstil Port Elizabeth, en terwyl Karien 'n motor huur, stap Irma met die kinders na die groot venster om die vliegtuig wat aan die opstyg is te bewonder.

Karien is so opgewonde om haar kinders Jeffreysbaai te wys dat sy haar moet beteuel om nie te vinnig te ry nie.

Die eerste huis waarna hulle gaan kyk, het die kothuis agter in die tuin. Dis 'n pragtige plek, maar dit laat haar aan Dawid dink – dis die soort huis wat hy sou koop. Met die drie leefareas is dit té groot. Sy wil haar kinders 'n tuiste gee, nie 'n paleis nie; hulle het een gehad en dit het hulle nie gelukkig gemaak nie.

Die tweede huis is die een wat haar hart steel – groot genoeg sonder om koud te wees. Toe sy na haar ma draai, sien sy dat dit ook Irma se keuse is.

" 'n Swembad!" roep Dawie opgewonde uit en draf buitentoe.

"Wat dink jy?" vra Karien vir Ronel, wat haar kop goedkeurend knik.

Karien draai na die eiendomsagent. "Ek dink dis ons huis, maar ons glo aan demokrasie. As ons regverdig wil wees, moet ons stem. Het jy dalk vir my 'n pen en papier?"

Marie krap 'n oomblik in haar handsak, gee dan 'n pen aan. Sy haal 'n vel papier uit haar aktetas.

Hulle stap buitentoe na Dawie, wat verlangend na die swembad staar. "Kom ons stem," sê Karien. "Al wat op jou papiertjie moet staan, is 'n een of 'n twee."

306

"Wie gaan tel?" wil Marli weet.

"Ek dink ons vra daardie vriendelike tannie." Irma beduie na Marie, wat hulle glimlaggend deur die venster staan en dophou.

Dawie dra die strokies papier plegtig na Marie toe, en sy maak 'n groot ophef daarvan om die wenner aan te kondig. "Twee!" roep sy uit. "Julle het almal op twee besluit." Sy draai na Karien. "Sal ons kantoor toe gaan en die koopkontrak gaan onderteken?"

"Wil julle solank saam met Ouma strand toe gaan?" vra Karien, en die kinders knik bly. Sy hou die motorsleutels na Irma uit. "Kan ek saam met jou ry?" vra sy vir Marie.

Die agentskap se kantoor is net om die hoek. Nadat Karien op die aangeduide plekke geteken het, draai sy na Marie.

"Dis die eerste keer dat ek 'n huis koop," erken sy.

"Dis die eerste keer dat ek 'n kontantkoop het," sê Marie.

"Soos jy seker kon aflei, is ek bitterlik haastig om te verhuis." Karien sit terug in haar stoel, vou haar hande om haar magie saam. "Hoe lank voor ons kan intrek?"

"Gee my so 'n uur, dat ek met die verkopers kan praat en die kontrak vir hulle kan faks, dan sal ek jou 'n luitjie gee. Ek is seker hulle sal te vinde wees vir okkupasiehuur. Die plek staan in elk geval leeg."

"Dankie vir al jou hulp," sê Karien en staan op.

'n Egskeiding beteken nie noodwendig die einde nie, dink sy met 'n vreemde ligtheid in haar gemoed. Dit kan ook die begin van 'n nuwe lewe wees.

Dit moet vir jou belangrik wees

"Sal ons gaan draf?"

Daleen kyk op van die tydskrif wat oop op haar skoot lê en skud haar kop. "Nee, ek is te lui, gaan jy as jy wil."

Sy sien die teleurstelling op Jan se gesig en sê vinnig: "Ek's jammer. Ek weet jy het baie moeite gedoen om hier plek te kry, dis net . . ." Sy gooi haar hande moedeloos in die lug.

"Ek weet," sê Jan sag en stap uit.

Daleen gooi die tydskrif op die bank neer, staan op om agter Jan aan te loop, besluit dan daarteen. Sy gaan staan voor die venster, sien hoe Jan by 'n paadjie indraai en drifti g aanstap. Sy maak haar oë moeg toe. Sy ís jammer. Jan het hierdie vakansieoord in die berge met sy baie voetpaadjies vir háár gekies, sy weet dit. As sy net kan onthou wat gisteraand gebeur het! Maar hoe hard sy ook al probeer, dis asof daar 'n swart doek oor haar gedagtes getrek is.

Sy draai om, gaan sit weer op die rusbank. Goed, begin by die begin, besluit sy en maak haar oë weer toe. Hulle het gistermiddag omtrent drieuur hier aangekom. Dis veronderstel om 'n viering van Jan se vryheid te wees, hulle dirty weekend, dit onthou sy goed. Hulle het gaan stap, maar nie ver nie, hulle was haastig om terug te kom, haastig om in die kamer te kom.

Maar voor hulle bed toe gaan, moes hulle eers sjampanje drink – ter viering, het Daleen besluit. Sy het die sjampanje uit haar tas gaan haal. Sy kan onthou dat sy die kurk laat klap het, sy kan onthou hoe die sjampanje in die glase – koeldrankglase, by gebrek aan ander – gebruis het. Sy kan die smaak van die sjampanje onthou, die borrels verfrissend op haar tong, haar verhemelte. Sy kan 'n tweede, dalk 'n derde bottel onthou, daarna niks.

Het sy iets gesê of gedoen? Iets wat Jan vanoggend soos 'n vreemdeling laat lyk? Sy weet hulle moet hieroor praat, Jan sal daarop aandring, as sy net kan onthou! As haar kop net nie so seer was nie, as sy net meer pynstillers ingepak het, as . . .

Sy maak haar oë eers weer oop toe sy die deur hoor oopgaan. Jan staan 'n oomblik afgeëts in die lig, Daleen kan die sweet in fyn straaltjies teen haar gesig sien afloop. Haar skouerknoppe, tussen haar borste, selfs haar bene blink van die sweet.

"Jy moes ver en vinnig gestap het om só te lyk," lag Daleen.

Toe Jan sonder om 'n woord te sê badkamer toe loop, staan sy op en stap agter haar aan.

"Ek kan altyd saam met jou onder die stort inspring."

Jan draai haar rug op Daleen. "Nie nou nie," sê sy en druk haar kop onder die sproeier in.

Daleen kyk verstom na Jan, wat in 'n kortbroek en T-hemp regoor haar kom sit. Sonder grimering, haar lang hare nat teen haar kop. Jan, wat glo dat geen vrou met selfrespek sonder haar haardroër en grimering moet wees nie. Dit moet ernstig wees, dink sy. Wat hét gisteraand gebeur?

"Daleen," Jan vryf afgetrokke oor haar kaal arms, "as jy nie meer met hierdie verhouding wil aangaan nie, sê dit vir my. Ek kan jou nie laat gaan nie . . . hoe cheesy dit ook al mag klink, my hart behoort aan jou. Ek sal jou nooit laat gaan nie, jý sal mý moet los. Ek wil nie hê jy moet skuldig voel daaroor nie; ek weet maar te goed dat liefde in 'n verhouding soms van net een kant kom."

"Ek wil nie uit ons verhouding stap nie, waar op aarde kom jy daaraan?"

"As 'n mens jou aan drank begin vergryp, is daar gewoonlik 'n rede. En al rede waaraan ek kan dink, is dat jy nie met die verhouding wil voortgaan nie."

"Praat jy van gisteraand? Ek het sjampanje saamgebring om jou egskeiding te vier, die feit dat ons saam mag wees te vier. Die begin van ons dirty weekend, ons éérste, te vier. Wat kan jy anders daarin sien?"

" 'n Mens vier 'n geleentheid met 'n glasie of twee, nie vier bóttels nie."

"Dit was nie so baie nie." Daleen kyk verward af na haar hande. Was dit?

"Dit was vier bottels. Jy kon nie meer loop nie, ek moes jou kamer toe help! Dis nie 'n viering nie, dis verdrinking van sorge. Jy hoef nie skuldig te voel omdat jy nie dieselfde teenoor my voel nie. Jy moet dit net vir my sê – ek kan nie uit hierdie verhouding stap as jy my nie sê nie."

"Ek wil nie uit hierdie verhouding stap nie, ek sê mos!"

Dis 'n rukkie stil voor Jan sê: "Hoekom het ek nog nie vir Dariushulle ontmoet nie? Of vir Karien en Amelia? Of Muller? Hoekom mag ek nie by jou woonstel oorslaap nie? Ek was nog nie eens by jou praktyk nie! Is jy skaam vir my? Vir ons?"

"Nou is jy laf! Dis nie asof ek al enige van jóú vriende of kollegas ontmoet het nie."

"En wie se skuld is dit? Hoeveel keer het ek jou al saam met ons genooi? Jy het elke keer 'n ander flou verskoning! Ek wil jou broer en jou vriende ontmoet!"

"As dit dan so belangrik vir jou is, kan ons Sondag na Darius toe gaan."

"Dis die probleem, Daleen: dit moet vir jóú belangrik wees." Jan staan op en stap regop kamer toe, en oomblikke later hoor Daleen die haardroër zoem.

Sy hét te veel gedrink, sy kan dit aan haar seer kop voel. Die feit dat sy dit nie onthou nie, maak haar egter banger as die hoeveelheid drank. Dit was 'n rowwe week, sy het nodig gehad om 'n bietjie te ontspan. Nóg 'n rowwe week. Nóg minder pasiënte, nóg meer praatjies. Sy wou vergeet, sy wou net daarvan wegkom. Arme Jan, sy maak nie reg met haar nie. Sy sal moet gaan regmaak met haar.

"Ek is jammer," sê sy toe sy agter Jan gaan staan waar sy voor die spieël sit, haardroër in die hand.

Jan hoor blykbaar nie, skakel die haardroër af en draai vraend om.

"Ek is jammer. Oor gisteraand, oor alles," mompel Daleen.

Jan knik haar kop. "Jy is jammer." Sy gee 'n vreugdelose laggie. "Jammer – dis al woord wat nog in jou woordeskat bestaan. Jammer en 'ek wil nog hê'. Dit werk nie meer nie, Daleen. Die naweek was 'n fout. Ek gaan huis toe."

Daleen weet sy sal Jan nie kan ompraat om te bly nie; wanneer Jan 'n besluit neem, is dit verby omdraai. "Wat van my? Jy kan my nie hier los nie, ons is met jou motor hier, onthou?"

"Moenie laf wees nie, Daleen, ons is nie tieners nie! Ek sal jou by jou woonstel aflaai." Sy draai terug na die spieël. "Jy kan agterin die motor sit," sê sy voor sy die haardroër weer aanskakel.

Is hy?

"Amelia, ontmoet vir Hannes Grové, ons nuwe wiskundeonderwyser," keer Eben haar die Maandagoggend in die personeelkamer voor.

"Dis aangenaam om jou te ontmoet, Amelia. Huishoudkunde, nè? By jou gaan ek vlerksleep, moenie 'n fout maak nie. Ek is altyd op soek na iets om te eet, en wie beter om aan jou kant te hê as die huishoudkundejuffrou?"

Amelia voel hoe sy hand warm om hare sluit en glimlag verleë op na hom. "Jy is altyd welkom as jy iets te ete soek."

Eben lei Hannes na die volgende personeellid en sy staar hom bewonderend agterna.

" 'n Mooi man, of hoe?" Susan se stem laat haar skuldig omkyk.

"Is hy?" vra sy gemaak onskuldig.

"Jy mag maar kyk, Amelia, mooi was mos nog nooit lelik nie!"

Toe sy by die personeelkamer uitstap om na die skoolsaal te gaan vir die opening, is Amelia vies vir haarself. Hoe kon sy toelaat dat Susan sien hoe sy Hannes bewonderend agternakyk? Susan is die grootste skinderbek op die dorp – as daar nie 'n storie is nie, máák sy een. Netnou loop dit rond dat sy, Amelia, die hots vir die nuwe onderwyser het, en wat dan? Nie dat sy die hots vir hom het nie, magtig, sy's getroud! Sy's gelukkig getroud!

Sy luister horende doof na Eben se verwelkoming, bly bewus van Hannes wat 'n paar stoele van haar af sit en kort-kort glimlaggend na haar kyk. Wat is dit met haar? Is dít wie sy regtig is? 'n Jesebel, het Karien haar genoem. Was Karien nie dalk reg nie? Want die ritmiese klop van haar hart het suid verskuif, sodat sy ongemaklik op die harde stoel rondskuif.

'n Spesiale Kerskaartjie

"Jy moenie te veel verwag nie," sê Daleen senuagtig aan Jan, wat geïnteresseerd deur die motorvenster na die landskap staar. "Darius kan taamlik kru wees met tye, maar hy het 'n goeie hart."

Jan sit haar hand op Daleen se been. "Jy bekommer jou verniet, ek het nog nooit iemand ontmoet wat nie van my hou nie," spot sy. "Nee, ernstig, ek was vir amper ses jaar met 'n man getroud, Leen. Jy kan my niks van hulle spesie vertel nie. En in elk geval, as julle enigsins na mekaar aard, sal ek mal wees oor Darius."

"Ek hoop regtig julle gaan van mekaar hou," sug Daleen.

"Ek is seker ons gaan. Ontspan nou en konsentreer op die pad, ek vertrou hierdie slegte grondpad glad nie."

"Nonsens," lag Daleen, "die pad is eintlik in 'n goeie toestand. Jy moet dit sien wanneer dit regtig sleg is."

"Behoed my!"

Die twee pynpille wat Daleen vroegoggend met 'n glas wodka afgesluk het, laat haar ontspanne genoeg voel om geamuseerd na Jan se bekommerde gesig te kyk. Dit gee haar ook die moed om te sê: "Dis jou eerste Kersfees sonder Bennie. Hoe voel jy?"

Jan draai skuins in haar sitplek, kyk na Daleen. "Ek verlang na hom, ek sou hom graag hier wou hê. By Darius-hulle sou hy darem

313

geselskap hê, maar Ben is vasbeslote om hom nie aan enige 'on-heilighede' bloot te stel nie. Tot ons getroud is, mag ek hom net sien wanneer jy nie by is nie."

"Ek is jammer dat ek die oorsaak daarvan is."

"Nonsens! Ons het in elk geval ooreengekom dat hy die eerste Kersfees saam met Ben se familie sal deurbring. Sy ouers het Bennie ook maar lanklaas gesien."

"Watse tipe mense is hulle?"

"Ben se ouers?" Jan bly 'n oomblik stil. "Eng. Dis die enigste woord waaraan ek kan dink om hulle te beskryf. Volgens hulle is my pad – joune dan ook – al die pad hel toe geteer. Ek ys as ek dink watse nonsens hulle alles aan Bennie gaan opdis. Skadebeheer is wat vir my voorlê ná die Kersseisoen."

"Dit maak my kwaad wanneer 'n onskuldige kind betrek word by volwassenes se argumente."

"Wel, of ons daarvan hou of nie, hy is deel van die storie. Dalk is dit goed dat hy so jonk al te doen kry met mense wat teen alterna-tiewe verhoudings gekant is."

Hulle ry deur die plaashek en die groot opstal lê verwelkomend voor hulle. 'n Gesig wat Daleen altyd rustig stem, maar nie vandag nie. Sy sug innerlik.

Sy is bang Jan dra nie Darius en Veronica se goedkeuring weg nie. Sy is bang Jan hou nie van Darius en Veronica nie. Sy is bang sy sit vandag 'n voet verkeerd. Ná hulle fiasko van 'n dirty weekend het dit mooipraat gekos voor Jan haar vergewe het. Sy durf dit nie opmors nie. Wat ook al vandag gebeur, sy moet nugter bly. Sy moet aan Jan bewys dat haar vrese ongegrond is. Want dit ís. Sy is nie 'n alkoholis nie, sy drink net soms te veel.

"So, dis nou my swaerin!" groet Darius toe hy galant die motordeur vir Jan oopmaak.

Daleen rol haar oë terwyl sy vir Veronica groet.

"Moet jou nie aan hom steur nie," sê Veronica, "so gemaak en so gelaat staan."

Daleen smag na 'n glas wodka; haar opkikker van vanoggend is besig om uit te werk. Sy het 'n regmaker nodig, 'n groot, ordentlike regmaker. Sy kyk na Jan, wat glimlaggend na Darius staar. Nee, sy mag nie drink nie, nie vandag nie.

"Wel," sê Darius toe hy Daleen teen hom vasdruk, "dit kan jy van my sussie sê: sy het nog altyd goeie smaak gehad."

Daleen stel Veronica en Jan aan mekaar voor. Toe Rikus aangehardloop kom, swaai sy hom hoog die lug in voor sy hom ook formeel aan Jan voorstel.

"Sy is mooi," sê Rikus terwyl hy Jan aandagtig beskou.

"Inderdaad," glimlag Daleen.

"Sal dít nou nie 'n spesiale Kerskaartjie uitmaak nie?" vra Darius. "Ons kan dit vir die hele Sandfontein stuur."

Daleen kyk waarskuwend na hom. Hier kom 'n ding, weet sy.

"Kerskaartjie?" frons Jan.

"Ja, 'n politiek korrekte weergawe: die gay paartjie, die gemengde paartjie en die bastertjie," lag Darius en vryf Rikus se hare deurmekaar.

Sy het definitief 'n dop nodig, besluit Daleen. Net een grote, sodat sy hierdie dag kan oorleef.

Nooit gedink ek sal hier weggaan nie

"Ek het nooit gedink ek sal hier weggaan nie," sê Irma terwyl hulle die meubelwa agternakyk.

"Ek ook nie," erken Karien. "Tog is ek gelukkiger as ooit."

"Ek kan dit sien," sug Irma. "Nou toe, as ons in ons nuwe blyplek wil wees voor die son vanaand sak, beter ons in die pad val. Ronel kan saam met my ry, jy kry die tweeling."

Hulle kom skemer by hul nuwe woning in Jeffreysbaai aan, met geen meubelwa in sig nie.

"Dink jy nie ons moet maar in 'n hotel gaan bly vir die nag nie?" vra Irma terwyl sy die straat deur die sitkamervenster dophou. "Daai groot trokke ry maar stadig, hulle kan môre eers hier opdaag."

"Behoed my!" Karien kom langs haar staan. "Dalk moet ons maar ander slaapplek gaan soek. Teen die tyd dat die meubelwa hier aankom, sal dit donker wees. Ek weet nie van Ma nie, maar ek is te moeg om vanaand nog te probeer nesskop." Sy kyk uit oor die tuin. "Wat dink julle? Is die erf groot genoeg vir 'n hond en 'n kat?" vra sy vir die kinders.

"Mag ons troeteldiere aanhou?" vra Marli verbaas.

"Alte seker," glimlag Karien.

"Kan ons nóú gaan kyk vir 'n hond?" wil Dawie smekend weet.

Karien vryf sy hare deurmekaar. "Nie nou nie. Maar sodra ons alles uitgepak het, belowe ek dat ons sal gaan kyk."

"Jippie!" gil Marli en Dawie en hi-five mekaar uitbundig.

"Kan ons nou ons kamers kies?" wil Ronel weet.

"Ja, hoekom nie?"

"Wel, ek is die oudste, so ek behoort eerste te kies," sê Ronel.

"Nee," sê Irma, "volgens jou redenasie moet ék eerste kies."

Karien sug. "Demokrasie, mense, onthou julle? Van nou af stem ons oor alles. Ek het so iets voorsien, daarom het ek voorsorg getref. In daardie mandjie is 'n bottel," wys sy vir Dawie, "bring dit vir Mamma."

Sy wag tot hy die leë konfytbottel in haar hand sit voor sy sê: "Ek het papiertjies gemerk van een tot vyf. Ons gaan nie stry oor wie eerste trek nie, so vorm 'n ry. Marli en Dawie trek elkeen 'n kaartjie, maar omdat hulle 'n kamer moet deel, kan hulle besluit volgens watter nommer hulle wil kies." Sy hou die bottel uit na Ronel, wat haar plek tot heel voor oopgewurm het.

"Ma hoef nie te trek nie," sê Ronel. "Ma behoort die hoofslaapkamer met die badkamer te kry, want as die baba eers daar is, wil ons nie wakker gehou word deur Ma se heen-en-weer-lopery badkamer toe nie."

"Moet ons nie daaroor ook stem nie?" vra Irma.

"Goed," sê Ronel. "All in favour, steek op julle hande!"

Vier hande skiet die lug in, sodat Karien moet lag. "Dankie, julle! Julle is regtig gaaf."

Ronel trek nommer vyf, tot haar groot misnoeë, Irma nommer twee, Marli nommer drie en Dawie is die gelukkige wenner van nommer een.

"Dis nie regverdig nie," sê Ronel afgehaal. "Hulle gaan my kamer met die see-uitsig vat!"

"Hulle sal nie," troos Karien haar. "Hulle gaan die grootste kamer vat, want hulle moet deel. Hulle is nie dom nie."

"Ons wil die grootste kamer hê!" gil Marli en Dawie nadat hulle eers daaroor gekoukus het, en Karien knipoog vir Ronel.

Hulle besluit dat Irma en die tweeling solank blyplek in 'n hotel moet gaan soek, terwyl Karien en Ronel agterbly om die meubelwa in te wag.

"As ek daaraan dink dat ons alles wat ons moes inpak, môre weer moet uitpak, wil ek huil," sê Ronel terwyl hulle vir die derde keer van vertrek tot vertrek stap.

"Toemaar, ek ook," antwoord Karien. "Ek kan nie onthou dat ek met julle drie ooit so moeg en afgemat gevoel het nie, maar hierdie swangerskap keil my behoorlik op. Dalk is dit die ouderdom wat teen my tel."

"Ma is darem nie só oud nie," troos Ronel.

"Dankie, my kind, maar as ek eerlik moet wees, voel ek deesdae ouer as . . . as Ouma!"

Ronel lag. "Ma moenie dat Ouma dit hoor nie, sy sal woedend wees. Volgens haar is jy so oud soos jy voel, en ek dink nie Ouma voel ooit oud nie."

"Sy's reg, hoor. En dis juis die probleem: ek voel tagtig!"

"Mamma," sê Ronel huiwerig, "ek weet ek is nie veronderstel om bly te wees dat julle geskei het nie, maar ek ís bly. Vandat ons nie meer by Pa bly nie, is Ma . . . anders."

"Hoe anders?"

"Ma is meer geduldig, meer hier. Ek weet nie regtig hoe om dit te stel nie . . . Ma is meer betrokke, en dis lekker."

"Is jy nie kwaad vir my omdat jy nou so ver van Jaco is nie?"

"Ag, Ma weet mos hoe dit is. As jy eers iets het, is dit nie meer so 'n big deal nie. Jaco is nice, maar hier is surfers!"

Karien staar woordeloos na haar dogter. Wat sê 'n ma in elk geval oor so 'n erkenning?

Die dreuning van 'n swaar voertuig klink in die straat op en hulle stap uit om die meubelwa te ontmoet.

Wat maak jy?

"Amelia stuur groete," sê Daleen vir Jan toe sy die telefoon neersit en omdraai.

"Dankie. Wanneer ontmoet ek haar?"

"Sy is nou so besig vandat sy begin skoolhou het dat ek nie weet wanneer ons 'n ontmoeting kan reël nie. Ek wil baie graag hê dat jy haar ontmoet. Sy is een van my oudste vriendinne."

"Nog niks weer van Karien gehoor nie?"

"Ek het haar nog nie weer probeer kontak nie. Ek is gatvol om met haar antwoordmasjien te praat. Ek is nog meer gatvol vir haar houding. Sy moet my maar eendag kontak as sy oor haar nonsens is."

"Miskien moet jy maar aanhou probeer. Dis nie lekker om 'n vriendin te verloor nie."

"Ek wil nie oor Karien praat nie. Skink solank vir ons wyn, daar's 'n bottel in die yskas."

"Ek wil nie wyn hê nie. Ek het vir ons vars vrugtesap by die mark gekoop, ek skink gou vir ons."

"Maar ek wil wyn hê!" keer Daleen. Hoe sal sy ooit deur die aand kom sonder alkohol? Sy het dan juis besluit om hierdie naweek wyn in plaas van wodka te drink, soos 'n ordentlike mens. Nét wyn, het sy haarself belowe.

"Ons drink sap." Jan se stemtoon maak dit duidelik dat sy geen teenkanting sal duld nie. "Ons het heelwat om oor te praat, en hierdie keer gaan jy dit nugter doen."

Daleen bly in stilte sit terwyl Jan kombuis toe stap.

Hulle drink 'n paar slukke voor Jan haar glas neersit en na Daleen kyk. "Wat is fout?"

Daleen skud haar kop. "Niks. Ek is net moeg en ek het 'n kopseer." Ten minste is dít waar, dink sy. "Ek wíl oor ons toekoms praat. Ek gaan haal net gou 'n hoofpynpil."

Sy staan op, druk 'n soen op Jan se kop en stap kamer toe. Twee sterk hoofpynpille afgesluk met 'n mond vol wodka behoort haar te hou totdat Jan slaap. Sy haal die bottel uit die wegsteekplek tussen haar sweetpakke en drink diep daaruit.

Sy glimlag breed toe sy haar weer by Jan aansluit. Dis nie meer moeilik om dit te doen nie, sy kan klaar die buzz van die pille en wodka voel. "Nou toe," nooi sy, "kom ons praat."

Jan kyk ondersoekend na haar. "Is jy okay?"

"Natuurlik!"

"Daleen, ek ken jou, en jy is allesbehalwe okay. Vertel my."

"Dis niks. Los dit nou."

Jan sug, vryf moeg oor haar oë. "Nou goed dan. Ek het 'n ginekoloog gekry wat belangstel om my helfte van die praktyk te koop. Dis nog nie finaal nie, ek moet darem eers hoor wat jy en Muller my gaan vra om by julle in te koop."

"Hmm . . ."

"Jy het al met Muller gepraat?"

"Ek dink nie meer dis 'n goeie idee om ons hier te vestig nie." Daleen staan op en neem Jan se glas. "Ek gaan skink nog sap."

"Leen? Wat bedoel jy?"

"Ek's nou terug." Sy stap kombuis toe, grawe in die drankkabinet en kry agterin die kas eindelik 'n vol bottel wodka. Sy skink 'n stewige sopie in haar glas voor sy dit met sap vul, skink dan vir Jan sap in en stap terug sitkamer toe.

Jan se uitdrukking is bekommerd. "Wat is fout, Leen?"

"Niks is fout nie!"

"Daar ís iets fout. Jy is lief vir hierdie dorp en sy mense. Hoekom wil jy nou stad toe trek?"

"Ek is liewer vir jou."

"Dis nie die rede nie, Daleen. Ek ken jou. Jy sal nie hier wil weggaan nie, nie eens vir my nie."

"Jy lees te veel in alles. Dit ís my rede. Het jy vergeet van Ben se ultimatum? Dat hy wil hê ons moet in die stad bly?"

"Ben kan nie ons lewe vir ons reël nie."

"Ek wíl stad toe. Ek wil huis koop, saam met jou." Sy drink haar glas vinnig leeg, staan op.

"Waarheen gaan jy nou?" vra Jan verbaas.

"Badkamer toe."

Daleen stap vinnig uit, haar leë glas vasgeklem in haar hand.

Toe sy die bottel uit haar klerekas haal en teen haar mond hou, neem Jan dit ferm uit haar hand.

"Wat maak jy?" vra Daleen kwaad.

"Ek dink die vraag is eerder wat maak jý?"

"Ek is net lus vir iets anders as sap! Is dit nou 'n sonde?"

321

"Hoeveel het jy al vanaand gedrink? En van wanneer af drink jy wodka? En dit nogal skelm!"

"Ek doen dit nie skelm nie!"

"Wat noem jy dít?" Jan beduie van die bottel na die oop klerekas.

"Dis nie skelm nie!" Daleen klem haar kop met albei hande vas. "My kop draai!"

Sy laat toe dat Jan haar na die bed lei, waar sy sonder teëstribbeling teen die kussings terugsak.

"Ek is so gátvol hiervoor!" sê Jan kwaad.

"Jan?" pleit Daleen.

"Slaap, ons praat môre." Jan stap met die bottel wodka by die kamer uit.

"Môre," sug Daleen voor sy in die vergetelheid wegsak.

Omdat ek bekommerd is oor jou

Daleen word met 'n verblindende hoofpyn wakker, steek haar hand na haar bedkassie uit waar die bottel pynpille staan. Toe sy dit nie raak gevat kry nie, maak sy haar oë moeg oop.

"Môre," groet Jan met twee koffiebekers in haar hande.

"Môre. Hoe laat is dit?" Sy kom regop, neem die beker by Jan. "Ek het 'n vreeslike hoofpyn. Gee tog die pynpille aan, asseblief."

Jan haal die houer uit haar baadjiesak, skud twee pille in Daleen se hand uit. "Ek hou van nou af alle medikasie by my. Jy het babelaas, nie 'n hoofpyn nie."

"Maar ek het nie eens baie gedrink nie!"

"Jy het amper 'n bottel wodka uitgedrink. En jy het pynpille, sterk pynpille, daarmee saam afgesluk." Sy kom sit langs Daleen op die bed. "Jy móét vir my sê wat fout is."

"Is jy nou my terapeut?" vra Daleen terwyl sy haar bes doen om Jan se blik te vermy.

"Ek is jou lover, Daleen, nie jou terapeut nie. Ek is die vrou wat die res van my lewe saam met jou wil deurbring. Wat is fout?"

"Ek sê mos niks."

"Kyk na my," gebied Jan. "Jy praat met my, nie met 'n vreemdeling nie! Jy is my 'n verduideliking verskuldig. Ons is in 'n verhouding."

"Nou gaan jy my seker vertel hoe jy alles vir my moes opoffer," sê Daleen sarkasties.

"Ek het dit nie gesê nie. Ek hét opofferings gemaak, maar dit was nie net vir jou nie, dit was vir my ook. Ek is lief vir jou, Leentjie. Práát met my."

"Hou op karring! Daar is niks fout nie! Net omdat ek een aand 'n bietjie te veel gedrink het, beteken nie daar's fout met my nie!"

"Één aand? Wat van ons wegbreeknaweek? Wat van die aand by Darius-hulle, toe ek en hy jou motor toe moes help? Wat van gisteraand? Wat van die dag toe ek jou net in jou kamerjas hier aangetref het? Tóé het jy my belowe dit was net daardie een keer! Ek weet hierdie is net die punt van die ysberg!" Sy staan op. "Bly net hier, ek's nou terug."

Daleen lê moeg terug teen die kussings, terwyl sy afgetrokke na die plafon staar. Dennis spring by haar op en kom spinnend op haar maag lê. Sy laat hom begaan, vryf stadig oor sy pels.

Toe Jan weer inkom, sleep sy 'n swart vullissak agter haar aan. "Kom ons bestudeer die bewyse," sê sy en dop die sak op die bed om. Die geklingel van bottels laat Dennis dadelik afspring. "Kyk, Daleen, kyk na wat uit jou vullisdrom kom!"

Daleen maak haar oë oop. Bottels. Wynbottels. Wodkabottels. Het sy regtig die afgelope week sóveel gedrink?

"Jy het 'n probleem, Daleen."

" 'n Paar bottels maak my nie 'n alkoholis nie." Sy wil omdraai, maar Jan dwing haar terug.

"Dis tyd dat jy die waarheid in die oë kyk. Dis tyd dat jy erken dat jy 'n probleem het."

Daleen voel hoe haar lip begin bewe en byt verbete daarop, net om die warm trane teen haar wange te voel afloop.

Jan kom sit langs haar, trek haar tot teen haar bors. "Ek weet dis moeilik, ek weet."

"Ek hou nie eens van alkoholiste nie! Ek dink altyd aan hulle as papbroekig. Mense wat nie hulle probleme in die oë kan kyk nie. Wat nie die rol van die dice kan hanteer nie!"

"Wat is daar wat jy nie kan hanteer nie?"

"Nou klink jy weer soos 'n terapeut," beskuldig sy gesmoord teen Jan se bors.

"Is dit ek? Is dit ons verhouding? Is dit vir jou só moeilik om te erken dat jy lief is vir 'n vrou?"

Daleen lig haar kop moeisaam op, sien Jan se bekommerde oë. "Nee, dis nie dit nie."

"Wat dan, Leen? Is dit omdat jy pasiënte verloor het?"

Daleen snak na haar asem. "Hoe weet jy?"

"Ek het met Muller gepraat."

"Wanneer?"

"Gisteraand. Ek moes, Leen, ek kon nie anders nie. Omdat ek bekommerd is oor jou."

"Wat het hy gesê?"

"Dat jy nie meer pasiënte het nie, en dat die rede lankal nie meer net is omdat jy gay is nie. Die hele dorp weet van jou drankprobleem. Almal, en ek bedoel álmal wat jou ken en liefhet, weet jy het 'n probleem. Jy dink jy steek dit weg, jy dink jy het dit onder beheer. Jy hét nie."

"Nog skinderstories!"

"Is dít wat jou pla? Die skinderstories?"

"Ek kan ophou drink, weet jy? As ek regtig wil, kan ek."

"Jy weet net so goed soos ek dat dit nie waar is nie. Jy kan nie sonder hulp ophou nie. Wat laat jou drink, is dit die stories?" herhaal Jan.

"Ek drink om van alles te vergeet!" skreeu Daleen. "Van álles. Ek het geweet die dorp gaan skinder, ek het net nooit gedink dit sal so erg wees nie, so vernederend! Weet jy hoe dit voel wanneer ek by hierdie deur uitstap? Die kyke, die gepraat agter my rug! Soms praat hulle voor my van moffies en dykes en . . . ek kan dit nie vat nie! Weet jy hoe voel dit om dag vir dag spreekkamer toe te gaan vir niks? Nie een pasiënt nie! Muller kan nie voorbly nie, hy werk hom oor 'n mik, maar niemand kom sien my nie. Hierdie dorp wil my uitdryf!"

"En jy laat hulle toe? Jý?"

"Wat bedoel jy?"

"Jy is een van die sterkste mense wat ek ken! Hoekom laat jy toe dat hulle jou so ontstel?"

"Ek is moeg daarvan om sterk te wees," erken Daleen, "dis hoe-kom ek drink. Drank laat my goed voel, mooi, geliefd, in beheer. Soos ek gevoel het vóór die mense geweet het! Dis soos 'n magic potion." Sy kyk smekend na Jan.

"Twak, Daleen! Dis besig om jou stadig maar seker dood te maak! Dis klaar in jou oë. Jou oë is die vensters van jou siel, maar joune is deesdae dof, soos aangeslane ruite."

"Ek is jammer . . ."

"Ag fok, nie weer dit nie! Dis al wat ek hoor!"

"Ek ís jammer! Ek wil nie meer hier bly nie! Ek kan nie meer nie. Vat my saam met jou?"

"Goed. Jy kan saam met my gaan, maar eers gaan ons na 'n in-rigting. Jy het hulp nodig – professionele hulp. Daar is 'n baie goeie sentrum in die stad, en een van die beste terapeute is 'n vriend van my. Ek het klaar met hom gereël. Jou tas het ek gisteraand klaar vir jou gepak. Ek het selfs vir tannie Hester gaan opklop; sy sal na Dennis kyk."

Toe sy die skok in Daleen se oë sien, sê sy vinnig: "Ek het nie vir haar gesê waarheen jy gaan nie, net dat ons 'n bietjie weggaan."

"Jan, ek wil nie na 'n inrigting gaan nie. Spaar my daardie ver-nedering! Ek kan ophou, ek kán! Ek sál ophou, ek belowe jou ek sal."

"Daleen . . ."

"Asseblief, Jan, ek smeek jou, moenie dit van my vra nie. Ek kan nie tussen 'n klomp dronkaards gaan bly nie. Ek is nie só nie. Ek het nie hulp nodig nie, ek kan op my eie regkom. Ek is 'n dokter."

"Amelia het my gewaarsku dat jy só gaan reageer."

"Jy het met Amelia ook gepraat?" wil Daleen verslae weet.

Jan knik, streel afgetrokke oor Daleen se arm. "Sy is reg, ek kan jou nie dwing om te gaan nie. Jy moet wíl gaan. Maar ek kan dít vir jou sê: As jy nie vir hulp gaan nie, is dit verby tussen ons. Ek is lief vir jou, die Here weet hoeveel, maar ek gaan nie 'n lewe saam met 'n drankprobleem hê nie."

Sy staan op, stap tot in die kamerdeur, waar sy omdraai na Daleen. "Jy het hulp nodig. Die dag as jy dit aan jouself kan erken, bel my, sodat ek jou kan help."

"Hoe kan jy sê dat jy lief is vir my en dan jou rug op my draai?"

"Tough love."

"Ek kán ophou. Jy vertrou my nie," beskuldig Daleen.

"Jy is reg. Ek vertrou jou nie meer nie."

"Ek kan ophou! Ek is nie 'n alkoholis nie!" skreeu sy lank ná die woonsteldeur agter Jan toegeslaan het.

Ons sal nog regkom

Karien is beïndruk toe sy die eerste keer vir Ronel voor die hoër-skool in die naburige dorp wag. Irma het gesê dis nie sommer net 'n plattelandse skool nie, dat dit met enige skool in die stad kan meeding, maar Karien was skepties. Sy het egter op hierdie derde dag van die nuwe skooljaar besluit om die hoof te kom ontmoet. Waar sy vandaan kom, ken almal vir almal.

Irma het Ronel hier kom inskryf en haar die eerste twee dae skool toe gebring, sodat Karien vir Marli en Dawie by die plaaslike laer-

327

skool kon besorg. Dat Jeffreysbaai nie 'n hoërskool het nie, moes sy tot haar skok agterkom 'n week voor die skole heropen het. Daar is 'n busdiens, maar Karien het besluit sy sal eerder die eerste week self sorg dat Ronel by die skool en tuis kom.

Toe die klok lui om die einde van die skooldag aan te kondig, is Karien verstom om die groot hoeveelheid kinders uit die skoolgebou te sien kom. Sal Ronel nie verdwaal tussen almal nie? Sy is gewoond aan kleiner klasse en onverdeelde aandag. Karien skud haar kop. Om te dink haar kind is al in graad 9, die tyd vlieg. Dit voel soos nou die dag dat sy voor Sandfontein se skool vir haar graad-eendogter gewag het.

Ronel klim uitasem in die motor, gee Karien 'n skewe soen op die wang. "Haai, Ma."

"Hallo, my kind. En? Hoe was jou dag?"

"Dis mos maar vrek vervelig so aan die begin van die jaar."

"Het jy darem al vriende gemaak?"

"Ma is dan die een wat gesê het ek moet eers die kat goed uit die boom kyk voor ek sommer met die eerste die bestes pelle maak?"

Sy hét dit gesê, onthou Karien toe sy die motor aanskakel en wegtrek. Sy was bang Ronel is so desperaat om in te pas dat sy haar sal bind aan die eerste een wat vir haar glimlag. Jy ontmoet nie noodwendig jou ware vriende so gou nie, het sy nog gesê.

Nie dat sy uit ondervinding kan praat nie. Sy en Daleen het mekaar net een kyk gegee en geweet dat hulle waarskynlik by geboorte geskei is. Met Amelia was dit anders; sy moes eers aan Amelia gewoond raak. Sy het voor Amelia nog nooit iemand ontmoet wat so afhanklik is van ander se goedkeuring nie. Amelia het as kind al gedoen wat sy geglo het ander van haar verwag.

"Ek het darem al in 'n paar groepies gekuier," sê Ronel. "Ma weet, ek loop maar so van groep tot groep, stel myself voor en luister wat hulle gesels."

Waar kom die kind aan haar selfvertroue? Waarskynlik van haar pa, dink Karien.

"Ek weet net nie wat om te antwoord wanneer hulle my vra wat my pa doen nie," erken Ronel.

"Wat bedoel jy? Hy is tog 'n tandarts, dis maklik genoeg."

"Ek het dit by die eerste twee groepe genoem, maar dan spekuleer hulle oor waar sy spreekkamer is, en of hulle hom ken of nie. Dis half embarrassing om te moet erken dat Ma en Pa geskei is."

Karien voel hoe haar hart saamtrek. "Ek is jammer dat dit vir jou so moeilik is."

"Dis nie Ma se skuld nie. Ek soek ook nie simpatie nie, ek sê maar net."

"Nogtans," sê Karien. Sy sal moet hoor hoe dit met die tweeling gaan.

Terwyl hulle middagete eet, vra sy: "Marli, het iemand jou al gevra watse werk Pappa doen?"

Marli knik gretig. "My juffrou."

"En wat sê jy toe?"

Marli kyk haar skewekop aan. "Is dit 'n trick question? Ek het gesê hy's 'n tandarts."

"Wou sy nie weet waar sy spreekkamer is nie?"

"Ja, maar ek het gesê hy bly op Sandfontein en ons bly hier."

"Ek sien . . . En hoe het jy gevoel toe jy dit vir jou juffrou moes sê?"

Marli trek haar skouers op. "Ek voel niks. Dit maak mos nie saak waar hy bly nie?"

"Nee," sê Karien, "dit maak nie saak nie."

"Ek sê sommer hy's dood," sê Dawie, wat hulle gesprek aandagtig gevolg het.

"Jy kan nie so sê nie!" roep Karien geskok uit.

"Hoekom nie?"

"Want dis nie waar nie. Ons jok mos nie!"

"Dis makliker om dit te sê," antwoord hy.

"Net omdat dit makliker is, maak dit nie reg nie."

Karien laat haar kop in haar hande sak. Is dit nou die bewys dat sy haar kinders by 'n terapeut moet kry sodat hulle die verlies kan verwerk? Of jaag sy net spoke op? Sy kyk hulpsoekend na Irma, wat haar kop rustig skud.

"Ma worrie te veel," sê Ronel toe sy opstaan en haar bord in die skottelgoedwasser sit. "Ons pas almal op ons eie manier aan. Dit sal nog regkom. Óns sal nog regkom, Ma sal sien."

"Ek hoop so."

"Ronel is reg," sê Irma. "Ons is nou maar 'n maand hier, die kinders is skaars 'n week in die skool, dinge sal hulleself uitsorteer."

"Dawie," sê Karien rustig, sodat sy hom nie ontsenu nie, "Mamma wil nie hê jy moet jok oor Pappa nie. Jy kan maar sê dat ons geskei is en dat hy op Sandfontein bly. Dis nie 'n skande om geskei te wees nie. Onthou, jy hét 'n pa, wat vir jou en jou susters baie lief is."

"Okay," sug hy hard, "ek sal nie weer jok nie. Kan ons nóú ry om 'n hond te gaan koop? Mamma het belowe."

Hemel, is dit kinders se werk om 'n ouer bekommerd te hou? dink

Karien. Nou bekommer sy haar weer oor Dawie se onbetrokkenheid by sy pa. 'n Kind móét 'n pa hê. Sy is lankal nie meer 'n kind nie, en sy mis haar pa nog daagliks. Haar pa was 'n goeie mens. Goeie mense mág nie vroeg van hulle geliefdes weggeneem word nie. Hoe kon die Here dit aan haar doen?

"Ma?" vra sy toe die kinders kamer toe is. "Verlang Ma nog na Pa?"

"Elke dag. Hy was die liefde van my lewe."

"Ek neem God kwalik vir sy dood, het ek Ma al dit gesê?"

"Soms is woorde nie nodig nie, my kind."

"Ek het elke oomblik gebid vir beterskap, en terwyl ek op my knieë was, is hy dood. Watse God doen dit? Watse soort God neem jou pa weg?"

"Karien, jou pa is nie van ons weggeneem nie, hy is net aan ons geleen. Toe is hy huis toe. Hy kon nie wag om te gaan nie, weet jy? Hy het gelewe om na God te gaan. Dit was sy dóél in die lewe."

"Ma het nie my vraag beantwoord nie," beskuldig Karien.

"Nee," sug Irma. "Ek neem God nie kwalik nie. Ek was wel 'n ruk lank kwaad vir Hom daaroor. Maar my geloof was sterk genoeg om die kwaad weg te vat."

"Ek glo nie meer in God nie."

"Ek dink jy lieg vir jouself. Jy glo, al wil jy nie. Iemand wat nie in God glo nie, glo ook nie in sonde nie. Tog is Daleen se leefwyse vir jou sonde."

Karien voel hoe haar wange brand. "Dalk is my Calvinistiese opvoeding nog te sterk in my gewortel," verweer sy.

Irma kyk stip na haar. "Ek dank God elke dag vir al die voorregte, al die seëninge wat Hy aan my betoon. Hy neem dalk, Karien, maar

331

Hy gee soveel meer terug. Ons twee se verhouding is beter as ooit. Ek is amper weer 'n ouma. Jy is vir die eerste keer in jare weer jou ou self. Jou pa sou trots gewees het op jou. Dis dae soos vandag dat ek wens hy was hier om met jou te praat."

"As hy was, wat sou hy vir my sê?"

Irma bly lank stil, sê dan: "Hy sou sê dat ek moet koffie maak, want hy kan nie 'n diep gesprek voer sonder boeretroos nie. Hy sou vir jou sê om jou nie soos 'n stout kind te gedra wie se roomys in die sand geval het nie. Hy sou sê dat jy wéét wat reg is, dat jy wéét wat waar is. Hy sou sê jy moet jou ophou bekommer oor Dawie, oor Marli, oor Ronel, selfs oor my."

"Maar hy is nie hier nie."

"Hy sou sê dis waar jy die fout maak. Dat hy hier is – elke dag. Dat dit tyd is vir jou om jou oë oop te maak, Karien."

Ek is nie só nie!

Daleen stap haar woonstel binne, gooi eers vir Dennis kos in sy bak voor sy die kruideniersware uitpak. Brood, melk, kaas, vrugte. Darius het gister vir haar 'n slagskaap gebring en sy haal twee tjops uit die vrieskas, druk dit in die mikrogolf om te ontdooi. Sy is honger.

Sy haal die bottels wodka uit die bruinpapiersak, kyk lank daarna voor sy 'n glas vol ys maak en half vul met die deurskynende vloeistof. Sy kán ophou drink. Sy kán.

"Sien jy, Dennis? Ek is nie so nie. Ek het vandag kos gaan koop, daar lê die tjoppies en ontdooi, ek gaan eet. Jy het kos. Ons is nie so nie. Jan is verkeerd. Ek kan ophou. En tot dan kan ek my drank vat."

Sy neem haar glas, stap sitkamer toe, druk 'n CD in die speler, draai die musiek hard. Sy gaan sit langbeen op die mat, drink diep uit die glas. Hoe kan Jan haar verlaat? Watse liefde is dít? Liefde is tog for better or worse. En toe die worse-deel kom, kies Jan die hasepad.

Ek drink vanaand vir 'n rede, dink sy toe sy opstaan om haar glas te gaan hervul. Sy en Muller het vandag die dokumente onderteken wat van haar 'n dokter sonder 'n praktyk maak. Sy is nou amptelik werkloos. Die verkoop van haar deel van die praktyk en haar spaargeld sorg darem dat sy nie 'n behoeftige werklose is nie, sug sy.

Sy drink die tweede glas vinnig, sommer in die kombuis. Ignoreer die biep van die mikrogolfoond, sy is nie meer honger nie. Sy neem die bottel, sit haar glas in die wasbak. In die sitkamer sak sy op die mat neer, stel die CD-speler harder. Sy drink diep uit die bottel terwyl sy die lui van die telefoon ignoreer, die geklop aan haar voordeur ignoreer. Tannie Hester, raai sy, wat oor die musiek kom kla.

Toe die bottel leeg is, laat val sy dit op die mat en staan op om nog 'n bottel te gaan haal. "Ek sweef!" sê sy vir Dennis, wat haar deur skrefiesoë betrag. "Kyk, Dennis, ek sweef!" en met haar arms weerskante van haar lyf uitgestrek, stap sy kombuis toe.

"Dennish," sê sy toe sy haar met 'n vol bottel op die rusbank tuismaak, "jy kan bly weesh jy is geshteril- . . . geshterilish- . . . rég gemaak! Dish hel om vir iemand lief te weesh!"

Dis ná twaalf die volgende dag toe Daleen met 'n verblindende hoof-pyn wakker word. Sy staar met afgryse om haar. Braaksel. Sy lê in haar eie braaksel, besef sy. "Ek is nie só nie," sê sy terwyl sy moei-saam na haar telefoon stap. "Ek is nié so nie," sê sy terwyl sy die bekende nommer skakel.

"Ek ís nie so nie," fluister sy toe Jan antwoord.

Net seks

"Ma en meneer Grové is darem baie in mekaar se geselskap. Moet ons bekommerd wees?" vra Werner terwyl hulle ná skool terugry plaas toe.

"Is jy laf?" Amelia voel hoe haar knieë lam raak van skrik. "Moe-nie sulke goed sê nie!"

"Chill, Ma, dis net 'n grappie."

"Werner het 'n punt beet, Ma. Van die kinders het ook al gevra hoekom hy so gereeld in Ma se klas is. Veral pouses."

"Hemel, Riana, die man is alewig honger. Al wat hy daar kom doen, is om iets te soek om te eet!"

"Solank hy net nie 'n honger vir Ma ontwikkel nie," sê Werner.

"Nee, magtig, man! Wat dink julle van my? Ek is julle ma, ek sal mos nie so iets doen nie! Genade, Hannes is in elk geval hopeloos te jonk vir my. En die belangrikste van alles is dat ek gelukkig getroud is!"

"Ons sê maar net."

"Hou op sê en dink vir 'n verandering!" sê Amelia en is onmiddellik spyt dat sy so kortaf met Werner was.

Hannes Grové . . . Sy skud haar kop. Hy sien haar waarskynlik as 'n middeljarige, effens oorgewig, getróúde vrou. 'n Substituutma by wie hy geselskap en kos kry. En sy moet erken: sy geniet sy aandag, sy ooglopende bewondering vir haar. Sy hou van die manier waarop hy met haar praat. Sy waardeer dit dat hy haar mening vra oor bykans alles wat hy by die skool aanpak.

Sy sug, skakel oor na 'n laer rat vir die bult wat voorlê. Haar hormone werk oortyd sodra Hannes in die omtrek is. Dit maak haar bang. Dis nou bykans 'n maand vandat hy by die skool begin het, en tog voel dit asof sy hom al jare ken. Sy weet daar sal niks van kom nie; hy dink eenvoudig nie aan haar op dáárdie manier nie. En tog . . . om weer bemin te word deur 'n man, om weer die opwinding van seks te ervaar! Wanneer laas hét sy en Gert seks gehad?

Sy dink lank, besef dan dit was met haar tuiskoms van die Jeffreysbaai-vakansie. 'n Leeftyd terug. Sy wil seks hê, net seks, sug sy toe sy voor die huis stilhou.

Roep vir Ouma

Karien staan seer uit die bed op. Haar lyf voel asof sy 'n tienronde-boksgeveg agter die rug het, asof sy die geveg verlóór het. Sy maak die kinders wakker, stap kombuis toe om koffie te maak. Irma staan reeds voor die stoof, besig om mieliemeel by kookwater te roer.

Sy kyk oor haar bril na Karien. "Jy lyk oes. Het jy nie goed geslaap nie?"

"Ek weet nie wat met my aangaan nie, maar my lyf is so seer vanoggend."

"Jy het nie kraampyne nie?"

Karien skud haar kop, maak die ketel vol water en sit dit aan.

"Is jy seker?"

"Hemel, Ma, ná drie kinders is ek seker ek sal kraampyne herken as dit my tref!" Haar ma kan soms so aanhou met 'n ding.

"Elke swangerskap is anders, Karien."

"En hoeveel keer was Ma swanger?" wil sy sarkasties weet.

Irma bly haar 'n antwoord skuldig terwyl Karien bekers uit die kas kry en koffie afmeet, suiker en melk byvoeg. Dawie kom ingestap, sy hare nog windskeef geslaap.

Karien dra die ketel tafel toe om kookwater in die bekers te gooi toe sy die nattigheid teen haar bene voel afloop. Vir een mal oomblik glo sy dat sy kookwater op haar gemors het, voor die werklikheid haar tref.

"Piepie Mamma?" vra Dawie met sy neus opgetrek terwyl hy na die plas water op die vloer staar wat al groter word.

"Gaan roep vir Ronel en Marli, sê hulle moet gou maak!" Irma skakel dadelik die stoofplaat af. "Waar's jou hospitaaltas?"

"Ek het nog nie een gepak nie, die baba moet dan eers volgende week kom!" kreun Karien.

"Wel, my kind, jou volgende week is nou. Sit net hier." Sy druk Karien op 'n stoel neer. "Ek gaan gooi gou 'n paar goedjies in 'n tas."

Dawie kom die kombuis ingehardloop, Marli kort op sy hakke. "Sien jy," beduie hy, "ek het jou gesê Mamma het gepiepie!"

"Nee, man, dit beteken die baba wil kom!"

Karien wil nog vir Dawie verduidelik wat gebeur het, maar die pyn is meteens so intens dat sy na haar asem snak.

"Roep vir Ouma!" gil Marli en kom staan by Karien. "Is Mamma okay?"

Karien byt hard op haar lip om die gil te keer, knik dan stadig haar kop toe die ergste verby is.

Irma kom die kombuis weer binne, tas in die hand, Dawie op haar hakke. "Waar's Ronel?" vra sy.

"Ouma weet mos sy vat ure om klaar te maak," sê Marli.

"Sê sy moet gou maak!"

Marli draf die kombuis uit en Irma buk by Karien. "Hoe voel jy?"

"Beter," sug Karien en vee oor haar oë. "Die 22ste, Ma! Die baba moes eers die 22ste Februarie gebore word! Ek wil nie 'n kind op die 13de in die lewe bring nie! Wat beteken dit? Dat hy vir die res van sy lewe ongelukkig gaan wees?"

"Wel, dis gelukkig nie 'n Vrydag nie."

"Sy het nog nie eens haar skoolklere aan nie!" kom Marli uitasem die kombuis binne.

"Sê sy moet sommer 'n sweetpak aantrek," sê Irma. "Julle gaan nie vandag skool toe nie."

Net toe kom Ronel in, reeds geklee in 'n sweetpak. "Is die baba op pad?"

"Dit lyk so," knik Karien.

"Kom, ons moet ry. Dawie, vat die tas, Ronel, help my met jou ma. Marli, vat die sleutel en sluit die deur agter ons," beveel Irma.

"Gaan ons ry?" vra Dawie. "Ons het nog nie geëet nie!"

"Ons eet sommer by die Wimpy, kom nou!"

Skaars 'n uur later lê Karien haar seun en bewonder. Haar ma het eindelik die kinders gevat om te gaan eet, en sy kan in vrede na hom staar. Willem . . . hy gaan haar pa se name kry. Hy lýk soos haar pa, soos Dawie as baba ook gelyk het. Die donker hare nog klam teen die koppie, twee oortjies, twee nog dowwe ogies, een neusie, 'n pruil-bekkie, tien vingertjies, tien toontjies. Perfek. Hoe kon sy dit ooit oorweeg het om hom te laat aborteer? Die laaste geskenk wat sy ooit by Dawid sou kry.

Sy kyk hoe sy mondjie gulsig aan haar bors suig en glimlag ge-lukkig. Haar ma was toe reg: geen twee swangerskappe is dieselfde nie. Sy het met haar vorige swangerskappe geweet dis tyd, want die pyne was allesoorheersend, maar met Willem het sy net daardie een keer pyn gehad. Hy het so maklik in die wêreld gekom, so sonder enige inspanning. Soos dit hoort.

Sy sal vir Dawid moet laat weet, besef sy. Maar nie nou al nie. Sy wil eers die wonder van haar baba vir haarself hou. Dawid glo in elk geval steeds nie dis sy kind nie . . . Sy wil vir Daleen laat weet, vir Amelia. Sy reik na haar selfoon, maar haar hand verstil halfpad na die bedkassie toe.

Nee, nie nou al nie. Sy is nog nie gereed nie.

Moet nooit sê nooit nie

Daleen kyk lank na die gebou waarin sy die moeilikste ses weke van haar lewe deurgebring het, voor sy na Amelia draai. "Dankie dat jy my kom haal het."

"Dis 'n plesier, alhoewel ek seker is dat Janneke eerder die eer sou wou gehad het."

"Sy opereer vanoggend, en ek wil so gou as moontlik by die woonstel kom, voor die meubelwa opdaag. As ek vir haar moes wag, sou dit te laat word."

"Jy wou seker ook so gou as moontlik hier uitkom, terug na die 'normale' lewe."

"Dit ook," sug Daleen.

"Was dit baie erg?" vra Amelia versigtig.

"Ek het nog nooit soveel intieme sake met 'n totale vreemdeling bespreek nie – dít was die ergste. Dit, en die eerste twee weke toe ek onttrekkingsimptome gekry het. Dankie tog ek hoef nooit weer in daardie groep te sit en te sê: 'Goeiedag! Ek is Daleen Joubert en ek is 'n alkoholis' nie."

"Genade!"

"Dit kan jy weer sê. En dan klap almal vir jou hande, asof dit 'n donnerse prestasie is om 'n alkoholis te wees!"

"Die prestasie is eintlik dat jy dit kan erken. En jy gaan dit nog baie moet sê by jou AA-vergaderings."

Daleen loer onderlangs na haar vriendin. "Jy's reg, hopelik word dit makliker. Ek is jammer ek het dit aan jou gedoen – dat ek al die seerkry van jou kindertyd weer na vore gebring het."

"Dis nie só erg nie," glimlag Amelia. "Jy is nie my ma nie, ek weet jy sal dit maak. Nie soos sy wat haar ontslag uit die inrigting met 'n bottel gevier het nie."

Daleen staar deur die motorruit. Die inrigting is buite die stad geleë, asof hulle die werklikheid van verslawing vir die ordentlike mense daar buite wil wegsteek.

"As ek eerlik moet wees, is ek meer bang as verlig. Ek is bang vir die aanpassing hier buite. Ek is vrek bang ek maak dit nie." Sy byt senuagtig aan haar duimnael. "Dink jy die smagting na drank – hel, net 'n slukkie – sal ooit weggaan? Drank is so vrylik beskikbaar; dis by elke partytjie waarheen ek genooi sal word. Ás ek weer na 'n partytjie genooi sal word," sug sy.

Amelia knik. "Dis nie maklik om enige verslawing te verbreek nie, vra my, ek weet. En die craving sal nooit weggaan nie – dit kan ek jou verseker. Maar jy is sterk, Daleen; as iemand dit kan maak, is dit jy."

"Ek is moeg daarvan om sterk te wees. Almal dink ek is sterk: jy, Jan, Darius. Ek is nié, dit het ek tog bewys. Wat gaan my anker wees as ek 'n krisis beleef? En daar sál krisisse wees. Wat gaan ek as kruk gebruik?"

"Jou geloof. En dis 'n steunpilaar, nie 'n kruk nie."

"Sê nou my geloof is nie sterk genoeg nie?" Sy wring haar hande inmekaar op haar skoot, kyk na die bloederigheid aan haar duimnael. "Ek is só bang."

Amelia haal haar linkerhand van die stuur af, vou dit om Daleen se wringende hande. Dié eenvoudige gebaar laat haar skouers rukkend vorentoe sak.

Toe sy haar emosies onder beheer het, kyk sy verskonend na Amelia. "Ek is jammer ek is so 'n tjankbalie."

"Jy is deur 'n emosionele tyd." Amelia se stem klink ook aangedaan.

"Dis waar; ek het baie demone moes besweer daar binne. Ek het geleer dat dit okay is om lief te wees vir 'n vrou. Dat dit nie saak maak wat ander van jou dink nie – wat saak maak, is wat jy van jouself dink. Of jy met jou keuses en optredes kan saamleef." Sy bestudeer weer haar duimnael, bring dit mond toe, maar laat sak dan haar hand terug op haar skoot. "Ek wil nie 'n alkie wees nie, Amelia," sê sy desperaat.

"Maar jy ís. Jy sal altyd een wees. Die voordeel wat jy het, is dat jy bewus is van jou probleem. Dat jy weet jy is vatbaar, dat jy altyd op die uitkyk sal moet wees."

"Ek weet," sug Daleen. "Ek het daardie tipe geaardheid – kyk hoe het ek altyd gaan draf." Sy kyk na die landskap om hulle. Nie meer die malse groen van die somer nie; dis Maart en die veld wys die winter is nie meer ver nie.

"Aan die begin het ek myself wysgemaak dat ek anders as die ander in die groep is. Anders as hulle was ek nie verslááf aan drank nie, ek het net vir 'n tydjie drank nodig gehad om te kon cope." Sy sug. "Dat ek uit die inrigting kan stap en 'n drankie sal kan drink, selfs 'n bottel wyn saam met my vriendin kan uitdrink, sonder dat ek weer daar sal beland. Want ek sal dit kan beheer."

"En?"

"Nou weet ek: ek kan nie. Nou weet ek dat ek nooit weer my mond aan drank sal kan sit nie. Dink jy dis moontlik om te vergeet hoe drank proe?"

"Drank is tog nie lekker nie! Dink net hoeveel ander onskuldige drinkgoed daar is wat ten minste 'n smaak het."

"Jy praat met 'n alkoholis, Amelia. Drank is . . . wás vir my lekker. Die lekkerste ding op aarde." Sy kyk af na haar hande, die naels kort geskeur, die duimnael bloederig. "Hoe verduidelik ek aan ander dat ek nie mag drink nie? Ek bedoel nuwe kennisse en so?"

"My ondervinding met 'n alkoholis kom van die ander kant van die spektrum, maar ek sou graag wou gehad het dat my ma openlik daaroor moes wees." Amelia kyk na Daleen voor sy weer voor haar in die pad kyk. "Dit sou my raad aan jou wees: wees openlik daaroor."

"Met ander woorde: 'Ek is Daleen Joubert, en ek is 'n alkoholis'? En vir ewig as swakkeling gebrandmerk word?" sê sy ontsteld.

"Dis 'n siekte, Daleen, 'n terrible, terrible siekte. Mense sal verstaan."

"Mense verstaan juis nié."

"Jy maak 'n fout, mense waardeer eerlikheid."

"Hulle gaan my as 'n swakkeling sien!"

"Dis waar jy die fout maak, dink ek. 'n Swakkeling sal nie erken dat sy 'n probleem het nie. En wanneer jy eendag ophou om jouself as 'n victim te sien, sal dit beter gaan. Jy is nie 'n victim nie, Daleen, jy's 'n survivor."

"Dalk is ek," knik Daleen. "Ongelukkig ook 'n beheervraat. Ek het dit eers in die inrigting kon erken: dat ek altyd in beheer moes wees. Het jy dit ooit agtergekom? Ek wil altyd almal en alle situasies beheer. My terapeut sê ek mag maar beheer aan iemand anders oorgee, ek mag maar soms beheer verloor. Ek weet net nie of ek reg is daarvoor om beheer te verloor sonder my kruk nie."

"Jy moet weer begin draf. Maak dít jou kruk, dis ten minste onskadelik – én gesond."

Daleen hou Amelia onderlangs dop. Iets is anders aan haar vriendin, maar sy kan nie haar vinger daarop lê nie. Dis nie net haar hare wat blond en kort om haar kop lê nie, al laat dit haar tien jaar jonger lyk. Ook nie die feit dat Amelia gewig verloor het nie. Sy is net . . . anders.

"Ek is baie dankbaar vir Jan," sê Daleen. "As dit nie vir haar was nie, sou ek seker nooit vir hulp gegaan het nie. Dis moeilik om te besef dat jy 'n probleem het, dis moeilik om te érken dat jy 'n probleem het, maar die moeilikste is om hulp daarvoor te soek. Ek wil nooit weer drink nie, Amelia, nooit weer só beheer verloor nie. Nie noudat ek vir Jan het nie. Van vandag af is my krukke God, Jan en my wonderlike vriendinne . . . wel, my een wonderlike vriendin."

"Met so 'n positiewe houding sál jy nooit weer 'n probleem hê nie."

"Moet nooit sê nooit nie," sug Daleen toe hulle voor haar woonstel stilhou.

Dennis begroet hulle stert in die lug toe hulle instap en Daleen raap hom op, vryf oor sy sagte pels.

"Ek het vir ons 'n bottel alkoholvrye sjampanje gekoop!" sê Amelia. "Ek kry gou glase."

"Nou toe nou! Wat vier ons?"

"Alles! Jou ontslag uit die inrigting, die verkoop van jou praktyk, jou groot trek stad toe, julle nuwe huis, julle troue wat voorlê. En die belangrikste van als: op 'n onbenewelde toekoms!"

Daleen neem die glas by haar en proe versigtig. Druiwesap, dink sy verlig, dit proe na druiwesap.

"Ek het solank jou goed begin pak," sê Amelia. "Alles behalwe jou klere, dit het darem vir my te persoonlik gevoel. Ek het gehoop Janneke sou dit kom doen, maar sy was net te besig."

"Jan het jou omtrent besig gehou."

"Ek kan nie wag om haar te ontmoet nie! Ons het net telefonies gesels, maar sy klink wonderlik. Sy is baie lief vir jou, ek hoop jy besef dit?"

"Ek weet." Daleen kyk aandagtig na haar vriendin. "Jy rook nie! Ek het geweet daar is iets anders, ek kon net nie agterkom wat nie!"

"Twee maande nikotienvry. En ek smag nog elke dag na 'n sigaret," erken Amelia onwillig.

"Dan moet ons daarop ook drink!"

Hulle klink plegtig glase.

"Wat het jou gemaak drink? Ek weet dis nie my besigheid nie, maar . . ."

"Jy mag maar vra. Mense," sug Daleen, "dís wat my maak drink het. Mense wat niemand anders 'n plekkie in die son gun nie. En my onmag om iets daaraan te doen."

"Dit sal seker enige ou na drank dryf."

"Mans aanvaar oor die algemeen makliker dat ek gay is, anders as vrouens. Hoekom dink jy is dit so?"

"Mans fantaseer mos graag oor twee vrouens wat . . . jy weet . . ."

"Met ander woorde, as hulle na my kyk, dink hulle hoe ek en Jan in die bed rondrol?"

"So iets," sug Amelia. "Maar vertel my eerder van die huis! Vertel my hoe Jan jou gevra het om te trou. Of het jy haar gevra?"

"Die huis! Kan jy dit glo? Ek het 'n huis gekoop – wel, die helfte van 'n huis. Ek het dit nog nie gesien nie, maar ek vertrou Jan se oordeel, sy het goeie smaak."

"Daaraan twyfel ek nie, sy het jou dan gekies!"

Daleen lag en neem nog 'n slukkie. "Die groot vraag was nogal snaaks. Ek bedoel, nie een van ons het geweet wie die groot vraag moet vra nie – gaywees kom ongelukkig nie met 'n handleiding nie. Ons het mekaar gevra. Voor my terapeut, net om dit interessanter te maak."

"Wanneer is die groot dag?"

"10 Mei. Ek kan nie wag nie. Jan het 'n jong, taamlik liberale predikant opgespoor wat bereid is om ons in die kerk te trou. Hy het met my in die inrigting kom gesels, wat die hele ding net nog meer bisar gemaak het."

Toe hulle glase leeg is, staan Amelia beslis op. "Kom ons gaan pak jou kamer, die verhuisingsmense is oor 'n uur hier."

Terwyl hulle pak, gesels Amelia onophoudelik oor Gert, die kinders en die plaas. Daleen luister met 'n glimlag na haar stories, tot sy die koeligheid van 'n bottel raakvat. Sy staan verstar daarna en kyk. Wat sal sy nie nou gee vir een sluk nie! Net één. Sy raak bewus van Amelia wat haar vraend aankyk.

"Ek het drank tussen my klere weggesteek," kry sy dit saggies uit, "tussen my klere, Amelia!" Sy kyk hulpsoekend na haar vriendin, wat die bottel uit haar hande neem en daarmee badkamer toe stap. Sy hoor hoe Amelia die bottel oopmaak, hoor die vloeistof in die wasbak uitloop, die geluid toe die leë bottel die vullisdrom tref, en maak haar oë stadig, dankbaar toe.

"Dis al manier," sê Amelia toe sy haar weer by Daleen aansluit.

"Dankie. Ek weet nie of ek dit sou kon doen nie."

"Dis hoekom ons vriende het."

'n Uur later staan Daleen se besittings in netjiese rye in die sitkamer gepak, Dennis miaauend in sy mandjie, met nog geen teken van die meubelwa nie.

"Daleen, ek het 'n groot probleem," sug Amelia en gaan sit kruisbeen op die mat.

Daleen gaan oorkant haar sit, kyk haar vraend aan.

"Ek is verlief. Soos 'n skooldogter verlief op 'n aantreklike jong nuwe onderwyser."

"Ag nee, Amelia! Het jy nie jou les geleer nie?"

"Ek wéét. En ek is lief vir Gert, ek ís. Dink jy dis moontlik om vir twee mans gelyk lief te wees?"

"Jy moenie jagsheid met liefde verwar nie."

"Genade, moet jy so kru wees?"

"Dis die waarheid! Wat dink jy wil hy van jou hê?"

"Dis nie wat hý wil hê nie, dis wat ék wil hê."

"Soms kom daar iemand oor ons pad met wie ons seks wil hê, niks meer nie. Ons vertel onsself dat dit liefde is, want liefde regverdig mos alles. Dis nié liefde nie. Moenie weer in daardie strik trap nie. Hoe gaan dit met jou en Gert se sekslewe?"

"Dit gaan nie," sug Amelia. "Ek kan dit nie verstaan nie! Ek probéér, Daleen! Ek deel soveel moontlik drukkies uit, maar . . ." Sy skud haar kop moedeloos.

"Drukkies gaan nie genoeg wees nie. Het jy al jou sexy nagklere gedra?"

"Nog nie. Dit voel so . . . desperaat. Hoekom moet ek hóm verlei? Is dit nie veronderstel om andersom te werk nie?"

"Jy sien dan kans om daardie jong onderwyser te verlei!"

"Nou is jy simpel! Ek sal nie weet waar om te begin nie."

"Maar jy fantaseer daaroor!" beskuldig Daleen. "Feit is: jy het Gert belet om seks met jou te hê. Jy sal hom moet wys dat jy 'n fout gemaak het. Jy het 'n keuse, Amelia: jy kan een nag van passie met

346

'n vreemde lyf kies, of jou man, vir wie jy lief is, verlei. Jou keuse. Ek hoop jy kies reg."

Die deurklokkie bring 'n einde aan hulle gesprek, en Daleen staan op om oop te maak.

Die gesprek was so normaal, besef sy skielik. Sy het dit reggekry om vir 'n paar minute oor normale dinge te praat, om vir 'n paar minute van die ewige dors te vergeet. Dalk is daar tog hoop vir haar. Dalk is dit 'n dors wat met baie tyd en geduld tog sal weggaan.

Ek verwag niks minder nie

"Ek dink ek is besig om griep te kry," sê Karien vir haar ma. Die kinders is al by die skool, Willem lê rustig en slaap ná sy hom gevoed het. "Ek wil maar dokter toe gaan, ek kan nie die kans vat dat Willem aansteek nie. Sien Ma kans om vir 'n uur na hom te kyk?"

"Natuurlik sal ek na hom kyk! Jy het die afgelope week vir my maar baie bleek gelyk. Hoe laat kom Dawid?"

"Hy sal so ná middagete hier wees. Dink Ma ek doen die regte ding om toe te laat dat hy vir die week by ons bly? Hy kon maar in 'n gastehuis gaan bly het."

"Hy kon seker, maar dan het hy nie veel van sy kinders nie. En hy wil tog ook vir Willem sien."

"Dit is seker so," sug Karien.

Sy skakel die spreekkamer en is gelukkig om 'n vroeë afspraak te kry. Op pad daarheen kom die vermoede weer by haar op dat dit nie griep is nie. Dis iets anders, iets donkers . . .

Toe sy 'n halfuur later in die bekommerde oë van die dokter kyk, bevestig hy haar vermoede.

Sy ry verslae terug huis toe. Hoe de hel is dit moontlik dat soveel ongeluk een mens kan tref? Wat het sy ooit gedoen om dit te verdien?

Nee, niks is nog seker nie, daar moet eers toetse gedoen word. Dalk is dit niks, dalk is sy gelukkig en is dit niks.

Toe sy by die huis kom, staan Dawid se motor reeds in die oprit. Die kinders se opgewondenheid om hul pa ná soveel maande te sien, trek gelukkig Irma se aandag af, en Karien kan haarself verskoon en kamer toe gaan. Sy staan lank na Willem en kyk wat salig in sy wiegie lê en slaap, voor sy hom optel, teen haar bors druk en saam met hom op die bed gaan lê.

Sy moet aan die slaap geraak het, want 'n versigtige kloppie aan die deur laat haar vervaard regop kom.

Dawid loer om die kosyn. "Skuus, ek wou jou nie wakker maak nie. Ek wil die kinders strand toe vat, is dit reg met jou?" Hy kom die kamer binne, staar lank na Willem voor hy weer na haar kyk.

"Natuurlik is dit reg. Hulle sal dit baie geniet."

"Hy lyk soos Dawie toe hy 'n baba was," sê Dawid en buk oor Willem.

Karien knik. "Ja, die ooreenkoms is verstommend."

Hy kom sit langs haar op die bed. "Is hy regtig myne?"

Sy sien die twyfel in sy oë, besef sy het hom dalk te hard geoordeel. As die bordjies verhang was, sou sy seker ook geglo het dis 'n ander man se kind. Sy vertrou haar stem nie en knik net.

"Ek is jammer, Karien. Ek is jammer dat ek jou nie geglo het nie. Ek is jammer dat jy 'n baba op jou eie moet grootmaak, ek is jammer oor alles." Hy skeur sy blik met moeite weg van Willem, kyk intens na haar. "Waar het alles verkeerd gegaan? Waar het óns verkeerd gegaan?"

Toe sy nie antwoord nie, sê hy sag: "Kan ons nie weer probeer nie? Ek verlang na jou, ek verlang na die kinders."

"Soms verlang ek na jou ook." Sy kyk lank na sy aantreklike gesig, skud dan haar kop stadig. "Ons pas nie, Dawid, en 'n mens kan nie iets máák pas nie. Dit sou onregverdig wees, teenoor my én teenoor jou."

Sy neem sy hand in hare, voel die bekendheid daarvan. "Belowe my net dat jy jou kinders, al vier van hulle, sal liefhê. Dat jy hulle nooit sal verstoot nie, dat jy sal kom kuier, hulle sal toelaat om vir jou te gaan kuier."

"Ek belowe ek sal."

"Nou toe," jaag sy hom aan, "hulle wag vir jou."

Toe die kinders die aand in die bed is en Willem rustig slaap, nooi Karien vir Irma en Dawid balkon toe.

Dawid skink vir elkeen van hulle 'n glasie wyn en gaan langbeen op een van die dekstoele sit. "Jou ma vertel my dat jy toe 'n boek geskryf het?"

Karien kyk verwytend na Irma, knik dan. "Ja, ek het verlede jaar toe ek saam met Daleen en Amelia vakansie gehou het, begin speel met die idee. Toe ek eers begin skryf, kon ek nie ophou nie. Ek het twee maande terug, net voor Willem se geboorte, eindelik klaargemaak en die manuskrip ingestuur."

"En? Het jy al iets gehoor?"

"Ja, die manuskrip is aanvaar. Die boek verskyn volgende jaar."

"Geluk. Jy wou nog altyd skryf. Waaroor gaan die boek?"

"Egskeiding."

Dawid glimlag lui vir haar. "So, ek kan met sekerheid aanneem dat ek as inspirasie gedien het?"

"Jy kan."

"Moet net nie die boek lees nie," waarsku Irma. "Sy beskryf jou nou nie juis as 'n wese met vlerke nie."

"Ek verwag niks minder nie, Ma," sê Dawid met 'n hartseer glimlag.

Karien oorweeg dit om hulle te vertel van die dokter se vermoedens. Nee, nie nou al nie. Dawid is in elk geval hier om by sy kinders te kuier; sy wil dit nie vir hulle bederf nie.

Nee, sy sal niks sê nie, besluit sy dan. Nie eens as die vermoedens bevestig word nie. Hierdie kruis sal sy alleen dra, met waardigheid. Haar ma het al te veel vir haar gedoen, te veel opgeoffer.

Sodra sy weet, sal sy 'n prokureur gaan sien. Sy kan nie haar kinders net so los nie, en in Dawid se sorg wil sy hulle nie los nie. Dit lyk asof hy verander het, maar sy glo dit nie. Sy ken hom te goed. Dis die front wat hy vir kennisse en vriende voorhou. Hy het klaar vergeet dat sy hom kén, dat sy deur sy fronte kan sien.

Nee, sy sal 'n testament laat opstel, haar kinders in haar ma se sorg laat. Dis die minste wat sy vir haar kinders kan doen.

Wys wat jy het!

Hoe doen ek dit? wonder Amelia waar sy besig is om haar en Gert se klere op die bed uit te pak, genoeg vir die twee weke by die see. Hóé verlei ek my man?

Dis maklik vir Daleen om te praat, maar sy, Amelia, is te skaam, te bang. Wat is fout met haar? Sy gaan sit op die bed, die sexy nagklere in haar hande.

"En as Ma so sit? Die kos moet ook nog gepak word, ons wil nie honger ly nie!"

Sy druk die nagklere vinnig in die tas voor Werner kan sien. "Ek dink."

Vergeet van kos, hierdie week slaan ek my tande in my mán in.

"Dit moet ernstig wees as Ma so sit en dink."

Eerder pornografies van aard, my kind. "Dit is."

"Ek kan nie wag om môre te ry nie! Dis darem maar cool dat Pa vir ons 'n huis by die see gekoop het, nè?" Werner kom langs haar op die bed sit.

"Baie cool," sê Amelia en vryf sy hare deurmekaar. "Het Maria al die kos begin pak?"

"Ek sê dan Má moet kom pak, Ma luister nie. En Pa ry net die plaas deur, dan kan ons die kar ook pak. Môreoggend vroeg is dit Jeffreys toe!"

"Dis hoekom ek so lief is vir jou! Jy weet net hoe om my te bederf!" Amelia slaan haar arms van agter om Gert, wat voor die venster staan. "Is dit nie mooi nie?" Sy laat haar blik oor die onbelemmerde uitsig gly – 'n baie mooier uitsig as die een wat sy, Daleen en Karien in die effens vuil woonstel gehad het.

"Ek moet erken, ek was bang jy hou nie hiervan nie."

"Hoe kon jy dit dink? Dis alles waarvan ek gedroom het!"

"Die meubels ook?"

"Goed, miskien nou nie die meubels nie," lag Amelia. "Die vorige eienaars het maar dodgy smaak gehad. Aan die ander kant, dis nogal lekker om op sulke verdagte rusbanke te sit."

"Solank Pa net 'n televisiestel koop." Werner kom die sit-eet-vertrek ingeslenter en val neer op die rusbank wat Amelia al in haar gedagtes beskryf het as die lelikste rusbank in die geskiedenis van rusbanke.

"Ek stem saam met Werner," sê Riana. "Pa moet 'n televisie koop, en 'n skottel, ons gaan al ons programme mis."

"Ek het gedink die idee van 'n vakansie is juis om rustig te wees! Julle is nie veronderstel om televisie te kyk nie. Julle is nie eens ver-onderstel om in die huis te wees nie! Hoekom gaan julle nie strand toe nie?"

"Hoe, Ma?" vra Werner lui. "Dis nie asof die strand loopafstand van ons is nie. Ons is gestrand tot julle strand toe gaan." Hy lag bulderend vir sy eie grappie.

"Moet ons julle gaan aflaai?" vra Gert.

Werner spring op. "Ek kry die sleutels!"

Amelia wag tot die kinders tussen die mense op die strand ver-dwyn het, sy wag tot Gert die motor in die rigting van die huis draai voor sy na hom kyk, keel skoonmaak en hees vra: "Hoekom praat ons nooit oor seks nie?"

Gert kyk haar ongelowig aan. "Want ek het een keer probeer en jy het gesê dis 'n vieslike onderwerp waaroor jy nooit weer wil praat nie."

"Doen jy altyd wat ek vra?" wil sy wanhopig weet.

"Ek probeer."

Terug by die huis mompel sy 'n verskoning en stap vinnig kamer toe. Met bewende hande knoop sy haar bloese oop, laat haar broek sak, laat glip die sexy nagklere oor haar kop. Sy kyk 'n oomblik na haarself in die spieël voor sy na Gert roep. Hy sal nie dadelik kamer toe kom nie, sy ken vir Gert, dit kan 'n goeie vyf tot tien minute duur. Maar hy sal kom.

Sy gaan lê op die bed, stokstyf op haar rug.

"Slaan 'n sexy pose in," hoor sy Daleen sê, so duidelik asof sy langs haar staan.

"Wat de hel is 'n sexy pose?" vra sy hardop.

"Wys wat jy het!"

"Hoe?" roep Amelia uit. Sy draai op haar sy, op haar maag, gaan sit regop, lê eindelik terug teen die kussings. "Ek weet nie hoe nie," sê sy hardop, haar oë toegeknyp. "Ek is Amelia Nel! Nie 'n damn prikkelpop nie!"

"Jy lýk soos 'n prikkelpop," kom Gert se stem hees vanuit die deur en Amelia se oë vlieg oop.

Sy sluk hard. "Gert . . ." sê sy so sag en verleidelik as waartoe sy in staat is, glimlag uitnodigend vir hom.

Hy kom nader, vee saggies met sy hand oor haar wang, voor hy oor haar buk en haar soen.

Amelia se oë gaan toe. Sy gee haar oor aan die sensasie wat in haar lyf opbou. Dís hoe dit moet wees, sug sy en trek hom bo-op haar neer. Nie Hannes Grové se vreemde lyf nie, maar Gert s'n, haar mán.

En toe was hulle een

Daleen knip die stringetjie pêrels om Jan se nek vas en draai om sodat Jan hare kan vasknip. "Jy lyk pragtig," sê sy toe sy na Jan terugdraai.

"Jy ook."

"Lyk ons nie soos 'n tweeling nie? Ek wil nie die gaste nog meer verwar nie!"

Hulle is albei in 'n beskeie roomkleurige broekpak geklee. 'n Wyn-rooi kantbloes loer bokant hul baadjies uit en aan hulle voete is wynrooi tekkies – Daleen se idee.

"Amper twee maande se beplanning," sug Jan, "en nou twyfel jy oor ons klere. Kom, ons wil nie laat wees vir ons eie troue nie!"

"Ek wonder of Karien hier is."

"Jy het haar tog genooi, ek is seker sy is hier."

"Ek moes die uitnodiging via Dawid stuur, omdat ek nie weet waar de hel sy is nie. Of hy dit vir haar sou aanstuur, bly 'n ope vraag. Hy wou nie eens haar adres vir my gee nie."

"Hy klink na 'n drol. Kom," sê Jan, en saam stap hulle na die motor waar Darius met 'n breë glimlag vir hulle wag.

"Nou ja, wat moet 'n broer op sy sussie se groot dag sê? Ek was nog nooit 'n man wat wyshede kon kwytraak nie."

"Dit kan jy weer sê!" lag Daleen.

"Dít sal ek sê: jy kon nie 'n beter mán gekies het nie." Hy buk en soen eers vir Daleen en dan vir Jan op die wang, voor hy die mo-tordeur vir hulle oopmaak.

Daleen en Jan stap glimlaggend die kerkpaadjie af na waar die predikant hulle inwag. Ons dag, dink Daleen tevrede, dit is óns dag. 'n Dag waaroor enige vrou van kleins af droom. Nou nie jou konvensionele droom van kant, sy en satyn nie, maar darem.

Sy glimlag vir Gert en Amelia. Die manier waarop hulle styf teen mekaar aangedruk staan, spreek boekdele, en toe Daleen fyntjies vir haar knipoog, bloos Amelia tot agter haar ore. Maar die skittering van haar oë bevestig Daleen se vermoede. Sy glimlag nog breër toe sy tannie Hester agter hulle gewaar. "Dankie," vorm sy met haar mond, en tannie Hester glimlag kopknikkend.

Daleen laat haar blik vinnig oor die gaste gly, soek na Karien se lang swart hare en flambojante uitrusting, maar daar is niks.

Sy hou Jan se hand styf vas, weier om te laat los toe hulle voor die preekstoel gaan staan.

Later die aand moes sy Jan vra waaroor die preek gegaan het. Sy het niks gehoor nie, net die dowwe, ritmiese geklop van haar gelukkige hart. Sy het net daar gestaan, ja gesê toe sy moes, ringe uitgeruil, gesoen.

En toe was hulle een.

Hulle het die gelukwensings buite die kerk aanvaar. Daar sou geen onthaal wees nie – Jan het gesê dit sal onwys wees om Daleen aan drank bloot te stel so gou ná haar ontslag.

Jan was reg – soos gewoonlik, dink Daleen toe hulle die volgende oggend lughawe toe ry vir hul twee weke lange wittebrood in Italië. Sy sou die werklikheid van drank in haar omgewing moeilik kon hanteer.

Sy vly haarself teen Jan aan. Dis die einde van so baie dinge, en tog is dit die begin van soveel meer.

Bittersoet herinneringe

Amelia glimlag hartseer toe sy vir die laaste keer deur die twee foto-albums blaai. Om hierdie foto's op 'n besondere manier in hierdie albums te plaas, het haar tien maande geneem. Omdat dit soms so skreiend seer was om daarna te kyk. Die begin van die rusreis, die sneeu, die berge, die olifante, Jeffreysbaai – waar die hele kaartehuis inmekaargetuimel het. Bittersoet herinneringe.

Sy het lank gewik en geweeg of sy dit vir Daleen en Karien moet stuur, maar nou het sy tot 'n besluit gekom. Sy plaas elke album versigtig in 'n groot koevert en verseël dit, skryf die adresse op. Daleen sal dit waardeer, dink sy, Daleen waardeer alles. Karien sal dit seker met 'n optrek van die neus in die vullisdrom gooi. Dan moet sy maar, dink Amelia, dis tog haar reg om daarmee te maak wat sy wil.

Sy het op daardie eerste dag van hul rusreis besluit om hulle saamwees vas te vang, en dit het sy goed reggekry. Die bakleiery aan die einde van die reis word nêrens gedokumenteer nie, asof dit nooit bestaan het nie. As dit maar so maklik was om voor te gee dit het nooit gebeur nie, as sy dit maar kon vergeet . . .

Sy kyk op na die foto, haar gunsteling, wat sy vergroot en laat raam het, en wat nou trots in haar werkskamer teen die muur hang. Hulle drie, klouend aan mekaar in die wind, monde wyd oop van die lag, hare deurmekaar gewaai. Vriende – dis wat die foto vir haar simboliseer. Vriende, selfs in storms.

Sy skrik toe Gert sy arms van agter om haar vou, sy asem warm in haar nek. "Ek het jou nie hoor inkom nie." Sy wil omdraai, maar hy verstewig sy greep sodat sy nie kan roer nie. "Moet ek gaan koffie maak?" vra sy.

"Koffie is nie waarvoor ek nou lus is nie," fluister hy in haar nek.

Sy voel 'n warmte deur haar lyf spoel toe hy haar uit die stoel optrek en aan die hand gang toe lei.

"Gert," protesteer sy flou, "die kinders . . . Wat gaan Maria-hulle dink?"

"Die kinders ry perd, en Maria-hulle is besig om ontbyt te eet," sê hy en stap doelgerig na hul slaapkamer. Hy sluit die deur agter hulle en trek Amelia styf teen hom vas.

Ek sou haar graag wou ontmoet

Jan kry vir Daleen in trane toe sy by die kombuis instap.

"Pas terug van wittebrood en ek dryf jou klaar tot trane?"

Daleen skud haar kop, beduie na die album wat oop voor haar lê. "Dis pas hier afgelewer. Ek mis haar so baie."

Jan loer oor Daleen se skouer na die pragtige album, die foto's. "Het Karien dit gemaak?"

"Amelia."

"Dis besonders," sê sy en neem die album by Daleen om beter daarna te kyk. "Karien is baie mooi."

"Ja, sy is." Daleen vee vererg oor haar wange om van die traanspore ontslae te raak. "Hoekom kan sy my nie net aanvaar nie? Ek het gedink ek ken haar. Hoe verkeerd was ek nie!"

"Ja," sug Jan, "ander se boeke is maar duister om te lees. Ek sou haar graag wou ontmoet."

"Dit gaan nie gebeur nie! Sy was nie eens by ons troue nie, dink jy sy sal ons nou wil sien?"

"Ons kan haar altyd bel."

"Ek het opgegee, lankal al. Ek moet seker maar net finaal aanvaar dat ons vriendskap kapot is."

"Dis jammer. Julle kom so 'n lang pad saam, en jy was nog altyd 'n bittereinder. Dink jy Amelia sou vir Karien ook so 'n album gestuur het?"

Daleen haal haar skouers op. "Ek weet nie. Nee, ek jok. Soos ek vir Amelia ken, sou sy."

Die deurklokkie lui en Jan klap die album opgewonde toe. "Bennie! Ek het so na hom verlang!"

Die groen knoppie

"Ma!" roep Karien opgewonde. "Kom kyk gou hier!"

Sy wag tot Irma langs haar sit voor sy die album oopmaak.

"Amelia?" raai Irma, en Karien knik haar kop.

Hulle verkyk hulle aan die foto's en die pragtige uitleg.

"Kyk die sneeu!" sê Karien. "Ongelooflik om te dink dat ek swanger was en dit nie eens geweet het nie."

"Of dat jy toe nog getroud was. Moeilik om te glo dat Willem al vier maande oud is."

"Ek het hier," Karien beduie na die hotel in die sneeu waar hulle oornag het, "aan my boek begin werk. Kan Ma dit glo?"

"En nou verskyn jou boek oor minder as agt maande."

"Ja, my seëninge is hopeloos te veel om te tel." Sy glimlag vir haar ma, sien dat sy ook hulle gesprek van maande gelede onthou.

"Dis tyd dat ek regmaak." Karien staan beslis op. "Ek was nou lank genoeg kwaad vir twee wonderlike vriendinne."

Sy stap kamer toe om haar selfoon te gaan haal. Wie weet hoe lank sy in elk geval nog hier op aarde gaan wees? Dis tyd, besef sy. Dis tyd om te erken dat God God is, háár God is. Dis tyd om vrede met Karien en Daleen te maak. Sy verlang na hulle. Dis tyd om aan hulle en haarself te erken dat sy 'n fout gemaak het.

Dis tyd dat sy haar siekte met meer mense as net haar ma en haar uitgewer deel. Wie weet, dalk word sy nog gesond; met die goeie kankerbehandeling wat sy kry, is dit nie onmoontlik nie. Dis tyd dat sy vir Daleen gelukwens met haar huwelik, dat sy verduidelik dat sy nie na die troue kon gaan nie omdat sy te siek gevoel het. Dis tyd dat sy aan die wêreld verkondig dat sy 'n gay vriendin het, en dat dit goed is so. Wie is sy om te oordeel?

Dis tyd dat sy vir Amelia in die oë kyk en aan haar erken dat dit nie meer saak maak dat sy saam met Dawid geslaap het nie. Dat Dawid nie meer saak maak nie, en Amelia was immers nie die enigste een nie.

Verder is dit hoog tyd dat hierdie huis van haar in 'n tuiste omskep word, dink sy terwyl sy na die aaklige witgrys mure staar. Sy bly uitstel om verf te gaan koop en wonder nog die hele tyd hoekom. Nou weet sy: dis omdat sy dit nie sonder haar vriendinne wil aanpak nie.

Sy het hulle nodig. Sonder haar vriendinne het sy geword soos die witgrys mure van hierdie huis. Sy wil die kleur wat hulle in haar lewe bring op die mure van haar tuiste verewig. Wie kan in elk geval so 'n projek aanpak sonder Amelia se kunssinnigheid, sonder die praktiese Daleen?

Sy soek Daleen se nommer en druk die groen knoppie.

Lees ook die meesleurende blitsverkoper
Dis ek, Anna geskryf onder Anchien Troskie
se skuilnaam, Elbie Lötter.

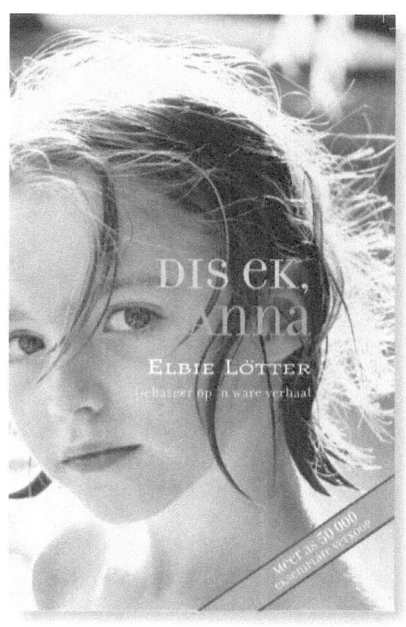

Dis ek, Anna is ook beskikbaar in Engels as
It's Me, Anna, vertaal deur Marianne Thamm.
Dit is geskryf onder Anchien Troskie
se skuilnaam, Elbie Lötter.

ANCHIEN TROSKIE is gebore en getoë in Virginia in die Vrystaat. Deesdae woon sy op 'n plaas in die Oos-Kaap, saam met haar man en twee kinders.

www.ingramcontent.com/pod-product-compliance
Lightning Source LLC
Chambersburg PA
CBHW020838020726
47497CB00005B/1153